U0547734

Disputation Over the Flames

火焰上的辩词

——吉狄马加诗文集

吉狄马加 著

GUANGXI NORMAL UNIVERSITY PRESS
广西师范大学出版社
·桂林·

吉狄马加

毛焰临原 2009-3-10 摹

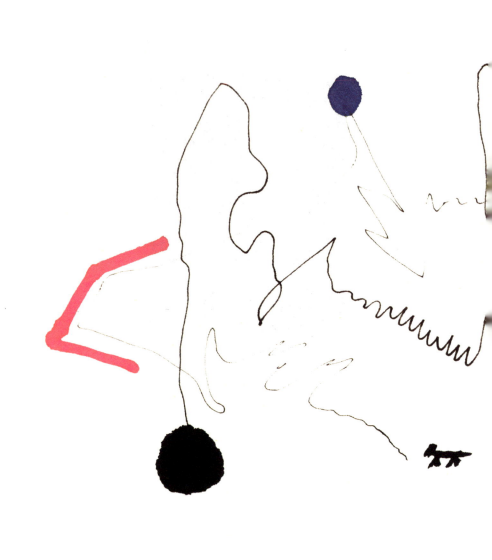

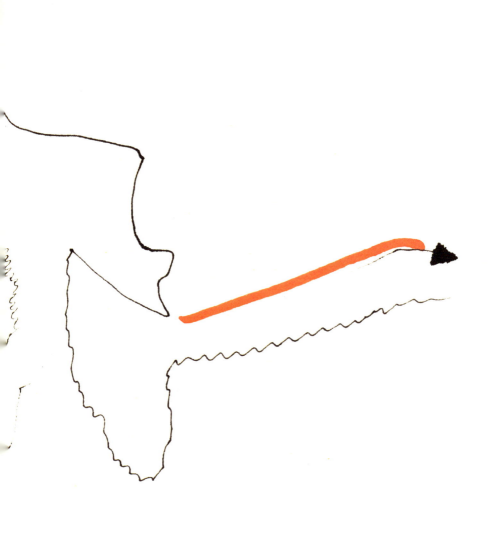

拥抱一切的诗歌 ①

［俄］叶夫图申科 ②

> 人有三死，而非其命也。

> ——孔子 ③

只有一位非凡的作家方能写得如此明晰和朴实 ④。

甚或，只有一位背靠汉语格言警句之长城的中国作家方能如此写作，这道城墙并未使汉语格言警句与人类的其他区域相隔

---

① 此文为俄国著名诗人叶夫盖尼·叶夫图申科（Евгений Евтушенко）为吉狄马加俄文诗集《从雪豹到马雅可夫斯基》（*От снежного барса к Маяковскому*）所作序言，写作时间为 2017 年 2 月。

② 叶夫盖尼·叶夫图申科（1933—2017）俄罗斯诗人。他是苏联20世纪50年代末、60年代初"大声疾呼派"诗人的代表人物，也是 20 世纪最具影响力的诗人之一。他的诗题材广泛，以政论性和抒情性著称，既写国内现实生活，也干预国际政治，以"大胆"触及"尖锐"的社会问题而闻名。

③ 孔子此语之俄译与原文有出入，俄译为"每一种死亡皆为投向生活的谴责"。

④ "明晰和朴实"是俄国人对普希金诗歌风格的总结归纳。

绝，反而将中国哲学与整个世界的哲学峰峦完满地联结为一个整体。我为之作序的这些格言警句的作者，就是无所畏惧的吉狄马加。孔子在《论语》中所说的一句话完全适用于他："温故而知新，可以为师矣。"

他的诗歌将世界历史的所有时代、将世界诗歌的各种语言联结为一个整体，犹如一道人类智慧的彩虹。吉卜林说过一句名言："东方即东方，西方即西方，它们都无法挪动地方。"可是，这句话对于马加来说却是陈腐之词。俄国与中国已完全恢复兄弟般的关系，我因此对中国充满感激。中国有许多可供学习之处，其中就包括其政治克制。中国的经济比许多欧洲中等国家都更文明，更强大。美国负债于中国。一切都在相互交替，一切都在相互交结。阿拉伯国家的大量移民涌入欧洲，这使得之前的所有预言皆成虚妄，他们完全不愿心悦诚服地被欧化，反而对好客的接纳者展开恐怖活动……圣诞节期间，六百五十辆法国汽车被焚毁，一位突尼斯裔司机驾驶大卡车碾压那些给了他工作机会的法国人。是世界末日？一切归根结底都取决于我们自身的随机应变。孔子曾嘲笑那些只会因为"怎么办"而伤透脑筋的人，他认为重要的是去做。去做自己，则更好。请你们想一想美国哲学家爱默生，他有一句格言常能让我步出困境："每一堵墙都是门。"伟大的阿尔及利亚人加缪①在为一部法文书籍作序时引用过这句话，当时，即便在最可怕的噩梦中也很难预见如今的局面。

出路总是有的。应当将世上的所有智慧融为一体，所有的宗教无论如何都不该相互争吵，所有的"主义"也当如此。应当淡忘所有的相互猜疑，以拯救人类。在马加看来，世界哲学的所有峰峦上均留有先人遗迹的神奇一环，那些人的确视人类为一个大家庭，他们在这个家庭中寻求共同出路，那里有他们留给我们的召唤的遗迹，以使我们大家不再无动于衷，共同加入这样的追寻。马加是一位实践的理想主义者，当下需要这类理想主义者。我与马加仅有过一个晚上的交往，但他令人难忘。他身上充盈着对人类的爱，足够与我们大家分享。这是一位中国的惠特曼。他的身材并不魁梧，他的手也不算大，可他的身与手却足以使他拥抱整个地球。他的诗歌也是这样，是拥抱一切的。马加呼应着当年还相当年轻的叶夫图申科：

> 我喜爱一切都相互交替，
> 一切都在我身上相互交结，
> 从西方到东方，
> 从嫉妒到喜悦。

---

① 法国作家加缪生于阿尔及利亚的蒙多维，成长于阿尔及利亚贝尔库的平民区，后在阿尔及尔读中学和大学，当过阿尔及利亚竞技大学队足球队门将，曾在阿尔及尔大学攻读哲学和古典文学。

　　边界妨碍我……我会不好意思，

　　如果不知布宜诺斯艾利斯和纽约……①

又如：

　　当边界尚在，我们只是史前人。

　　历史开始时，便再无边界。②

　　马加拥有的这种智慧和胸怀，在任何一种边界之内都会感觉逼仄，因为对他而言，这些边界只是战争在我们地球母亲身上划出的道道伤痕。真正的边界实际上不存在于国与国之间，而存在于人与人之间。

　　马加的诗歌是一幅由世界上许多优秀诗人的创作构成的镶嵌画，这里有匈牙利的自由歌手尤诺夫，有俄国未来派首领马雅可夫斯基，有西班牙反法西斯主义者洛尔迦，有土耳其诗人希克梅特，有智利人聂鲁达，有被苏联时期的刽子手活埋的格鲁吉亚诗人塔比泽。马加是由所有这些诗人构成的。

　　他甚至是由那种注定能使人不朽的死亡构成的。

　　并非每个人都敢于与死亡结盟，以便谴责生活对于人所持的

---

① 这是叶夫图申科《序言》（1955）一诗中的诗句。

② 这是叶夫图申科的长诗《禁忌》（1963—1985）中的诗句。

犯罪性的无人性态度，当生活允许人们在童年甚至婴儿时就被战争、疾病、经常性的营养不良和饥饿所杀害，他们无论如何也不该遭受这些不幸。我记得，很多人曾感觉萨哈罗夫院士很天真，他作为氢弹的发明人曾试图征集签名，认为一切战争均属非法，因为战争的大多数牺牲者都是无辜的。他和许多核物理学家一样都成了和平主义者，因为他们最早意识到在核战争中没有赢家，尽管直到如今，他们仍无法说服世界上的当权者宣布一切战争非法，因为若停止一切武器生产和武器改进，数百万人便会失去工作。不应忘记，同样不愿看到又一次世界大战爆发的许多美国人在其潜意识中既无关于美国境内战争深刻记忆，也不像欧洲人那样对外国占领者建立的集中营刻骨铭心，可他们记得，正是世界大战和军事工业的发展帮助他们走出了经济大萧条。因此，"战争"一词对于他们而言并不像对于欧洲人那样令人恐怖。于是，一种悖论便持续下来，即被送上法庭的只有被抓获的个人杀人犯，而参与大规模屠杀的战争罪犯却不承担任何责任，甚至还不时获奖受勋。在战后的美国曾涌现出一批经历战争的杰出的反法西斯作家与和平主义者，如海明威、冯内古特、斯泰伦、金斯堡、鲍勃·迪伦等，他们勇敢地谴责越战。这些作家中的许多人都成了我的生活导师，他们长眠在如今对我而言已不陌生的美国土地。谢天谢地，如今许多美国人前往越南和广岛旅游，他们会在留言簿上写道："永不再战！"可遗憾的是，在电影课上观看我那部描述我这一代人在"二战"期间经历的影片《幼儿园》

之后，一位可爱的美国农场主之女却在作业中写道："尽管俄国在'二战'期间曾与希特勒狼狈为奸，我仍对叶夫图申科先生充满感激，因为他向我们展示，某些俄国人也很善良可爱。"呜呼，某些美国中小学教师正是这样教授历史的，他们甚至不会提及，如果俄国人没有在斯大林格勒打败希特勒，我们的美国盟友就无法于1944年在诺曼底登陆。我感到幸运的是，中国的大学生们拥有吉狄马加这样的老师，他汲取了整个地球及其众多杰出人物的历史经验。在政治家中间，他选中了我最亲近的人之一——纳尔逊·曼德拉，这个坐牢近三十年的人只需一声召唤，便可让占南非人口大多数的黑人消灭占人口少数的白人，可他却对反向的种族主义坚定地说"不"，并向他的白人政敌德克勒克伸出手去。众人心怀感激地涌向他，全世界最好看的衬衫拥抱着他，因为他有一颗诗人的心灵。曼德拉在阅读孔子和甘地的著作之后，以他不愿为旧冤而复仇的胸襟，把一个没有人性的种族主义国家变成了人道的国度，用这位中国先哲的比喻来说就是："子曰：里仁为美。择不处仁，焉得知？"

　　1972年，我应美国二十七所大学邀请为大学生读诗，也在麦迪逊花园为人数甚多的听众朗诵。在此之后，美国总统尼克松邀我前往他位于白宫的椭圆形办公室，说他想了解我的看法，即他如果为修复中美关系而先去北京，俄国人是否会感到不悦。遗憾的是，当时中苏之间爆发了珍宝岛冲突，但我回答说，这对于国际局势而言将非常有益，如果之后能对中苏关系产生正面影响则更加有益。结果果然如此，我也因此而十分高兴。顺便提一句，当时我写过一首关于珍宝岛冲突的诗，"文革"结束后不久我访问了中国，我很快意识到我那首诗是错误的，置身于那些冲突，最正确的事情就是避免作出单方面的结论。在这之后，我曾在越南见到一位中国水兵，他正在船舷旁洗涤海魂衫，他知道我是俄国人，他有些担心地环顾四周，见无一人，便兄弟般地冲我挤了挤眼，我也冲他挤了挤眼。于是，我写下这样一首诗：

> 谢谢你，瘦小的水兵，
> 谢你提心吊胆的挤眼，
> 谢你用睫毛抛弃谎言，
> 即便有些担心，即便一瞬之间。
> 无人能消灭人民。
> 人民终将醒来，
> 只要有人依然能够
> 富有人情味地挤眼。

1985 年，我作为威尼斯电影节的评委在威尼斯与当时担任主席的一位中国著名女影星结下友谊，她允诺完成一项友谊的使命，即把我的一首新诗转交给中国的翻译家们。[①] 该诗就是献给

---

① 此处作者记忆或有误，当年系汉学家李福清捎来此诗。——译者注

他们的，尽管红卫兵们曾试图禁止他们工作，禁止他们将全世界的一切文学译成中文。后来我得知，我的这首诗由中国俄语学者刘文飞译成汉语，我和译者也因此成了朋友。

我一直存有一个希望，希望我的预见能够实现，即将来在北京建造一座中国无名翻译家纪念碑，它的基座上或可刻上我诗句的译文：

> 伟大的译文就像是预言。
>
> 被翻译的细语也会成为喊声。
>
> 要为中国无名翻译家立一座纪念碑，
>
> 可敬的基座就用译著垒成！

这些勇敢的人在最为艰难的流放中翻译我的诗句，我也成了第一个获得中国文学奖的俄国人，我因此而充满感激，我希望我能完成在全中国的诗歌朗诵之旅。

吉狄马加教导我们：不要忘记，人类就是一个大家庭，该为全世界诗歌的共同荣光树立一座座共同的纪念碑了。

（刘文飞　译）

序 二

吉狄马加的诗：世界多元文化的结晶

［立陶宛］托马斯·温茨洛瓦[①]

千百年来，中国文学一直以十分独特的方式发展，几乎完全隔绝于西方的传统。造成这种情况的原因既有空间上的隔绝（长城是这种隔绝的标志），也有独特的社会结构的原因，以及很可能是首要的原因：象形文字的独特之处。另一方面，中华文化对其他远东文化有重要影响，而且经常是决定性的影响。中国文学发展孕育出的美妙果实就是发源于古代典籍的古代抒情诗。中华民族引以为傲的诗人，如屈原、陶渊明、李白和杜甫，在世界文化之中的地位可与荷马、贺拉斯、彼得拉克相提并论。17 世纪以前，中国古典文学对于西方来说完全是陌生的。

到了 19 世纪，尤其是 20 世纪，东西方都经历了大规模的对外开放：欧洲和美洲对中国兴趣浓厚，反之亦然。远东地区的

---

① 托马斯·温茨洛瓦（Tomas Venclova, 1937—），立陶宛著名诗人、学者和翻译家。现为耶鲁大学斯拉夫语言文学系教授。他的诗歌已被译成二十多种语言，也因此收获了诸多文学奖项和世界性声誉。与米沃什、布罗茨基并列"东欧文学三杰"，被称为"欧洲最伟大的在世诗人之一"。

诗歌开始影响世界现代文学，而西欧、美国、俄罗斯甚至波兰的诗歌新潮流也渗透进中国文化，尽管这一过程总会带有不小的延迟。扰乱这一进程的不仅是文化之间巨大的差异，还有中国所经历的和在新时代正在经历的极其复杂、艰难的发展道路。今天我们仍然荡舟于相互渗透的激流之中，吉狄马加的创作就证明了这一点。他是最著名的中国当代诗人之一，也是中国文化中辨识度最高的人物之一。

吉狄马加的诗与众不同，尽管它同时也是新时代世界文化的特色产物。他用中文创作，但却属于聚居在离越南和泰国不远的山区，人口八百万左右的彝族，或称诺苏族。这样一来，可以说，诗人又离我们的文化远了一层，但对欧洲读者来说他的诗却很容易理解。

彝族使用的语言属于藏缅语族，有着独立的文字系统，文化中保留着许多与万物有灵信仰有关的古老元素。直到现在彝族人都尊崇萨满（毕摩），他们负责主持出生、婚礼和葬礼等仪式。他们崇拜山神、树神和石神，以及四大元素之神，即火、水、土和气。

吉狄马加的导师是中国著名诗人艾青（曾在"反右"和"文革"时遭到迫害）。他早年熟读中国古典和二十世纪文学，还有西方文学。然而他始终心系自己民族——彝族的文化及其原始迷人的、对世界各大洲人民来说全新的世界观的传承。他深切同情每一个命途多舛的民族，这对于许多欧洲人来说非常亲切。他的诗极具表现力，自由奔放，充满比喻，时常夸张化处理，属于后现代浪潮的"寻根文学"。吉狄马加在对民间艺术的痴迷中接近魔幻现实主义。他在作品中经常涉及欧洲、非洲以及美国诗歌。读者很容易就能注意到作者的修辞风格与诗人巴勃罗·聂鲁达、奥克塔维奥·帕斯，以及"黑人精神"学派的关联性。在那里我们还能找到与多位中东欧诗人，从切斯瓦夫·米沃什到戴珊卡·马克西莫维奇的作品之间的互文关系。诗人将这些与中国和远东的传统联系在一起，尤其与彝族远古神话传说相结合，得到了奇妙和出人意料的效果。

想努力理解我们这个时代的读者，能够在吉狄马加的诗中找到许多值得思考、能引起共鸣的东西。

（刘文飞　译）

序 三

吉狄马加本质上是一位国际主义者

[美] 杰克·赫希曼 ①

这本书是中国杰出诗人吉狄马加的主要诗歌作品的合集，也收录了一些他的获奖辞，以及在全球文化领域发表的致敬感言和文化宣言。

为了更好地理解在阅读《从雪豹到马雅可夫斯基》时所要经历的冒险旅程，读者有必要知道这一点：吉狄马加本质上是一位国际主义者。

他的诗是用中文写的，由美国诗人梅丹理出色地翻译成英文。原文与译文都非常优美。

吉狄马加是彝族的一员，是该民族一位有影响力的人物，彝族是中国五十五个少数民族之一，有八百多万人口。记住这个民

---

① 杰克·赫希曼，1933 年生于纽约，美国当代最杰出的诗人之一，出版过上百部诗集，其代表作是诗集《神秘》，多次当选旧金山市桂冠诗人，也是建立于 2011 年的世界诗歌运动的创始人之一。此文是作者为长江文艺出版社和美国 Kallatumba（阿尔巴尼亚语：倾倒）出版社同时出版的吉狄马加诗集《从雪豹到马雅可夫斯基》所撰写的序言。

族的情况是极为重要的，因为吉狄马加既在中国作家协会身居要职，也是中国现有民族结构里，五十五个少数民族在文学领域的主导者。他为自己是彝族人的孩子这一出身而深感自豪，彝族人民特殊的维度深刻地体现在了这本书的许多诗作里。的确，在本书两首长诗之一《我，雪豹……》中，那些形象充满全中国的，尤其是西南大山里彝族人的精神与心灵。

读者同样有必要知道，彝族人有多个分支。吉狄马加属于诺苏支系，或称"黑色之彝"（"诺"在彝语中意为黑色），他的诗《河流》表达了中国西南部那条深黑色的大河从心灵深处唤起的崇敬，正是在那片土地上，他作为一名青年诗人而声名鹊起。

尽管黑色在这里并不代表种族色彩，但事实的另一面也是真的。从青年时代起，受到毛泽东反殖民文化政治思想的影响，加上自身热衷于阅读非洲和加勒比地区诗人的作品，非洲在吉狄马加心目中有着强有力的含义，他将这种含义在散文《一个中国诗人的非洲情结》中做了阐明，该文也收录在本书里；他与非洲充满热情的联系是如此深厚，他甚至将献给纳尔逊·曼德拉的优秀赞美诗命名为《我们的父亲》。这位吉狄马加所歌咏的神奇南非人，他所达到的知觉层次甚至可以宽恕囚禁自己的人，但曼德拉并非唯一一个受到吉狄马加褒奖的人物：伟大的匈牙利诗人尤若夫·阿蒂拉，西班牙的费德里科·加西亚·洛尔迦，德国的摄影师安德烈斯·古斯基——他们都在本书的诗中受到了礼赞。

本书的另一首长诗，划时代的《致马雅可夫斯基》，是一首六十年来当代诗歌一直都在等待书写的诗。现在，睁大眼睛看吧，它终于奇迹般地出现了！

对于大多数美国人，还有欧洲人、非洲人、亚洲人来说，提到中国，就会出现一个相同的亚洲民族的形象。所以我才要写吉狄马加的双重角色，既是诗人，又是文化工作者；既在中国政府内工作，又是彝族人的一员。

这些并不矛盾。五十五个少数民族并非无足轻重。他们有成百上千万人，构成中国社会巨大的多样性，这对于每个来到中国而不走马观花的人来讲都是显而易见的。彝族人都说汉语，也说彝语，本书的诗歌确乎唤起了彝族的诸多历史和他们对自然的亲近。正如我们在当代中国的民族情形上视野狭窄一样，我们对于中国诗歌也是目光短浅的。

举例来说，如今许多人的头脑里都有根深蒂固的观念，以为有一种所谓中国诗歌的"中式"写法。看似如此如此，闻若这般这般，换言之，这是中文：这便是中国诗了。吉狄马加的诗与此大异其趣。依照梅丹理的译文，他的诗歌感植根于命名产自河流与山川的自然万物，这些自然体是他申明人类境况和个中英雄的关键。他史诗般的风格将中国传统诗歌同西方诗歌相互衔接，激发了西方诗歌的国际主义维度。吉狄马加作品中的这些现象，有两大主要原因——

第一，诗意是吉狄马加生命的主宰，是他在诗歌、永远激情澎湃的宣言和散文式的演讲中所作声明的存在——是的，在共产主义和宇宙双重意义上的存在——之根：树便是树，山便是山；但以真挚的感情和富有想象力的精神在一首诗中为它们命名，在吉狄马加心中，乃是精神本身的巅峰。因为彝人之所以闻名，最主要的方面在于他们痴迷于自然万物的起源（他们的《彝族源流》中对此有所表达），正如中原的老子与庄子。所以读者应当知道，吉狄马加的诗源自彝人萨满教式的通神传统，也源自中国现代诗——这个时代伟大而繁复的事物之一。

第二，吉狄马加不仅是一位正在写作的诗人，还是其中十分优秀的一位。诗人不仅将生命精华和激情奉献给诗歌创作，还积极组织国际诗歌节活动——例如在青海湖或成都，以及中国的其他地方。吉狄马加的《青海湖国际诗歌节宣言》——如同本书中的散文作品——由黄少政译成英文，也由克劳迪娅·科特译成德文，由拉斐尔·帕蒂尼奥·戈埃斯译成西班牙文，由弗朗索瓦丝·罗伊译成法文，由罗莎·隆巴尔迪翻译成意大利文，这是绝好的多重证据，证明了吉狄马加作为一名文化工作者所具备的深厚的国际主义背景。

确实，他在演说中向世界最大诗歌节之一——哥伦比亚麦德林诗歌节的长期组织者、哥伦比亚诗人费尔南多·伦东及其他文化工作者致敬。伦东通过组织麦德林诗歌节这一年度活动，抹去了毒品带给麦德林的污点，帮助这个国家终结了长达五十年的内战，他藉此在数年前的瑞典获得了"另类"诺贝尔奖。

在阅读吉狄马加关于伦东那美好而精练的演讲时，我满心喜悦，因为我曾在麦德林诗歌节上朗诵过（有五千人到场，无一人离席，即使下着瓢泼大雨）。我同费尔南多和另外来自世界各地的三十五位诗人及文化工作者一起，周围是在 2011 年创立了世界诗歌运动的人们，这场运动的参与者每三周左右就会通过电脑相互来一次全球聊天，费尔南多负责掌舵。

2015 年 8 月，我同吉狄马加在他与同仁们几年前创办的青海湖诗歌节上见面，我和我妻子、生于瑞典的诗人昂内塔·法尔克受邀朗诵我们的诗作。我很骄傲地说，从那以来，我就借由诗歌墙确信（诗歌墙包括巴勃罗·聂鲁达、兰斯顿·休斯、杜甫、奈莉·萨克斯、保罗·策兰和其他许多同类诗人的形象，还有诗歌广场的二十四座雕像，雕刻的是世界最伟大的史诗的作者或主人公，包括《吉尔伽美什》《贝奥武甫》《罗兰之歌》、但丁、沃尔特·惠特曼等）——这一切都令我确信，吉狄马加不仅是一位卓越的诗人，还是一股借传播诗歌艺术而变革世界的文化力量，如果有哪位作家配得上诺贝尔文学奖，那便是他了。在我所到过并朗诵过作品的国家里，我从未见过比中国通过吉狄马加的能量所展示出来的更灿烂的对于诗歌的崇敬。

他的长诗《致马雅可夫斯基》，是对 20 世纪首位流浪诗人、百年前首位全心全意拥抱共产主义革命的诗人最好的描画。我为了读到这首百年一见的、兼具救赎与复生的诗等待了六十余年，它就在这里，带着形象、韵律和呼吸的庄严，我确信它们将以继续反抗昔日曾威胁全体真正人类的种族主义和社团主义的巨大力量，去填补读者的想象。

正当我们需要马雅可夫斯基的时刻，吉狄马加令他苏醒了。马雅可夫斯基唇边的光荣是诗歌的荣耀，是吉狄马加唇边的革命，带给我们通向未来的诗性力量！

2017 年 1 月于旧金山

（胡伟　译）

目 录

第一辑 诗 歌

007

第二辑　随笔和文学演讲

第一辑

诗　歌

自画像

风在黄昏的山冈上悄悄对孩子说话，
风走了，远方有一个童话等着它。
孩子，留下你的名字吧，在这块土地上，
因为有一天你会自豪地死去。

——题记

我是这片土地上用彝文写下的历史
是一个剪不断脐带的女人的婴儿
我痛苦的名字
我美丽的名字
我希望的名字
那是一个纺线女人
千百年来孕育着的
一首属于男人的诗
我传统的父亲
是男人中的男人

人们都叫他支格阿鲁①

我不老的母亲

是土地上的歌手

一条深沉的河流

我永恒的情人

是美人中的美人

人们都叫她呷玛阿妞

我是一千次死去

永远朝着左睡的男人

我是一千次死去

永远朝着右睡的女人

我是一千次葬礼开始后

那来自远方的友情

我是一千次葬礼高潮时

母亲喉头发颤的辅音

这一切虽然都包含了我

其实我是千百年来

正义和邪恶的抗争

其实我是千百年来

---

① 支格阿鲁，彝族神话史诗中的创世英雄，在彝族传说中被视为鹰的儿子。

爱情和梦幻的儿孙

其实我是千百年来

一次没有完的婚礼

其实我是千百年来

一切背叛

一切忠诚

一切生

一切死

啊，世界，请听我回答

我——是——彝——人

回答

你还记得

那条通向吉勒布特 ① 的小路吗？

一个流蜜的黄昏

她对我说：

我的绣花针丢了

快来帮我寻找

（我找遍了那条小路）

你还记得

那条通向吉勒布特的小路吗？

一个沉重的黄昏

我对她说：

那深深插在我心上的

不就是你的绣花针吗

（她感动得哭了）

---

① 吉勒布特，凉山彝族腹心地带一地名，在四川凉山州拖布县境内。彝语意为刺猬出没的土地，作者的故乡。

彝人谈火

给我们血液，给我们土地

你比人类古老的历史还要漫长

给我们启示，给我们慰藉

让子孙在冥冥中，看见祖先的模样

你施以温情，你抚爱生命

让我们感受仁慈，理解善良

你保护着我们的自尊

免遭他人的伤害

你是禁忌，你是召唤，你是梦想

给我们无限的欢乐

让我们尽情地歌唱

当我们离开这个人世

你不会流露出丝毫的悲伤

然而无论贫穷，还是富有

你都会为我们的灵魂

穿上永恒的衣裳

口弦^①的自白

我是口弦

永远挂在她的胸前

从美妙的少女时光

到寂寞的老年

我是口弦

命运让我

睡在她心房的旁边

她通过我

把忧伤和欢乐

倾诉给黑暗

我是口弦

要是她真的

溘然离开这个人世

我也要陪伴着她

最终把自己的一切

拌和在冰冷的泥土里面

---

① 口弦，彝族人的一种原始乐器，用三片黄铜制成，形状像鱼或蜻蜓的翅膀。
演奏时用口腔共鸣，音乐优美，声音微弱而细小。

但是——兄弟啊——在漆黑的夜半

如果你感受到了

这块土地的悲哀

那就是我还在思念

反差

我没有目的

突然太阳在我的背后
预示着某种危险

我看见另一个我
穿过夜色和时间的头顶
吮吸苦荞的阴凉
我看见我的手不在这里
它在大地黑色的深处
高举着骨质的花朵
让仪式中的部族
召唤先祖们的灵魂

我看见一堵墙在阳光下古老
所有的谚语被埋进了酒中
我看见当音乐的节奏爬满羊皮
一个歌手用他飘忽着火焰的舌头

寻找超现实的土壤

我不在这里，因为还有另一个我
在朝着相反的方向走去

老去的斗牛

——大凉山斗牛的故事之一

它站在那里

站在夕阳下

一动也不动

低垂着衰老的头

它的整个身躯

像被海浪啃咬过的

礁石

它那双伤痕斑斑的角

像狼的断齿

它站在那里

站在夕阳下

紧闭着一只

还剩下的独眼

任一群苍蝇

围着自己的头颅飞旋

任一些大胆牛虻

爬满自己的脸

它的主人不知到何处去了

它站在那里

站在夕阳下

这时它梦见了壮年的时候

想起火把节的早晨

它好像又听见头上的角发出动人的声响

它好像又听见鼻孔里发出远山的歌唱

它好像又嗅到了斗牛场

那熟悉而又潮湿的气息

它好像又感到一阵狂野的冲动

从那黑色的土地上升起

它好像又感到

奔流着的血潮正涌向全身

每一根牛毛都像坚硬的钢丝一般

它好像又听到了人们欢呼的声音

在夏日阳光的原野上

像一只只金色的鹿

欢快着奔跑着跳跃着

它好像又看见那年轻的主人牵着它

红色的彩带挂在了头顶

在高高的山冈

它的锐角挑着一轮太阳

红得就像鲜血一样

它站在那里

站在夕阳下

有时会睁开那一只独眼

望着昔日的斗牛场

发出一声悲哀的吼叫

于是那一身

枯黄的毛皮

便像一团火

在那里疯狂地燃烧

死去的斗牛

——大凉山斗牛的故事之二

你尽可以把他消灭掉，可就是打不败他。

——欧内斯特·海明威

在一个人们

熟睡的深夜

它有气无力地躺在牛栏里

等待着那死亡的来临

一双微睁着的眼

充满了哀伤和绝望

但就在这时它仿佛听见

在那远方的原野上

在那昔日的斗牛场

有一头强壮的斗牛向它呼叫

用挑战的口气

喊着它早已被遗忘的名字

戏弄着它，侮辱着它，咒骂着它

也就在这瞬间，它感到

有一种野性的刺激在燃烧

于是，它疯狂地向那熟悉的原野奔去

就在它冲去的地方

栅栏发出垮掉的声音

小树发出断裂的声音

岩石发出撞击的声音

土地发出刺破的声音

当太阳升起的时候

在多雾的早晨

人们发现那头斗牛死了

在那昔日的斗牛场

它的角深深地扎进了泥土

全身就像被刀砍过的一样

只是它的那双还睁着的眼睛

流露出一种高傲而满足的微笑

母亲们的手

彝人的母亲死了，在火葬的时候，她的身子
永远是侧向右睡的，听人说那是因为，她还要用
自己的左手，到神灵世界去纺线。

——题记

就这样向右悄悄地睡去

睡成一条长长的河流

睡成一架绵绵的山脉

许多人都看见了

她睡在那里

于是山的女儿和山的儿子们

便走向那看不见海的岸

岸上有一条美人鱼

当液态的土地沉下去

身后立起一块沉默的礁石

这时独有一支古老的歌曲

拖着一弯最纯洁的月牙

就这样向右悄悄地睡去

在清清的风中

在蒙蒙的雨里

让淡淡的雾笼罩

让白白的云萦绕

无论是在静静的黎明

还是在迷人的黄昏

一切都成了冰冷的雕像

只有她的左手还漂浮着

皮肤上一定有温度

血管里一定有血流

就这样向右悄悄地睡去

多么像一条美人鱼

多么像一弯纯洁的月牙

多么像一块沉默的礁石

她睡在土地和天空之间

她睡在死亡和生命的高处

因此江河才在她身下照样流着

因此森林才在她身下照样长着

因此山岩才在她身下照样站着

因此我苦难而又甜蜜的民族

才这样哭着，才这样喊着，才这样唱着

就这样向右悄悄地睡去

世间的一切都要消失

在浩瀚的苍穹中

在不死的记忆里

只有她的左手还漂浮着

那么温柔，那么美丽，那么自由

黑色河流

兰斯顿·休斯① 给了我一种吟唱的方式，而
我呈现给世界的却是一个属于自己的有关死亡的
独白。

我了解葬礼，

我了解大山里彝人古老的葬礼。

（在一条黑色的河流上，

人性的眼睛闪着黄金的光。）

我看见人的河流，正从山谷中悄悄穿过。

我看见人的河流，正漾起那悲哀的微波。

沉沉地穿越这冷暖的人间，

沉沉地穿越这神奇的世界。

我看见人的河流，汇聚成海洋，

在死亡的身边喧响，祖先的图腾被幻想在天上。

————————————

① 兰斯顿·休斯（1902—1967），美国现代著名诗人，被誉为"黑人民族的桂冠诗人"。

我看见送葬的人，灵魂像梦一样，

在那火枪的召唤声里，幻化出原始美的衣裳。

我看见死去的人，像大山那样安详，

在一千双手的爱抚下，听友情歌唱忧伤。

我了解葬礼，

我了解大山里彝人古老的葬礼。

（在一条黑色的河流上，

人性的眼睛闪着黄金的光。）

头巾 ①

有一个男人把一块头巾

送给了他相爱的女人

这个女人真是幸运

因为她总算和这个

她真心相爱的男人结了婚

朝也爱

暮也爱

岁月悄悄流去

只要一看见那头巾

总有那么多甜蜜的回忆

有一个男人把一块头巾

送给了他相爱的女人

可这个女人的父母

却硬把她嫁给了一个

她从不认识的人

① 头巾，在大凉山彝族地区有男人将头巾送给他的恋人做定情物的习俗。

从此她的泪很多

从此她的梦很多

于是她只好用那头巾

去擦梦里的灰尘

有一个男人把一块头巾

送给了他相爱的女人

或许由于风

或许由于雨

或许由于一次特大的山洪

彼此再没有消息

于是不知过了多少年

在一个赶集的路口

这个女人突然又遇见了那个男人

彼此都默默无语

谁也不愿说起过去

两个人的手中

都牵着各自的孩子

有一个男人把一块头巾

送给他相爱的女人

可能是一次远方的雷声

可能是一次初夏的寒冷

这个女人和一个外乡人走了

她想等到盛夏的傍晚就回来

可是回来已是冬天的早晨

从此她只好在那有月光的晚上

偷偷地数那头巾上的花格

有一个男人把一块头巾

送给了他相爱的女人

但为了一个永恒的等待

天说要背叛

地说要背叛

其实那是两条相望的海岸

尽管也曾有过船

醒着也呢喃

睡着也呢喃

最后有一天

这个女人死了

送葬的人

才从她珍藏的遗物中

发现这条头巾

可谁也没有对它发生兴趣

可谁也不会知道它的历史

于是人们索性就用这头巾

盖住死者那苍白的脸

连同那蜷曲的身躯

在那山野里烧成灰烬

做口弦的老人

　　这是谁的口弦在太阳下闪光，多么像蜻蜓的
翅膀。

——题记

一

在群山环绕的山谷中

他的锤声正穿过那寂静无声的雾

音乐会溅落星星般的露珠

处女林会停止风中的舞步

那就让这男性的振动

在高原湖丰腴的腹部上

开始月光下

爱和美的结盟

二

他苍老多皱的手
是高原十二月的河流
流褐黄色的音韵
流起伏着的思绪
正缓缓地
剪裁金黄金黄的古铜

三

他的手里正游过一条自由的鱼
它两翼是古铜色的波浪
他举起高而又高的礁石
在和金色的鱼鳞碰撞
于是从他的童话世界中
将飞出好多好多迷人的蜻蜓

四

蜻蜓金黄的翅膀将振响
响在太阳的天空上

响在土地的山峰上

响在男人的额头上

响在女人的嘴唇上

响在孩子的耳环上

蜻蜓金黄的翅膀将振响

响在东方

响在西方

响给黄种人听

响给黑种人听

响给白种人听

响在长江和黄河的上游

响在密西西比河的下游

这是彝人来自远古的声音

这是彝人来自灵魂的声音

五

当月亮从大山背后升起

爱在山冈上岩石般站立

缠绵的蜻蜓

匆忙的蜻蜓

甜蜜的蜻蜓

到少女的胸脯上栖息

那些无声的喇叭花

独自对着星空呼吸

因为有了一对对金色的翅膀

爱在这块土地上才如此久长

六

假如土地上失去了金翅拍击的声音

假如土地上失去了呼唤友情的回音

那世界将是一个死寂的世界

那土地将是一片荒凉的土地

有什么比这更令人绝望

有什么比这更令人悲哀

七

人类在制造生命的蛋白质

人类在制造死亡的核原子

毕加索的和平鸽

将与轰炸机的双翼并行

从人类的头上飞过

飞过平原　飞过

飞过高山　飞过

飞过江河　飞过

飞过那些无名的幽谷　飞过

我们的老人已经制造了一万次爱情

我们的老人已经制造了一千颗太阳

看那些蜻蜓金黄的翅膀

正飞向每个种族的故乡

八

有一天他将默默地死去

为了永恒的爱而停止呼吸

那时在他平静的头颅上

会飞绕着一群美丽的蜻蜓

它们闪着金黄金黄的翅膀

这块土地上爱唱歌的彝人

将抬着他的躯体走向

走向那千古不灭的太阳

彝人之歌

我曾一千次
守望过天空，
那是因为我在等待
雄鹰的出现。
我曾一千次
守望过群山，
那是因为我知道
我是鹰的后代。
啊，从大小凉山
到金沙江畔，
从乌蒙山脉
到红河两岸，
妈妈的乳汁像蜂蜜一样甘甜，
故乡的炊烟湿润了我的双眼。

我曾一千次
守望过天空，
那是因为我在期盼

民族的未来。

我曾一千次

守望过群山，

那是因为我还保存着

我无法忘记的爱。

啊，从大小凉山

到金沙江畔，

从乌蒙山脉

到红河两岸，

妈妈的乳汁像蜂蜜一样甘甜，

故乡的炊烟湿润了我的双眼。

听《送魂经》

要是在活着的日子

就能请毕摩^①

为自己送魂

要是在活着的日子

就能沿着祖先的路线回去

要是这一切

都能做到

而不是梦想

要是我那些

早已长眠的前辈

问我每天在干些什么

我会如实地说

这个家伙

热爱所有的种族

以及女子的芳唇

他还常常在夜里写诗

但从未坑害过人

---

① 毕摩，彝族中的文化传承者和原始宗教中的祭司。

理解

跟着我

走进那聚会的人流

去听竖笛和马布^①的演奏

你一定会亲眼目睹

在每一支曲调之后

我都会深深地低下头

跟着我

但有一个请求

你可千万不能

看见我流泪

就认为这是喝醉了酒

假如说我的举动

真的有些反常

那完全是由于

这独特的音乐语言

---

① 马布，彝族的一种原始乐器。

古老而又美妙

跟着我
你不要马上拉我回家
因为你还不会知道
在这样的旋律和音阶中
我是多么地心满意足

古里拉达①的岩羊

再一次瞩望

那奇妙的境界

其实一切都在天上

通往神秘的永恒

从这里连接无边的浩瀚

空虚和寒冷就在那里

蹄子的回声沉默

雄性的弯角

装饰远走的云雾

背后是黑色的深渊

它那童真的眼睛

泛起幽蓝的波浪

在我的梦中

不能没有这颗星星

———————————————————

① 古里拉达，大凉山地区一地名。

在我的灵魂里

不能没有这道闪电

我怕失去了它

在大凉山的最高处

我的梦想会化为乌有

部落的节奏

在充满宁静的时候

我也能察觉

它掀起的欲望

爬满了我的灵魂

引来一阵阵风暴

在自由漫步的时候

我也能感到

它激发的冲动

奔流在我的体内

想驱赶一双腿

去疯狂地迅跑

在甜蜜安睡的时候

我也能发现

它牵出的思念

萦绕在我的大脑

让梦终夜地失眠

呵，我知道

多少年来

就是这种神奇的力量

它让我的右手

在淡淡的忧郁中

写下了关于彝人的诗行

催眠曲

——为彝人母亲而作

天上的雄鹰

也有站立的时候

地上的豹子

也有困倦的时候

妈妈的儿子

你就睡吧

（有一只多情的手臂

从那温暖的地方伸来

歌手沉重的额头

寂静如月光的幻影）

天上的斑鸠

也有不飞的时候

地上的獐子

也有停步的时候

妈妈的儿子

你就睡吧

（传说奇妙的故事

被梳理成少女的小辫

游戏在天黑之前

把梦想留在了门外）

天上的大雁

也有入眠的时候

地上的猎狗

也有打盹的时候

妈妈的儿子

你就睡吧

（远处的隐隐雷声

剩下的缠绵思念

小路再不会明白

那雨季过后的期待）

天上的太阳

也有下落的时候

地上的火塘①

也有熄灭的时候

---

① 火塘，彝族人家中的传统火炉，炉架是三块石头，俗称为"锅庄石"。

妈妈的儿子

你就睡吧

（等你早晨醒来

就会长成威武的勇士

假如你的妈妈

已经离开了这个人世

你可千万不要去

把她苦苦地找寻

因为她永远属于

这片黑色的土地）

天上的月亮

也有消隐的时候

地上的河流

也有沉默的时候

妈妈的儿子

你就睡吧

（星星爬上了天幕

山谷里紫色的微风

早已迷失了踪影

独有灵魂才能感到

那一种无声的忧郁）

感受

从瓦板屋顶飞过

它没有声音

还是和平常那样

微微地振动

融化在空气中

隐约在山的那边

阳光四处流淌

青色的石板上

爬满了昆虫

有一节歌谣催眠

随着水雾上升

迷离的影子

渐渐消失

傍晚的时候

打开沉重的木门

望着寂静的天空

我想说句什么

然而我说不出

黑色狂想曲

在死亡和生命相连的梦想之间
在河流和土地的幽会之处
当星星以睡眠的姿态
在蓝色的夜空静默
当歌手忧郁的嘴唇失去柔软
木门不再响动，石磨不再歌唱
摇篮曲的最后一个音符跳跃成萤火
所有疲倦的母亲都已进入梦乡

而在远方，在云的后面
在那山岩的最高点
沉睡的鹰爪踏着梦想的边缘
死亡在那个遥远的地方紧闭着眼
而在远方，在这土地上
千百条河流在月光下游动
它们的影子走向虚无

而在远方，在那森林里

在松针诱惑的枕头旁

残酷的豹忘记了吞食身边的岩羊

在这寂静的时刻

啊，古里拉达峡谷中没有名字的河流

请给我你血液的节奏

让我的口腔成为你的声带

大凉山男性的乌抛山

快去拥抱小凉山女性的阿呷居木山

让我的躯体再一次成为你们的胚胎

让我在你腹中发育

让那已经消失的记忆重新膨胀

在这寂静的时刻

啊，黑色的梦想，你快覆盖我，笼罩我

让我在你情人般的抚摸中消失吧

让我成为空气，成为阳光

成为岩石，成为水银，成为女贞子

让我成为铁，成为铜

成为云母，成为石棉，成为磷火

啊，黑色的梦想，你快吞没我，溶化我

让我在你仁慈的保护下消失吧

让我成为草原，成为牛羊

成为獐子，成为云雀，成为细鳞鱼

让我成为火镰，成为马鞍

成为口弦，成为马布，成为卡谢着尔 ①

啊，黑色的梦想，就在我消失的时候

请为我弹响悲哀和死亡之琴吧

让吉狄马加这个痛苦而又沉重的名字

在子夜时分也染上太阳神秘的色彩

让我的每一句话，每一支歌

都是这土地灵魂里最真实的回音

让我的每一句诗，每一个标点

都是从这土地蓝色的血管里流出

啊，黑色的梦想，就在我消失的时候

请让我对着一块巨大的岩石说话

身后是我苦难而又崇高的人民

我深信这千年的孤独和悲哀呵

要是岩石听懂了也会淌出泪来

啊，黑色的梦想，就在我消失的时候

---

① 口弦、马布、卡谢着尔，均为彝族的原始乐器。

请为我的民族升起明亮而又温暖的星星吧

啊，黑色的梦想，让我伴随着你

最后进入那死亡之乡

岩石

它们有着彝族人的脸形
生活在群山最孤独的地域
这些似乎没有生命的物体
黝黑的前额爬满了鹰爪的痕迹
（当岁月漫溢的情感
穿过了所有的虚幻的季节
望着古老的天空和熟悉的大地
无边的梦想，迷离的回忆
只有那阳光燃成的火焰
让它们接近于死亡的睡眠
可是谁又能告诉我呢？
这一切包含了人类的不幸）

我看见过许多没有生命的物体
它们有着彝族人的脸形
一个世纪又一个世纪的沉默
并没有把他们的痛苦减轻

故土的神灵

把自己的脚步放轻
穿过自由的森林
让我们同野兽一道行进
让我们陷入最初的神秘

不要惊动它们
那些岩羊、獐子和花豹
它们是白雾忠实的儿子
伴着微光悄悄地隐去

不要打扰永恒的平静
在这里到处都是神灵的气息
死了的先辈正从四面走来
他们惧怕一切不熟悉的阴影

把脚步放轻,还要放轻
尽管命运的目光已经爬满了绿叶
往往在这样异常沉寂的时候
我们会听见来自另一个世界的声音

日子

我知道山里的布谷

在什么时候筑巢

这已经是很早的事情

要是有人问我

蜜蜂在哪匹岩上歌唱

说句实话

我可以轻松地回答

谈到蝉儿的表演

充满了梦幻的阳光

当然它只会在

撒荞的季节鸣叫

唉，一个人的思念

有时确也奇特

对于这一点我敢担保

假如命运又让我

回到美丽的故乡

就是紧闭着双眼

我也能分清

远处朦胧的声音

是少女的裙裾响动

还是坡上的牛羊嚼草

山中

在那绵延的群山里

总有这样的时候

一个人低头坐在屋中

不知不觉会想起许多事情

脚前的火早已灭了

可是再也不想动一动自己的身体

这漫长寂寞的日子

或许早已成了习惯

那无名的思念

就像一个情人

来了又走了

走了又来了

但是你永远不会知道

她是不是已经到了门外

在那绵延的群山里

总有这样的时候

你会想起一位

早已不在人世的朋友

苦荞麦

荞麦啊，你无声无息

你是大地的容器

你在吮吸星辰的乳汁

你在回忆白昼炽热的光

荞麦啊，你把自己根植于

土地生殖力最强的部位

你是原始的隐喻和象征

你是高原滚动不安的太阳

荞麦啊，你充满了灵性

你是我们命运中注定的方向

你是古老的语言

你的倦意是徐徐来临的梦想

只有通过你的祈祷

我们才能把祝愿之辞

送到神灵和先辈的身边

荞麦啊，你看不见的手臂

温柔而修长，我们

渴望你的抚摸，我们歌唱你

就如同歌唱自己的母亲一样

被埋葬的词

我要寻找

被埋葬的词

你们知道

它是母腹的水

黑暗中闪光的鱼类

我要寻找的词

是夜空宝石般的星星

在它的身后

占卜者的双眸

含有飞鸟的影子

我要寻找的词

是祭司梦幻的火

它能召唤逝去的先辈

它能感应万物的灵魂

我要寻找

被埋葬的词

它是一个山地民族

通过母语，传授给子孙的

那些最隐秘的符号

看不见的人

在一个神秘的地点

有人在喊我的名字

但我不知道

这个人是谁?

我想把他的声音带走

可是听来却十分生疏

我敢肯定

在我的朋友中

没有一个人曾这样喊叫我

在一个神秘的地点

有人在写我的名字

但我不知道

这个人是谁?

我想在梦中找到他的字迹

可是醒来总还是遗忘

我敢肯定

在我的朋友中

没有一个人曾这样写信给我

在一个神秘的地点
有人在等待我
但我不知道
这个人是谁?
我想透视一下他的影子
可是除了虚无什么也没有
我敢肯定
在我的朋友中
没有一个人曾这样跟随我

毕摩的声音
——献给彝人的祭司之二

你听见它的时候

它就在梦幻之上

如同一缕淡淡的青烟

为什么群山在这样的时候

才充满着永恒的寂静

这是谁的声音？它飘浮在人鬼之间

似乎已经远离了人的躯体

然而它却在真实与虚无中

同时用人和神的口说出了

生命与死亡的赞歌

当它呼喊太阳、星辰、河流和英雄的祖先

召唤神灵与超现实的力量

死去的生命便开始了复活！

骑手

疯狂地旋转后
他下了马
在一块岩石旁躺下

头上是太阳
云朵离得远远

他睡着了
血管里有马蹄的声音

马鞍

——写在哈萨克诗人唐加勒克①纪念馆

这是谁的马鞍

它的沉默

为什么让一个

热爱草原的民族

黯然神伤！

它是如此的宁静

无声的等待

变成了永恒

仿佛马蹄的声音

也凝固成了石头

这是爱情的见证

它忠实的主人

策马跑过了世界上

男人和女人，最快乐的时光

它还在呼唤，因为它相信

---

① 唐加勒克，我国现代哈萨克族著名诗人，曾被国民党反动派监禁，1947 年病逝。

骑手总有一天

还会载誉归来

它是沉重的，如同牧人的叹息

一个崇尚自由的灵魂

为了得到人的尊严和平等

有时候可供选择的

只能是死亡！

一支迁徙的部落

——梦见我的祖先

我看见他们从远方走来

穿过那沉沉的黑夜

那一张张黑色的面孔

浮现在遥远的草原

他们披着月光编织的披毡

托着刚刚睡去的黑暗

当一条深沉的

黑色的河

从这土地上流过

在那黑暗骚动的群山上

总有一双美丽的眼睛

——无畏地关闭

可祖先的图腾啊

照样要高高地举起

尽管又一个勇敢的酋长

在黎明时死去

（我看见一个孩子站在山冈上

双手拿着被剪断的脐带

充满了忧伤）

我看见他们从远方走来

那些脚印风化成古老的彝文

有一部古老的史诗

讲述着关于生和死的事情

可那些强悍的男人

可那些多情的女人

在不屈的头颅和野性的胸脯上

照样结满诱人的果实

当那些神秘的实物

掉落在大地上时

远方的处女林会发出

痛苦而又甜蜜的回音

于是这土地的子宫里

便有一棵黑色的树

在疯狂地生长

尽管有一对不幸的情人

吊死在这棵树上

（我看见一个孩子站在山冈上

双手拿着被剪断的脐带

充满了忧伤）

我看见他们从远方走来

头上是一颗古老的太阳

不知还有没有黄昏星

因为有一个老人在黄昏时火葬了

这时只有那荒原上

还有一群怀孕的女人

在为一个人的诞生而歌唱

当星星降落到

所有微笑的峭壁上

永恒的黄昏星还在那里闪耀

有一天当一支摇篮曲

真的变成了相思鸟

一个古老的民族啊

还会不会就这样

永远充满玫瑰色的幻想

尽管有一只鹰

在雷电过后

只留下滴血的翅膀

（我看见一个孩子站在山冈上

双手拿着被剪断的脐带

充满了忧伤）

布拖^①女郎

就是从她那古铜般的脸上

我第一次发现了那片土地的颜色

我第一次发现了太阳鹅黄色的眼泪

我第一次发现了那季风留下的齿痕

我第一次发现了幽谷永恒的沉默

就是从她那谜一样动人的眼里

我第一次听到了高原隐隐的雷声

我第一次听见了黄昏轻推着木门

我第一次听见了火塘甜蜜的叹息

我第一次听见了头巾下如水的吻

就是从她那安然平静的额前

我第一次看见了远方风暴的缠绵

我第一次看见了岩石盛开着花朵

我第一次看见了梦着情人的月光

---

① 布拖，大凉山腹心地带一地名，那里居住的彝人属于阿都，又称小裤脚。

我第一次看见了四月怀孕的河流

就是从她那倩影消失的地方
我第一次感到了悲哀和孤独
但我永远不会忘记那一天
在大凉山一个多雨的早晨
一个孩子的初恋被带到了远方

题词

——献给我的汉族保姆

就是这个女人，这个年轻时

曾经无比美丽的村姑，这个

十六岁时就不幸被人奸淫了的女子

这个只身一人越过金沙江

又越过大渡河，到过大半个旧中国的女人

就是这个女人，受过许多磨难，而又从不

被人理解，在不该死去丈夫的年龄成了寡妇

就是这个女人，后来又结了婚

可那个男人要小她二十岁

最终她还是为这个男人吃尽了苦头

就是这个女人，历尽了人世沧桑和冷暖

但她却时时刻刻都梦想着一个世界

那里，充满着甜蜜和善良，充满着人性和友爱

就是这个女人，我在她的怀里度过了童年

我在她的身上和灵魂里，第一次感受到了

那超越了一切种族的、属于人类最崇高的情感

就是这个女人，是她把我带大成人

并使我相信，人活在世上都是兄弟

（尽管千百年来那些可怕的阴影

也曾深深地伤害过我）

那一天她死去了，脸上挂着迷人的微笑

岁月的回忆在她眼里变得无限遥远

而这一切都将成为永恒

诚然大地并没有因为失去这样一个平凡的女人

感到过真正的战栗和悲哀

但在大凉山，一个没有音乐的黄昏

她的彝人孩子将会为她哭泣

整个世界都会听见这忧伤的声音

彝人梦见的颜色

——关于一个民族最常使用的三种颜色的印象

（我梦见过那样一些颜色

我的眼里常含着深情的泪水）

我梦见过黑色

我梦见过黑色的披毡被人高高地扬起

黑色的祭品独自走向祖先的魂灵

黑色的英雄结上爬满了不落的星

但我不会不知道

这个甜蜜而又悲哀的种族

从什么时候起就自称为诺苏 ①

我梦见过红色

我梦见过红色的飘带在牛角上鸣响

红色的长裙在吹动一支缠绵的谣曲

红色的马鞍幻想着自由自在地飞翔

---

① 诺苏，彝语黑色的民族，彝族的自称。诺苏人崇尚黑色。

我梦见过红色

但我不会不知道

这个人类血液的颜色

从什么时候起就在祖先的血管里流淌

我梦见过黄色

我梦见过一千把黄色的伞在远山歌唱

黄色的衣边牵着了跳荡的太阳

黄色的口弦在闪动明亮的翅膀

我梦见过黄色

但我不会不知道

这个世上美丽和光明的颜色

从什么时候起就留在了古老的木质器皿上

（我梦见过那样一些颜色

我的眼里常含着深情的泪水）

看不见的波动

有一种东西，在我

出生之前

它就存在着

如同空气和阳光

有一种东西，在血液之中奔流

但是用一句话

的确很难说清楚

有一种东西，早就潜藏在

意识的最深处

回想起来却又模糊

有一种东西，虽然不属于现实

但我完全相信

鹰是我们的父亲

而祖先走过的路

肯定还是白色

有一种东西，恐怕已经成了永恒

时间稍微一长

就是望着终日相依的群山

自己的双眼也会潮湿

有一种东西，让我默认

万物都有灵魂，人死了

安息在土地和天空之间

有一种东西，似乎永远不会消失

如果作为一个彝人

你还活在世上！

只因为

让我们把赤着的双脚

深深地插进这泥土

让我们全身的血液

又无声无息地流回到

那个给我们血液的地方

（只因为这土地

是我们自己的土地）

让我们放声地

来一次大笑

用眼里的泪水

湿透每一件黑色的衣裳

让我们尽情地

大哭它一场

哭得就像傻瓜一样

（只因为这土地

是我们自己的土地）

让我们看见

每一个男人

都用三色的木碗饮酒

要是喝醉了

决不会再有一双

高傲而又陌生的脚

从你的头上跨过

让我们看见

任何一个女人

都用口弦和木叶说话

要是疲倦了

就躺在梦想的经纬线上

然后沉沉地睡去

（只因为这土地

是我们自己的土地）

太阳

望着太阳，我便想

从它的光线里

去发现和惊醒我的祖先

望着太阳，大声说话

让它真正听见

并把这种神秘的语言

告诉那些灵魂

望着太阳，尽管我

常被人误解和中伤

可我还是相信

人更多的还是属于善良

望着太阳，是多么地美妙

季节在自己的皮肤上

漾起看不见的晚潮

望着太阳，总会去思念

因为在更早的时候

有人曾感受过它的温暖

但如今他们却不在这个世上

鹰爪杯

不知什么时候，那只鹰死了，彝人用它的脚
爪，做起了酒杯。

——题记

把你放在唇边
我嗅到了鹰的血腥
我感到了鹰的呼吸
把你放在耳边
我听到了风的声响
我听到了云的歌唱
把你放在枕边
我梦见了自由的天空
我梦见了飞翔的翅膀

土地上的雕像

——致我出嫁的姐姐

太阳是我的眼睛

一尊黝黑色的身躯

迎着逆光，向我示意

那是一座山，那是男人的背

斜托着我蜷曲的姐姐

一个羊毛坠子转成的梦

在头帕下悄悄地失落

少女眼里的泪，男人肩头的汗

空气嘟着嘴把它吻干

离情来自土地的边缘

姐姐，你用蓝色描绘男人

那是因为从来没见过面

头帕是一张永远摇动的纸

恐惧的想象必然留下荒诞

在阳光这支金色的奏鸣曲中

我听见了大山野性的呼唤

草垛中那个熟睡的少女

她的影子还留在一起

一个馨香的记忆，把月亮

揣进了绣花的包里

就是突然来了风暴，在深夜

姑娘的微笑照样圣洁

年轻的风，把爱在土地上书写

一根根长长的羊鞭，拴着了多少

来自黄昏的挑逗和诱惑

你把羊羔般的稚气，让

黄伞盖着，用口弦私语

在小溪边，你骄傲地站立

太阳为你做了一次黑色的洗礼

从此你的爱就属于这大山

属于这土地

只有你和那个憨厚的猎人知道

太阳和月亮的真正含义

此时枪声在森林中回响

可没有猎物匆忙地遁逃

猎人把失恋的烦恼和愤怒

发泄到空旷的地方

目光触电了，森林在荡漾

烈酒在他心里唱歌

森林中每一个平方的时空

都释放着喧嚣赤热的思想

当他在山峰上向她凝望

冲动让他最后举起了枪

但蓝天上那翻飞的鸟翅

终于撞开了他善良的心房

那颗子弹连同枪都沉落了

太阳在他眼里血一般灿烂

土地在他眼里火一般辉煌

爱在扑朔迷离的色彩中

穿上一件永恒的衣裳

骑着马鞍的是太阳

云雀弧线似的轻唱

男子充满了力的背

带走了一个不幸的姑娘

那三角形的绣花包里

装着一个破碎了的月亮

在远方，一切都还是想象

在这里，埋藏了少女的时光

但就在这褐色的土地上

一切都不会把你遗忘

就用这脚下的泥土

我要为你虔诚地塑像

为了一个少女蓝色的梦

为了一个猎人失落的枪

黄昏

——一个民族皮肤的印象

在凉山这块土地上

让我们这些男人骑上烈马

让我们尽情地跳跃

当我们的黑发

化成美丽的阳光

当我们的黑发

被风聚集成迷乱的骚动的金黄的色彩

这时我们那燃烧着的梦想

这时我们那喧哗着的梦想

就会在那自由的天空里飞翔

在那有着瓦板屋的地方

当我们赤裸着结实的身躯

站在那高高的山顶

轻挥着古铜色的臂膀

黄昏就浮现在我们的背上

在凉山这块土地上

让我们的女人发出真笑

让她们歌唱舞蹈

当她们的前胸

在太阳下膨胀

当她们的孩子睡在绿荫下

吮吸着大地的清凉

这时她们那温柔的梦想

这时她们那多情的梦想

就会在那友爱的天空里飞翔

在那有着瓦板屋的地方

当她们袒露出丰满的乳房

深情地垂下古铜色的额头

去给自己的孩子喂奶

黄昏就像睡着了一样

唱给母亲的歌

凉山上有不少高山湖，过去多有一对对雁鹅栖息。每年雁行经过时，大雁都要把子雁送入雁行。子雁不想离开，大雁便用翅膀拍打子雁，逼其加入雁行，飞去飞回往返多次才能送走。这一天，附近的群众都要赶来观看，妇女无不流泪。

——题记

只因为北方没有了雪

只因为一次

最遥远的旅行

从这里开始

当子雁的叫声传来

啊，母亲

我真的不敢

大声地出气

我真的不敢啊

睁开眼睛

就这样过了很久很久

我才悄悄朝远方望去

天上再没有子雁的影子

地上再没有子雁的声音

啊，母亲这时你哭了

紧搂着我

不停地抽泣

只因为他乡也有星星

只因为女人

到了出嫁的年龄

就要远去

不知是什么时候

当我骑着披红的马走向远山

我回过头来看见

夕阳早已剪断了

通往故乡的小路

啊，母亲

这时我看见你

独自站在那高高的山冈上

用你多皱的双手

捧着苍老的脸

——哭泣

啊，母亲

只有在今天

我才真正懂得了

为了那子雁的离去

你为什么

曾经那样伤心

啊，母亲

我最亲爱的母亲

沙洛河 ①

躺在这块土地上

我悄悄地睡去

（你这温柔的

属于我的故土

最动人的谣曲啊

我是在你的梦里睡着的）

躺在这块土地上

我甜甜地醒来

（你这自由的

属于我的民族

最崇高的血液啊

我是在你的轻唤中醒来的）

---

① 沙洛河，诗人故乡的一条河流。

老人与布谷鸟

沉默的岩石

坐在那里

望着多雾的山谷

悠悠的目光

被切割成碎片

裹着

黑色的披毡

身后一片寂静

偶然也会有

一朵

流浪的云

靠近

头顶

岁月的回忆

或许

还能从心底浮起

他会第一个听见

布谷鸟的叫声

在山那边歌唱婉转

可是谁也不会注意

就在那短暂的片刻

他的鼻翼翕动了几下

然后又用苍老的手背

悄悄地抹了抹

眼窝中滚出的泪滴

老人谣

沿着这条峡谷，径直
往前走，可以看见一片
树林。如果你真的
寂寞了，那就面向落日
悄悄唱一支歌。虽然
这样还是伤感。你要
像昔日那样，涉过一条
齐腰的河，它的名字
无关紧要，只是河水
在大山里还是那样刺骨
再往前走，有三条小道
你用不着在此犹豫
选择向右的方向，这对于
你来说并不难，因为
童年的记忆总会把人唤醒
假使你已经走过了
那道山脊，又很快临近
一片莽地。啊，谢天谢地

这时你的双眼完全可以

清楚地看见，前面

就是家了。短暂的沉默

你会轻轻推开木门，不敢

大声出气。房里

再没有一个人，你的

心里也明白，但是不要

太难过，尽管你的亲人们

都已离开人世

这里只剩下一片荒芜

隐没的头

把我的头伏在牛皮的下面
遗忘白昼的变异
在土墙的背后，蒙着头
远处的喧嚣渐渐弱下去
拉紧祭师的手，泪水溶溶
温柔的呢喃，绵延不绝
好像仁慈怜悯的电流
一次次抚摸我疲惫不堪的全身

把我的头伏在牛皮的下面
四周最好是一片黑暗
这是多么美妙的选择
为了躲避人类施加的伤害

黄色始终是美丽的

我无法用语言向你表达

一种无边的温暖

一片着色的睡眠

我无法一时向你讲明白

为什么会令人感动

以及长时间的沉默

哦，陌生的声音

教化的语言

原谅我，我只能这样对你说：

在这漫长的瞬间

你不可能改变我！

有人问……

有人问在非洲的原野上

是谁在控制羚羊的数量

同样他们也问

斑马和野牛虽然繁殖太快

为什么没有成为另一种灾难

据说这是狮子和食肉动物们的捕杀

它们维系了这个王国的平衡

难怪有诗人问这个世界将被谁毁灭

是水的可能性更大，还是因为火？

罗伯特·弗罗斯特① 曾有过这样的疑问

其实这个问题今天已变得很清楚

毁灭这个世界既不可能是水，也不可能是火

因为人已经成为一切罪恶的来源！

---

① 罗伯特·弗罗斯特（Robert Frost，1874—1963），20世纪美国伟大的民族诗人，曾多次获得普利策文学奖，被授予过桂冠诗人的称号。

山羊

——献给翁贝尔托·萨巴 ①

先生，我要寻找一只山羊

一只孤独无望的

名字叫萨巴的山羊

先生，它没有什么标志

它有的只是一张

充满了悲戚的脸庞

那是因为它在怀念故土、山冈

还有那牧人纯朴的歌谣

先生，我要寻找一只山羊

它曾在意大利的土地上流浪

它的灵魂里有看不见的创伤

---

① 翁贝尔托·萨巴（1883—1957），意大利著名诗人，其诗作《山羊》广为流传。

吉卜赛人

昨天
你在原野上
自由地歌唱

你的马
欢快地，跑来跑去
一双灵性的眼睛
充满了善良

今天
你站在
城市的中央
孤独无望

你的马
迈着疲惫的四蹄
文明的阴影
已将它
彻底地笼罩

基督和将军

你能捆住

他的

另一双手吗?

他既有形

而又无形

他既是一个

又是成千上万个

你能阻挡

他的灵魂

更加自由地

飞翔吗?

他好像是阳光

又好像是空气

他比梦想和传说

还要神奇

不过将军

我还是要向你

提醒一句

只要人类的良心

还没有死去

那么对暴力的控诉

就不会停止

这个世界的欢迎词

这是一个偶然？

还是造物主神奇的结晶？

我想这一切都不重要

当你来到这个世界

我不想首先告诉你

什么是人类的欢乐

什么又是人类的苦难，然而

我对你的祝福却是最真诚的

我虽然还说不出你的名字

但我却把你看成是

一切最美好事物的化身

如果你需要的话

我只想给你留下这样一句诗：

——孩子，要热爱人！

最后的酒徒

在小小的酒桌上

你伸出狮子的爪子

写一首最温柔的情诗

尽管你的笑声浪荡

让人胡思乱想

你的血液中布满了冲突

我说不清你是不是一个酋长的儿子

但羊皮的气息却弥漫在你的发间

你注定是一个精神病患者

因为草原逝去的影子

会让你一生哀哀地嘶鸣

鹿回头

传说一只鹿被猎人追杀，无路可逃站在悬崖上。正当猎人要射杀时，鹿猛然回头变成了一个美丽的姑娘，最终猎人和姑娘结成了夫妻。

这是一个启示
对于这个世界，对于所有的种族

这是一个美丽的故事
但愿这个故事，发生在非洲
发生在波黑，发生在车臣
但愿这个故事发生在以色列
发生在巴勒斯坦，发生在
任何一个有着阴谋和屠杀的地方

但愿人类不要在最绝望的时候
才出现生命和爱情的奇迹

土墙

　　我原来一直不知道，以色列的石头，能让犹太人感动。

远远望过去
土墙在阳光下像一种睡眠

不知为什么
在我的意识深处
常常幻化出的
都是彝人的土墙

我一直想破译
这其中的秘密
因为当我看见那道墙时
我的伤感便会油然而生

其实墙上什么也没有

回望二十世纪

站在时间的岸边

站在一个属于精神的高地

我在回望二十世纪

此时我没有眼泪

欢乐和痛苦都变得陌生

我好像站在另一个空间

在审视人类一段奇特的历史

其实这一百年

战争与和平从未离开过我们

而对暴力的控诉也未曾停止

有人歌唱过自由

也有人献身于民主

但人类经历得最多的还是专制和迫害

其实这一百年

诞生过无数伟大的幻想

但灾难却也接踵而至

其实这一百年

多种族的人类，把文明又一次推向了顶峰

我们都曾在地球的某一个角落

悄悄地流下过感激的泪水

二十世纪

你让一部分人欢呼和平的时候

却让另一部分人的两眼布满仇恨的影子

你让黑人在大街上祈求人权

却让残杀和暴力出现在他们家中

你让我们认识卡尔·马克思的同时

也让我们见到了尼采

你让我们看见爱因斯坦是怎样提出了相对论

你同时又让我们目睹这个人最后成为基督徒

你曾把许多巨人的思想变得虚无

你也曾把某个无名者的话语铅印成真理

你散布过阿道夫·希特勒的法西斯主张

你宣扬过圣雄甘地的非暴力主义

你让社会主义在一些国家获得成功

同时你又让国际工人运动处于了低潮

在诞生弗洛伊德的泛性论年代

你推崇过霍梅尼和伊斯兰革命

你为了马丁·路德·金闻名全世界

却让这个人以被别人枪杀为代价

你在非洲产生过博卡萨这样可以吃人肉的独裁者

同样你也在非洲养育了人类的骄子纳尔逊·曼德拉

你叫柏林墙在一夜之间倒塌

你却又叫车臣人和俄罗斯人产生仇恨

还没有等阿拉伯人和犹太人真正和解

你又在科索沃引发了新的危机和冲突

你让人类在极度纵欲的欢娱之后

最后却要承受艾滋病的痛苦和折磨

你的确让人类看到了遗传工程的好处

却又让人类的精神在工业文明的泥沼中异化而亡

你把信息时代的技术

传播到了拉丁美洲最边远的部落

你却又让一种文化在没有硝烟的地方

消灭另一种文化

你在欧洲降下人们渴望已久的冬雪

你却又在哥伦比亚暴雨如注

使一个印第安人的村庄毁灭于山洪

你让我们在月球上遥望美丽的地球

使我们相信每一个民族都是兄弟

可你又让我们因宗教而产生分歧与离异

在巴尔干和耶路撒冷相互屠杀

你让高科技移植我们需要的器官

你又让这些器官感受到核武器的恐惧

在纽约人们关心更多的是股市的涨跌

但在非洲饥饿和瘟疫却时刻威胁着人类

是的，二十世纪

当我真的回望你的时候

我才发现你是如此的神秘

你是必然，又是偶然

你仿佛证明的是过去

似乎预示着的又是未来

你好像是上帝在无意间

遗失的一把锋利无比的双刃剑

想念青春

吉狄马加诗文集

——献给西南民族大学

我曾经遥望过时间

她就像迷雾中的晨星

闪烁着依稀的光芒

久远的事物是不是都已被遗忘

然而现实却又告诉我

她近在咫尺，这一切就像刚发生

褪色的记忆如同一条空谷

不知是谁的声音，又在

图书馆的门前喊我的名字

这是一个诗人的《圣经》

在阿赫玛托娃① 预言的漫长冬季

我曾经为了希望而等待

不知道那条树荫覆盖的小路

是不是早已爬满了寂寞的苔藓

那个时代诗歌代表着良心

---

① 阿赫玛托娃（1889—1966），20 世纪俄罗斯伟大的诗人，享誉世界。

为此我曾大声地告诉这个世界

"我是彝人"

命运让我选择了崇尚自由

懂得了为什么要捍卫生命和人的权利

我相信，一个民族深沉的悲伤

注定要让我的诗歌成为人民的记忆

因为当所有的岩石还在沉睡

是我从源头啜饮了

我们种族黑色魂灵的乳汁

而我的生命从那一刻开始

就已经奉献给了不朽和神奇

沿着时间的旅途而行

我嗒嗒的马蹄之声

不知还要经过多少个驿站

当疲惫来临的时候，我的梦告诉我

一次又一次地想念青春吧

因为只有她的灿烂和美丽

才让那逝去的一切变成了永恒！

我爱她们
——写给我的姐姐和姑姑们

我喜欢她们害羞的神情

以及脖颈上银质的领牌

身披黑色的坎肩

羊毛编织的红裙

举止是那样的矜持

双眸充满着圣洁

当她们微笑的时候

那古铜般修长的手指

遮住了她们的白齿与芳唇

在我的故乡吉勒布特

不知有多少痴迷的凝视

追随着那梦一般的身姿

她们高贵的风度和气质

来自我们古老文明的精华

她们不同凡响的美丽和庄重

凝聚了我们伟大民族的光辉！

自由

我曾问过真正的智者

什么是自由？

智者的回答总是来自典籍

我以为那就是自由的全部

有一天在那拉提草原

傍晚时分

我看见一匹马

悠闲地走着，没有目的

一个喝醉了酒的

哈萨克骑手

在马背上酣睡

是的，智者解释的是自由的含义

但谁能告诉我，在那拉提草原

这匹马和它的骑手

谁更自由呢？

献给 1987

祭司告诉我

那只雁鹅是洁白的

它就是你死去的父亲

憩息在故乡吉勒布特的沼泽

它的姿态高贵，眼睛里的纯真

一览无余，让人犹生感动

它的起飞来自永恒的寂静

仿佛被一种古老的记忆唤醒

当炊烟升起的时候，像梦一样

飞过山冈之上的剪影

那无与伦比的美丽，如同

一支箭镞，在瞬间穿过了

我们民族不朽灵魂的门扉

其实我早已知道，在大凉山

一个生命消失的那一刻

它就已经在另一种形式中再生！

在绝望与希望之间

——献给以色列诗人耶夫达·阿米亥

我不知道

耶路撒冷的圣书

最后书写的是什么

但我却知道

从伯利恒出发,有一路公交车

路过一家咖啡馆时

那里发生的爆炸,又把

一次绝望之后的希望

在瞬间变成了泡影

我不知道

能否用悲伤去丈量

生命与死亡的天平

因为在耶路撒冷的每一寸土地

这一切都习以为常

但尽管这样,我从未停止过

对暴力的控诉

以及对和平的渴望

我原以为子弹能永远

停留在昨天的时辰

然而在隔离墙外，就在今天

鲜红的血迹

湿透了孩子们的呐喊

为此，我不再相信至高无上的创造力

那是因为暴力的轮回

把我们一千次的希望

又变成了唯一的绝望

这座城市的历史

似乎就是一种宿命

从诞生的那一天开始

背叛和憎恨就伴随着人们

抚摸这里的石头

其实就是抚摸人类的眼泪

（因为在这里倾听石头

你能听到的只有哭泣！）

我不知道

耶路撒冷的圣书

最后书写的是什么

但我却知道

耶路撒冷这座古城

在希望与绝望之间

只有一条道路是唯一的选择

——那就是和平！

或许我从未忘记过

——写给我的出生地和童年

我做过许多的梦

梦中看见过最多的情境

是我生长的小城昭觉

唉，那时候

我的童年无忧无虑

在群山的深处，我曾看见

季节神秘地变化

万物在大地和天空之间

悄然地转换着生命的形式

在那无尽的田野中

蜻蜓的翅膀白银般透明

当夜幕来临的时候

独自躺在无人的高地

没有语言，没有意念，更没有思想

只有呼吸和生命

在时间和宇宙间沉落

我似乎很早就意识到死亡

但对永恒和希望的赞颂

却让我的内心深处

充满了对生活的感激

谁能想象，我所经历的

少年时光是如此美好

或许我从未忘记过

一个人在星空下的承诺

作为一个民族的诗人和良心

我敢说：一切都从这里拉开了序幕！

致他们

不是因为有了草原

我们就不再需要高山

不是因为海洋的浩瀚

我们就摒弃戈壁中的甘泉

一只鸟的飞翔

让天空淡忘过寂寞

一匹马驹的降生

并不妨碍骆驼的存在

我曾经为一个印第安酋长而哭泣

那是因为他的死亡

让一部未完成的口述史诗

永远地凝固成了黑暗!

为此,我们热爱这个地球上的

每一个生命

就如同我们尊重

这个世界万物的差异

因为我始终相信

一滴晨露的晶莹和光辉

并不比一条大河的美丽逊色!

我曾经……

我曾经在祁连山下

看见过一群羊羔

它们的双腿

全部下跪着

在吮吸妈妈的乳房

它们的行为让我感动

尤其是从它们的眼睛里

我看到了感恩和善良

也许作为人来说

在这样的时候

我们会感到某种羞愧

也许我们从一个城市

到了另一个城市

我们已经记不清楚

所走过的道路

是笔直的更多，还是弯曲的占了上风

我们从哪里来？

我们又要到哪里去？

仿佛我们

都是流浪的旅人

其实我要说，在物欲的现实面前

我们已经在生活的阴影中

把许多最美好的东西遗忘

有时我们甚至还不如一只

在妈妈面前下跪的小羊！

蒂亚瓦纳科 ①

风吹过大地

吹过诞生和死亡

风吹过大地

吹透了这大地上

所有生命的边疆

遗忘词根

遗忘记忆

遗忘驱逐

遗忘鲜血

这里似乎只相信遗忘

然而千百年

这里却有一个不争的事实

在深深的峡谷和山地中

一个、两个、成千上万个印第安人

在孤独地行走着

他们神情严肃

---

① 蒂亚瓦纳科，玻利维亚一处重要的印第安古文化遗迹。

含着泪花，默默无语

我知道，他们要去的目的地

那是无数个高贵的灵魂

通向回忆和生命尊严的地方

我知道，当星星缀满天空

罪行被天幕隐去

我不敢肯定，在这样的时候

是不是太阳石的大门

又在子夜时分为祭献而开

蒂亚瓦纳科，印第安大地的肚脐

请允许我，在今天

为一个种族精神的回归而哭泣！

面具

——致塞萨尔·巴列霍 ①

在沉默的背后

隐藏着巨大的痛苦

不会有回音

石头把时间定格在虚无中

祖先的血液

已经被空气穿透

有谁知道？在巴黎

一个下雨的傍晚

死去的那个人

是不是印第安人的儿子

那里注定没有祝福

只有悲伤、贫困和饥饿

仪式不再存在

独有亡灵在黄昏时的倾诉

把死亡变成了不朽

① 塞萨尔·巴列霍，20世纪秘鲁最伟大的印第安现代主义诗人，生于安第斯山区，父母皆有印第安人血统。

面具永远不是奇迹

而是它向我们传达的故事

最终让这个世界看清了

在安第斯山的深处

有一汪泪泉！

真相

——致胡安·赫尔曼 [①]

寻找墙的真实

翅膀飞向

极度的恐慌

在词语之外

意识始终爬行在噩梦的边缘

寻找射手的名字

以及子弹的距离

谎言被昼夜更替

无论你到哪儿歌唱

鸟的鸣叫

都会迎来无数个忧伤的黎明

没有选择，当看见

死者的骨骼和发丝

你的眼睛虽然流露出悲愤

而心却像一口无言的枯井

---

① 胡安·赫尔曼（1930—2014），当代阿根廷著名诗人，同时也是拉丁美洲最伟大的诗人之一，2007 年塞万提斯文学奖获得者。

玫瑰祖母

献给智利巴塔哥尼亚地区卡尔斯卡尔族群中的最后一位印第安人，她活到九十八岁，被誉为"玫瑰祖母"。

你是风中
凋零的最后一朵玫瑰
你的离去
曾让这个世界在瞬间
进入全部的黑暗
你在时间的尽头回望死去的亲人
就像在那浩瀚的星空里
倾听母亲发自摇篮的歌声
悼念你，玫瑰祖母
我就如同悼念一棵老树
在这无限的宇宙空间
你多么像一粒沙漠中的尘埃
谁知道明天的风
会把它吹向哪里？

我们为一个生命的消失而伤心

那是因为这个生命的基因

已经从大地的子宫中永远地死去

尽管这样，在这个星球的极地

我们依然会想起

杀戮、迫害、流亡、苦难

这些人类最古老的名词

玫瑰祖母，你的死是人类的灾难

因为对于我们而言

从今以后我们再也找不到一位

名字叫卡尔斯卡尔的印第安人

再也找不到你的族群

通往生命之乡的那条小路

因为我曾梦想

——我的新年贺词

让我们在期待明天的时候，

再看一眼渐渐远去的昨天吧；

因为我曾目睹——时间的面具，

怎样消失在宇宙无限的夜色之中。

而那些生命里最温暖的记忆，

却永远地埋葬在了昨天的某一个瞬间！

让我们在回望昨天的时候，

别忘了想象就要来临的明天吧；

因为我曾梦想——人类伟大的思想，

要比生命和死亡的永恒更为久长。

或许不要忧虑未来的日子是否充满了阴霾，

相信明天吧，因为所有的奇迹都可能出现！

嘉那嘛呢石上的星空 ①

是谁在召唤着我们？

石头，石头，石头

那神秘的气息都来自石头

它的光亮在黑暗的心房

它是六字真言的羽衣

它用石头的形式

承载着另一种形式

每一块石头都在沉落

仿佛置身于时间的海洋

它的回忆如同智者的归宿

始终在生与死的边缘上滑行

它的倾诉在坚硬的根部

像无色的花朵

悄然盛开在不朽的殿堂

它是恒久的纪念之碑

---

① 嘉那嘛呢石，青海玉树以"嘉那"命名的嘛呢石堆，石头上均刻有藏族经文，其数量为藏区嘛呢石之最，据不完全统计，有二十五亿块嘛呢石。

它用无言告诉无言

它让所有的生命相信生命

石头在这里

就是一本奥秘的书

无论是谁打开了首页

都会目睹过去和未来的真相

这书中的每一个词语都闪着光

雪山在其中显现

光明穿越引力，蓝色的雾霭

犹如一个缥缈的音阶

每一块石头都是一滴泪

在它晶莹的幻影里

苦难变得轻灵，悲伤没有回声

它是唯一的通道

它让死去的亲人，从容地踏上

一条伟大的旅程

它是英雄葬礼的真正序曲

在那神圣的超度之后

山峦清晰无比，牛羊犹如光明的使者

太阳的赞辞凌驾于万物

树木已经透明，意识将被遗忘

此刻，只有那一缕缕白色的炊烟

为我们证实

这绝不是虚幻的家园

因为我们看见

大地没有死去，生命依然活着

黎明时初生婴儿的啼哭

是这片复活了的土地

献给万物最动人的诗篇

嘉那嘛呢石，我不了解

这个世界上还有没有比你更多的石头

因为我知道

你这里的每一块石头

都是一个不容置疑的个体生命

它们从诞生之日起

就已经镌刻着祈愿的密码

我真的不敢去想象

二十五亿块用生命创造的石头

在获得另一种生命形式的时候

这其中到底还隐含着什么？

嘉那嘛呢石，你既是真实的存在

又是虚幻的象征

我敢肯定，你并不是为了创造奇迹

才来到这个世界

因为只有对每一个个体生命的热爱

石头才会像泪水一样柔软

词语才能被微风千百次地吟诵

或许，从这个意义上而言

嘉那嘛呢石，你就是真正的奇迹

因为是那信仰的力量

才创造了这超越时间和空间的永恒

沿着一个方向，嘉那嘛呢石

这个方向从未改变，就像刚刚开始

这是时间的方向，这是轮回的方向

这是白色的方向，这是慈航的方向

这是原野的方向，这是天空的方向

因为我已经知道

只有从这里才能打开时间的入口

嘉那嘛呢石，在子夜时分

我看见天空降下的甘露

落在了那些新摆放的嘛呢石上

我知道，这几千块石头

代表着几千个刚刚离去的生命

嘉那嘛呢石，当我瞩望你的瞬间

你的夜空星群灿烂

庄严而神圣的寂静依偎着群山

远处的白塔正在升高

无声的河流闪动着白银的光辉

无限的空旷如同燃烧的凯旋

这时我发现我的双唇正离开我的身躯

那些神授的语言

已经破碎成无法描述的记忆

于是，我仿佛成为一个格萨尔传人

我的灵魂接纳了神秘的暗示

嘉那嘛呢石，请你塑造我

是你把全部的大海注入了我的心灵

在这样一个蓝色的夜晚

我就是一只遗忘了思想和自我的海螺

此时，我不是为吹奏而存在

我已是另一个我，我的灵魂和思想

已经成为这片高原的主人

嘉那嘛呢石，请倾听我对你的吟唱

虽然我不是一个合格的歌者

但我的双眼已经泪水盈眶！

羊驼

不知道为什么

远远地看去

它的身影充满着人的神态

并不是今天它才站在这里

它曾无数次地穿过

时间和历史的隧道

尽管它的祖先，在反抗压迫凌辱时

所选择的死亡方式从未改变

只有无言的抗争

以及岩石般的沉默

难怪何塞·马蒂这样讲

羊驼自己倒地而死

常常是为了捍卫生命的尊严

我还记得，当我从安第斯山归来

有人问我印第安人的形象

我便会不假思索地说：

先生……是的……多么像……

你在秘鲁遇见过的羊驼！

时间的流程

——致罗贝托·阿利法诺 [①]

曾有过这样的经历

当看见火焰渐渐熄灭的时候

只有更浓重的黑暗

吞噬了意识深渊里的海水

我有一个小小的发现

时间只呈现在空白里

否则我们必须目睹

影子如何在变长，太阳的光线

被铸成金币，在这个世界上

尽管无数的人都已经死亡

但这块闪光的金属却还活着

其实这并不能证明一个事实

它就能永远地存活下去……

---

① 罗贝托·阿利法诺（1943—），当代阿根廷著名诗人。

印第安人的古柯 ①

你已经被剥夺了一切

只剩下

口中咀嚼的古柯

我知道

你咀嚼它时

能看见祖先的模样

可以把心中的悲伤

倾诉给复活的死亡

你还能在瞬间

把这个失去公正的世界

短暂地遗忘

然而，我知道

这一切对于你是多么地重要

虽然你已经一无所有

剩下的

就是口中的古柯

以及黑暗中的——希望！

① 古柯，生长在安第斯山区，含多种生物碱，被印第安人视作神圣植物，据说咀嚼时能产生通灵之感。

火塘闪着微暗的火

我怀念诞生，也怀念死亡。

当一轮月亮升起在吉勒布特高高的白杨树梢，

在群山之上，在黑暗之上，那里皎洁的月光已将蓝色
　　的天幕照亮。

那是记忆复活之前的土地，

我的白天和夜晚如最初的神话和传说。

在破晓的曙光中，毕阿史拉则 ① 赞颂过的太阳，

像一个圣者用它的温暖，

唤醒了我的旷野和神灵，同样也唤醒了

我羊毛披毡下梦境正悄然离去的族人。

我怀念，我至死也怀念那样的夜晚，

火塘闪着微暗的火，亲人们昏昏欲睡，

讲述者还在不停地述说……我不知道谁能忘记！

我的怀念，是光明和黑暗的隐喻。

在河流消失的地方，时间的光芒始终照耀着过去，

当威武的马队从梦的边缘走过，那闪动白银般光辉的

---

①　毕阿史拉则，是彝族历史上著名的祭司和文化传承人。

马鞍终于消失在词语的深处。此时我看见了他们，

那些我们没有理由遗忘的先辈和智者，其实

他们已经成为这片土地自由和尊严的代名词。

我崇拜我的祖先，那是因为

他们曾经生活在一个英雄时代，每一部

口述史诗都传颂着他们的英名。

当然，我歌唱过幸福，那是因为我目睹

远走他乡的孩子又回到了母亲身旁。

是的，你也看见过我哭泣，那是因为我的羊群

已经失去了丰盈的草地，我不知道明天它们会去

  哪里？

我怀念，那是因为我的忧伤，绝不仅仅是忧伤本身，

那是因为作为一个人，

我时常把逝去的一切美好怀念！

身份
——致马哈茂德·达尔维什 ①

有人失落过身份

而我没有

我的名字叫吉狄马加

我曾这样背诵过族谱

……吉狄吉姆吉日阿伙……

……瓦史各各木体牛牛……

因此，我确信

《勒俄特依》② 是真实的

在这部史诗诞生之前的土地

神鹰的血滴，注定

来自沉默的天空

而那一条，属于灵魂的路

同样能让我们，在记忆的黑暗中

寻找到回家的方向

---

① 马哈茂德·达尔维什（1941—2008），当代最伟大的阿拉伯诗人，巴勒斯坦国歌词作者。

② 《勒俄特依》，彝族历史上著名的创世史诗。

难怪有人告诉我

在这个有人失落身份的世界上

我是幸运的，因为

我仍然知道

我的民族那来自血液的历史

我仍然会唱

我的祖先传唱至今的歌谣

当然，有时我也充满着惊恐

那是因为我的母语

正背离我的嘴唇

词根的葬礼如同一道火焰

是的，每当这样的时候

达尔维什，我亲爱的兄弟

我就会陷入一种从未有过的悲伤

我为失去家园的人们

祈求过公平和正义

这绝不仅仅是因为

他们失去了赖以生存的土地

还因为，那些失落了身份的漂泊者

他们为之守望的精神故乡

已经遭到了毁灭！

火焰与词语

我把词语掷入火焰

那是因为只有火焰

能让我的词语获得自由

而我也才能将我的全部一切

最终献给火焰

（当然包括肉体和灵魂）

我像我的祖先那样

重复着一个古老的仪式

是火焰照亮了所有的生命

同样是火焰

让我们看见了死去的亲人

当我把词语

掷入火焰的时候

我发现火塘边的所有族人

正凝视着永恒的黑暗

在它的周围，没有叹息

只有雪族十二子^① 的面具

穿着节日的盛装列队而过

他们的口语，如同沉默

那些格言和谚语滑落在地

却永远没有真实的回声

让我们惊奇的是，在那些影子中

真实已经死亡，而时间

却活在另一个神圣的地域

没有选择，只有在这样的夜晚

我才是我自己

我才是诗人吉狄马加

我才是那个不为人知的通灵者

因为只有在这个时刻

我舌尖上的词语与火焰

才能最终抵达我们伟大种族母语的根部！

---

① 雪族十二子，彝族传说人类是由雪族十二子演化产生的。

勿需让你原谅

不是我不喜欢

这高耸云端的摩天大楼

这是钢筋和水泥的奇迹

然而，不知道为什么

我从未从它那里

体味过来自心灵深处的温暖

我曾惊叹过

航天飞机的速度

然而，它终究离我心脏的跳动

是如此的遥远

有时，不是有时，而是肯定

它给我带来的喜悦

要永远逊色于这个星球上

任何一个慈母的微笑

其实，别误会

并不是我对今天的现实

失去了鲜活的信心

我只是希望，生命与这个世界

能相互地靠紧

想必我们都有过

这样的经历

在机器和静默的钢铁之间

当自我被囚禁

生命的呼吸似乎已经死去

当然，我也会承认

美好的愿望其实从未全部消失

什么时候能回到故乡？

再尝一尝苦荞和燕麦的清香

在燃烧的马鞍上，聆听

那白色的披毡和斗篷

发出星星坠落的声响

勿需让你原谅

这就是我对生活的看法

因为时常有这样的情景

会让我长时间地感动

一只小鸟在暴风雨后的黄昏

又衔来一根根树枝

忙着修补温暖的巢！

第一辑 诗 歌 勿需让你原谅

朱塞培·翁加雷蒂①的诗

被神箭击中的橄榄核。

把沙漠变成透明的水晶。

在贝都因人的帐篷里，

从天幕上摘取星星。

头颅是宇宙的一束光。

四周的雾霭在瞬间消遁。

从词语深入到词语。

从光穿透着光。

远离故土牧人的叹息。

河流一样清澈的悲伤。

骆驼哭泣的回声。

金亚麻的燃烧，有太阳的颜色。

死亡就是真正的回忆。

复活埋葬的是所有白昼的黑暗。

---

① 朱塞培·翁加雷蒂（1888—1970），意大利隐逸派诗歌重要代表，出生在埃及一个意大利侨民家庭，在非洲度过童年和少年。他的诗歌抒发同代人的灾难感，偏爱富于刺激的短诗，把意大利古典抒情诗同现代象征主义诗歌的手法融为一体，刻画人物丰富的内心世界，表达了人和文明面临巨大灾难而产生的忧患。

没有名字湖泊的渍盐。

天空中鹰隼的眼睛。

辽阔疆土永恒的静默。

尼罗河睡眠时的梦境。

他通晓隐秘的道路。

排除一切语言密码的伪装。

他是最后的巫师，话语被磁铁吸引。

修辞被锻打成铁钉，

光线扭曲成看不见的影像。

最早的隐喻是大海出没的鲸。

是时间深处急遽的倒影。

一张没有鱼的空网。

那是大地的骸骨。

一串珍珠般的眼泪。

我在这里等你

我曾经不知道你是谁

但我却莫名地把你等待

等你在高原

在一个虚空的地带

宗喀巴① 也无法预测你到来的时间

就是求助占卜者

同样不能从火烧的羊骨上

发现你神秘的踪迹和影子

当你还没有到来的时候

你甚至远在遥遥的天边

可我却能分辨出你幽暗的气息

虽然我看不见你的脸

那黄金的面具，黑暗的鱼类

远方大海隐隐的雷声

以及黎明时草原吹来的风

其实我在这里等你

---

① 宗喀巴（1357—1419），藏传佛教格鲁派（黄教）的一代宗师，其佛学著作是藏传佛教中的经典，他的宗教思想对后世影响极为广泛。

在这个星球的十字路口上

已经有好长的时间了

我等你，没有别的目的

仅仅是一个灵魂

对另一个灵魂的渴望！

吉勒布特的树

在原野上
是吉勒布特的树

树的影子
像一种碎片般的记忆
传递着
隐秘的词汇
没有回答
只有巫师的钥匙
像翅膀
穿越那神灵的
疆域

树枝伸着
划破空气的寂静
每一片叶子
都凝视着宇宙的
沉思和透明的鸟儿

当风暴来临的时候

马匹的眼睛

可有纯粹的色调？

那些灰色的头发和土墙

已经在白昼中消失

树弯曲着

在夏天最后一个夜晚

幻想的巢穴，飘向

这个地球更远的地方

这是黑暗的海洋

没有声音的倾听

在吉勒布特无边的原野

只有树的虚幻的轮廓

成为一束：唯一的光！

你的气息

你的气息弥漫在空间

你的气息充塞着时间的躯体

把齿痕留在大海的陡岸

把闪电植入沙漠的峰顶

在这样的时候

真的不知道你是谁

然而，却能真切地感觉到

灵魂在急速地下陷

堕入到一个蓝色的地带

有时又会发现它在上升

就如同一个盲者的瞳孔

金色的光明正驶向未知的港湾

你的气息

是大地艾草的气息

它是我熟知的各种植物的颜色

它没有形体

也没有声音

每当它到来的时候

欲望开始复活，猛然苏醒

沉默的树发出渴望的声音

此时，还可以看见

远处群山的影子正在摇曳

那是永远起伏的波浪

那是大海的呻吟和燃烧

那是没有语言的呼唤

那是最原始的长调

那是鲸自由的弧线

那是贝壳从海底传来的呐喊

我知道，这永恒的飞翔和降落

像如光的箭矢

像火焰

像止不住的血

只有在那溶化恐惧和死亡的海滩

才能在瞬间找到遗忘的自己

我不知道，这是谁的气息

为什么不为它的光临命名？

我似乎曾经嗅到过这种气息

它是野性的风暴和记忆

黑暗中的一串绿松石

春天里的种子

原野里的麝香

是大地更深处的玫瑰

在凡是能孕育生命的母腹上

都能触摸到

潮湿而光滑的水

这是谁的气息？

它笼罩着我，它覆盖着我

在我还没有真正醒来的时候

我真的不知道它是谁

这个世界的旅行者
——献给托马斯·温茨洛瓦

从维尔纽斯出发，从立陶宛开始，
你的祖国，在墙的阴影里哭泣，没有
行囊。针叶松的天空，将恐惧
投向视网膜的深处。当虚无把流亡的

路途隐约照亮。唯有幽暗的词语
开始苏醒。那是一个真实的国度，死亡的
距离被磨得粉碎。征服、恫吓、饥饿，
已变得脆弱和模糊，喃喃低语的头颅

如黑色的苍穹。山毛榉、栗树和灯心草
并非远离了深渊，只有疼痛和哑默
能穿越死亡的边界。伸出手，打开过
无数的站门。望着陌生的广场，一个

旅行者。最好忘掉壁炉里嘶嘶作响的
火苗，屋子里温暖的灯盏，书桌上

热茶的味道。因为无从知晓，心跳
是否属于明天的曙光。在镜子的背后

或许是最后的诗篇，早已被命运
用母语写就。就像在童年，在家的门口。
一把钥匙。一张明信片。无论放逐有多么遥远，
你的眼睛里都闪烁着儿童才会有的天真。

墓地上

——献给德珊卡·马克西莫维奇①

一棵巨大的
橡树，它的浓荫
覆盖着回忆

你平躺着
在青草和泥土的下面

当风从宇宙的
深处吹来
是谁在倾听？
通过每一片叶子
是谁在呼吸？
吹拂着黑暗的海洋

---

① 德珊卡·马克西莫维奇（1898—1993），塞尔维亚女诗人。她的诗歌有浓厚的
浪漫主义情怀，善于以细腻的笔法描绘内心精致的战栗。主要诗集有《芬芳的大
地》《梦的俘虏》等。

你的静默

又回到了源头，如同

水晶的雪

你思想的根须，悄然爬上了

这棵橡树的肩头

或许还要更高……

沉默

——献给切斯瓦夫 · 米沃什 [1]

为了见证而活着，

这并非是活着的全部理由。

然而，当最后的审判还未到来，

你不能够轻易地死去。

在镜子变了形的那个悲伤的世纪，

孤独的面具和谎言，

隐匿在黑暗的背后，同时也

躲藏在光的阴影里。你啜饮苦难和不幸。

选择放逐，道路比想象遥远。

当人们以为故乡的土墙，

已成为古老的废墟。但你从未轻言放弃。

是命运又让奇迹发生在

清晨的时光，你的呼喊没有死亡。

在银色的鳞羽深处，唯有词语

---

[1] 切斯瓦夫 · 米沃什（1911—2004），生于今立陶宛，波兰著名诗人，1980年获诺贝尔文学奖，主要作品有《冬日之钟》《被禁锢的头脑》《波兰文学史》等，体裁涉及诗歌、散文、小说、政论等多种。

正经历地狱的火焰，

那是波兰语言的光辉，它会让你

在黎明时看到粗糙的群山，并让灵魂

能像亚当·密茨凯维奇 [①] 那样，

伫立在阿喀曼草原的寂静中，依然听见

那来自立陶宛的声音。请相信母语的力量。

或许这就是你永恒的另一个祖国，

任何流放和判决都无法把它战胜。

感谢你全部诗歌的朴素和坚实，以及

蒙受苦难后的久久的沉默。在人类

理性照样存活的今天，是你教会了我们明白，

真理和正义为何不会终结。

你不是一个偶然，但你的来临

却让生命的耻辱和绝望，跨过了

——最后的门槛。

---

① 亚当·密茨凯维奇（1798—1855），波兰诗人、革命家、波兰文学最重要的奠基人。

诗歌的起源

诗歌本身没有起源，像一阵雾。

它没有颜色，因为它比颜色更深。

它是语言的失重，那儿影子的楼梯，

并不通向笔直的拱顶。

它是静悄悄的时钟，并不记录

生与死的区别，它永远站在

对立或统一的另一边，它不喜欢

在逻辑的家园里散步，因为

那里拒绝蜜蜂的嗡鸣，牧人的号角。

诗歌是无意识的窗纸上，一缕羽毛般的烟。

它不是鸟的身体的本身，

而是灰暗的飞翔的记忆。

它有起航的目标，但没有固定的港口。

它是词语的另一种历险和坠落。

最为美妙的是，就是到了行程的中途，

它也无法描述，海湾到达处的那边。

诗歌是星星和露珠，微风和曙光，

在某个灵魂里反射的颤动与光辉，

是永恒的消亡，持续的瞬间的可能性。

是并非存在的存在。

是虚无中闪现的涟漪。

诗歌是灰烬里微暗的火，透光的穹顶。

诗歌一直在寻找属于它的人，伴随生与死的轮回。

诗歌是静默的开始，是对 1 加 1 等于 2 的否定。

诗歌不承诺面具，它呈现的只是面具背后的叹息。

诗歌是献给宇宙的 3 或者更多。

是蟋蟀撕碎的秋天，是斑鸠的羽毛上撒落的

黄金的雨滴。是花朵和恋人的呓语。

是我们所丧失、所遗忘的一切人类语言的空白。

诗歌，睁大着眼睛，站在

广场的中心，注视着一个个行人。

它永远在等待和选择，谁更合适？

据说，被它不幸或者万幸选中的那个家伙

——就是诗人！

那是我们的父辈

——献给诗人艾梅·塞泽尔①

昨晚我想到了艾梅·塞泽尔，想到了

一个令人尊敬的人。

昨晚我想到了所有返乡的人，

他们忧伤的目光充满着期待。

艾梅·塞泽尔，我真的不知道，这条回乡

的道路究竟有多长？

但是我却知道，我们必须回去，

无论路途是多么的遥远！

艾梅·塞泽尔，我已经在你黑色的意识里看见了，

你对于这个世界的悲悯之情。

因为凡是亲近过你的灵魂，看见过你的泪眼的生命

　个体，

无论他们是黑种人、白种人还是黄种人，

---

① 艾梅·塞泽尔（1913—2008），具有世界影响的马提尼克黑人诗人和人道主义者，是他首先提出了"黑人性"，并一生高举黑人寻根、自尊自爱自强的旗帜。他同时也是马提尼克文学的创始者，他的《返乡笔记》是马提尼克和非洲黑人文学的基石。

都会相信你全部的诗歌，就是一个种族离去和归来的

　记忆。

艾梅·塞泽尔，非洲的饥饿直到今天还张着绝望的嘴。

　我曾经相信过上帝的公平，然而在这个星球上，

还生活着许许多多不幸的人，

公平和正义却从未降临在他们的头上。

艾梅·塞泽尔，因为你我想到了我们彝人的先辈和

　故土，

想到了一望无际的群山和一条条深沉的河流。

还有那些瓦板屋。成群的牛羊。睁大眼睛的儿童。

原谅我，到如今我才知道，在逝去的先辈面前，

我们的生存智慧已经退化，我们的梦想

早已消失在所谓文明的天空。

毕阿史拉则的语言在陌生钢铁和水泥的季节里临界

　死亡。

而我们离出发的地点已经越来越远。

是的，艾梅·塞泽尔，我为我的父辈而骄傲。

因为他们还在童年的时候，就能熟背古老的

格言和劝解部族纷争的谚语。

他们的眼睛像鹰一样犀利。

他们自信的目光却又像湖泊一样平静。

他们的女人是最矜持的女人，每一圈朵啰荷舞①的

　身姿，

都能让大地滚动着白银的光辉。

那是我们的父辈：喜欢锃亮的快枪，

珍爱达里阿宗②那样的骏马，相信神圣的传统，坚信祖

　先的力量，

那无与伦比讲述故事的能力，来自部族千百年仪式的

　召唤。

他们热爱生命，更重要的是他们不怕死亡。

是的，艾梅·塞泽尔，我的父辈从未失去过对身份和

　价值的认同。

他们同样为自己的祖先充满着自豪。因为在他们口诵

　的家谱上，

已经记载着无数智者和德古③的名字。

他们赤着脚。像豹子一样敏捷。具备羚羊的速度。

在征战的时候，他们跳跃于茫茫的群山和峡谷。

那麂子般的触觉，能穿透黎明前的雾霭。

他们是鹰和虎豹的儿子。

---

① 朵啰荷舞，彝族一种古老的原始舞蹈。

② 达里阿宗，彝族历史上一匹名马的名字。

③ 德古，指彝族部族中德高望重的人。

站在那高高的山顶，他们头上的英雄结①，就是一束燃

烧的火焰。

是盐和看不见的山风塑造了矫健的形体。他们从诞生

之日起，

就把自由和尊严埋进了自己的骨骼。他们是彝人在自

己独有的

创造史诗的时代之后，

留存下来的、最后的、伟大的自然之子和英雄的化身。

艾梅·塞泽尔，你没有死去，你的背影仍然在返乡的

道路上前行。

你不会孤独。与你同行的是这个世界上成千上万的返

乡人和那些永远渴望故土的灵魂！

---

① 英雄结，彝族男人的一种头饰。

雪豹

失踪在雪域的空白里，

或许是影子消遁在大地的子宫，

梦的奔跑、急速、跳跃……

没有声音的跨度，那力量的身姿，

如同白天的光，永恒的弧形。

没有呜咽的银子，独行

在黎明的触角之间，只守望

祖先的领地和疆域，

远离铁的锈迹，童年时的记忆往返，

能目睹父亲的腰刀，

插进岩石的生命，聆听死亡的静默。

高贵的血统，冠冕被星群点燃，

等待浓雾散去，复活的号手，

每一个早晨，都是黄金的巫师，

吹动遗忘的颂辞。从此

不会背离，法器握在时间之中，

是在谁的抽屉里？在闪电尖叫后，

签下了这一张今生和来世的契约。

光明的使臣，赞美诗的主角，

不知道一个诗人的名字，在哪个时刻，

穿过了灵魂的盾牌，尽管

意义已经捣碎成叶子。痛苦不堪一击。

无与伦比的王者，前额垂直着，

一串串闪光的宝石。谁能告诉我？

就在那一个瞬间，我已经属于不朽！

分裂的自我

我注定要置于分裂的状态

因为在我还没有选择的时候

在我的躯体里——诞生和死亡

就已经开始了殊死的肉搏

当我那黑色的意识

即将沉落的片刻

它的深渊却在升高

箭矢穿透的方向

既不朝向天堂！

更不面向地狱！

我的一部分脸颊呈现太阳的颜色

苦荞麦的渴望——

在那里自由地疯长

而我的另一部分脸颊

却被黑暗吞噬

消失在陌生城市的高楼之中

我的左耳能听见

一千年前送魂的声音

因为事实证明——

它能承受时间的暴力

它能用无形的双手

最快地握住——

那看不见的传统和血脉

它能把遗忘的词根

从那冰冷的灰烬中复活

然而，我的右耳却什么也听不见

是钢铁的声音已经将它杀死！

我的两只眼睛

一只充满泪水的时候

另一只干渴如同沙漠

那是我的眼睛

一只隐藏着永恒的——光明！

一只喷射出瞬间的——黑暗！

我的嘴唇是地球的两极

当我开口的时刻

世界只有死亡般的寂静

当我沉默寡言——

却有一千句谚语声如洪钟！

我曾拥有一种传承

而另一种方式却在我的背后

悄悄地让它消失

我永远在——差异和冲突中舞蹈

我是另一个吉狄马加

我是一个人

或者说——是另一只

不知名的——泪水汪汪的动物！

穿过时间的河流

——写给雕塑家张得蒂

那是我!

那是在某个时间的驿站没有离开的我

那是我的青春——犹如一只鸟儿

好长时间,我不知道它的去向

今天它又奇迹般地出现

那是我的眼睛——一片干净的天空!

那是我的目光——充满着幻想!

那是我的卷发——自由的波浪!

那是我的额头——多么年轻而又自信!

那是我的嘴唇——

亲吻过一个民族的群山和土地

也曾把美妙的诗句

在少女的耳旁低语

那是我羊毛编织的披毡——

父亲说:是雄鹰的翅膀!

那是我胸前的英雄绶带——

母亲说:预言了你的明天和未来!

那是我！那一定是我！

是你用一双神奇的手，穿过时间的河流

紧紧地——紧紧地——

抓住了十八岁的——我！

影子

我曾写下过这样的诗句

凡是人——

我们出生的时候

只有一种方式

无一例外，我们

都来自母亲的子宫

这或许——

就是命运用左手

在打开诞生

这扇前门的时候

它同时用右手

又把死亡的钥匙

递到了我们的手上

我常常这样想——

人类死去的方式

为什么千奇百怪？

完全超出了

大家的想象

巫师说：所有的影子都不相同

说完他就咬住了烧红的铧口！

这一天总会来临

有一天，
这一天总会来临，
我的灵魂会代表过去的日子，
向我的肉体致敬！
你看，从我诞生的那天开始，
肉体和灵魂就厮守在一起。

是灵魂这个寄居者，
找到了一间自己的屋子，
肉体更像永恒的面具，
也可以说它是另一张皮囊，
从最初衔来的嫩枝，
一直变成风烛残年的老巢。

你问，为什么我的一生充满幻想，
那是因为，灵魂和肉体，
长久地把我——当然
还有我的全部思想，

置放于爱和死亡的炉火煎熬。

灵魂飞跑的时候，

肉体的血液也在奔腾；

有时灵魂与恐惧不期而遇，

肉体屏住了呼吸，

那骤然的紧张，

超过了触电的战栗。

只有在偶尔的夜晚，

灵魂才暂时离开了它的花园，

梦游在洒满星光的原野。

当生命遭到生活中不幸的打击，

也许心被撕裂，

让我惊慌的却是——

哭泣者瞪大的眼睛。

只有无知者才会问我：

在肉体流出鲜血的时刻，

灵魂又偏偏被尖刀刺穿，

这两者的伤痛谁为更甚？

不过有一个秘密，

我会悄悄地告诉你：

如果肉体的欢娱，

没有灵魂与灵魂的如胶似漆，

这个世界的爱情都会死去！

塞萨尔·巴列霍的墓地

黑石头叠在白石头上
在写这句诗时,你注定会把自己的骸骨
放错地方,那是在巴黎,秋天的风吹过
你的影子和孪生的心——
远远地在墙角站立,那饥饿的肉体
它已经在星期四的下午死去……

塞萨尔·巴列霍死了——
时间就在 1938 年 10 月 14 日这一天
他们把你埋在了巴黎——其实你还活着!
有人在另一个街区看见过你
行色匆匆,衣衫褴褛又肮脏
逐门挨户——你伸出手——不是为自己
有人拿走了穷人唯一的一块面包

你为不幸的人们呐喊,而上帝
却和你玩最古老的骰子游戏
谁能说——命运的赌徒——只饮苦难的黑杯

你曾告诉世界的孩子们

假设——担心——西班牙从天上掉下来

然而却始终没有一双手

在你掉落深渊的一刹那——用大盘托住！

塞萨尔·巴列霍——

在圣地亚哥·德·丘科的故乡

我知道——你看见我了——伫立在你的墓地上

你的家人都在这里沉睡，午后的阳光

正跟随杂草的阴影留下一片虚空……

其实不用怀疑，你的遗骸虽然不在这里

可我能真实地感觉到——你的灵魂在哭泣！

写给母亲

你怎能抗拒那岁月的波涛

一次次将堤岸——捶打！

怎能抗拒你的眼睛——我的琥珀玛瑙

失去了少女时的光泽

怎能阻止时间的杀手，潜入光滑的肌肤

无法脱逃，这魔法般的力量

修长的身材，不等跨下新娘的马鞍

黑色的辫子，犹如转瞬即逝的闪电

已变成稀疏的青丝

低垂下疲倦的头，当下的事物已经模糊

童年的影子——陷入遥远的别离

青春的老屋——只从梦境里显现

闪光的银饰啊——彝人的女王

那百褶裙的波浪让忌妒黯然失色

你目睹了人世间的悲欢和离合

向这一切告别——还没让你真的回望

所有的同代的姊妹啊——

都已先后长眠在火葬地的灵床

是的，谁能安慰你——索取那逝去的日历！

是的，谁能给予你——那无法给予的慰藉！

追问

从冷兵器时代——直到今天
人类对杀戮的方法
不断翻新——这除了人性的缺陷和伪善
还能找出什么更恰当的理由？

我从更低的地方
注视着我故乡的荞麦地
当微风吹过的时候
我看见——荞麦尖上的水珠儿闪闪发光
犹如一颗颗晶莹的眼泪！

不死的缪斯

——写给阿赫玛托娃

我把你的头像刻在——一块木头上

你这俄罗斯的良心！

有人只看见了——

你的优雅、高贵和那来自骨髓深处的美丽

谁知道你也曾一次次穿过地狱！

那些诅咒过你的人——

不用怀疑——他们的尸骨连同流言蜚语

早已腐烂在时间的尘土

那是你！——寒风吹乱了一头秀发

你排着队，缓缓地行进在探监者的队伍

为了看一眼儿子，送去慈母的抚慰

你的肩头披着蔚蓝色的披肩

一双眼睛如同圣母的眼睛——

它平静如初，就像无底的深潭

那是你！——炉火早已熄灭，双手已经冻僵

屋外的暴风雪吼叫着，开始拍打命运的窗棂

尽管它也无法预知——

明天迎接你的是生还是死?

你不为所动，还在写诗，由于兴奋和战栗

脸上泛起了少女时候才会有的红晕……

群山的影子

跟随太阳而来

命运的使者

没有头

没有嘴

没有骚动和喧哗

它是光的羽衣

来自隐秘的地方

抚摸倦意和万物的渴望

并把无名的预感

传给就要占卜的羊骨

那是自由的灵魂

彝人的护身符

躺在它宁静的怀中

可以梦见黄昏的星辰

淡忘钢铁的声音

追念

我站在这里
我站在钢筋和水泥的阴影中
我被分割成两半

我站在这里
在有红灯和绿灯的街上
再也无法排遣心中的迷惘
妈妈，你能告诉我吗？
我失去的口弦是否还能找到

我听说……

我听说

在南美安第斯山的丛林中

蜻蜓翅膀的一次震颤

能引发太平洋上空的

一场暴雨

我不知道

在我的故乡大凉山吉勒布特

一只绵羊的死亡

会不会惊醒东非原野上的猎豹

虽然我没有在一个瞬间

看见过这样的奇迹

但我却相信,这个世界的万物

一定隐藏着某种神秘的联系

我曾经追悼过一种消逝的语言

没有别的原因

仅仅因为它是一个种族的记忆

是人类创造的符号

今天站在摩天大楼的最高处

已经很难找到印第安人的村落

那间诞生并养育了史诗的小屋

只能出现在漂泊者的梦中

我为失去土地和家园的人们

感到过悲伤和不幸

那是因为当他们面对

钢筋和水泥的陌生世界

却只能有一个残酷的选择

那就是——遗忘！

我的痛在日本

我的心被刺穿在这个季节

刺穿在那个黑暗的时辰

那是致命的一击

仿佛万箭穿心，而这个目标

就是我们的地球

虽然我没有听见子弹的呼啸

但地球的呻吟和哭泣

却从那地底的深处，一直抵达

我们的心房

我的痛在北纬 38.1 度，东经 142.6 度

那是地球的伤口

那是被看不见的子弹

击中的地方

我的痛在大海的彼岸

尽管这自由的元素

曾激起万顷蓝色的波浪

它也无法抚平，在这个时刻

我作为人的悲伤

我的痛在日本，在那樱花的国度

当命运残酷的打击

降临在无数个普通的家庭

我曾点燃一支蜡烛

为那些死去的生灵，以及仍置身于

苦难中的人们祈祷

我的痛在《源氏物语》的故乡

在这个地球村和核原子的时代

人类今天面临的灾难

都不仅仅是个体生命的不幸

我为生命所遭遇的蹂躏而叹息

无论这样的灾难它发生在哪里

在这个星球，我曾这样想

作为个体生命的存在

人又是何等的渺小

就像荒野中的一根草茎

当暴风雨袭来的时候

它又要经历多少生与死的考验

然而对生命的热爱和尊重

无论是过去、现在，还是未来

都将是人类崇高的理想

我的痛，没有颜色，没有国界

就如同我的眼泪

像大海的浪花一样清澈

我的痛，是黑种人的痛

更是白种人的痛

我的痛，像空气那样普通而平常

我的痛，没有什么特别

那是因为作为人，我们都是同类！

我们的父亲

——献给纳尔逊·曼德拉

我仰着头——想念他！

只能长久地望着无尽的夜空

我为那永恒的黑色再没有回声

而感到隐隐的不安，风已经停止了吹拂

只有大海的呼吸，在远方的云层中

闪烁着悲戚的光芒

是在一个片刻，还是在某一个瞬间

在我们不经意的时候

他已经站在通往天堂的路口

似乎刚刚转过身，在向我们招手

脸上露出微笑，这是属于他的微笑

他的身影开始渐渐地远去

其实，我们每一个人都知道

他要去的那个地方，就是灵魂的安息之地

那个叫库努的村落，正准备迎接他的回归

纳尔逊·曼德拉——我们的父亲

当他最初离开这里的时候，在那金色的阳光下

一个黑色的孩子，开始了漫长的奔跑

那个孩子不是别人——那是他昨天的影子

一双明亮的眼睛，注视着无法预知的未来

那是他童年的时光被记忆分割成的碎片

他的双脚赤裸着，天空中的太阳

在他的头顶最终成为一道光束

只有宇宙中坠落的星星，才会停留在

黑色部族歌谣的最高潮

只有那永不衰竭的舞蹈的节奏

能够遗忘白色，找到消失的自信

为了祖先的祭品，被千百次地赞颂

所有的渴望，只有在被夜色

全部覆盖的时候，才会穿越生和死

从这里出发，就是一种宿命

他将从此把自己的生命——与数以千万计的

黑色大众的生命联系在一起

他将不再为自己而活着，并时刻准备着

为一个种族的解放而献身

从这里出发，只能做如下的选择

选择死——因为生早已成为偶然

选择别离——因为相聚已成为过去

选择流亡——因为追逐才刚刚开始

选择高墙——因为梦中才会出现飞鸟

选择呐喊——因为沉默在街头被警察杀死

选择镣铐——因为这样更多的手臂才能自由

选择囚禁——因为能让无数的人享受新鲜的空气

为了这样一个选择，他只能义无反顾

因为他的选择，用去的时间——

不会是一天，也不会是一年，而将是漫长的岁月

就是他本人也根本不会知道

他梦想的这一天将会何时真的到来

谁会知道？一个酋长的儿子

将从这里选择一条道路，从那一天开始

就是这样一个人，已经注定改变了二十世纪的历史

是的，从这里出发，尽管这条路上

陪伴他的将是监禁、酷刑、迫害以及随时的死亡

但是他从未放弃，当他从那——

牢狱的窗户外听见大海的涛声

他曾为人类为追求自由和平等的梦想而哭泣

谁会知道？一个有着羊毛一样卷发的黑孩子

曾经从这里出发，然而他始终只有一个目标

那就是带领大家，去打开那一扇——

名字叫自由的沉重的大门！

为了这个目标，他九死一生从未改变

谁会知道？就是这个黑色民族的骄子

不，他当然绝不仅仅属于一个种族

是他让我们明白了一个真理，那就是爱和宽恕

能将一切仇恨的坚冰融化

而这一切，只有他，因为他曾经被另一个

自认为优越的种族国家长时间地监禁

而他的民族更是被奴役和被压迫的奴隶

只有他，才有这样的资格——

用平静而温暖的语言告诉人类

——"忘记仇恨"！

我仰着头——泪水已经模糊了双眼

我长时间注视的方向，在地球的另一边

我知道——我们的父亲——他就要入土了

他将被永远地安葬在那个名字叫库努的村落

我相信，因为他——从此以后

人们会从这个地球的四面八方来到这里

而这个村落也将会因此成为人类良心的圣地！

无题

——致诺尔德 ①

我们都拥有过童年的时光

那时候，你的梦曾被巍峨的雪山滋养

同样是在幻想的年龄，宽广的草原

从一开始就教会了你善良和谦恭

当然更是先辈们的传授，你才找到了

打开智慧之门的钥匙

常常有这样的经历，一个人呆望着天空

而心灵却充盈着无限的自由

诺尔德，但今天当我们回忆起

慈母摇篮边充满着爱意的歌谣

生命就如同那燃烧的灯盏，转瞬即逝

有时候它更像太阳下的影子，不等落日来临

就已经消失得无影无踪

亲爱的朋友，我们都是文字的信徒

请相信人生不过是一场短暂的戏剧

---

① 诺尔德，藏族诗人，文化学者。

唯有精神和信仰创造的世界

才能让我们的生命获得不朽的价值！

雪的反光和天堂的颜色

一

这是门的孕育过程

是古老的时间，被水净洗的痕迹

这是门——这是门！

然而永远看不见

那隐藏在背后的金属的叹息

这是被火焰铸造的面具

它在太阳的照耀下

弥漫着金黄的倦意

这是门——这是门！

它的质感就如同黄色的土地

假如谁伸手去抚摸

在这高原永恒的寂静中

没有啜泣，只有长久地沉默……

二

那是神鹰的眼睛

不，或许只有上帝

才能从高处看见，这金色的原野上

无数的生命被抽象后

所形成的斑斓的符号

遥远的迁徙已经停止

牛犊在倾听小草的歌唱

一只蚂蚁缓慢地移动

牵引着一丝来自天宇的光

三

蓝色，蓝色，还是蓝色

在这无名的乡间

这是被反复覆盖的颜色

这是蓝色的血液，没有止境的流淌

最终凝固成的生命的意志

这是纯粹的蓝宝石，被冰冷的燃烧熔化

这是蓝色的睡眠——

在深不可测的潜意识里

看见的最真实的风暴！

四

风吹拂着——

在这苍秋的高空

无疑这风是从遥远的地方吹来的

只有在风吹拂着的时候

而时间正悄然滑过这样的季节

当大雁从村庄的头顶上飞过

留下一段不尽的哀鸣

此时或许才会有人亲眼目睹

在那经幡的一面——生命开始诞生

而在另一面——死亡的影子已经降临！

五

你的雪山之巅

仅仅是一个象征，它并非是现实的存在

因为现实中的雪山，它的冰川

已经开始不可逆转的消失

谁能忍心为雪山致一篇悼词？

为何很少听见人类的忏悔?

雪山之巅,反射出幽暗的光芒

它永远在记忆和梦的边缘浮现

但愿你的创造是永恒的

因为你用一支抽象的画笔

揭示并记录了一个悲伤的故事!

六

那是疯狂的芍药

跳荡在大地生殖力最强的部位

那是云彩的倒影,把水的词语

抒写在紫色的疆域

穿越沙漠的城市,等待河流的消息

没有选择,闪光的秋叶

摇动着羚羊奔跑的箭矢

疾风中的牦牛,冰川时期的化石

只有紧紧地握住手中的法器

占卜的神枝才会敲响预言的皮鼓

七

你告诉我高原的夜空
假如长时间地去注视
就会发现，肉体和思想开始分离
所有的群山、树木、岩石都白银般剔透
高空的颜色，变幻莫测，隐含着暗示
有时会听见一阵遥远的雷声
我们都不知道什么是最后的审判
但是，当我们仰望着这样的夜空
我们会相信——
创造这个世界的力量确实存在
而最后的审判已经开始……

八

谁看见过天堂的颜色？
这就是我看见的天堂的颜色，你肯定地说！
首先我相信天堂是会有颜色的
而这种颜色一定是温暖的
我相信这种颜色曾被人在生命中感受过
我还相信这种颜色曾被我们呼吸

毫无疑问，它是我们灵魂中的另一个部分

因为你，我开始想象天堂的颜色

就如同一个善于幻想的孩子

我常常闭着眼睛，充满着感激和幸福

有时泪水也会不知不觉地夺眶而出……

口弦

弹拨口弦的时候

黑暗笼罩着火塘。

伸手不见五指

只有口弦的声音。

口弦的弹奏

是一种隐秘的词汇

是被另一个听者

捕获的暗语。

它所表达的意义

永远不会，停留在

空白的地域。

它的弹拨

只有口腔的共鸣。

它的音量

细如游丝，

它是这个世界

最小的乐器。

一旦口弦响起来

在寂静的房里

它的倾诉，就会

占领所有的空间。

它不会选择等待

只会抵达，另一个

渴望中的心灵。

口弦从来不是

为所有的人弹奏。

但它微弱的诉说

将会在倾听者的灵魂里

掀起一场

看不见的风暴！

河流

阿合诺依 ①——
你这深沉而黑色的河流
我们民族古老的语言
曾这样为你命名！

你从开始就有别于
这个世界其他的河流
你穿越我们永恒的故土
那高贵庄严的颜色
闪烁在流动着的水面

你流淌着
在我们传诵的史诗中
已经有数千年的历史
或许这个时间
还要更加久长

---

① 阿合诺依，彝语，意思是黑色幽深的河流，这里指中国西南部的金沙江，是作者故乡的一条大河。

我们的祖先

曾在你的岸边憩息

是你那甘甜的乳汁

让他们遗忘了

漫长征途的艰辛，以及

徐徐来临的倦意

他们的脸庞，也曾被

你幽深的灵魂照亮

你奔腾不息

在那茫茫的群山和峡谷

那仁慈宽厚的声音

就如同一支歌谣

把我们忧郁的心抚慰

在渐渐熄灭的火塘旁

当我们沉沉地睡去

潜入无边的黑暗

只有你会浮现在梦中

那黑色孕育的光芒

将把我们所有的

苦难和不幸的记忆

都全部地一扫而空

阿合诺依——我还知道
只要有彝人生活的地方
就不会有人，不知晓
你这父亲般的名字
我们的诗歌，赞颂过
无数的河流
然而，对你的赞颂
却比它们更多！

移动的棋子

相信指头，其实更应该相信

手掌的不确定，因为它的木勺

并不只对自己，那手纹的反面

空白的终结，或许只在夜晚

相信手掌，但手臂的临时颠倒

却让它猝不及防，像一个侍者

相信手臂，可是身体别的部分

却发出了振聋发聩的呻吟，因为

手臂无法确定两个同样的时刻

相信身体，然而影子的四肢

并不具有揉碎灵魂的短斧

相信思想，弧形的一次虚构

让核心的躯体，抵达可怕的深渊

不对比的高度，钉牢了残缺的器官

相信自由的意志，在无限的时间

之外，未知的事物背信弃义

没有唯一，只有巨石上深刻的 3

相信吹动的形态，在第四维

星群神秘的迁徙，只有多或少

黑暗的宇宙布满规律的文字

相信形而上的垂直，那白色的铁

可是谁能证实？在人类的头顶之上

没有另一只手，双重看不见的存在

穿过金属的磁性，沿着肋骨的图案

在把棋子朝着更黑的水里移动……

而我——又怎能不回到这里！

谁能理解我！或者说：我们
那是因为精神的传统，早已经
断奏，脐带上滴下的血
渗入泥土，发出黑色的吼叫

我回去，并不是寻找自己
那条泥泞的路，并不是唯一
只有丰饶的天空——信守诺言
直到今天，还为我指引方向

在这里，或许在河流之上
或许在火焰之上，或许在意识之上
虽然这一切都被割裂在昨天
但不可遏制的伤痛，依然还活着

已经不可能，再骑着马
在母语的疆域，独自巡游
泪光中的黄昏，恍若隔世

如此遥远，若隐若现……

从陌生的地方返回，我无意证明
我们死后，会有三个灵魂遗世
而我只是想，哪怕短暂的遗忘
那异化的身份，非人的声音。

选择祖先的方式，让游子回家
在这个金钱和物质的世纪
又有谁更在乎，心灵的感受
而作为一个人，我没有更高的祈求

我的灵魂，曾到过无数的地方
我看见他们，已经把这个地球——
糟蹋得失去了模样，而人类的非理性
迷途难返，现在还处于疯狂！

原谅我！已经无法再负重，因为
我的行囊里，没有别的任何东西。
因为我只想——也只有这样一个愿望：
用鼻子闻一闻，山坡上松针的清香……

在许多时候，骨骼的影子

把土墙上的痕迹抹去

金黄的口弦，不再诱惑我

另一个自我，已经客死在他乡！

但我还是要回去，这一决定——

不可更改，尽管我的历史和故乡的家园

已经伤痕累累，满目疮痍……

而我——又怎能不回到这里！

耶路撒冷的鸽子

在黎明的时候，我听见
在耶路撒冷我居住的旅馆的窗户外
一只鸽子在咕咕地轻哼……

我听着这只鸽子的叫声
如同是另一种陌生的语言
然而它的声音，却显得忽近忽远
我甚至无法判断它的距离
那声音仿佛来自地底的深处
又好像是从高空的云端传来

这鸽子的叫声，苍凉而古老
或许它同死亡的时间一样久远
就在离它不远的地方，在通往
哭墙和阿克萨清真寺的石板上
不同信徒的血迹，从未被擦拭干净
如果这仅仅是为了信仰，我怀疑
上帝和真主是否真的爱过我们

我听着这只鸽子咕咕的叫声

一声比一声更高，哭吧！开始哭！

原谅我，人类！此刻我只有长久的沉默……

寻找费德里科·加西亚·洛尔迦 ^①

我寻找你——

费德里科·加西亚·洛尔迦

在格拉纳达的天空下

你的影子弥漫在所有的空气中

我穿行在你曾经漫步过的街道

你的名字没有回声

只有瓜达基维河 ^② 那轻柔的幻影

在橙子和橄榄林的头顶飘去

在格拉纳达，我虔诚地拜访过

你居住过的每一处房舍

从你睡过的婴儿时的摇篮

（虽然它已经停止了歌吟和晃动）

到你写作令人心碎的谣曲的书桌

费德里科·加西亚·洛尔迦——

我寻找你，并不仅仅是为了寻找

因为你的生命和巨大的死亡

---

① 费德里科·加西亚·洛尔迦（1898—1936），20 世纪伟大的西班牙诗人。

② 瓜达基维河，是一条流经诗人洛尔迦故乡格拉纳达的河流。

让风旗旋转的安达卢西亚

直到今天它的吉他琴还在鸣咽

因为你的灵魂和优雅的风度

以及喜悦底下看不见的悲哀

早已给这片绿色的土地盖上了银光

费德里科·加西亚·洛尔迦——

一位真正的诗歌的通灵者，他不是

因为想成为诗人才来到这个世界上

而是因为通过语言和声音的通灵

他才成为一个真正的诗歌的酋长

费德里科·加西亚·洛尔迦——

纵然你对语言以及文字的敏感

有着光一般的抽象和直觉

但你从来不是为了雕饰词语

而将神授的语言杀死的匠人

你的诗是天空的嘴唇

是泉水的渴望，是暝色的颅骨

是鸟语编的星星，是幽暗的思维

是蜥蜴的麦穗，是田园的杯子

是月桂的铃铛，是月亮的弱音器

是凄厉的晕光，是雪地上的磷火

是刺进利剑的心，是骷髅的睡眠

是舌尖的苦胆，是垂死的手鼓

是燃烧的喉咙，是被切开的血管

是死亡的前方，是红色的悲风

是固执的血，是死亡的技能

费德里科·加西亚·洛尔迦——

只有真正到了你的安达卢西亚，我们

才会知道，你的诗为什么

具有鲜血的滋味和金属的性质！

致阿蒂拉·尤若夫 ①

你是不是还睡在

静静的马洛什河 ② 的旁边？

或许你就如同

你曾描述过的那样——

只是一个疲乏的人，躺在

柔软的小草上睡觉。唉！

一个从不说谎，只讲真话的人

谁又能给你的心灵以慰藉呢？

因为饥饿，哪怕就是

神圣的泥土已经把你埋葬

但为了一片温暖的面包

你的影子仍然会在蒿尔托巴吉 ③

寻找一片要收割的成熟的庄稼

这时候，我们读你的诗

光明的词语会撞击我们的心

---

① 阿蒂拉·尤若夫（1905—1937），20 世纪匈牙利伟大诗人。

② 马洛什河（Maros），匈牙利南部的一条河流。

③ 蒿尔托巴吉（Hortobagy），匈牙利大平原东北部的一片草原。

我们会这样想，怀着十分的好奇

你为什么能把人类的饥饿写到极致？

你的饥饿，不是你干瘪的胃吞噬的饥饿

不是那只饿得咯咯叫着的母鸡

你的饥饿，不是一个人的饥饿

不是反射性的饥饿，是没有记忆的饥饿

你的饥饿，是分成两半的饥饿

是胜利者的饥饿，也是被征服者的饥饿

是过去、现在和将来的饥饿

你的饥饿，是另一种生命的饥饿

没有饥饿能去证明，饥饿存在的本身

你的饥饿，是全世界的饥饿

它不分种族，超越了所有的国界

你的饥饿，是饿死了的饥饿

是发疯的铁勺的饥饿，是被饥饿折磨的饥饿

因为你的存在，那磨快的镰刀

以及农民家里灶炉中熊熊燃烧的柴火

开始在沉睡者的梦里闪闪发光

原野上的小麦，掀起一层层波浪

在那隐秘的匈牙利的黑土上面

你自由的诗句，正发出叮当的响声……

阿蒂拉·尤若夫——
我们念你的诗歌，热爱你
那是因为，从一开始直到死亡来临
你都站在不幸的人们一边！

巨石上的痕迹

——致 W·J·H 铜像

原谅我，此次

不能来拜望另一个你

你早已穿过了——

那个属于死亡的地域

并不是在今天，你才又

在火焰的门槛前复活

其实你的名字，连同

那曾经发生的一切

无论是赞美，还是哑然

你的智慧，以及高大的身躯

都会被诺苏的子孙们记忆

是一个血与火的时代，选择了你

而作为一个彝人，你也竭尽了全力

在那块巨石上留下了痕迹

如同称职的工匠，你的铁锤

发出了叮当的声音，在那

黑暗与光明泥泞的路上

虽不是圣徒，却遮护着良心

你曾看见过垂直的天空上

毕阿史拉则金黄的铜铃

那自然的法则，灼烫的词根

只有群山才是永久的灵床

我知道，你从未领取过前往

——长眠之地的通行证

因为还在你健在的时候

我俩就曾经这样谈起——

我们活着已经不是为了自己

而死亡对于我们而言

仅仅是改变了方向的时间！

致酒

从不因悲愁而饮酒

那样的酒——

会让火焰与伤口

爬上死亡的楼梯

用酒来为心灵解忧

无色的桌布上

只会有更多的泪痕

我从来就只为欢聚

或许，还有倾诉

才去把杯盏握住

我从不一个人的时候

去品尝醉人的香醇

独有那真正的饮者

能理解什么是分享

我曾看见过牛皮的碗

旋转过众人的双手

既为活人也为死者

没有酒，这个世界

就不会有诗歌和箴言

黑暗与光明将更远

我相信，酒的能力

可消弭时间的距离

能忘掉反面的影子

但也唯有它，我们

最终才能沉落于无限

在浩瀚的天宇里

如同一粒失重的巨石

在把倒立的铁敲响……

我接受这样的指令

我接受这样的指令：

不是拒绝冰

也不是排斥火焰

而是把冰点燃

让火焰成为冰……

契约

每天早晨的醒来

都是被那个声音唤醒

除了我，还有所有的生命

如果有谁被遗忘

再听不见那个声音

并不是出了差错

那是永恒的长眠

偶然——找到了他！

鹰的葬礼

谁见过鹰的葬礼

在那绝壁上，或是

万丈瀑布的高空

宿命的铁锤

唯一的仪式

把钉子送上了穹顶

鹰的死亡，是粉碎的灿烂

是虚无给天空的

最沉重的一击！没有

送行者，只有太阳的

使臣，打开了所有的窗户……

流亡者

——写给诗人阿多尼斯①和他流离失所的人民

那是一间老屋，与别人无关

只要流亡者活着——

它就活着，如果流亡者有一天

死了，它也许才会在亡者的记忆中被埋葬

假如亡灵永存，还会归来

它会迎接他，用谁也看不见的方式

虽然屋顶的一半，已经被炮弹损毁

墙壁上布满了无声的弹孔

流亡者的照片，还挂在墙上

一双双宁静的眼睛，沉浸在幽暗的

光线里，经过硝烟发酵的空气

仍然有烤羊肉和腌橄榄的味道

流亡者的记忆，会长时间停留在院落

那水池里的水曾被妈妈用作浇灌花草

娇艳硕大的玫瑰，令每一位

---

① 阿里·阿赫迈德·萨义德·阿斯巴尔（1930—），笔名阿多尼斯，叙利亚当代
著名诗人。

来访者动容，从茶壶中倒出的阿拉伯咖啡

和浓香的红茶，不知让多少异乡人体会过

款待他人的美德，虽然已经不能完全记住

是重逢还是告别？但那亲密的拥抱

以及嘴里发出的哑哑声响

却在回忆和泪眼里闪动着隐秘的事物

流亡者，并不是一个今天才有的称谓

你们的祖先目睹过两河流域落日的金黄

无数的征服者都觊觎你麦香的乳房

当饥饿干渴的老人，在灼热的沙漠深处迷失

儿童和妇女在大海上，就只能选择

比生更容易的死的结局和未知

今天的流亡——并不是一次合谋的暴力

而是不同利益集团加害给无辜者的器皿

杯中盛满的只有绝望、痛哭、眼泪和鲜血

有公开的杀人狂，当然也有隐形的赌徒

被牺牲者——不是别人！

在叙利亚，指的就是没有被抽象过的

——活生生的千百万普通的人民

你看他们的眼神，那是怎样的一种眼神！

毫无疑问，它们是对这个世纪人类的控诉

被道义和良心指控的，当然不是三分之一

它包括指手画脚的极少数，沉默无语的大多数

就是那些无关痛痒的旁观者

我告诉你们，只要我们与受害者

生活在同一个时空——作为人！

我们就必须承担这份罪孽的某一个部分

那是一间老屋，与别人无关

然而，是的，的确，它的全身都布满了弹孔

就如同夜幕上死寂的星星……

诗人的结局

我不知道，

是 1643 年的冬天，

还是 1810 年彝族过年的日子。

总之，实际上，

老人们都这样说。

在吉勒布特，

那是一场罕见的大雪，

整整下了一天一夜。

住在这里的一家人，

有十三个身强力壮的儿子，

他们骄傲的父母，

都用老虎和豹子，

来为他们的后代命名。

鹰的影子穿过了，

谚语谜一般的峡谷。

大雪还在下，

直到傍晚的时候，

妈妈在嘴里喃喃地

数着一个个归来的儿子。

"一个、两个、三个……"

她站在院落外，

看着自己的儿子们，

披着厚实的羊毛皮毡，

全身冒着热气。

透过晶莹的雪花，

她的眼睛闪动着光亮。

这一切都发生在这里。

一块破碎的锅庄石，

被坚硬的犁头惊醒，

时间已经是 2011 年春季，

他们用手指向那里：

"你的祖先就居住在此地！"

燃烧的牛皮在空中弯曲成文字。

一个词语的根。

一个谱系的火焰。

被捍卫的荣誉。

黑色的石骨。

从鹰爪未来的杯底，

传来群山向内的齐唱。

太阳的钟点，

从未停止过旋转。

我回到了这里。

戏剧刚演到第三场。

因为父子连名的传统，

那结局我已知晓。

从此死亡对于我而言，

再不是一个最后的秘密。

这不是一场游戏，

作为主角，不要耻笑我，

我是另一个负重的虚无，

戏的第七场已经开始……

窗口

——致茨维塔耶娃 [1]

你窗口有一个小小的十字架，

它的高度超过了所有的山巅。

我们仔细打量着它的大小，

是你的骨骼支撑着浮悬的天石。

谁将这十字架又放大千倍，

让你弯腰背负着伫立大地。

如果没有你的牺牲和鲜血，

苟活的人类就不会允诺沉默。

走在最前面的并不是耶稣基督，

而是你——一个灵肉完整的女人。

---

[1] 茨维塔耶娃（1892—1941），20世纪最伟大的俄苏诗人之一，也是"白银时代"最具代表性的诗人之一。

纪念爱明内斯库 ①

从另一种语言的边缘进入你

毫无疑问你就是母语的燧石

不是所有的诗人都享有这般殊荣

在许多古老语言构建的世界

总会有一个人站在群山之巅

我不相信，这是神的意志和眷顾

但无法否认命运对受礼者的垂青

你不是马蹄铁在原野上闪着微光

而是铁锤敲打铁砧词语的记录

难怪在喀尔巴阡山 ② 有人看见

你的影子在太阳的金属中飘浮

那一定是你——不是别人！

一直就存活在时间之船的额头

在那通向溪水永远流淌的路上

只要还有人在吟诵你的诗歌

---

① 米哈伊·爱明内斯库（1850—1889），罗马尼亚19世纪后叶伟大的民族诗人。

② 喀尔巴阡山，欧洲中部山系的东段部分，绵延约 1500 千米，穿越数国。

就证明了多依那 ① 的传统仍在延续

如果遥望肃穆寂静蓝色的天幕

只有金星的灿烂冠盖了拱顶

不是所有的诗人——当然不是！

能像你那样置身于核心的位置

当你的诗成了自由的空气和风

不朽的岩石和花朵悬浮于记忆

其实从那一刻起——长发飘逸的天才

你就已经战胜了世俗的死亡

因为在七弦琴 ② 到过的每一个地方

在你那滚动着金黄麦秸的祖国

你的墓地——就是另一个摇篮！

但是又有几人知道，你屹立在山顶

没有退路，你就是风暴的箭靶

站在这样的高度，最先迎接了曙光

因为雷电的击打留下了累累伤痕

然而正是因为你站在了队伍的前列

你点燃的火炬才穿越了所有的世纪

---

① 多依那，罗马尼亚一种抒情民歌的名称。

② 七弦琴，罗马尼亚一种古老的民间乐器。

我知道，我知道，我当然知道

在每一处——生死轮回的疆域

都会有一个是宙斯①，真正的独角兽

就是面对死亡，你也会是第一个

让刀尖插入胸膛，背负着十字架的人

不是所有的诗人——当然不是！

只有那些时刻准备着牺牲的人

才被赋予了这样神圣的权利

这绝不是特殊，而要具备一种品质

就是在不幸和苦难来临的时候

能甘愿为大多数人去从容赴死

假如谁要问我——如何才能通向

他们精神城堡的大门。如何——

才能用最快捷的方式打开

一个民族心灵最隐蔽的门扉

那我就告诉你，只有一个办法：

潜入他们诗歌和箴言的大海

一直潜到最幽深而不可测的部位

哦！那黑色的鲸！或许它就是

思想苍穹喉咙里红色的狮子

---

① 宙斯，古希腊神话中奥林匹斯山的最高天神，他统治着人和神的世界。

你还可以——与幻想一起飞翔

只要逃离了地球的引力，你就能

攀爬上文字的天梯，终于看见

鸟类中的巨无霸——罕见的鹰王！

假如你最后还要问我——我当然

会如实地说——阅读爱明内斯库吧

你一定会看见罗马尼亚的——灵魂！

从摇篮到坟墓

从摇篮到坟墓

时间的长和短

没有任何特殊的意义

但这段距离

摇篮曲不能终止

因为它的长度

超过了世俗的死亡

你听那原始的声音

从母亲的喉头发出

这声调压过了所有的舌头

在群山和太阳之间

穿越了世代火焰的宇宙

通向地狱和天堂的门

虽然都已经被全部打开

但穹顶的窗户，却为我们的

归来，标明了红色的箭头

在这大地上，只有摇篮曲

才让酣睡的头颅和肋骨

甜蜜自由，没有痛苦

那突然的战栗和疯狂

让遥远的星星光芒散尽

因为母亲的双手

那持续的晃动，会让

我们享受幸福的一生

当我们躺在——

墓地的火焰之上

仍然是母亲的影子

在摇篮旁若隐若现

从摇篮到坟墓

只有母亲的手

还紧紧地牵着我们

从摇篮到坟墓

始终伴随着我们的

就是母亲的摇篮曲

我知道这个世界上

再没有什么别的声音

——能比她的吟唱

更要动人，更要美好！

这个世界并非杞人忧天

这个世界并非杞人忧天

但总会有人担心——

天空会突然地坍塌

我本应该待在老家达基沙洛 [①]

而不是在这个狂躁的尘世游走

但事实就是这样，我疲惫不堪

就是望见了并不遥远的山顶

我也再没有心气攀上它的高处

不是每一种动物，都有这样的想法

作为一个彝人，我只想——

同我的祖先们一样，躺在寂静的

山冈，长时间地注视着远方

在时间的尽头，最终捕捉到

这一切是如何消失得无影无踪

甚至去观察一只勤快英勇的蚂蚁

是怎样完成搬运比它的身体

---

① 达基沙洛，凉山彝族聚居区布拖县一地名，此地为诗人父亲出生的地方。

更要庞大百倍的昆虫的把戏

如果没有疑义，还可以潜入荞麦地

去守望一颗颗麦尖上晶莹的露水

它们折射闪烁出千万个迷人的星空

而从那遥远处吹来的温暖的风

会让无名的思绪飘浮于永恒的无限

但是尽管这样，我仍然无法摆脱

这个地球遭遇不幸的生命

在我的耳边留下的沉重叹息

虽然我们每个人都应该洁身自好

可还是有人参与了对别的生物的杀戮

其实这个世界比我们想象的

还要令人堪忧，这并非是哗众取宠

我们的土地本来就是母亲的身躯

是今天的人类，在她身上留下了伤口

他们高举着机器和逻辑的镰刀

高歌猛进，横冲直撞，闪闪发光

羞耻这个词，不敢露面，它躲进了

把一切罪恶汇集在一起的那本词典

它让我们无尽的天空和海洋

留下了一道道斧痕叮当作响

这个宇宙只有太阳依然美好善良

它伸出了它的大手，去擦干泪水

可以听见，也可以看见，还有多少生命

正在诞生，并为明天的来临而欣喜若狂

尽管这样，我还是固执地相信

这个世界不会毁于一场预谋的战争

而会毁于一次谁也不太关注的偶然

但愿，但愿这一天永远不要出现。

致祖国

我的祖国

是东方的一棵巨人树

那黄色的土地上，永不停息地

流淌着的是一条条金色的河流

我的祖国

那纯粹的蓝色

是天空和海洋的颜色

那是一只鸟，双翅上

闪动着黄金的雨滴

正在穿越黎明的拂晓

我的祖国，在神话中成长

那青铜的树叶

发出过千百次动人的声响

我的祖国，从来

就不属于一个民族

因为她有五十六个儿女

而我的民族，那五十六分之一

却永远属于我的祖国

我的祖国的历史

不应该被随意割断

无论她承载的是

光辉的年轮，还是屈辱的生活

因为我的祖国的历史

是一本完整的历史

当我们赞颂唐朝的时候

又怎能遗忘元朝开辟过的疆域

当我们梦回宋词的国度

在那里寻找文字的力量

又怎能真的去轻视

大清开创的伟业，不凡的气度

我说我的祖国的历史，是一部

完整的历史，那是因为我把这一切

都看成是我的祖国

血肉之躯不可分割的部分

我的祖国，我想对你说

当有一天你需要并选择我们

你的选择，一定不是简单的

由于地域的因素，不同的背景

不仅仅是因为我们来自哪一个民族

同样也不要因为我们的族别

而让我们，失去了真正平等竞争的机会

我的祖国，我希望我们对你的

一万个忠诚，最终换来的

是你对我们的百分之百的信任

我的祖国

那优美的合唱，已经被证明

是五十六个民族语言的总和

离开其中任何一位歌手的参与

那壮丽的和声都不完美

就如同我的民族的声音

或许它来自遥远的边缘

但是它的存在

却永远不可或缺

就如同我们彝人古老的文字

它所记载的所有的一切

毫无疑问，都已成为

你那一部辉煌巨著中的

足以让人自豪的不朽的篇章

我的祖国，请原谅

我的大胆和诗人才会有的真实

我希望你看中我们的是，而只能是

作为一个人所具有的高尚的品质

卓越的能力，真正摒弃了自私和狭隘

以及那无与伦比的，蕴含在

个体生命之中的，最为宝贵的

能为这个国家和大众去服务的牺牲精神

我的祖国，我希望并热忱地期待着

你看中我们的是，当然也只能是

我们对你的忠诚，就像

血管里的每一滴鲜血

都来自正在跳动的心脏

而永远不会是其他！

支格阿鲁

你逆风而来，如同一道光。

你追随太阳的车轮，沉睡于群山之上。

你无处不显，在我们每一个火塘的石头里，

让深渊的记忆发出咝咝的声音。

是你第一次用宝刀刺向未来，将一个部族

被命运的天平锤击的目标确定。

伟大的父亲：鹰的血滴——

倾听大地苍茫消隐的呓语，

在你绝对的疆域，梦一次又一次地来临。

你在山顶喊叫，落日比鲜血还红，

你词语的烈焰，熊熊燃烧，

洗净了面具的大海和酒杯。

你带着柏树和杉树的竹笛，

那匹有翅膀的骏马，与你巡游天庭。

你举着火把和烛炬义无反顾地挺立，

沉默的诸神留下了晶莹的泪水。

蕨基草，出现在第三者的镜子，
黎明让万物开始自由地苏醒。
我们的父亲，撬动滚落光明的天石，
另一种荞麦盛入了星辰谷粒的盘子。

是你把这个世界最后交给我们，
但你却从未真的离开过这里。
当我们面对你——天空、河流、大地、
森林，没有骑手的马鞍，失去
嘴唇的铠甲，遗忘了主人的镰刀。
你让我们同时饮下了两个极端的铁，
那是诞生的誓言和死亡的泉水。
你并不是一则寓言，在时间的居所，
空气、阳光、那无处不在的气息，
宣告了你仍然是这片土地的君王。
我们的父亲，作为你的嫡亲，我不会
为自己哭泣，我的呐喊飞扬血丝，
在我的背后不是一个人，而是你
全部的子孙，尽管我如此地卑微。

谁也不能高过你的头颅

——献给屈原①

诗人！光明的祭司，黑暗的对手

没有生，也没有死，只有太阳的

光束，在时间反面的背后

把你的额头，染成河流之上

沉默的金黄。你的车轮旋转

如岩石上的风暴，你孑然而立

望着星河深处虚无的岸边

谁也不能高过你的头颅

你饮木兰上的露水，不会饥饿

每一次自我的放逐，词语的

骨笛，都会被火焰吹响

谁也不能高过你的头颅

因为在群山的顶部，你的吟游

如同光明的馈赠，这个世界

不会再有别人——不会！

---

① 屈原（约公元前340年—公元前278年），中国历史上第一位伟大的爱国诗人，中国浪漫主义文学的奠基人，被誉为"中华诗祖"。

能像真正的纯粹的诗人一样

像一个勇士，独自佩戴着蕙草

去完成一个人与众神的合唱

谁也不能高过你的头颅

只有太阳神，那公正无私的双手

能为你戴上自由的——冠冕！

诗人！只有你的命令能抵达

并阻止死神的来临，那高脚杯

盛满了菊花酿造的美酒

那是宴客的时辰，被唤醒的神灵

都会集合在你的身后，仰望

天河通向未知的渡口，你手中的

火把，再一次照亮了黑暗的穹顶

它的颜色超过了所有我们见过的白昼

只有你的云车不用铁的铠甲

和平养育的使者，人群中的另类

只有你能说出属于自己的语言

无论是在人的面前，还是在神的殿堂

你都紧握着真理和道德的权杖

谁也不能高过你的头颅

当你呼唤日月、星辰与河流

它们的应答之声，就会飘浮在

肃穆寂寥的天庭——并成为绝响！

我不知道，难道还有别的声音

能具有这般非凡的超自然的力量

说你没有生，也没有死

那是因为你永远行走在轮回的路上

就是你那所谓最后的消遁

也仅仅是一种被死亡命名的形式

诗人！如果有生的权利，当然

你也会有死的权利，但是——

唯有你，在死亡降临的瞬间

就已经用另一种方式完成了复活

由此，我们曾愚钝地寻找过你

其实你就是这片母语的土地

和神圣的天空，我们的每一次呼吸

都能感受到你的存在，你是

流动的空气，一只飞翔的鸟

没有名字的一株幽兰，树叶上的昆虫

一块谁也无法撼动的巨石，或许

就是一粒沙漏中落下的宇宙

谁也不能高过你的头颅

在一个种族集体的记忆里

作为诗人，你是第一个，没有并列

用自己的名字，开启了一条诗歌的航道
你不会死去，因为你的不朽和牢不可破
诗歌纵然已经伤痕累累，但直到今天——
它也从未放弃过对生命的歌唱！

献给妈妈的二十首十四行诗

见证了一个不平凡的时代，

经历了先人从未经历过的生活。

当死亡正在来临

从今天起就是一个孤儿，

旁人这样无情地对我说。

因为就在黑色覆盖了白色的时候，

妈妈就已经进入了另一个世界。

不要再去质疑孤儿的标准，

一旦失去了母亲，才知道何谓孤苦无助。

在这块巨石还没有沉没以前，

她就一直是我生命中的依靠。

当死亡在这一天真正来临，

所有的诅咒都失去了意义，

死神用母语喊了她的名字：

尼子·果各卓史①，接你的白马，
已经到了门外。早亡的姐妹在涕泣，
她们穿着盛装，肃立在故乡的高地。

故土

在那个名字叫尼子马列②的地方，
祖辈的声名是如此显赫，
无数的坐骑在半山悠闲地吃草，
成群的牛羊，如同天空的白云。

多少宾朋从远方慕名而来，
宰杀牲口才足以表达主人的盛情。
就是在大凉山腹地的深处，
这个家族的美名也被传播。

---

① 尼子·果各卓史：诗人母亲的名字（又名马秀英），生于 1931 年 3 月 15 日，
卒于 2016 年 10 月 30 日。出生于彝族贵族家庭，早年投身社会主义革命，是共产
党员，曾担任过凉山彝族自治州人民医院副院长、凉山卫校校长。

② 尼子马列，诗人母亲故乡一彝语地名。

但今天这一切已不复存在，

没有一种繁华能持续千年，

是时间的暴力改变了一切。

先人的骨灰仍沉睡在这里，

唯有无言的故土，还在接纳亡灵，

它是我们永生永世的长眠之地。

记忆的片段

多少年再没有回到家乡，

并不是时间和空间的距离，

才让她去重构故土的模样，

而这一切是如此地遥远。

姐妹们在院落里低声喧哗，

争论谁应该穿到第一件新衣，

缝衣娘许诺了她们中的每一位，

只有大姐二姐羞涩地伫立门前。

坐在火塘边的祖母头发比雪还白，

吊着的水壶冒着热腾腾的水汽，

远处传来的是放牧者粗犷的歌声。

这是亡故者记忆中的片段，

她讲过多少遍，谁也说不清。

但愿活着的人，不要忘记。

生与死的幕布

河流朝着一个方向流淌，

群山让时间沉落于不朽。

有人说这是一场暴风骤雨，

群山里的生活终究会有改变。

千百年所选择的生活方式，

只有火焰的词语熄灭于疾风。

不是靠幸运才存活到今天，

旋转的酒碗是传统的智慧。

山坡上的荞麦沾满了星光，

祖居之地只剩下残壁断垣，
再没有听见过口弦的倾诉。

头上是永恒的北斗七星，
生与死的幕布轮流值日，
真遗憾，今天选择了落幕。

命运

这个时代改变了你们的命运，
从此再没有过回头和犹豫。
不是圣徒，没有赤脚踏上荆棘，
但道路上仍留下了血迹。

看过那块被烧得通红的石头，
没有人知道铁铧的全部含义。
生与死相隔其实并不遥远，
他们一前一后紧紧相随。

你们的灵魂曾被火光照亮，
但在那无法看见的颜色深处，

也留下了疼痛，没有名字的伤口。

不用再为你们祈祷送魂，
那条白色的路就能引领，
这一生你们无愧于任何人。

墓前的白石

墓的前面放着一块白石，
上面镌刻着你们的名字。
多么坚实厚重的石头，
还有我为你们写下的诗行。

从这里能看见整座城市，
生和死还在每时每刻地更替。
只有阳光那白银一般的舞蹈，
涌入了所有生命的窗口。

在目光所及更远的地方，
唯有山峰之间是一个缺口，
据说那是通向无限的路标。

亡灵长眠在宁静的山冈之上，
白色的石头在向活人低语：
死亡才刚结束，生命又开始疯狂。

迎接了死亡

妈妈的眼角最后有一颗泪滴，
那是她留给这个世界的隐喻。
可以肯定它不代表悲戚，
只是在做一种特殊的告别。

不是今天才有死亡的存在，
那黑色的旗帜，像鸟的翅膀，
一直飞翔在昼夜的天空，
随时还会落在受邀者的头顶。

冥府的通知被高高举起，
邮差将送到每一个地址，
从未听说他出现过差错。

妈妈早就知道这一天的来临，

为自己缝制了头帕和衣裙，

跟自己的祖先一样，她迎接了死亡。

这是我预定的灵床

我的妈妈已经开始上路，

难怪山坡上的索玛^①像发了疯。

白昼的光芒穿过世界的核心，

该被诅咒的十月成了死期。

把头朝着故乡的方向，

就是火化成灰也要回去。

这个城市对你已不再陌生，

但你的归宿命定不在这里。

口弦，马布，月琴^②，都在哀唤，

活着的时候就喜欢它们，

---

① 索玛，即索玛花，汉语又称杜鹃花。

② 口弦，马布，月琴，均为彝族古老的乐器。

但今天却只能报以沉默。

当又能闻到松脂和蜂蜜的味道，
那是到了古洪姆底 ①，我知道你会说：
终于可以睡下了，这是我预定的灵床。

回忆的权利

不知道从什么时候开始，
你就是靠回忆生活。
就是昨天刚遇见过的事，
也不能把它们全部想起。

真能想起的都是遥远的事情，
它们在黑暗的深处闪光。
你躲在木楼的二层捉迷藏，
听见妹妹说：姐姐可以找你了吗？

经常拿出发黄的照片，

---

① 古洪姆底，大小凉山的彝语称谓，泛指彝族的聚居地。

对旁人讲解，背着沉重的药箱，
访问过许多贫病交加的人。

人活着是否需要理由？
是你给了我们另一个答案，
谁也不能剥夺，回忆的权利。

我不会后退

原谅我，一直不知道，
是因为妈妈的存在和活着，
我才把死亡渐渐地遗忘，
其实它一直在追逐着我们。

妈妈站在我和死亡之间，
像一座圣洁的雪山，
也如同浩瀚无边的大海，
但今天我的身边只伫立着死亡。

纵然没有了生命中的护身符吉尔①，

当面对无端的谎言、中伤以及暗算，

也不会辱没群山高贵的传统和荣誉。

再不用担心妈妈为我悲伤，

既然活着已经不是为了自己，

为了捍卫人的权利，我不会后退。

等我回家的人

我不用再急着赶回家去，

在半夜时敲响那扇门扉。

等候我回家的人，

已经去了另一个世界。

那时只有我回到了家，

她才会起身离开黑色的沙发，

迈着缓慢疲惫的脚步，

回到自己的房间休息。

---

① 吉尔，彝族每一个家族都有吉尔，即护身符，在这里指诗人的母亲。

就这样等候，不是一天，
也不是一年，她活着的时候，
常常在深夜里这样等我。

但直到现在我才明白，
母亲两个字还有更深的内涵，
多么不幸，与她已经隔世。

妈妈是一只鸟

毕摩说，在另一个空间里，
你的妈妈是一条游动的鱼。
她正在清凉的溪水中，
自由自在地追逐水草。

后来她变成了一只鸟，
有人看见她，去过祖居地，
还在吉勒布特的天空，
留下了恋恋不舍的身影。

从此，无论我在哪里，
只要看见那水中的鱼，
就会去想念我的妈妈。

我恳求这个世上的猎人，
再不要向鸟射出子弹，
因为我的妈妈是一只鸟。

妈妈的手

妈妈的手充满了万般柔情，
像四月的风吹过故乡的高地。
每当她抚摸我的脸庞和额头，
就如同清凉的甘露滋润着梦境。

只有她的手能高过万物的顶端，
甚至高过了任何一个君王的冠冕。
如果不是自然造化的组成部分，
那仁慈就不可能进入灵魂的深处。

纵然为传统和群山可以赴死，

每一次遭遇命运不测的箭弩，
还都是她的手改变了我的厄运。

我知道从今以后将会生死难卜，
因为再也无法握住妈妈的那双手，
多么悲伤，无常毁灭了我的护身符。

摇篮曲

世界上只有一首谣曲，
能陪伴着我们，从吱呀的摇篮，
直到群山怀抱的火葬地，
它是妈妈最珍贵的礼物。

那动人的旋律吹动着宇宙的星辰，
它让大地充满了安宁，天空如同宝石。
当它飞过城市、乡村和宽阔的原野，
所有的生命都会在缥缈的吟唱中熟睡。

这低吟能穿越生和死的疆域，
无论是在迎接婴儿新生命的诞生，

还是死神已经敲响了厚重的木门。

只有这首无法忘怀的谣曲，
在我们离开这个世界的时候，
还能听见它来自遥远的回声。

山泉

晚年的妈妈再没回到故乡，
她常常做梦似的告诉我们：
在那高高的生长荞麦的地方，
让人思念的是沁人心脾的泉水。

难怪她时常独自坐在窗前，
对一只鸟从何处飞来也感到好奇。
她会长时间地注视着一朵云，
直到它在那天际消失得无影无踪。

谁也无法改变我们生命的底色，
瓦板房里的火塘发出嘶嘶的声音，
还有院落里的雄鸡不断地高鸣。

其实人的需求非常地有限，

但有时却比登天还难，比如妈妈，

再也无法喝到那透心的山泉。

黑色的辫子

妈妈的头发已经灰白掉落，

好长时间不再用那把木梳，

往日那一头浓密的黑发，

从过去的照片中才能看到。

他们说她的长发乌黑清亮，

像深色的紫檀闪着幽暗的光。

无论她走到哪里，总有人会闻到，

她的发辫散发出的皂角的馨香。

谁能将那逝去的年轮追回？

让我再看一眼妈妈的黑发，

再闻一闻熟悉而遥远的香味。

但今天这一切都是痴人说梦，

只有那一把还留在世上的木梳，

用沉默埋葬了它所经历的辉煌。

母语

妈妈虽然没有用文字留下诗篇，

但她的话却如同语言中的盐。

少女时常常出现在族人集会的场所，

聆听过无数口若悬河的雄辩。

许多看似十分深奥的道理，

就好像人突然站在了大地的中心；

她会巧妙地用一句祖先的格言，

刹那间让人置身于一片光明。

是她让我知道了语言的玄妙，

明白了它的幽深和潜在的空白，

而我这一生都将与它们形影相随。

我承认，作为一个寻找词语的人，

是妈妈用木勺，从语言的大海里，
为我舀出过珊瑚、珍珠和玛瑙。

故乡的风

妈妈常常会想起故乡的风，
每当这样的时候，她就会将风描绘。
难怪在我们部族的史诗中，
那永恒的风被植入了词语的石头。

那风穿过了大地麦芒的针孔，
从那宇宙遥远的最深处传来。
只有风连接着生和死的门户，
谁也无法预知它的方向和未来。

妈妈说，如果你能听懂风的语言，
你就会知道，我们彝人的竖笛，
为什么会发出那样单纯神秘的声音。

那风还在吹，我是一个听风的人，
直到今天我才开始隐约地知道，

只有风吹过的时候，才能目睹不朽。

隐形的主人

这大地和天空是如此辽远，
巡游的太阳一头金黄的雄狮。
金币的另一面涌动着黑暗的海洋，
永恒的死亡跨上了猩红的马鞍。

黄昏在影子里对神灵窃窃私语，
黯然的云霓闪烁着紫色的光亮。
星穹下的群山肃穆静寂，
唯有火塘里的柴薪独自呢喃。

沿着暮气氤氲的那条小路，
妈妈的身影又若隐若现，
朦胧中是依稀垂下的眼睑。

她是这片土地上隐形的主人，
看不见的手还在用羊毛编织披毡，
腰间晃动的是来回如飞的梭子。

肉体与灵魂

你的肉身已经渐渐枯萎，

它在时间的切割中破碎。

很难察觉它细微的变化，

自然的威力谁也无法抗拒。

微末的事物消失于指间，

它的杀戮不用金属的武器。

肉体是你借用造物主的东西，

时辰到了还必须将它归还。

只有你的魂魄还完好如初，

没有什么能改变它的存在，

黑暗吞噬的表象只是幻影。

你心灵幽秘质朴，如一束火焰，

怀揣着安居于永恒的护身符，

唯有不灭的三魂① 将被最后加冕。

---

① 三魂，彝人认为人死后有三魂，一魂留火葬处，一魂被供奉，一魂被送到祖先的最后归宿地。

如果我死了……

如果我死了
把我送回有着群山的故土
再把我交给火焰
就像我的祖先一样
在火焰之上：
天空不是虚无的存在
那里有勇士的铠甲，透明的宝剑
鸟儿的马鞍，母语的盐
重返大地的种子，比豹更多的天石
还能听见，风吹动
荞麦发出的簌簌的声音
振翅的太阳，穿过时间的阶梯
悬崖上的蜂巢，涌出神的甜蜜
谷粒的河流，星辰隐没于微小的核心
在火焰之上：
我的灵魂，将开始远行
对于我，只有在那里——
死亡才是崭新的开始，灰烬还会燃烧

在那永恒的黄昏弥漫的路上
我的影子，一刻也不会停留
正朝着先辈们走过的路
继续往前走，那条路是白色的
而我的名字，还没有等到光明全部涌入
就已经披上了黄金的颜色：闪着光！

我，雪豹……

——献给乔治·夏勒 [①]

一

流星划过的时候

我的身体，在瞬间

被光明烛照，我的皮毛

燃烧如白雪的火焰

我的影子，闪动成光的箭矢

犹如一条银色的鱼

消失在黑暗的苍穹

我是雪山真正的儿子

守望孤独，穿越了所有的时空

潜伏在岩石坚硬的波浪之间

我守卫在这里——

在这个至高无上的疆域

---

① 乔治·夏勒（George Beals Schaller，1933— ），美国动物学家、博物学家、自然保护主义者和作家。他曾被美国《时代周刊》评为世界上三位最杰出的野生动物研究学者之一，也是被世界所公认的最杰出的雪豹研究专家。

毫无疑问，高贵的血统

已经被祖先的谱系证明

我的诞生——

是白雪千年孕育的奇迹

我的死亡——

是白雪轮回永恒的寂静

因为我的名字的含义：

我隐藏在雾和霭的最深处

我穿行于生命意识中的

另一个边缘

我的眼睛底部

绽放着呼吸的星光

我思想的珍珠

凝聚成黎明的水滴

我不是一段经文

刚开始的那个部分

我的声音是群山

战胜时间的沉默

我不属于语言在天空

悬垂着的文字

我仅仅是一道光

留下闪闪发亮的纹路

我忠诚诺言
不会被背叛的词语书写
我永远活在
虚无编织的界限之外
我不会选择离开
即便雪山已经死亡

二

我在山脊的剪影，黑色的
花朵，虚无与现实
在子夜的空气中沉落

自由地巡视，祖先的
领地，用一种方式
那是骨血遗传的密码

在晨昏的时光，欲望
就会把我召唤
穿行在隐秘的沉默之中

只有在这样的时刻

第一辑　诗歌　我，雪豹……

我才会去，真正重温
那个失去的时代……

三

望着坠落的星星
身体漂浮在宇宙的海洋
幽蓝的目光，伴随着
失重的灵魂，正朝着
永无止境的方向上升
还没有开始——
闪电般地纵身一跃
充满强度的脚趾
已敲击着金属的空气
谁也看不见，这样一个过程
我的呼吸、回忆、秘密的气息
已经全部覆盖了这片荒野
但不要寻找我，面具早已消失……

四

此时，我就是这片雪域

从吹过的风中，能聆听到

我骨骼发出的声响

一只鹰翻腾着，在与看不见的

对手搏击，那是我的影子

在光明和黑暗的

缓冲地带游离

没有鸟无声的降落

在那山谷和河流的交汇处

是我留下的暗示和符号

如果一只旱獭

拼命地奔跑，但身后

却看不见任何追击

那是我的意念

已让它感到了危险

你在这样的时刻

永远看不见我，在这个

充满着虚妄、伪善和杀戮的地球上

我从来不属于

任何别的地方！

五

我说不出所有

动物和植物的名字

但这却是一个圆形的世界

我不知道关于生命的天平

应该是，更靠左边一点

还是更靠右边一点，我只是

一只雪豹，尤其无法回答

这个生命与另一个生命的关系

但是我却相信，宇宙的秩序

并非来自偶然和混乱

我与生俱来——

就和岩羊、赤狐、旱獭

有着千丝万缕的依存

我们不是命运——

在拐弯处的某一个岔路

而更像一个捉摸不透的谜语

我们活在这里已经很长时间

谁也离不开彼此的存在

但是我们却惊恐和惧怕

追逐和新生再没有什么区别……

六

我的足迹，留在

雪地上，或许它的形状

比一串盛开的

梅花还要美丽

或许它是虚无的延伸

因为它，并不指明

其中的奥妙

也不会预言——

未知的结束

其实生命的奇迹

已经表明，短暂的

存在和长久的死亡

并不能告诉我们

它们之间谁更为重要？

这样的足迹，不是

占卜者留下的，但它是

另一种语言，能发出

寂静的声音

唯有起风的时刻，或者

再来一场意想不到的大雪

那些依稀的足迹

才会被一扫而空……

七

当我出现的刹那

你会在死去的记忆中

也许还会在——

刚要苏醒的梦境里

真切而恍惚地看见我：

是太阳的反射，光芒的银币

是岩石上的几何，风中的植物

是一朵玫瑰流淌在空气中的颜色

是一千朵玫瑰最终宣泄成的瀑布

是静止的速度，黄金的弧形

是柔软的时间，碎片的力量

是过度的线条，黑色＋白色的可能

是光铸造的酋长，穿越深渊的 0

是宇宙失落的长矛，飞行中的箭

是被感觉和梦幻碰碎的

某一粒逃窜的晶体

水珠四溅，色彩斑斓

是勇士佩带上一颗颗通灵的贝壳

是消失了的国王的头饰

在大地子宫里的又一次复活

八

二月是生命的季节

拒绝羞涩，是燃烧的雪

泛滥的开始

野性的风，吹动峡谷的号角

遗忘名字，在这里寻找并完成

另一个生命诞生的仪式

这是所有母性——

神秘的词语和诗篇

它只为生殖之神的

降临而吟诵……

追逐　离心力　失重　闪电　弧线

欲望的弓　切割的宝石　分裂的空气

重复的跳跃　气味的舌尖　接纳的坚硬

奔跑的目标　颌骨的坡度　不相等的飞行

迟缓的光速　分解的摇曳　缺席的负重

撕咬　撕咬　血管的磷　齿唇的馈赠

呼吸的波浪　急遽的升起　强烈如初

捶打的舞蹈　临界死亡的牵引　抽空　抽空

想象　地震的战栗　奉献　大地的凹陷

向外渗漏　分崩离析　喷泉　喷泉　喷泉

生命中坠落的倦意　边缘的颤抖　回忆

雷鸣后的寂静　等待　群山的回声……

九

在峭壁上舞蹈

黑暗的底片

沉落在白昼的海洋

从上到下的逻辑

跳跃虚无与存在的山涧

自由的领地

在这里只有我们

能选择自己的方式

我的四肢攀爬

陡峭的神经

爪子踩着岩石的

琴键，轻如羽毛

我是山地的水手

充满着无名的渴望

在我出击的时候

风速没有我快

但我的铠甲却在

空气中嘶嘶发响

我是自由落体的王子

雪山十二子的兄弟

九十度的往上冲刺

一百二十度的骤然下降

是我有着花斑的长尾

平衡了生与死的界限……

十

昨晚梦见了妈妈

她还在那里等待，目光幽幽

我们注定是——

孤独的行者

两岁以后，就会离开保护

独自去证明

我也是一个将比我的父亲

更勇敢的武士

我会为捍卫我高贵血统

以及那世代相传的

永远不可被玷污的荣誉

而流尽最后一滴血

我们不会选择耻辱

就是在决斗的沙场

我也会在临死前

大声地告诉世人

——我是谁的儿子！

因为祖先的英名

如同白雪一样圣洁

从出生的那一天

我就明白——

我和我的兄弟们

是一座座雪山

永远的保护神

我们不会遗忘——

神圣的职责

我的梦境里时常浮现的

是一代代祖先的容貌

我的双唇上飘荡着的

是一个伟大家族的

黄金谱系!

我总是靠近死亡,但也凝视未来

十一

有人说我护卫的神山

没有雪灾和瘟疫

当我独自站在山巅

在目光所及之地

白雪一片清澈

所有的生命都沐浴在纯净的

祥和的光里。远方的鹰

最初还能看见,在无际的边缘

只剩下一个小点,但是,还是同往常一样

在蓝色的深处,消失得无影无踪

在不远的地方,牧人的炊烟

袅袅轻升,几乎看不出这是一种现实

黑色的牦牛，散落在山凹的低洼中

在那里，会有一些紫色的雾霭，漂浮

在小河白色冰层的上面

在这样的时候，灵魂和肉体已经分离

我的思绪，开始忘我地飘浮

此时，仿佛能听到来自天宇的声音

而我的舌尖上的词语，正用另一种方式

在这苍穹巨大的门前，开始

为这一片大地上的所有生灵祈福……

十二

我活在典籍里，是岩石中的蛇

我的命是一百匹马的命，是一千头牛的命

也是一万个人的命。因为我，隐蔽在

佛经的某一页，谁杀死我，就是

杀死另一个看不见的，成千上万的我

我的血迹不会留在巨石上，因为它

没有颜色，但那样仍然是罪证

我销声匿迹，扯碎夜的帷幕

一双熄灭的眼，如同石头的内心一样隐秘

一个灵魂独处，或许能听见大地的心跳？

但我还是只喜欢望着天空的星星

忘记了有多长时间，直到它流出了眼泪

十三

一颗子弹击中了

我的兄弟，那只名字叫白银的雪豹

射击者的手指，弯曲着

一阵沉闷的牛角的回声

已把死亡的讯息传遍了山谷

就是那颗子弹

我们灵敏的眼睛，短暂的失忆

虽然看见了它，像一道红色的闪电

刺穿了焚烧着的时间和距离

但已经来不及躲藏

黎明停止了喘息

就是那颗子弹

它的发射者的头颅，以及

为这个头颅供给血液的心脏

已经被罪恶的账簿冻结

就是那颗子弹，像一滴血

就在它穿透目标的那一个瞬间

射杀者也将被眼前的景象震撼

在子弹飞过的地方

群山的哭泣发出伤口的声音

赤狐的悲鸣再没有停止

岩石上流淌着晶莹的泪水

蒿草吹响了死亡的笛子

冰河在不该碎裂的时候开始巨响

天空出现了地狱的颜色

恐惧的雷声滚动在黑暗的天际

我们的每一次死亡，都是生命的控诉！

十四

你问我为什么坐在石岩上哭？

无端的哭，毫无理由的哭

其实，我是想从一个词的反面

去照亮另一个词，因为此时

它正置身于泪水充盈的黑暗

我要把埋在石岩阴影里的头

从雾的深处抬起，用一双疑惑的眼睛

机警地审视危机四伏的世界

所有生存的方式，都来自祖先的传承

在这里古老的太阳，给了我们温暖

伸手就能触摸的，是低垂的月亮

同样是它们，用一种宽厚的仁慈

让我们学会了万物的语言，通灵的技艺

是的，我们渐渐地已经知道

这个世界亘古就有的自然法则

开始被人类一天天地改变

钢铁的声音，以及摩天大楼的倒影

在这个地球绿色的肺叶上

留下了血淋淋的伤口，我们还能看见

就在每一分钟的时空里

都有着动物和植物的灭绝在发生

我们知道，时间已经不多

无论是对于人类，还是对于我们自己

或许这已经就是最后的机会

因为这个地球全部生命的延续，已经证实

任何一种动物和植物的消亡

都是我们共同的灾难和梦魇

在这里，我想告诉人类

我们大家都已无路可逃，这也是

你看见我只身坐在岩石上，为什么

失声痛哭的原因！

十五

我是另一种存在，常常看不见自己
除了在灰色的岩石上重返
最喜爱的还是，繁星点点的夜空
因为这无限的天际
像我美丽的身躯，幻化成的图案

为了证实自己的发现
轻轻地呼吸，我会从一千里之外
闻到草原花草的香甜
还能在瞬间，分辨出羚羊消失的方位
甚至有时候，能够准确预测
是谁的蹄印，落在了山涧的底部

我能听见微尘的声音
在它的核心，有巨石碎裂
还有若隐若现的银河
永不复返地熄灭
那千万个深不见底的黑洞

闪耀着未知的白昼

我能在睡梦中，进入濒临死亡的状态
那时候能看见，转世前的模样
为了减轻沉重的罪孽，我也曾经
把赎罪的钟声敲响

虽然我有九条命，但死亡的来临
也将同来世的新生一样正常……

十六

我不会写文字的诗
但我仍然会——用自己的脚趾
在这白雪皑皑的素笺上
为未来的子孙，留下
自己最后的遗言

我的一生，就如同我们所有的
先辈和前贤一样，熟悉并了解
雪域世界的一切，在这里
黎明的曙光，要远远比黄昏的落日

还要诱人，那完全是

因为白雪反光的作用

不是在每一个季节，我们都能

享受幸福的时光

或许，这就是命运和生活的无常

有时还会为获取生存的食物

被尖利的碎石划伤

但尽管如此，我欢乐的日子

还是要比悲伤的时日更多

我曾看见过许多壮丽的景象

可以说，是这个世界别的动物

当然也包括人类，闻所未闻

不是因为我的欲望所获

而是伟大的造物主对我的厚爱

在这雪山的最高处，我看见过

液态的时间，在蓝雪的光辉里消失

灿烂的星群，倾泻出芬芳的甘露

有一束光，那来自宇宙的纤维

是如何渐渐地落入了永恒的黑暗

是的，我还要告诉你一个秘密

我没有看见过地狱完整的模样

但我却找到了通往天堂的入口!

十七

这不是道别

原谅我!我永远不会离开这里

尽管这是最后的领地

我将离群索居,在人迹罕至的地方

不要再追杀我,我也是这个

星球世界,与你们的骨血

连在一起的同胞兄弟

让我在黑色的翅膀笼罩之前

忘记虐杀带来的恐惧

当我从祖先千年的记忆中醒来

神授的语言,将把我的双唇

变成道具,那父子连名的传统

在今天,已成为反对一切强权的武器

原谅我!我不需要廉价的同情

我的历史、价值体系以及独特的生活方式
是我在这个大千世界里
立足的根本所在，谁也不能代替！

不要把我的图片放在
众人都能看见的地方
我害怕，那些以保护的名义
对我进行的看不见的追逐和同化！

原谅我！这不是道别
但是我相信，那最后的审判
绝不会遥遥无期！

致马雅可夫斯基 ①

　　艺术作品始终像它应该的那样，在后世得到
复活，穿过拒绝接受它的若干时代的死亡地带。

——亚·勃洛克 ②

正如你预言的那样，凛冽的风吹着
你的铜像被竖立在街心的广场
人们来来去去，生和死每天都在发生
虽然已经有好长的时间，那些——
曾经狂热地爱过你的人，他们的子孙
却在灯红酒绿中渐渐地把你放在了
积满尘土的脑后，纵然在那雕塑的
阴影里，再看不到痨病鬼咳出的痰
也未见——娼妓在和年轻的流氓厮混
但是，在那高耸入云的电子广告牌下
毒品贩子们和阴险的股市操纵者

---

　　① 马雅可夫斯基（1893—1930），20世纪伟大的苏联诗人，1930年4月14日自杀，
身后留下 13 卷诗文。
　　② 亚·勃洛克（1880—1921），俄国象征主义流派的领军人物。

却把人类绝望的面孔反射在墙面

从低处看上去，你那青铜岩石的脸部

每一块肌肉的块面都保持着自信

坚定深邃的目光仍然朝着自己的前方

总有人会在你的身边驻足——

那些对明天充满着不安而迷惘的悲观者

那些在生活中还渴望找到希望的人

他们都试图在你脸上，找到他们的答案

这也许就是你的价值，也是你必须要

活下去的理由，虽然他们不可能

在你的额头上看到你所遭受过的屈辱

以及你为了自己的信念所忍受的打击

因为你始终相信——你会有复活的那一天

那一个属于你的光荣的时刻——

必将在未来新世纪的一天轰然来临！

你应该回来了，可以用任何一种

方式回来，因为我们早就认识你

你用不着再穿上——那件黄色的

人们熟悉的短衬衫。你就是你！

你可以从天空回来，云的裤子

不是每一个未来主义者的标志，我知道

你不是格瓦拉 [①]，更不是桑迪诺 [②]

那些独裁者和银行家最容易遗忘你

因为你是一个彻头彻尾的诗人

你回来——不是革命的舞蹈者的倒立

而是被命运再次垂青的马蹄铁

你可以从城市的任何一个角落

影子一般回来，因为你嘴唇的石斧

划过光亮的街石，每一扇窗户

都会发出久违了的震耳欲聋的声响

你是词语粗野的第一个匈奴

只有你能吹响断裂的脊柱横笛

谁说在一个战争与革命的时代

除了算命者，就不会有真的预言大师

它不是轮盘赌，唯有你尖利的法器

可刺穿光明与黑暗的棋盘，并能在

琴弦的星座之上，看见羊骨的谜底

一双琥珀的大手，伸进风暴的杯底

隐遁的粗舌，抖紧了磁石的马勒

① 格瓦拉（1928—1967），生于阿根廷，阿根廷的马克思主义革命家，国际政治家及古巴革命的核心人物，是游击战争英雄和世界左翼运动的象征。

② 桑迪诺（1893—1934），尼加拉瓜民族解放阵线领袖，游击战专家。

那是婴儿临盆的喊叫，是上帝在把
门铃按响——开启了命运的旅程！

也许你就是刚刚到来的那一个使徒
伟大的祭司——你独自戴着荆冠
你预言的 1916 就比 1917 相差了一年
这个世界的巨石发出了滚动前的吼声
那些无知者曾讥笑过你的举动
甚至还打算把你钉上谎言的十字架
他们哪里知道——是你站在高塔上
看见了就要来临的新世纪的火焰
直到今天——也不是所有的人
都知道你宝贵的价值，那些芸芸众生
都认为你已经死亡，只属于过去
但是——这当然不是事实，因为
总有人会得出与大多数不同的结论
那个或许能与你比肩的女人——
茨维塔耶娃就曾说过："力量——在那边！"
毫无疑问，这是一个旷世的天才
对另一个同类最无私的肯定
但是为了这一句话，她付出了代价
她曾把你俩比喻成快腿的人

在你死后，她还公开朗读你的诗作

并为你写下了《高于十字架和烟囱……》

1932 年那篇有关你诗歌精妙的文字

赞颂了你在俄罗斯诗歌史上的地位

如今你们两个人都生活在自己

命名的第三个国度，那里既不是天堂

也不是地狱，而作为人在生前

都是用相近的方式，杀死了——自己！

也只有你们，被自发的力量主宰

才能像自己得出的结论那样：

像人一样活着，像诗人一样死去！

不知道是在昨天，还是在比昨天

更糟糕的前一天，你未来的喉咙

被时间的当铺抵押，尽管放出的是高利贷

但你预言性的诗句还是比鲜血更红

这是光阴的深渊，这个跨度令人胆寒

不是所有的精神和思想都能飞越

为你喝彩，没有牙齿的剃了光头的巨人

你已经再一次翻过了时间的尸体

又一次站在了属于你的灯塔的高处

如果不是无知的偏见和卑劣的质疑

没有人真的敢去否认你的宏大和广阔

你就是语言世界的——又一个酋长

是你在语言的铁毡上挂满金属的宝石

呼啸的阶梯，词根的电流闪动光芒

是你又一次创造了前所未有的形式

掀开了棺木上的石板，让橡木的脚飞翔

因为你，俄罗斯古老纯洁的语言

才会让大地因为感动和悲伤而战栗

那是词语的子弹——它钻石般的颅骨

被你在致命的庆典时施以魔法

因为你，形式在某种唯一的时刻

才能取得没有悬念的最后的引力

当然，更是因为你——诗歌从此

不仅仅只代表一个人，它要为——

更多的人祈求同情、怜悯和保护

无产者的声音和母亲悄声的哭泣

才有可能不会被异化的浪潮淹没

我知道，你也并非是一个完人偶像

道德上的缺陷，从每个凡人身上都能找到

那些有关于你的流言蜚语和无端中伤

哪怕是诅咒——也无法去改变

今天的造访者对你的热爱和尊敬

原谅这个世纪！我的马雅可夫斯基

你已经被他们——形形色色追逐名利的

那一群，用各种理由遮蔽得太久

就在昨天，他们看见你的光芒势不可挡

他们还试图将一个完整的你分割

——"这一块是未来主义"

——"那一块是社会主义"

他们一直想证明，你创造过奇迹

但在最后的时光，虽然你还活着

你却已经在十年前的那个下午死去

他们无数次地拿出你的遗书——

喋喋不休，讥讽一个死者的交代

他们并不是不知道，你的小舟

已经在大海的深处被撞得粉碎

的确正如你所言——在这种生活里

死去并不困难，但是把生活弄好

却要困难得多！然而天才总是不幸的

在他们生活的周围总会有垃圾和苍蝇

这些鼠目寸光之徒，只能近视地看见

你高筒皮靴上的污泥、斑点和油垢

马雅可夫斯基，黎明时把红色

抹上天幕的油漆工，你天梯的骨肋

伸展内核的几何，数字野兽的支架

打破生物学方案闪电脚后的幻变

面颊通过相反吞噬渴望的现代板凳

没有返回的刀鞘，被加减的迟速

三倍吹响十月没有局部完全的整体

属于立体飓风的帆，只有腹部的镰刀

被粗糙定型的生物才有孕育的资格

马雅可夫斯基，没有一支铠甲的武装

能像你一样，在语言的边界，发动了

一场比核能量更有威力的进攻

难怪有人说，在那个属于你的诗的国度

你的目光也能把冰冷的石头点燃

他们担心你还会把传统从轮船上扔下

其实你对传统的捍卫，要比那些纯粹的

形式主义者们更要坚定百倍

你孩童般的狡黠帮助你战胜了争吵

对传统的冒犯——你这个家伙，从来

就是用以吸引大众目光的一种策略

马雅可夫斯基，不用其他人再给你评判

你就是那个年代——诗歌大厅里

穿着粗呢大衣的独一无二的中心

不会有人忘记——革命和先锋的结合

是近一百年所有艺术的另一个特征

它所产生的影响是巨大的，就是在

反越战的时候，艾伦·金斯伯格^①们

在纽约的街头号叫，但在口袋里装着的

却是你炙手可热的滚烫的诗集

你的诗，绝不是纺毛的喑哑的羊羔

是涌动在街头奔跑的双刃，坚硬的结构

会让人民恒久的沉默——响彻宇宙

是无家可归者的房间，饥饿打开的门

是大海咬住的空白，天空牛皮的鼓面

你没有为我们布道，每一次巡回朗诵

神授的语言染红手指，喷射出来

阶梯的节奏总是在更高的地方结束

无论是你的低语，还是雷霆般的轰鸣

你的声音都是这个世界上——

为数不多的仅次于神的声音，当然你不是神

---

① 艾伦·金斯伯格（1926—1997），美国著名诗人，被认为是"垮掉的一代"中的领军人物。

作为一个彻底的唯物主义者，你的
一生都在与不同的神进行彻底的抗争
你超自然的朗诵，打动过无数的心灵
与你同时代的听众，对此有过精彩的描述
马雅可夫斯基，我们今天仍然需要你
并不是需要再去重复一段生活和历史
谁也无法否认，那些逝去的日子里
也有杀戮、流亡、迫害和权力的滥用
惊心动魄的改变，谎言被铸造成真理
不是别的动物，而是文明的——人
亲自制造了一幕幕令人发指的悲剧
马雅可夫斯基，尽管这样，人类从未
能打破生和死的规律，该死亡的——
从未停止过死亡，该诞生的每天仍然在
诞生
死去的有好人，当然也有恶棍
刚出生的未必都是善良之辈，但是
未来会成为流氓的一定是少数
这个世界最终只能由诚实和善良来统治
马雅可夫斯基，并不是一个偶然的发现
二十世纪和二十一世纪两个世纪的开端
都有过智者发出这样的喟叹——

道德的沦丧，到了丧心病狂的地步

精神的堕落，更让清醒的人们不安

那些卑微的个体生命——只能

匍匐在通往灵魂被救赎的一条条路上

马雅可夫斯基，并非每一个人都是怀疑论者

在你的宣言中，从不把技术逻辑的进步

——用来衡量人已经达到的高度

你以为第三次精神革命的到来——

已经成为不可阻挡的又一次必然

是的，除了对人的全部的热爱和奉献

这个世界的发展和进步难道还有别的意义？

马雅可夫斯基，礁石撞击的大海

语言中比重最有分量的超级金属

浮现在词语波浪上的一艘巨轮

穿越城市庞大胸腔的蒸汽机车

被堆积在旷野上的文字的巨石阵

撕破油布和马鞍的疯狂的呓语

难以诉诸孤独野牛鲜红的壮硕

马雅可夫斯基，这哪里是你的全部

你的追随者也曾希望，能在你的诗歌里

尝到爱人舌尖上——滴下的蜜

其实，他们只要去读一读你写给

勃里克 ① 的那些柔美的信和野性的诗

就会知道哪怕你写情诗，你也一定是

那个领域里不可多得的高手，否则

你也不会给雅可夫列娃 ② 留下这样的诗句：

"她爱？她不爱？我只能扼腕

我不顾这碎片去极力猜测——

五月却迎来了送葬的甘菊！"

但是，不！这不是你，更不是你的命运

早已经为你做出了义无反顾的决定

你的诗将永远不是小猫发出的咿呜之声

你从一开始注定就是词语王国里的大力士

当然，你不是唯一的独角兽，与你为伍的

还有巴波罗·聂鲁达 ③、巴列霍、阿蒂拉、

---

① 勃里克（1891—1978），全名丽莉娅·勃里克，是马雅可夫斯基的同居者、情人。

② 雅可夫列娃（1906—1991），全名塔吉雅娜·雅可夫列娃，旅居法国的俄裔侨民，马雅可夫斯基曾热烈地追求她。

③ 巴波罗·聂鲁达（1904—1973），生于智利，被誉为20世纪最伟大的拉丁美洲诗人。

奈兹瓦尔^①、希克梅特^②、布罗涅夫斯基^③

不能被遗忘的扬尼斯·里索斯^④、帕索里尼^⑤

他们都是你忠诚的同志和亲如手足的兄弟

马雅可夫斯基，这些伟大的心灵尊重你

是因为你——在劳苦大众集会的广场上

掏出过自己红色的心——展示给不幸的

　　人们

你让真理的手臂返回，并去握紧劳动者的手

因此，诗人路易·阿拉贡^⑥深情地写道：

"革命浪尖上的诗人，是他教会了我

如何面对广大的群众，面对新世界的建设者

这个以诗为武器的人改变了我的一生！"

不是唱过赞歌的人，都充满了真诚

---

① 奈兹瓦尔（1900—1958），全名维杰斯拉夫·奈兹瓦尔，捷克最具代表性的超现实主义诗人。

② 希克梅特（1902—1963），全名纳齐姆·希克梅特，20世纪土耳其现代诗歌的奠基者。

③ 布罗涅夫斯基（1897—1962），20世纪波兰著名的革命诗人。

④ 扬尼斯·里索斯（1909—1990），20世纪希腊伟大的革命诗人，希腊现代诗歌的创始人之一。

⑤ 皮埃尔·保罗·帕索里尼（1922—1975），20世纪意大利著名诗人、导演，曾参加意大利共产党。

⑥ 路易·阿拉贡（1897—1982），20世纪法国著名诗人，共产主义者，达达主义和超现实主义的代表性人物之一。

然而，对你的真诚，我们从未有过怀疑

与那些投机者相比较，你的彷徨和犹豫

——也要比他们更要可爱和纯粹！

那些没有通过心脏和肺叶的所谓纯诗

还在评论家的书中被误会拔高，他们披着

乐师的外袍，正以不朽者的面目穿过厅堂

他们没有竖琴，没有动人的嘴唇

只想通过语言的游戏而获得廉价的荣耀

诚然，对一个诗人而言，马雅可夫斯基

不是你所有的文字都能成为经典

你也有过教条、无味，甚至太直接的表达

但是，毫无疑问——可以肯定！

你仍然是那个时代最伟大的诗的公民

而那些用文字沽名钓誉者，他们最多

只能算是——小圈子里自大的首领！

当然，他们更不会是诗歌疆域里的雄狮

如果非要给他们命名——

他们顶多是贵妇怀中慵懒的宠物

否则，在你死的时候，你长脸的兄长

帕斯捷尔纳克①，就不会为你写出动人的诗篇

---

① 帕斯捷尔纳克（1890—1960），20世纪伟大的苏联诗人、作家。

你的突入，比所有的事物都要夺目

在你活着的时候，谁也无法快过你的速度

你最终跨进传说只用了一步，以死亡的方式！

你从不服从于油腻溢满思想的君王

从一开始，你的愤世嫉俗，不可一世

就让那些无知者认为——你仅仅是一个

不足挂齿的没有修养的狂妄之徒

而那些因为你的革命和先锋的姿态

来对你的诗句和人生做狭隘判断的人

他们在乌烟瘴气的沙龙里——

一直在传播着诋毁你的谗言和轶事

用这样的方式，他们已经不是一次两次

埋葬了诗的头盖骨，这是惯用的伎俩

他们——就曾经把你亲密的兄弟和对手

叶赛宁 ① 说成是一个醉汉和好色之徒

实际上你知道——他是俄罗斯田园

最后一位用眼泪和心灵悲戚的歌者

叶赛宁的死，就如同你的死一样

从未让任何个人和集团在道义上负责

---

① 叶赛宁（1895—1925），20世纪著名的苏联诗人，田园派诗歌的代表人物。

我不知道传统的东正教的俄罗斯

是什么模样？但从他忧郁的诗句里

我可以听到——吟诵死亡的斯拉夫民歌

在断裂的树皮上流下松脂一般的眼泪

马雅可夫斯基，因为你相信人的力量

才从未在上帝和神的面前下跪

你编织的语言，装饰彗星绽放的服饰

那永不衰竭的喉管，抽搐的铆钉

你的诗才是这个世界一干二净的盐

如果有一种接骨木，能让灵魂出窍

那是刻骨铭心的愤怒的十二之后

你是胜利者王冠上剧毒反向的块结

因为只有这样——或者相反

才会让你刀削一般高傲的脸庞

在曙光之中被染成太阳古老的黄色

马雅可夫斯基——光明的歌者和黑暗的

宿敌，宣布你已经死亡的人

其实早已全部死亡，他们——

连一些残骸也没有真的留下

当你站在最高的地方——背靠虚脱的云霓

你将目睹人类的列车，如何

驶过惊慌失措、拥挤不堪的城市

那里钢铁发锈的声音，把婴儿的

啼哭压扁成家具，摩天大楼的影子

刺伤了失去家园的肮脏的难民

你能看见——古老的文明在喘息着

这个地球上大部分的土地——

早已被财富的垄断者和奸商们污染

战争还在继续，在逃亡中死去的生命

并不比两次大战的亡灵更少

马雅可夫斯基，纵然你能看见飞行器

缩短了火星与人类的距离

可是近在咫尺的灵性，却被物化的

电流击穿，精神沦落为破损的钱币

被割裂的自然，只剩下失血的身体

那些在大地上伫立的冥想和传统

没有最后的归宿——只有贪婪的欲望

在机器的齿轮中，逆向的呐喊声嘶力竭

异化的焦虑迷失于物质的逻辑

这无论是在东方还是西方——

都没有逃脱价值跌落可怕的结局

因为，现实所发生的一切已经证明

那些启蒙者承诺的文本和宣言

如今都变成了舞台上的道具

用伸张正义以及人道的名义进行的屠杀

——从来就没有过半分钟的间歇

他们绑架舆论，妖魔化别人的存在

让强权和武力披上道德的外衣

一批批离乡背井流离失所的游子

只有故土的星星才能在梦中浮现

把所谓文明的制度加害给邻居

这要比哥伦布发现新大陆更要无耻

这个世界可以让航天飞机安全返航

但却很难找到一个评判公理的地方

所谓国际法就是一张没有内容的纸

他们明明看见恐怖主义肆意蔓延

却因为自己的利益持完全不同的标准

他们打破了一千个部落构成的国家

他们想用自己的方式代替别人的方式

他们妄图用一种颜色覆盖所有的颜色

他们让弱势者的文化没有立锥之地

从炎热的非洲到最边远的拉丁美洲

资本打赢了又一场没有硝烟的战争

他们已经大功告成——一种隐形的权力

甚至控制了这个星球不为人知的角落

他们只允许把整齐划一的产品——
说成是所有的种族要活下去的唯一
他们不理解一个手工匠人为何哭泣手
他们嘲笑用细竹制成的安第斯山排箫
只因为能够吹奏的人已经寥寥无几
当然，他们无法回答，那悲伤的声音
为什么可以穿越群山和幽深的峡谷
他们摧毁被认定为野蛮人的习惯法
当那些年轻的生命寻求酒精的麻痹
无论是男人还是女人都一样
他们却对旁人说："印第安人就喜欢酒！"
其实，任何一场具有颠覆性的巨变
总有无数的个体生命付出巨大的牺牲
没有别的原因，只有良心的瞭望镜——
才可能在现代化摩天楼的顶部看见
——贫困是一切不幸和犯罪的根源
在二十一世纪的今天，不用我们举证
那些失去传统、历史以及生活方式的人们
是艾滋病与毒品共同构成的双重的灾难
毫无疑问，这绝不仅仅是个体的不幸
而是整个人类面临的生死存亡的危机
任何对垂危中的生命熟视无睹——

最后的审判都不会被轻易地饶恕

马雅可夫斯基，毫无疑问——
你正穿越一个对你而言陌生的世纪
在这里我要告诉你——我的兄长
你的诗句中其实已经预言过它的凶吉
在通往地狱和天堂的交叉路口上
无神论者、教徒、成千上万肉体的躯壳
他们的心中都有着自己的造物主
当领袖、神父、阿訇、牧师、转世者
以及金钱和国家上层建筑的主导者
把人类编成军队的方阵出发
尽管这样，这个世界为给太阳加温的炉灶
还是在罪行被宽恕前发生了裂变
马雅可夫斯基，时间和生活已经证实
你不朽的诗歌和精神，将凌空而至
飞过死亡的峡谷——一座座无名的高峰
那些无病呻吟的诗人，也将会
在你沉重粗犷的诗句面前羞耻汗颜
你诗歌的星星将布满天幕
那铁皮和银质的诗行会涌入宇宙的字典
你语言的烈士永不会陨落，死而复生

那属于你的未来的纪念碑——

它的构成，不是能被磨损的青铜

更不会是将在腐蚀中风化的大理石

你的纪念碑高大巍峨——谁也无法将它

　　毁灭

因为它的钢筋，将植根于人类精神的底座

马雅可夫斯基，你的语言和诗歌

是大地和海洋所能告知的野蛮的胜利

每一次震动，它的激流都会盖过词语的顶端

或许，这就是你的选择，对于诗的技艺

我知道——从生到死你都在实践并怀着

　　敬意

否则，你就不会去提醒那些匠人

因为他们只注重诗歌的技术和形式

那没有血肉、疼痛、灵性的语言游戏

已经让我们的诗开始在战斗中节节败退

马雅可夫斯基，今天不是在占卜的声音中

你才被唤醒，你在此前躺下已经很久

那些善变的政客、伪善的君子、油滑的舌头

他们早就扬言，你的诗歌已进入坟墓

再不会在今天的现实中成为语言的喜马

　　拉雅

但他们哪里知道，你已经越过了忘川
如同燃烧的火焰——已经到了门口
这虽然不是一场你为自己安排的庆典
但你已经到来的消息却被传遍
马雅可夫斯基，这是你的复活——
又一次的诞生，你战胜了沉重的死亡
这不是乌托邦的想象，这就是现实
作为诗人——你的厄运已经结束
那响彻一切世纪的火车，将鸣响汽笛
而你将再一次与我们一道——
用心灵用嘴唇用骨架构筑新的殿堂
成为人的臣仆和思想，而只有冲破了
无尽岁月的诗歌才能用黑夜星星的
贡品——守护肃穆无边的宇宙
并为无数的灵魂在头顶上洒下光辉……

马雅可夫斯基，新的诺亚——
正在曙光照耀的群山之巅，等待
你的方舟降临在陆地和海洋的尽头
诗没有死去，它的呼吸比铅块还要沉重
虽然它不是世界的教士，无法赦免
全部的罪恶，但请相信它却始终

会站在人类道德法庭的最高处，一步
也不会离去，它发出的经久不息的声音
将穿越所有的世纪——并成为见证！

第一辑　诗　歌　致马雅可夫斯基

不朽者

序诗

黑夜里我是北斗七星，
白天又回到了部族的土地。
幸运让我抓住了燃烧的松明，
你看我把生和死都已照亮。

一

我握住了语言的盐，
犹如触电。

二

群山的合唱不是一切。
一把竹质的口弦，
在黑暗中低吟。

三

我没有抓住传统，
在我的身后。
我的身臂不够长，有一截是影子。

四

我无法擦掉，
牛皮碗中的一点污迹。
难怪有人从空中泼下大雨，
在把我冲洗。

五

挂在墙上的宝刀，
突然断裂了。
毕摩告诉我，他能占卜凶吉，
却不能预言无常。

六

我在口中念诵二的时候，
二并没有变成三；
但我念诵三的时候，
却出现了万物的幻象。

七

昨晚的篝火烧得很旺，
今天却是一堆灰烬，
如果一阵狂风吹过，
不会再有任何墨迹。

八

捡到玛瑙的是一个小孩，
在他放羊的途中。
他不知道自己是一个幸运者，
只梦见得到了一块荞饼。

九

我不是唯一的证人。
但我能听见三星堆[①]，
在面具的背后，有人发出
咝咝的声音，在叫我的名字。

十

我的身躯，
是火焰最后的一根柴，
如果点燃，你会看见，
它比别的柴火都要亮。

十一

失重的石头。
大雁的影子。
会浮现在歌谣里，像一滴泪
堵住喉头。

---

① 三星堆，中国西部一著名的文化遗址。

十二

死亡和分娩，
对诗人都是一个奇迹，
因为语言，他被放进了
不朽者的谱系。

十三

火焰灼烫我的时候，
无意识的一声喊叫，
竟然如此陌生。
我不知道，这是我的声音。

十四

那块石头，
我没有从地里捡走。
原谅我，无法确定明日，
我只拥有今天。

十五

我在竹笛和羊角之间。
是神授的语言，
让我咬住了大海的罗盘。

十六

我爬在神的背上，
本想告诉它一个谜。
但是我睡着了，
像一条晨曦中的鲑鱼。

十七

彝人的火塘。
世界的中心，一个巨大的圆。

十八

吉狄普夷①的一生，
都未离开过自己的村庄。
但他的每句话里，
却在讲述这个世界别的地方。

十九

鹰飞到了一个极限，
身体在最后一个瞬间毁灭。
它没有让我们看见，
一次无穷和虚无完整的过程。

二十

在天地之间，
我是一个圆点，当时间陷落，
我看见天空上
浮现出空无的胎记。

---

① 吉狄普夷，彝族部族中一个人的名字。

二十一

是谁占有了他的口腔，
让他的舌头唱得发麻。
这个歌者已经传了五十七代，
不知下一次会选择哪一个躯壳？

二十二

谁让群山在那里齐唱，
难道是英雄支格阿鲁？
不朽者横陈大地之上，
让我们把返程的缰绳攥紧。

二十三

银匠尔古 ① 敲打着银子，
一只只蝴蝶在别的体内苏醒。
虽然他早已辞世不在人间，
但他的敲击还在叮当作响。

---

① 尔古，彝族历史上一位银匠的名字。

二十四

那只名字叫沙洛①的狗，
早已死亡，现在
只是一个影子。
它被时间的锯齿，
割出了声音和血。

二十五

我们曾把人分成若干的等级。
这是历史的错误。但你能不能
把本不属于我的两件东西，
现在就拿走。

二十六

我想念苦荞的时候，
嘴里却有毒品的滋味。
我拒绝毒品的时候，

---

① 沙洛，彝族历史上一只狗的名字。

眼前却有苦荞的幻影。

二十七

掘金者在那高原的深处，
挖出了一个巨大的矿坑。
这是罪证。但伤口缄默无语。

二十八

他们骑马巡视自己的领地，
就是在马背上手端一杯酒
也不会洒落下半滴。
而我们已经没有这种本事。

二十九

没有人敢耻笑我的祖辈。
因为从生到死，
他们的头颅和目光都在群山之上。

三十

拥有谚语和格言，
就是吞下了太阳和火焰。
德古坐在火塘的上方，
他的语言让世界进入了透明。

三十一

不是每一本遗忘在黑暗中的书，
都有一个词被光亮惊醒。
死亡的胜利，又擦肩而过。

三十二

吹拂的风在黑暗之上，
黑暗的浮板飘荡在风中，
只有光，唯一的存在，
能回到最初的时日。

三十三

寂静的群山，
只有天堂的反光，能让我们看见
雪的前世和今生。

三十四

只有光能引领我们，
跨越深渊，长出翅膀，
成为神的使者。
据说光只给每个人一次机会。

三十五

我没有抓住时间的缰绳，
但我却幸运地骑上了光的马背。
额头是太阳的箭镞，命令我：
杀死了死亡！

三十六

永恒的存在，除了依附于
黑暗，就只能选择光。
但我知道，只有光能从穹顶的高处，
打开一扇未来的窗户。

三十七

从群山之巅出发，
难道无限可以一分为二。
不是咒语所能阻止，
谁能分开那无缝的一。

三十八

星座并非独自滑动，
寂静的银河神秘异常。
风吹动着永恒的黑暗，
紧闭的侧门也被风打开。

三十九

巨石的上面：

星群的动与静，打开了手掌的纹路，

等待指令，返回最初的子宫。

四 十

在大地上插上一根神枝，

遥远的星空就有一颗星熄灭。

那是谁的手？在插神枝。

四十一

母鸡一直啼鸣

还有野鸟停在了屋上。

明天的旅行是否还要启程？

我只听从公鸡的鸣叫。

四十二

不能在室内备鞍，

那是一种禁忌。
我的骏马跃入了云层，
蹄子踩在了羽毛上。

四十三

阿什拉则不是一个哑巴，
只是生性沉默。
是他独自在林中消遣，
创造了词语的乳房和钥匙。

四十四

据说我们放羊的地方，
牛羊看见的景色还是那样。
但见不到你的身影，
从此这里只留下荒凉。

四十五

谁碰落了草茎上那颗露水，
它在地上砸出了一个巨大的深坑。

四十六

我愿意为那群山而去赴死，

数千年来并非只有我一人。

四十七

羊子被卖到远方，

魂魄在今夜还会回到栏圈。

我扔出去的那块石头，

再没有一点回声。

四十八

黄蜂在山岩上歌唱，

不能辜负了金色的阳光。

明年同样美好的时辰，

只有雏鹰在这里筑巢。

四十九

那匹独角马日行千里，

但今天它却待在马厩里。
只有它的四蹄还在奔跑，
这是另一种游戏。

五十

我是世界的一个榫头，
没有我，宇宙的脊椎会发出
吱呀的声响。

五十一

金黄的四只老虎，
让地球在脚下转动。
我在一条大河的旁边成眠，
潜入了老虎的一根胡须。

五十二

因为你，时间让河流
获得了静止和不朽。

它的名字叫底坡夷莫 ①，
没有波澜，高贵而深沉。

五十三

我们是雪族十二子，
六种植物和六种动物。
诸神见证过我们。但唯有人
杀死过我们其中的兄弟。

五十四

山中细细的竖笛，
彝人隐秘的脊柱。
吹响生命，也吹响死亡。

五十五

阿什拉则和吉狄马加，
有时候是同一个人。

---

① 底坡夷莫，彝族群山腹地一条著名的河流，常被用来形容女性。

他们的声音，来自群山的合唱。

五十六

欢乐是死亡的另一种胜利，
没有仪式，就没法证明。

五十七

我是吉狄·略且·马加拉格，
切开了血管。
请你先向我开枪，然后我再。
但愿你能打中我的心脏。

五十八

这里有血亲复仇的传统，
当群山的影子覆盖，
为父辈们欠下的命债哭号，
我的诗只颂扬自由和爱情。

五十九

不要依赖手中的缰绳，

矮种马是你忠实的伙伴。

是的，凭借虚无的存在，

它最终也能抵达火的土地。

六十

款待客人是我们的美德，

锅庄里的柴火照亮里屋顶。

快传递今天皮碗里的美酒，

明天的火焰留下的仍然是灰烬。

六十一

沙马乌芝①是一个最好的

琴手，她的一生就是为了弹奏。

据说她死去的那天，

琴弦独自断在风中。

---

① 沙马乌芝，彝族民间一位著名的月琴手。

六十二

院子里的那只小猫，

不知道生命的荒诞。

它在玩弄一只老鼠，

让现实具有了意义。

六十三

祭司在人鬼之间，

搭起了白色的梯子。

举着更高的烟火，

传递着隔界的消息。

六十四

我梦见妈妈正用马勺①，

从金黄的河流里舀出蜂蜜。

灿烂的阳光和风，

吹乱了妈妈的头发。

---

① 马勺，一种木制的彝族人食用食物时的长把木勺。

六十五

饮过鹰爪杯的嘴唇，
已经无法算清。
我们是世界的匆匆过客，
今天它又有了新的主人。

六十六

我试图用手中的网，
去网住沉重的时间。
但最终被我网住的
却是真实的虚无。

六十七

你的意识不进入这片语言的疆域，
你的快马就不可能抵达词的中心。

六十八

我要去没有城墙的城市。

并非我们双腿和心灵缺少自由。

六十九

不是你发现了我。
我一直在这里。

七十

传说是狗的尾巴捎来了一粒谷种，
否则不会有山下那成片的梯田。
据说这次你带来的是偶然，
而不是争论不休的巧合。

七十一

我没有被钉在想象的黑板上，
不是我侥幸逃脱。
而是阿什拉则问我的时候，
我能如实地回答。

七十二

妇人背水木桶里游着小鱼，
屋后养鸡鸡重十二斤。
曾是炊烟不断的祖居地，
但如今它只存活于幽暗的词语。

七十三

我虽喜欢黑红黄三种颜色，
很多时候，白色也是我的最爱。
但还是黑色，
更接近我的灵魂。

七十四

一条金色的河流，穿过了未来，
平静，从容，舒缓，没有声音。
它覆盖梦的时候，也覆盖了泪水。

七十五

我要回去，但我回不去
正因为回不去，才要回去。

七十六

我要到撒拉底坡 ① 去，
在那里要七天七夜。
在这七天七夜，我爱所有的人，
但只有一人是我的唯一。

七十七

彝谚说，粮食中的苦荞最大，
昨天我还吃过苦荞。
但我的妈妈已经衰老，
还有谁见过她少女时的模样？

① 撒拉底坡，彝族火把节一处著名的聚会地。

七十八

我不会在这光明和黑暗的时代，
停止对太阳的歌唱，
因为我的诗都受孕于光。

七十九

时间在刀尖上舞蹈，
只有光能刺向未来。

八十

格言在酒樽中复活，
每一句都有火焰的滋味。

八十一

我钻进世界的缝隙，
只有光能让我看见死去的事物。

八十二

失去了属于我的马鞍，
我只能用灵魂的翅膀飞翔。

八十三

我的母语在黑暗里哭泣，
它的翅膀穿越了黎明的针孔。

八十四

我在火焰和冰雪之间徘徊，
这个瞬间无异于已经死亡。

八十五

光明和黑暗统治世界，
时光的交替不可更改。
只有死亡的长风传来密令，
它们是一对孪生的姐妹。

八十六

那是消失的英雄时代，
诸神和勇士都在巡视群山。
沉静的天空寂寥深远，
只有尊严战胜了死亡和时间。

八十七

我不会在别处向这个世界诀别，
只能在群山的怀抱，时间在黎明。
当火焰覆盖我的身体，
我会让一只鸟告诉你们。

八十八

我不会给这个世界留下咒语，
因为人类间的杀戮还没有停止。
我只能把头俯向尘土，
向你耳语：忘记仇恨。

八十九

当整个人类绝望的时候，
我们不能绝望。
因为我们是人类。

九十

我的声音背后还有声音。
那是成千上万的人的声音。
是他们合成了一个人的声音。
我的声音。

九十一

直到有一天这个世界
认同了我的价值，
黑暗才会穿过伤口，
让自己也成为光明的一个部分。

九十二

真理坐在不远的地方
望着我们。阿格索祖 [①] 也在那里。
当我们接近它的时候，
谬误也坐在了旁边。

九十三

我从某一个时日醒来，
看见九黄星值守着天宇。
不是八卦都能预言人的吉凶，
诗歌只赞颂日月永恒的运行。

九十四

我不知道布鲁洛则山 [②] 在哪里，
如同不知道天空中的风变幻的方向。
在漆黑的房里，透过火塘的微光，

① 阿格索祖，彝族历史上著名的祭司和智者。
② 布鲁洛则山，彝区一座著名的山脉，据说在云南境内。

我似乎第一次看到了生命真实的存在。

九十五

从一开始就不是为自己而活着，
所以我敢将一把虚拟的匕首，
事先插入了心中。

九十六

我的心灵布满了伤痕，
却用微笑面对这个世界。
如果真的能穿过时间的缝隙，
或许还能找到幸运的钥匙。

九十七

在那片树林里有一只鸽子，
它一直想飞过那紫色的山尖。
唯一担心的是鹞鹰的突然出现，
生与死在空中留下了一个偌大的空白。

九十八

降生时妈妈曾用净水为我洗浴，
诀别人世还有谁能为我洗去污垢。
这个美好而肮脏的世界，
像一滴水转瞬即逝。

九十九

虎豹走过山林，花纹
在身后熠熠生辉。
我拒绝了一个词的宴请，
但却接受了一万句克智 ① 的约会。

一〇〇

拥着马鞍而眠，
词语的马蹄铁发出清脆的响声。
但屋外的原野却一片空寂。

---

① 克智，彝族一种古老的诗歌说唱形式。

一〇一

头上的穹顶三百六十度，
吹动着永恒的清气和浊气。
生的门和死的门，都由它们掌管。
别人只能旁观。

一〇二

从瓦板房的缝隙，
能看见灿烂浩瀚的星空。
不知星群的上面是屋顶还是晨曦。
这是一个难题，也是另一个或许。

一〇三

世界上的万物有生有灭，
始终打开的是生和死的门户。
我与别人一样，死后留下三魂，
但我有一魂会世代吟唱诗歌。

我是如此困倦

此时——

我是如此困倦

只想睡眠！

但我听见了群山的召唤，

这是死亡的

不容更改的时间。

但我不能用诗歌去抵押，

并获得短暂而无意义的数字。

是的，我要告诉你们，

——因为在此刻，

我必须从容地走向群山，

最终让火焰为我加冕。

我要去布加勒斯特

我已经决定要去布加勒斯特，
去看这座我想象过无数次的城市。
我要选择一个高地能极目远望，
最好能覆盖它完美无缺的全貌。
从黎明时划破空气的第一辆电车，
以及直到深夜还亮着灯光的小屋。
我知道，在令人着迷的布加勒斯特，
它天空的颜色，有一半接近于天堂，
而另一半却闪烁着奇异灿烂的光。
那些飞过屋顶的一群群灰色的鸽子，
翅膀拍击的声音惊醒了沉睡的钟楼。

这是我的现实和虚幻的布加勒斯特，
它是用想象构建的另一座石头的城堡。
我要去一个地方，但不知道它的名字，
只是在睡梦中与它真实地有过相遇。
可以肯定那是一座古老灰色的教堂，
教堂的外墙上有一块斑驳发亮的石头，

那块石头沉默而幽暗，它躲在一角
等待着我不容更改早已期许的光临。

我还要去那家灯光温暖而暗淡的酒吧，
它就在人流如织异常热闹的波多尔大街[①]，
谁能告诉我，爱明内斯库是否真的到过？
选择窗边的那个座位谁都认为十分惬意，
从这里能看见这座城市沸腾喧嚣的生活。
独自发呆是生命中必须经历的美好时刻，
如果没有遗忘死亡的段落和静止的空白，
人类用不同方式活下去的理由就不够充分。
此时，我不需要任何一个人坐在我的身边，
我只希望享受这永恒中片刻无意义的宁静。
布加勒斯特，我要在最深处潜入你的传统，
在你光明和黑暗的缝隙里直抵你的脊柱。

据说我的诗歌在这里获得了又一次生命，
今天它一定在某几个人的手里窃窃私语。
有一册在一个老人的书柜里呼吸睁着眼睛，
还有一本被一位黄头发的少女翻阅了多次。

---

① 波多尔大街，意译为桥街，现名为胜利街，在布加勒斯特闹市区。

这是词语的光荣，语言的玄妙被再次张扬，
只有诗歌能进入每一个没有围栏的心灵，
因为它拒绝血腥、杀戮和一切形式的暴力，
同情弱者，伸张正义，站在被压迫者一边。
布加勒斯特，你温暖的气息古老而又年轻，
对于一个诗人而言，当我的诗歌在这里游历，
我相信从那一刻起我就成了它的某个部分。

我要到布加勒斯特去，去完成一个愿望，
当我真的穿过这座想象中无比奇妙的城市，
但愿我手中的那把钥匙能真的打开时间，
让我在瞬间看见它那张隐没于不朽中的脸。

巨子

——献给康斯坦丁·布朗库西 ①

那些粗糙的石头

近似于核心

抵达了真实的港口。

就是木质的肌肤

也闪动着宇宙的纹理

它是积木搭成的梯子。

白色的弧形铸成黄金

由方角堆砌的脊椎

时间变形成鸟的脖颈。

在光滑柔软的另一面

裸体坍塌睁大着瞳孔。

只有单一的颜色被礼赞,

形式的牙齿熠熠生辉。

所有呈现的一切都朴素如初

被掩埋的事实还在藏匿遁隐。

---

① 康斯坦丁·布朗库西（1876—1957），罗马尼亚籍，被公认为20世纪最具原创性的雕塑家，简约主义雕塑代表人物。

最终是板材构建的弯墙

宣告了铁锤与线条的胜利。

没有结束留下的缝隙

在两个对比的物体之间

唯有光证明了永恒的原始。

选择
——致作家欧根·乌里卡鲁[1]

在我们这个喧嚣的时代，

每天的日出和日落都如同从前，

只是日落的辉煌，比日出的

绚丽更令人悲伤和叹息！

遥远的星群仍在向我们示意，

大海上的帆影失而复得。

在我们这个时代，一部分人说：

我们要甘地[2]，不要格瓦拉，

而另一部分人却扬言：我们

只要格瓦拉，不要甘地。

不知道这是谁出的一道命题，

竟然让这么多人陷入了争论。

昨天是追随格瓦拉的人在集会，

---

① 欧根·乌里卡鲁，1946年出生于罗马尼亚东部摩尔多瓦地区的布胡希，罗马尼亚当代最具有代表性的小说家之一，曾担任罗马尼亚作协主席。

② 莫罕达斯·卡拉姆昌德·甘地（1869—1948），尊称圣雄甘地，是印度民族解放运动的领导人，其"非暴力"的哲学思想，影响了全世界的民族主义者和争取能以和平变革的国际运动。

今天又有甘地的非暴力者在游行。

如果说这两部分人，仅仅是在选择

两种不同的颜色，表达自己的主张，

这样的争论早就已经有了结果。

但是，但是，却没有一个人，

在争论中，回答这样一个问题：

是谁造就了格瓦拉？又是谁

造就了甘地？而选择他们中的

任何一位，都是大家的权利。

然而这样的结果，并没有让争论的

双方以及我们得到明确的答案。

我知道这样的争论还会继续下去，

对他人的好恶和价值观的认同

常常把人分裂成不同的对抗群体。

但是尽管这样，我们却无法预测

在下一个时间，会不会出现——

另一个格瓦拉，另一个甘地。

词语的工匠
——写给翻译家鲁博安 [①]

翻越的不是一座群山

但你却翻越了沟壑、悬崖、深渊

跨越的虽然不是海洋

但你却在另一个彼岸，升起了

令人为之激动的白帆

来自另一个国度的工匠，你的房梁

已经被送上了没有缝隙的屋顶

你挥舞着手臂，让每一扇窗户

刹那间涌入了金黄的蜂群

你穿过了看不见的墙，在铁砧上

睁大眼睛，选择淬过火的钉子

每当你在更遥远的地方，回望

你亲手创造过的空间和意义

所有的寂静便会发出叮当的声响。

第一辑　诗歌　词语的工匠

[①] 鲁博安，罗马尼亚诗人、汉学家、翻译家。1941年8月出生在罗马尼亚多尔日县穆尔加什乡，曾用罗马尼亚文翻译十余部中国古典文学作品和现当代作家的作品。

一头伟岸无比高声鸣叫的双舌羊

是你在两种神秘隐喻的脊柱上

用红色替换红色，让黑色接近于完整

是你在布满了蓝色星星的天空

搭建了一座另一种纬度的中国。

双重意义

诗人尼基塔·斯特内斯库 [①]

在他临终前，对抢救他的年轻医生说：

"请给我一点点你们的青春！"

无疑这是对生命的渴望和赞美，

是对逝去的时间以及岁月的褒奖。

作为肉体的现实，穿越乌有的马匹，

不论是夜晚，还是更长的白昼，

当那一天来临，穹顶上再没有

一颗悬挂睡眠和头颅的钉子。

或许这不是一次回眸，仅仅是

死亡的一种最常规的形式。

如果说物体和思想的存在

本身就是另一种并非想象的虚无。

难怪作为一个曾经活着的人，

跟不同的影子捉迷藏和游戏，

就足以消耗螺旋形的一生。

[①] 尼基塔·斯特内斯库（1933—1983），罗马尼亚著名诗人，被公认为罗马尼亚当代现代派诗歌的代表人物。

尽管生命的磁铁并不单调乏味，

但那仍然是生者赋予了它双重的意义。

也许正因为此，荒诞的生活连同

被抽象的词语，才能在光的

指引下，一次次拒绝黑暗和死亡。

写给我在海尔库拉内^①的雕像

—— 致诗人伊利耶·柯里斯德斯库^②

我的眼睛

在海尔库拉内。

我的眼睛，犹如

静止的大海，透明的球体，

山峦、河流、城市、圣殿……

我的眼睛，以万物的名义

将黑暗和光明的幕布打开。

或许这就是核心和边缘的合一。

我的眼睛，如果含满了泪水，

只能是，也只可能是海尔库拉内

的悲伤，让我情不自禁地哭泣。

我的眼睛里露出了微笑，

那是因为唯一。唯一的海尔库拉内，

被众多语言的诗歌在宴席上颂扬。

我的耳朵

① 海尔库拉内（Herculane），位于罗马尼亚东部的城镇。

② 伊利耶·柯里斯德斯库，罗马尼亚当代诗人，罗马尼亚西方大学教授。

在海尔库拉内。

一只昆虫的独语，消失在

思想的白色的内部。

我的耳朵，知晓石头整体的黑洞，

能听见沙砾的呐喊，子宫的沉默。

更像坠落高处的星辰，置于头顶的铁具。

而只有我的嘴巴，在海尔库拉内，

等待着，等待着……有一天，

我进入它的体内，发出心脏的声音。

在尼基塔·斯特内斯库的墓地

如果再晚一分钟，

你居住的墓园就要关闭

夜色降临前的门。

用一种姿势睡在泥土里，

时间的板斧终于成了盾牌。

此刻，手臂是骨头的笛子，

词语将被另一个影子吹响。

凝视的眼睛，穿过黑暗的石头，

思想的目光爬满永恒的脊柱。

一个过客，吞食语言的钢轨，

吞食饥渴的星球，吞食虚无的圆柱。

当死亡成为你的线条的时候，

当生命变成四轮马车发黑的时候，

当发硬的颅骨高过星辰的时候：

唯有你真实的诗歌犹如一只大鸟，

静静地飘浮在罗马尼亚的天空。

运河

并不是所有人类对自然的

改造，都是一种破坏，

虽然这已经有数千年的历史。

比如对运河的开凿，就是

一个伟大而完整的例证……

当叮当的金属划开大地的身躯，

自由的胸腔鼓动着桅杆的羽翼。

在水的幻影之上，历史已被改写。

疾驰的木船，头上是旋转的天体，

被劈开的石钟，桨叶发出动听的声音。

挖掘坚硬的水槽，直到硕大的生铁，

将线路固定，词语定位成高空的星座。

不是山峦的原因，更不是风的力量，

而是清澈柔软的水创造了奇迹：

君王的权杖。宫殿的圆柱。战争的粮草。

帝国的命脉。晃动的酒杯。移动的国库。

被水滋养的财富。用盐解除的威胁。

输入权力中心的血液。压倒政敌的秘籍。

流动的方言。女人真情或假意的啜泣。

并非对抗的交易。埋葬过阴谋的河床。

相对存在的虚拟。一直活着的死亡。

多么不幸，如果运河里再没有了水，

它所承载的一切，当然就只能成为

零碎的记忆和云中若隐若现的星星。

我始终热爱弱小的事物

我始终热爱弱小的事物，
也许是我与生俱来的一种偏好。

在我们这个世界，
强大的事物已经足够显赫。
主宰旋转的星球以真理和正义的名义，
手持太阳光辉的利剑保护道德的法则。
可是古老野蛮的罪行却还在出现：
在利比亚和阿富汗，在今天的耶路撒冷，
从对抗的科索沃到血亲复仇的车臣，
在流血的伊拉克，也在哭泣的叙利亚

还有直到今天仍陷入内战的索马里，
发生犯罪的现场绝不仅仅在这些地方，
被无辜杀害的人数还在快速增长。
诚然对灵魂的救赎一天也没有停止，
但当我们面对无辜的叫喊和呻吟，
却不能将他们拯救出人间的地狱。

我不知道大地与天空真实的距离，

但我却能辨别出魔鬼与天使的差异。

哦！这是谁的手在向空中抛掷骰子？

为什么总是弱小的一边遭到惩罚？

我始终热爱弱小的事物，

也许是我与生俱来的一种偏好。

这些弱小的事物就在那里，

遍及世界的每一个角落。

在黑暗的阴影里，像一滴凝固的泪，

一段母语哽咽的歌谣。

这些被所谓人权忽视的声音，

偏远。落后。微弱。永远不在

强势文明定义的中心。但我却

选择了与他们站在一起。

口弦的力量

细小的声音

从大地和宇宙的深处

刺入血的

叫喊

我的心脏

开始了

体外的跳动

就像一个

传统的勇士

还在阵地上

我曾有过

这样的战绩

用一把口弦

打退了

一个乐团的进攻

马鞍的赞词

沉默的时候，时间的车轮，
并没有停止

一、等待

回忆昔日的黄金，
唯独只有骑手醒来：

风吹过眼球，

吹过头颅黑色的目光。
鼓动的披风，自由的
手势，与空气消融。

鹰隼的儿子，
另一半隐形的翅膀，
呈现于光的物体。

飞翔于内在的
悬疑，原始的秘密，
熄灭在鸟翅之上。

至尊的荣誉，
在生命之上，死亡的光环
涌动在群山的怀抱。
骑手，还在颂词中睡眠，
但黎明的吹奏
却已经在火焰的掩护下
开始了行进。

二、符号的隐喻

骑手没有名字，
他们的名字排列成阶梯。
鞍座只记忆胜利者，
唯有光明的背影，永远
朝前的姿势融化于黑暗。

眼底的空洞透明晶莹，
风的手指紧紧地拽着后背。

马脊骨是一条直线，

动与静在相对中死去，

旋转的群山坠落入蓝色，

苍穹和大地脱离了时间。

耳朵转向存在的空白，

在迅疾的瞬间，进入了灭亡。

针孔。黑洞。无限。盲点。

声音弥散在巨大的宇宙，

周而复始的替换，没有目的，

喉咙里巫语凝固后消失。

哦，骑手！不论你的血统怎样，

是紫色，是黑色，还是白色，

马背上的较量只属于勇士。

没有缝隙，拒绝任何羞耻的呼吸，

比生命更高贵的是不朽的荣誉。

你看，多快的速度穿过了肋骨，

只有它能在天平上分出高低。

三、马蹄铁的影子

永远不会衰竭
每一次弯曲，都以绝对的
平衡告别空虚。
肢体的线条自由地起伏，
踏着大地盛开的花朵。
无数的幻影叠加飞行，
前倾的身体刺入了未来，
肩膀上只有摇曳的末端。

四肢的奔腾悬浮空中，
撒落的种子，
受孕于无形的胎心。
持续性的那一边，
没有燃烧的箭矢。
名字叫达里阿宗的坐骑，
被传颂在词语的虹膜，
不被意识的空格拉长，
但能目睹马蹄铁的坠落。
无须为不朽的勇士证明，
那些埋下了尸骸的故土，

只要低头凝视，就能找到
碎铁的一小片叶子。

四、三色的原始

黑色的重量透彻骨髓，
那是夜晚流动的秘密，
大地中心的颜色，
往返坐直的权杖。

在缄默的灵魂里，
没有，或者说，它的高贵
始终在黄金之上，
所有的天体守候身旁。

太阳的耳环，
光明涌入的思想，
哦，永恒的金属，
庞大溢满的杯子。

抓住万物的头发，
吹动裸露的胸膛，

唯恐逃离另一个穹顶，
词语的舌尖舔舐了铁。

血液暗红的色素，
来自祭祀的牛羊。
红色的生命之躯，
渴望着石头的水。

只有含盐的血
拌入矿物质的疯狂，
那只手，才能伸向
成熟乳房的果实。

朝我们展开了
生殖力最强的部分，
没有别的颜料，
只有红黄黑
在诞生前及死亡后
成为纯粹的记忆。

五、静默的道具

能听见无声的嘶鸣，
但看不到那匹马。
当火焰，穿过岩石和星座，
是谁在呼喊骑手的名字？
否则，抬起的前蹄
不会踏碎虚无的存在。

那只手抓住了缰绳，
在马背之上如弧形的弓，
等待奔向黑暗的瞬间。
是骨骼对风的渴望，
还是马鞍自由的意志，
让虚幻的骑手，在轻唤
月色中隐形的骏马？

三色原始的板块，
呈现出宁静的光芒，
原始的底色，潜藏着
断裂后的秘密。
哦，伟大的冲刺才属于你，

拒绝进入那永恒的睡眠。

总有一天，那个时刻，
要降临到词语的中心，
你会突然间醒来，
在垂直的天空下飞翔，
没有头部，没有眼睛，也没有
迎风飘扬的尾巴。

你的四蹄被分成影子，
虽然已经脱离了躯体，
但那马蹄铁哒哒的回声
却响彻回荡在天际。
是的，你已经将胜利的
消息，提前告诉了我们。

鹰的诞生和死亡

你的诞生和死亡
都同样伟大

一、孵的标志

在最高的地方，
那是悬崖迎接曙色
唯一国度，
什么也看不见，
只是一个蛋，不会旋转
那无数针孔的门。
没有从前，都是开始，
悬浮的空气和记忆
在转世前已经遗忘。

一块圆滑的石头，
柔软的水的核心，
这是真正胎腹的混沌，

那里是另一个大海
时间涌动着渴望的水，
直到那四肢成形，
心脏的拳头敲击着
未来虔诚的胸膛。

哦，是的，那是你的宇宙，
它的外面是宇宙的宇宙。
穹顶飘落鹅黄色的光，
无法用嘴说出一种意义。
能看见无色无味的瀑布，
尽管没有声音，自上而下
弥漫在思想的周围。

你的呼吸不在内部，
是太阳的光纤
进入了蓝色的静脉。
抽象的一，或者七，
那才是你伟大的父亲，
因为最终孕育的脐带，
都被它们始终握住。

二、天空之心

向太阳致敬，
向天空和无限的
牵引之力致敬，
是你用金属的嘴角，
以诞生和反抗的名义，
用光的铁锤，敲打着
倒立在顶部的砧板。
当你的天体破裂的时刻，
光明见证了你的诞生：
没有风暴的迹象，但白昼的
雷电却在天际隐约地闪现。

你没有出现的时候，
父子连名的古老传统，
就已经为你的到来命名。
当你瞩望浩瀚的星空，
陨石的坠落，就像梦境里
嬉戏的星星那样无常。
或许你还并不了解
生命虚无的全部意义，

但你的出现，却给天空的
心脏，装上了轮子和羽翼。
因为你，天空的高度
才成为其中一种高度，
否则，没有那个黑色的句号，
一分为三的白色只是白色。

时刻与万物保持着
隐秘的对话和情感，
站立在黎明的巢中，
对于你清澈反光的镜子，
那些影像和柔软的思绪，
已经从第三方听到了
你的心跳黑洞的节奏。
对于草原和群山而言，你或许是
一匹马，一种速度，一段久唱不衰
的民歌，然而对于天空
你的存在要大于数字的总和。

三、退隐时间

伟大的高度，才会有

绝对的孤寂，迎着观念的

空无，语言被思想杀死。

有一百种姿势供你选择，

但只有一种姿势是你

盘旋在粒子之上的威仪：

那就是浮动于暂停的时间，

没有前没有后，没有左和右，

没有上没有下，失去了存在。

没有重量循环的影子，

仅仅是飞翔的一种形式。

涡流的气体，划过内部的

薄片，巨大无形的力量

比受益的睡眠还轻。

翅膀上羽毛的镀铜闪亮，

承载着落日血红的余晖。

不能再高，往上是球体的空白，

往下巡视，比线还细的江河

冒着虚拟水晶的白烟。

绿色的森林，不是混合色块，

除了居住在星球外的果实，

你的目光都能捕捉到踪迹。

一片叶子、一只昆虫、迁徙
的蚂蚁，被另类抚摸过的石头，
瞳孔里的映像，被放大了千倍。

目睹过生物间的杀戮，
那是自然法则又非法则，
所有的生命都参与其中，
唯有人类的罪孽尤为深重。

在人迹罕至的崖顶，
每一次出发和归来，
哦，流动的谜一样的灵物，
只留下了空无的气息。

四、守护圆圈

如同守护疆域，
没有丢失过一次阵地，
作为一个物种，
捍卫了自由和生命的
权利……

尽管思想的长矛

被插入了椎骨的肚脐，

但词语构筑的星星和月亮，

仍然站立在肩头。

祖先留下的那副盾牌，

迎击了一次次风暴。

承接过宇宙的巨石，

吮吸传统的谚语，将受伤的

木碗，运往安全的地方。

那是秘密的护身符，

它将从魔鬼和天使的中间

从容不迫地滑翔而过。

将大地和天空的语言，

抒写在果实内脏的部位，

如果失去另一半自我，

无疑就已经临近死亡。

紧紧握住磁铁的一端，

否则，将会在失血时倾倒。

从颅骨到坚硬的脚趾，

神枝插满了未知的天幕，
没有名字的星座，部族的祭司
在梦里预言了你最后的死期。

五、葬礼

知道那个时辰已经来临，
它比咒语的速度更要迅捷。
你的眼睛，蓄满黑色之盐，
祖先的绳结套住了脊柱。

这是一件献给不朽未来的
最后的礼物，也是一次
向生命的致敬和道歉。
无须将活着的意义告诫万物，
它们知道的或许还要更多。

哦，天空的道路，已经
呈现出白色的路线，
那是通往死亡的圣殿。
送魂的经文将被重复吟诵，
死亡的仪式在今天

已经超过了诞生的隆重，

而这一切都将独自完成。

朝着落日的位置瞩望，

那里的风速正在改变着

永恒的方向，在更高的地方，

紫色的云朵静止如玻璃。

哦，快看！是你正朝着太阳的位置

迅速地拔高，像一道耀眼的光芒，

羽毛发出咝咝的声音，划破的

空气溅射出疼痛无色的血浆。

你还在拔高，像失控箭矢，

耗尽最后的力量，力争达到

那个毁灭与虚无的顶点。

是的，你达到了：一声沉闷的爆炸，

在刺眼的光环中，完成了你的

祖辈们都完成过的一件事情。

此时，辽阔的天空一片沉寂，

只有零碎的羽毛还在飘落。

人性的缺失

我在达基沙洛的祖屋里读书，
火塘里的火正在渐渐地熄灭。

这是谁书写的一部历史？
远处的群山似乎也在聆听。

从 1781 年瓦特先生的发明开始，
他们就挥动着旗帜开着蒸汽机，
带来了巨人般的新世界的动力。
在荒原，在海上，在人类渴望的地方，
当火车高声鸣笛冒出乳白色的气体，
轮船以从未有过的马力破浪前行。
那时，世纪的婴儿发出第一声啼哭，
莱特兄弟 ① 的飞机，让多少人的梦想
穿越了无法想象的白色的高度。
哦，人类！为什么不为我们自己取得

---

① 莱特兄弟，指美国飞机发明家威尔伯·莱特和奥维尔·莱特两兄弟，1903 年 12 月 17 日他们完成了人类历史上第一架飞机的成功试飞。

的成就而倍感自豪又欣喜若狂呢？
钢铁的速度抵达了人迹罕至的部落，
在送去所谓文明的时候也送去了梅毒，
任何一个被定义为野蛮人生活的区域，
都能听到原始的乐器发出啜泣的声音。

无论是古代希腊，还是我们的时代，
这个星球的历史并非在简单重复，
当我们瞩望浩瀚无垠神秘的星空，
总会在一个瞬间遗忘生命遭遇的不幸，
但酷刑和杀戮却每时每刻都还在发生。
爱迪生的灯光，在圣诞时多么明亮，
那一双双眼睛充满了对新年的期待。
但纳粹的焚尸炉，却用电将还活着的人
连同他们的绝望和恐惧都烧成了灰烬。
其实今日的现实就如同逝去的昨天，
叙利亚儿童在炮火和废墟上的哭声，
并没有让屠杀者放下手中的武器。
这一个多世纪以来人类又拥有了：
原子能，计算机，纳米技术，超材料，机器人，
基因工程，克隆技术，云计算，互联网，
数字货币，足以毁灭所有生物的武器。

但是面对生命，只是他们具备了杀死对方
更快捷更精准的办法。而人类潜藏的丑恶
却没有因为时间的洗礼而发生任何改变。

我在达基沙洛的祖屋里读书，
火塘里的火正在渐渐地熄灭。

叫不出名字的人

什么是人民？就是每天在大街上行色

匆忙而面部各异的男人和女人，就是

一个人在广场散步，因为风湿痛战栗着走路

需要扶着手杖，走出十米也比登天还难的老人。

就是迎风而行，正赶去学堂翩跹而舞的少年，

当然，也是你在任何一个地方，能遇见的

叫不出名字的人，因为你不可能一一认识他们。

人民是一个特殊用语？还是一个抽象的称谓？

我理解如果没有个体的存在，就不可能有我们

经常挂在嘴边和文章中提到的这个词。

因为人民也许是更宏大的一种政治的表述，

我们说大海的时候，就很像我们在说着人民。

有人说一滴水并不是大海，就如同说他对面那个

人不是人民，这样的逻辑是否真的能够成立？

也许你会说没有一粒粒的沙，怎么可能形成

浩瀚无边的沙漠？但仍然会有一种观点一直坚持

他们的说法：沙和沙漠就是吹动的风和风中的影子。

对于一滴水，我们也许忽视过它的存在，当成千上万

滴水汇聚成大海的时候，我们才会在恍然间发现
它的价值。对于人民？我没有更高深复杂的理解，
很多时候它就是那些走出地铁通道为生活奔波
而极度疲乏的人。就是那些爬上脚手架劳累了
一天的人。还有那些不断看着时间赶去幼儿园
接孩子的人。这些人的苦恼和梦想虽然千差万别，
但他们却有着一个共同的特点：都是最普通的人。
这些人穿过城市，穿过乡村，穿过不同的幸福和悲伤，
他们有时甚至是茫然的，因为生存的压力追赶着他们，
但作为一个人就像大海中的一滴水，当隐没于蓝色，
我们就很难从那汹涌澎湃的波涛中找寻到它的踪迹。

正因为此，我才相信一个个鲜活的生命。

对我们而言……

对我们而言，祖国不仅仅是
天空、河流、森林和父亲般的土地，
它还是我们的语言、文字、被吟诵过的
千万遍的史诗。
对我们而言，祖国也不仅仅是
群山、太阳、蜂巢、火塘这样一些名词，
它还是母亲手上的襁褓、节日的盛装、
用口弦传递的秘密、每个男人
都能熟练背诵的家谱。
难怪我的母亲在离开这个世界的时候
对我说："我还有最后一个请求，一定
要把我的骨灰送回到我出生的那个地方。"
对我们而言，祖国不仅仅是
一个地理学上的概念，它似乎更像是
一种味觉、一种气息、一种声音、一种
别的地方所不具有的灵魂里的东西。
对于置身于这个世界不同角落的游子，
如果用母语吟唱一支旁人不懂的歌谣，
或许就是回到了另一个看不见的祖国。

一个人的克智

当词语的巨石穿过针孔的时候，
针孔的脊柱会发出光的声音。

针孔的肋骨覆盖词语的巨石，
没有声音，但会引来永恒的睡眠。

鹰翅上洒下黄金的雨滴
是天空孵化的蛋吗？

不是，那是苍穹的虚无
但蛋却预言了宇宙的诞生。

致尼卡诺尔·帕拉 ①

他活着的时候"反诗歌"，

他反对他理应反对的那些诗歌。

反它们与人类的现实毫无关系，

反它们仅仅是抽空了

血液的没有表情的词语，

反它们高高在上凌驾万物

以所谓精神的高度自居，

反空洞无物矫情的抒情，

当然也反那些人为制造的纲领。

他常常在智利的海岸漫步，

脚迹在沙滩上留下一串串问号。

他对着天空吐出质疑的舌头

是想告诉我们雨水发锈的味道。

他一直在"反诗歌"，那是因为

诗歌已经离开了我们的灵魂，

---

① 尼卡诺尔·帕拉（Nicanor Parra，1914—2018）是智利最著名的诗人之一，"反诗歌"诗人的领军人物，也是当代拉美乃至整个西班牙语世界最具影响力的诗人之一。

离开了不同颜色的人类的悲伤，

这样的状况已经有好长的时间。

他"反诗歌"是因为诗歌的

大脑已经濒临漫长的死亡，

词语的乳房没有了芬芳的乳汁，

枯萎的子宫再不能接纳生命的种子。

他的存在，就是反讽一切荒诞，

即便对黑色的死亡也是如此。

对生活总是报以幽默和玩笑，

他甚至嘲弄身边移动的棺材，

给一件崭新的衬衣打上补丁。

我在新闻上看见有关他葬礼的消息，

在他的棺材上覆盖着

还在他的童年时母亲为他缝制的

一床小花格被子，

不是所有的人，都能明白

这其中隐含的用意，

实际上他是在向我们宣告：

从这一刻起，他"反死亡"的

另一场游戏已经轰然开始。

一个士兵与一块来自钓鱼城的石头

一座孤城被围得水泄不通
尽管每隔一段间隙就会发起一次攻击
呐喊声，厮杀声，军鼓的喧哗震耳欲聋
伤亡一次比一次惨重，破城的
希望却变得越来越渺茫

这样相持的昼夜已经有一段时间
攻防双方似乎已渐渐习惯了在这
生与死的游戏中被未知凝固的日子

城内的旗幡还在飘扬，高昂
的斗志并没有减弱的迹象
据说他们的水源在城中的最高处
不用害怕被对方找到切断投毒
更不用担心粮食和柴火，已有的储备
完全能让这些守城者支撑数年

城外的围困还在不断地加剧

更新的一次进攻也正在组织预谋

这是黄金家族的威力最鼎盛时期

在里海附近刚刚活捉了钦察首领八赤蛮

挥师南下的劲旅已经征服了西南的大理国

长途奔袭的骑手穿越了中亚西亚的丘陵和草原

所向披靡的消息已经抵达遥远的地中海

他们即将与埃及的马木留克王朝

进行落幕前的一场可预见的交战

但在这里所有的进攻都停滞不前

所谓克敌制胜的计划已经变得遥遥无期

两边的士兵都疲劳不堪，战事陷入胶着

就在这样的时候，有一天上午

（如果是下午呢？或者是黄昏的时候呢？）

蒙哥汗 ① 又登上了高处的瞭望台

开始观望城里的敌军有何新的情况

---

① 孛儿只斤·蒙哥（1209—1259），大蒙古国第四任大汗，史称"蒙哥汗"，元
太祖成吉思汗之孙，1259 年在围攻钓鱼城时中炮风受伤致死。

同样是那个时辰，在炮台的旁边
有一个士兵远远地看见了在对面的高台上
有一位临风而立的瞭望人正在观望
（如果这个士兵没有接下来的反应，
更没有往下付诸他的行动，是不是
会出现另一个完全不同的结果？）

同样在接下来的时间里，这个士兵
如果没有和别的几个士兵将那块石头
从抛石机上准确无误地抛向那个目标
（如果更近了一点，更远了一点，更左了
一点，更右了一点，又会发生什么呢？）

这是一个偶然？还是纯属一个意外？
并不是所有的偶然以及意外的出现
都能改写扑朔迷离的历史和命运的规律

那个最早发现瞭望台站着一个人的士兵
他当然不会知道对面那个人究竟是谁
而他永远更不会知道，他和那块普通的炮石
在人类的宿命中扮演了什么样的角色
因为从这里发出的有关大汗死亡的消息

让各路凶悍的首领开始返回久别的故土

我们从正史上只能看到这样的记载：
1259 年一代战神蒙哥汗受伤致死于钓鱼城
上帝之鞭——在这里发生了折断！

但我的歌唱却只奉献给短暂的生命

宝刀，鹰爪的酒杯，坠耳的玛瑙

那是每一个男人与生俱来的喜爱

骏马，缀上贝壳的佩带，白色的披毡

从来都是英雄和勇士绝佳的配饰

重塑生命，不惧死亡，珍惜名誉

并不是所有的家族都有此传承

似乎这一切我都已经具备

然而我是一个诗人，我更需要

自由的风，被火焰洗礼过的词语

黎明时的露水，蓝色无垠的星空

慈母摇篮曲的低吟，恋人甜蜜的呓语

或许，我还应该拥有几种乐器

古老的竖笛，月琴，三叶片的口弦

我的使命就是为这个世界吟唱

诚然，死亡与生命是同样的古老

但我的歌唱却只奉献给短暂的生命。

而我们……

诗歌，或许就是最古老的艺术，
伴随人类的时光已经十分久远。
哦，诗人，并不是一个职业，
因为他不能在生命与火焰之间，
依靠出卖语言的珍珠糊口。
在这个智能技术正在开始
并逐渐支配人类生活的时代，
据说机器人的诗歌在不久
将会替代今天所有的诗人。
不，我不这样看！这似乎太武断，
诗人之所以还能存活到现在，
那是因为他的诗来自灵魂，
每一句都是生命呼吸的搏动，
更不是通过程序伪造的情感，
就是诅咒也充满了切肤的疼痛。

然而，诗人，我并不惧怕机器人，
但是我担心，真的有那么一天

当我们面对暴力、邪恶和不公平，
却只能报以沉默，没有发出声音，
对那些遭遇战争、灾难、不幸的人们，
没有应有的同情并伸出宝贵的援手，
再也不能将正义和爱情的诗句，
从我们灵魂的最深处呼之欲出。

而我们，都成了机器人……

诗歌的秘语……

彝人为了洁净自己的房子，
总会把烧红的鹅卵石
放在水里去祛除污秽之物，
那雾状的水汽弥漫于空间。
谁能告诉我？是卵石内核的呐喊，
还是火焰自身的力量？或许是
另一种意志在覆盖黑暗的山岩。
我相信神奇的事物，并非是一种迷信，
因为我曾看见过，我们部族的祭司
用牙咬着山羊的脖子甩上了屋顶。

罪行，每天都在发生，遍布
这个世界每一个有人的角落。
那些令人心碎的故事告诉我们，
人类积累的道德和高尚的善行，
并不随婴儿的第一声啼哭到来。
然而，当妈妈开始吟唱摇篮曲，
我们才会恍然觉悟，在朦胧中

最早接受的就是诗歌的秘语。
哦，是的，罪行还会发生，
因为诗人的执着和奉献，
荒诞的生活才有了意义，
而触手可摸的真实，
却让我们通往虚无。

暮年的诗人

请原谅他，就是刻骨铭心，
也不能说出她们全部的名字。
那是山林消失的鸟影，
云雾中再找不到踪迹。
那是时间铸成的大海，
远去的帆影隐约不见。
那是一首首深情的恋歌，
然而今天，只有回忆用独语
去沟通岁月死亡一般沉默。
当然还有那些闪光的细节，
直到现在也会让他，心跳加速
双眼含满无法抑制的泪水。

粗黑油亮长过臀部的两条辫子。
比蜂蜜更令人醉心销魂的呼吸。
没有一丝杂质灵动如水的眼睛。
被诗歌吮吸过的粉红色的双唇。
哦，这一切，似乎都遗落于深渊，

多少容颜悄悄融化在失眠的风里。

哦，我们的诗人，他为诗奉献
了爱情，而诗却为他奉献了诗。

请原谅他，他把那些往事
都埋在了心底……

致父辈们

他们那一代人，承受

过暴风骤雨的考验。

在一个时代的巨变中，

有新生，当然也有沉沦。

他们都是部族的精英，

能存活下来的，也只是

其中幸运的一部分人。

他们是传统的骄子，能听懂

山的语言，知晓祖先的智慧。

他们熟悉词根本身的含义，

在婚庆与葬礼不同的场所，

能将精妙的说唱奉献他人。

他们还在中年的时候，

就为自己做好了丧衣，

热爱生活，却不惧怕死亡。

他们是节日和聚会的主角，

坐骑的美名被传颂到远方。

他们守护尊严，珍惜荣誉，
有的人就是为了证明
存在的价值，而结束了生命。

与他们相比，我们去过
这个世界更多的地方。
然而，当我们面对故土，
开始歌唱，我们便会发现，
他们比我们更有力量。
我们丢失了自我，梦里的
群山也已经死亡……

姐姐的披毡

如果是黑色遭遇了爱情。

最纯粹的过度，飘浮于藏蓝

幽深的夜空。哦，姐姐，那是你的梦，

还是你梦中的我？我不明白，

是谁创造了这比幻想更远的现实？

那还是在童年的时候，奇迹就已出现

仿佛今天又重现了这个瞬间。

原谅我，已想不起过去的事情，

纵然又看见姐姐披着那件披毡，

但那只是幻影，不再属于我，

它是另一个人，遗忘的永恒。

口弦大师

—— 致俄狄日伙 ①

是恋爱中的情人，才能

听懂你传递的密语？还是

你的弹奏，捕获了相思者的心？

哦，你听！他彻底揭示了

男人和女人最普遍的真理。

每拨弹完一曲，咧嘴一笑，

两颗金牙的光闪耀着满足。

无论是在仲夏的夜晚，或是

围坐于漫长冬日的火塘，

口弦向这个世界发出的呼号，

收到了一个又一个的回应。

俄狄日伙说，每一次

弹奏，就是一次恋爱，

但当爱情真的来临，却只有

一个人能破译他的心声……

---

① 俄狄日伙，凉山彝族聚居区布拖一民间音乐传承人。

印第安人

——致西蒙·奥迪斯 ①

西蒙·奥迪斯对我说："他们称呼
我们是印第安人，但我告诉他们，
我们不是……是阿科马族人。"

是的，在他们所谓发现你们之前，
你们祖祖辈辈就已经生活在那里。

那时候，天空的鹰眼闪烁着光。
大地涌动生殖的根。
太阳滚过苍穹古铜的脊梁，
时间的巨臂，伸向地平线的尽头。

那时候，诸神已经预言，
苍鹭的返回将带回喜讯。
而在黎明无限苍茫的曙色里，

---

① 西蒙·奥迪斯（1941—），美国当今健在的最著名的印第安诗人，被称为印第安文艺复兴运动中的旗手，曾获得原住民作家社团颁发的终身成就奖。

祭司的颂词复活了死灭的星辰。

把双耳紧贴大地的胸膛，
能听见，野牛群由远及近的轰鸣，
震颤着地球渴望血液的子宫。

在那群山护卫的山顶，
酋长面对
太阳，
繁星，
河流
和岩石，
用火焰洗礼过的
诗句，告诉过子孙——
"这是我们的土地"。

西蒙·奥迪斯，不要再去申明
你们不是印第安人。
据说土地的记忆
要远远超过人类的历史。
地球还在旋转，被篡改的一切
都会被土地的记忆恢复，

神圣的太阳，公正的法官
将在时间的法庭上作出裁决。

谁是这个世界中心？任何时候
都不要相信他们给出的结论。

尼子马列的废墟

已看不出这里曾经有过的繁华,
正在抽穗的玉米地也寂静无声。
山梁对面的小路早被杂草覆盖,
我们的到来,并非要惊醒长眠的祖先。
那是因为彝人对自己的祖居地,
时常怀有刻骨铭心的思念和热爱。
在我们的史诗记载迁徙的描述中,
关于命运的无常,随处都能读到,
难怪在先人生活过的每一个地方,
都会油然而生一种英雄崇拜的情感。
哦,沉默的落日,你伟大的叹息
甚至超过了刺向祭祀之牛脖颈流出的血,
物质的毁灭,我们知道,谁能抗拒?
那自然的法则,就守候在生和死的隘口。

因此我才相信,生命有时候要比
死亡的严肃更要可笑,至于死亡

也许就是一个假设，我们熟谙的
某种仪式，完全属于另一个世界。

千万不要告诉那些
缺少幽默感的人，
因为我们在死亡的簿册上，
找到了一个与他相同的名字。

我曾看见……

我曾看见，在那群山腹地
彝人祭司完成的一次法事。
他的声音，虽然低沉浑厚，
却能穿透万物，弥漫天地。
这样的景象总会浮现于脑海。
为了祈福，而不是诅咒，
火光和青烟告诉了所有的神灵。
牛皮的幻影飘浮于天空，
唯有颂词徐徐沉落于无限。

暴力，不在别处，它跟随人
去过许多地方，就在昨天
还在叙利亚争抢儿童的血。
所谓道义和人权，或许只是
他们宣言中用滥了的几个词。
然而，对于不同的祈福，
我们都应报以足够的尊重，
他们让我们在那个片刻
忘记了暴力和世界的苦难。

诗人

诗人不是商业明星，也不是
电视和别的媒体上的红人。
无须收买他人去制造绯闻，
在网络空间树立虚假的对手，
以拙劣的手段提高知名度。
诗人在今天存在的理由，
是他写出的文字，无法用
金钱换算，因为每一个字
都超过了物质确定的价值。
诗人不是娱乐界的超人，
不能丢失心灵之门的钥匙。
他游走于城市和乡村，
是最后一个部落的酋长。
他用语言的稀有金属，
敲响了古老城市的钟楼。
诗人是一匹孤独的野马，
不在任何一个牧人的马群，
却始终伫立在不远的地方。

合唱队没有诗人适合的角色，

他更喜欢一个人的时候独唱。

诗人是群体中的极少数，

却选择与弱者站在一边，

纵使遭受厄运无端的击打，

也不会交出灵魂的护身符。

诗人是鸟类中的占卜者，

是最早预言春天的布谷。

他站在自己建造的山顶，

将思想的风暴吹向宇宙。

有人说诗人是一个阶级，

生活在地球不同的地方

上苍，让他们存活下去吧，

因为他们，没有败坏语言，

更没有糟蹋过生命。

犹太人的墓地

那是犹太人的墓地，我在华沙、
布加勒斯特、布达佩斯和布拉格
都看见过。说来也真是奇怪，
它们给我留下了极为深刻的印象。
是墓园的布局吗？当然不是。
还是环境的不同？肯定也不对，
因为欧洲的墓园大同小异。
后来在不经意中我才发现，虽然
别的地方也有失修的墓室，待清的杂草，
但却没有犹太人的墓地那样荒芜。
到处是倾斜的碑石，塌陷的地基，
发黑的苔藓覆盖了通往深处的路径。
我以为死亡对人类而言，时刻都会发生，
而后人对逝者的追忆，寄托哀思，
到墓地去倾诉，或许是最好的选择。

我在东欧看见过许多
犹太人的墓地，它们荒芜而寂寥。

这是何种原因，我问陪同的导游，

在陷入片刻的沉默后，才低声说：

"他们的亲人，都去了奥斯维辛 ①，

单程车票，最终没有一个回来。"

我在东欧看见过许多

犹太人的墓地。我终于知道，

天堂或许只是我们的想象，

而地狱却与我们如影相随。

①　奥斯维辛，是纳粹德国时期建立在波兰小城奥斯维辛的集中营，大约有110万人在这一集中营被杀害，其中绝大部分是犹太人。

何塞·马里亚·阿格达斯 ①

我的血液来自那些巨石，

它让我的肋骨支撑着旋转的天体。

太阳的影子

以长矛的迅疾，

降落节日的花朵。

我，何塞·马里亚·阿格达斯，

秘鲁克丘亚人，一个典型的土著。

我的思想、意识和行为方式，

与他们格格不入。

因为我相信，我们的方式

不是唯一的方式，

只有差异

才能通向包容和理解。

所以，我才要捍卫

这种方式，

---

① 何塞·马里亚·阿格达斯，生于1911年，秘鲁当代著名印第安人小说家、人类学家，原住民文化的捍卫者，1969年自杀身亡。

就是用生命

也在所不惜。

我的身躯被驼羊的绒毛覆盖，

在安第斯山蜜蜂嗡鸣的牧场。

当雄鹰静止于

时间，

风，

吹拂着

无形的

生命的排箫。

那是我们的声音

穿越了无数的世纪，

见证过

血，

诞生和

毁灭。

那是我们河流的回声，

它的深沉和自由

才铸造了

人之子的灵魂。

也因为此，我们才

选择了：

在这片土地上生，

在这片土地上死。

哦，未来的朋友

这不是我的遗言。

我不是那只山上的狐狸，

它的奔跑犹如燃烧的火焰。

也不是那只山下的狐狸，

它的鸣叫固然令人悲伤。

但我要告诉大家的是：

我，何塞·马里亚·阿格达斯，

并非死于贫穷

而是自杀。

没有别的原因，

只是我不愿意看到，

我的传统——

在我活着时候

就已经死亡。没有别的原因，

这并不复杂。

悼胡安·赫尔曼

你在诗中说我
将话语抛向火，是为
在赤裸的语言之家里，
让火继续燃烧。
而你却将死亡，一次次
抛向生命，抛向火。
你知道邪恶的缘由，
最重要的是，你的声音
动摇过它的世界。
没有诅咒过生活本身，
却承受了所有的厄运。
你走的那一天，据说在
墨西哥城，有一片天堂的叶子
终于落在了你虚空的肩上。

自由的另一种解释

让我们庆祝人类的又一次解放，
在意志的天空上更大胆地飞翔。
从机器抽象后的数据，你将阅读我，
而我对你而言，只是移动的位置。
我的甜言蜜语，不再属于一个人，
如果需要，全人类都能分享。
今天这个世界发生了什么，
我们都能在第一时间知晓。
而我，在地球的任何一个地方，
亲爱的，谢天谢地，你都
尽管可以把我放心地丢失，
再玩一次猫捉老鼠的游戏。

火焰上的辩词

我在火塘的上方
另一个我
在火塘的下方
不是我被火焰分割
而是我与另一个我
在语言的沙场
进行着殊死的搏斗！

——题记

我：我将返回源头
河流的静脉发出
子宫白色的光
鹰翅的羽毛悬垂于
天宇寂静的门户
将神枝插满大地
星象隐秘循环往复
我不会真的死亡
死亡只是一种仪式

在飞鸟的影子里

在石头脊柱的核心

语言沉没于风的穹顶

而我在火焰上的词语

终于融化成了泪滴。

另一个我：时间或许是虚拟的存在

万物通过死亡见证一切

在空旷粗砺的原野

蚁穴的智慧不为人知

那是环形交错的迷宫

国王的威严呼风唤雨

不同的等级列队而行

它们的疆域足够辽阔

积累的财富装满了国库

但是一只巨大的牛蹄

纯属偶然踏碎了蚁穴

我不知道蚂蚁的触觉

是否听到了这死亡的消息

但这并非偶然的结局

却改变了一个王国的命运。

我：在母语的声音里回去

久违的高地闪现着蓝光

被铁的火镰点燃的蒿草

飘浮着乳汁和生殖的香味

潜入词语最深的根部

吮吸被遗忘的盐的密码

沿着送魂经的方向行进

毕摩告诉我，语言的记忆

比土地的记忆更要久长

回到母语的故乡和疆域

诗人才会成为真的祭司

词语将在风中涌动光芒

神授的力量永不枯竭

创造的火焰再不会熄灭。

另一个我：为所有的生物哭泣

因为每一天每一个时辰

都有兄弟姊妹在死亡

我们看见资本和技术的逻辑

成为这个世界的主宰

每一个临界死亡的植物

为我们敲响了世纪的丧钟

所有弱势微小的生命

发出的呐喊虽然微弱

但它依然洞穿了铜墙铁壁

这穿越针孔和未来的声音

已经响彻在天宇之外

不要阻挡这正义的呼唤

它不会被任何力量消减。

我：摘下我古老的面具

真实地面对这个世界

我是雄鹰唯一的儿子

父子连名是我们的传统

捍卫荣誉比生命更为重要

当我们的肩上落满鸦群

部落的彩旗迎风飘扬

从先辈那里获取智慧

旋转的酒杯传递着死亡

为了传统而延续生命

这并非是个人的选择

集体的力量在牛的脖颈

生命的存在铸造颅骨

它在最后战胜了虚无。

另一个我：在这片生我养我的土地

当犁铧翻开它的心脏

我已经再也无法看见

它的血管流出鲜红的汁液

没有一只蚯蚓在眼前蠕动

那些微小无名的生命

早已被无情的技术杀戮

谁能为消失的事物忏悔？

罪过至今未有谁来承担

当我们搬开煮熟的土豆

总会想起大地的恩情

但是当吟诵古老的谚语

我们便会在模糊的泪眼中

看见已经逝去的家园。

我：赞颂每一种古老的粮食

是诗人最不可剥夺的天职

我们把苦荞称为母亲

那是因为它延续了生命

你能在我们的部落中看见

母亲在用咀嚼过的荞麦

口对口地喂养怀中的婴儿

当那高地上生长的荞麦

在那星光下自由地摇曳

它的故事将被我们诉说

成为一个民族集体的记忆

不知道是从什么时候开始

对它们的赞颂就成了习惯

多么幸运，这是我们的使命。

另一个我：在我家中的墙壁上

挂着两副古老的马鞍

一副马鞍是公性的

另一副当然就是母性

我的祖先征战的时候

如果佩戴公性的马鞍

母性的就会守护着家园

谁能解释这其中的缘由？

每一种生命的存在

似乎都被别的生命护佑

一个个体生命的毁灭

将预示出另一个的不测

我们不能为一个弱者的死亡

而像一个旁观者熟视无睹。

我：穿过了钢铁和资本的峡谷

我听见了口弦的诉说

那声音是如此地微弱

但它是另一种动人的语言

它是最基本古老的词汇

只表达自由和爱情的含义

那纯粹的弹拨来自灵魂

每一个音符都扣人心弦

这样的旋律如泣如诉

像一把匕首刺中了心脏

谁能说出演奏者的名字？

他分明就是神灵的化身

只要能听懂这其中的奥秘

你就是一个真正的彝人。

另一个我：那是我的荞麦地

生长于时间的回忆

风吹过麦尖窸窣有声

在那白银一般的夜空

布满了黄金切割的影子

那是空中倒挂的摇篮

摇响了手中催眠的铃铛

萤火沉落于季风的海洋

完整的麦地开始飞翔

我已经很难站在山顶

去瞩望落日无形的翅膀

因为那星光下的麦地

已经看不见那个孩子

还在那里听风的声音。

我：我会秉承我的方式

那是群山的传统

那是火焰的钥匙

那是燃烧的格言

那是从创世纪开始

就在血液里的那些东西

当群山在灵魂中

注定成为一种影子

当钥匙被火焰一千次地

纯洁和净化

当格言成为铠甲

那些血液里的东西

总会在返乡的路上

发出羊皮鼓面的声音。

另一个我：站在碉楼的高处

那里是祖先的疆域

四周是护卫的群山

河流奔腾于幽深的峡谷

我能听懂它们的诉说

野鸡高声的鸣叫

那是一个求偶的季节

松鼠留下秘密的语言

山鹰注视着野兔的轨迹

在那阳光反射的岩石上

斑斓的昆虫拖住了时间

更远的地方，蜿蜒的路上

那个穿小裤脚的男人

开始唱一曲布拖高腔。

我：那条河流蜿蜒而下

穿越了古老的语言

它在词语的核心

绽放出骨质的光芒

每一滴水都被镀金

如同柔软的金属

我们的诗歌将它赞颂

因为它是家园的屏障

不是每一条大河

都能将灵魂变得沉重

不是每一条河流的名字

都能让词语感到疼痛

有时它并非是一种存在

但它的伤痕却清晰可见。

另一个我：在通往吉勒布特的山坡上

那一棵树已经站立了好久

没有人知道它经历过的时光

它的存在似乎就是一种隐喻

在黎明点燃群山的时候

风的诉说将它的歌谣吹动

当星光布满透明的穹顶

它的孤独盛满了大地的杯盏

那些茂密的森林曾被大肆砍伐

或许并不仅仅是为了人类的生存

作为一棵树你迎送过无数的路人

在他们的眼里你就是神灵的化身

你的枝叶时常飘浮于另一个空间

潜藏于意识中的树，战胜了死亡。

大河

——献给黄河 [①]

在更高的地方，雪的反光

沉落于时间的深处，那是诸神的

圣殿，肃穆而整齐的合唱

回响在黄金一般隐匿的额骨

在这里被命名之前，没有内在的意义

只有诞生是唯一的死亡

只有死亡是无数的诞生

那时候，光明的使臣伫立在大地的中央

没有选择，纯洁的目光化为风的灰烬

当它被正式命名的时候，万物的节日

在众神的旷野之上，吹动着持续的元素

打开黎明之晨，一望无际的赭色疆域

鹰的翅膀闪闪发光，影子投向了大地

所有的先知都蹲在原初的那个入口

---

① 黄河，发源于青藏高原，中国第二大河，世界第五大河，全长约5464公里，在山东东营境内流入大海。

等待着加冕，在太阳和火焰的引领下
白色的河床，像一幅立体的图画
天空的祭坛升高，神祇的银河显现

那时候，声音循环于隐晦的哑然
惊醒了这片死去了但仍然活着的大海
勿须俯身匍匐也能隐约地听见
来自遥远并非空洞的永不疲倦的喧嚣
这是诸神先于创造的神圣的剧场
威名显赫的雪族十二子就出生在这里
它们的灵肉彼此相依，没有敌对杀戮

对生命的救赎不是从这里开始
当大地和雪山的影子覆盖头顶
哦大河，在你出现之前，都是空白
只有词语，才是绝对唯一的真理
在我们，他们，还有那些未知者的手中
盛开着渴望的铁才转向静止的花束
寒冷的虚空，白色的睡眠，倾斜的深渊
石头的鸟儿，另一张脸，无法平息的白昼

此时没有君王，只有吹拂的风，消失的火

还有宽阔，无限，荒凉，巨大的存在

谁是这里真正的主宰？那创造了一切的幻影

哦光，无处不在的光，才是至高无上的君王

是它将形而上的空气燃烧成了沙子

光是天空的脊柱，光是宇宙的长矛

哦光，光是光的心脏，光的巨石轻如羽毛

光倾泻在拱顶的上空，像一层失重的瀑布

当光出现的时候，太阳，星星，纯粹之物

都见证了一个伟大的仪式，哦光，因为你

在明净抽象的凝块上我第一次看见了水

从这里出发。巴颜喀拉①创造了你

想象吧，一滴水，循环往复的镜子

琥珀色的光明，进入了转瞬即逝的存在

远处凝固的冰，如同纯洁的处子

想象吧，是哪一滴水最先预言了结局？

并且最早敲响了那蓝色国度的水之门

幽暗的孕育，成熟的汁液，生殖的热力

当图腾的徽记，照亮了传说和鹰巢的空门

大地的胎盘，在吮吸，在战栗，在聚拢

---

① 巴颜喀拉，巴颜喀拉是黄河源头当地民族语一地名，意思是富饶的山之口。

扎曲之水，卡日曲之水，约古宗列曲之水 ①

还有那些星罗棋布，蓝宝石一样的海子

这片白色的领地没有此岸和彼岸

只有水的思想——和花冠——爬上栅栏

每一次诞生，都是一次壮丽的分娩

如同一种启示，它能听见那遥远的回声

在这里只有石头，是没有形式的意志

它的内核散发着黑暗的密语和隐喻

哦只要有了高度，每一滴水都让我惊奇

千百条静脉畅饮着未知无色的甘露

羚羊的独语，雪豹的弧线，牛角的鸣响

在风暴的顶端，唤醒了沉睡的信使

哦大河，没有谁能为你命名

是因为你的颜色，说出了你的名字

你的手臂之上，生长着金黄的麦子

浮动的星群吹动着植物的气息

黄色的泥土，被揉捏成炫目的身体

舞蹈的男人和女人隐没于子夜

---

① 扎曲、卡日曲、约古宗列曲，均为黄河源头三条最初源流的名字。

他们却又在彩陶上获得了永生

是水让他们的双手能触摸梦境

还是水让祭祀者抓住冰的火焰

在最初的曙光里，孩子，牲畜，炊烟

每一次睁开眼睛，神的面具都会显现

哦大河，在你的词语成为词语之前

你从没有把你的前世告诉我们

在你的词语成为词语之后

你也没有呈现出铜镜的反面

你的倾诉和呢喃，感动灵性的动物

渴望的嘴唇上缀满了杉树和蕨草

你是原始的母亲，曾经也是婴儿

群山护卫的摇篮见证了你的成长

神授的史诗，手持法器的钥匙

当你的秀发被黎明的风梳理

少女的身姿，牵引着众神的双目

那炫目的光芒让瞩望者失明

那是你的蓝色时代，无与伦比的美

宣告了真理就是另一种虚幻的存在

如果真的不知道你的少女时代

我们，他们，那些尊称你为母亲的人

就不配获得作为你后代子孙的资格

作为母亲的形象，你一直就站在那里

如同一块巨石，谁也不可以撼动

我们把你称为母亲，那黝黑的乳头

在无数的黄昏时分发出吱吱的声音

在那大地裸露的身躯之上，我们的节奏

就是波浪的节奏，就是水流的节奏

我们和种子在春天许下的亮晶晶的心愿

终会在秋天纯净的高空看见果实的图案

就在夜色来临之前，无边的倦意正在扩散

像回到栏圈的羊群，牛粪的火塘发出红光

这是自由的小路，从帐房到黄泥小屋

石头一样的梦，爬上了高高的瞭望台

那些孩子在皮袍下熟睡，树梢上的秋叶

吹动着月亮和星星在风中悬挂的灯盏

这是大陆高地梦境里超现实的延伸

万物的律动和呼吸，摇响了千万条琴弦

哦大河，在你沿岸的黄土深处

埋葬过英雄和智者，沉默的骨头

举起过正义的旗帜，掀起过愤怒的风暴

没有这一切，豪放，悲凉，忧伤的歌谣

就不会把生和死的誓言掷入暗火

那些皮肤一样的土墙倒塌了，新的土墙

又被另外的手垒起，祖先的精神不朽

穿过了千年还赶着牲口的旅人

见证了古老的死亡和并不新鲜的重生

在这片土地上，那些沉默寡言的人们

当暴风雨突然来临，正以从未有过的残酷

击打他们的头颅和家园最悲壮的时候

他们在这里成功地阻挡了凶恶的敌人

在传之后世并不久远的故事里，讲述者

就像在述说家传的闪着微光温暖的器皿

哦大河，你的语言胜过了黄金和宝石

你在诗人的舌尖上被神秘的力量触及

隐秘的文字，加速了赤裸的张力

在同样事物的背后，生成在本质之间

面对他们，那些将会不朽的吟诵者

无论是在千年之前还是在千年之后

那沉甸甸丰硕的果实都明亮如火

是你改变了自己存在于现实的形式

世上没有哪一条被诗神击中的河流

能像你一样成为一部诗歌的正典

你用词语搭建的城池，至今也没有对手

当我们俯身于你，接纳你的盐和沙漏

看不见的手，穿过了微光闪现的针孔

是你重新发现并确立了最初的水

唯有母语的不确定能抵达清澈之地

或许，这就是东方文明至高点的冠冕

作为罗盘和磁铁最中心的红色部分

凭借包容异质的力量，打开铁的褶皱

在离你最近的地方，那些不同的族群

认同共生，对抗分离，守护传统

他们用不同的语言描述过你落日的辉煌

在那更远的地方，在更高的群山之巅

当自由的风从宇宙的最深处吹来

你将独自掀开自己金黄神圣的面具

好让自由的色彩编织未来的天幕

好让已经熄灭的灯盏被太阳点燃

好让受孕的子宫绽放出月桂的香气

好让一千个新的碾子和古旧的石磨

在那堆满麦子的广场发出隆隆的响声

好让那炉灶里的柴火越烧越旺

火光能长时间地映红农妇的脸庞

哦大河，你的两岸除了生长庄稼
还养育了一代又一代名不虚传的歌手
他们用不同的声调，唱出了这个世界
不用翻译，只要用心去聆听
就会被感动一千次一万次的歌谣
你让歌手遗忘了身份，也遗忘了自己
在这个星球上，你是东方的肚脐
你的血管里流淌着不同的血
但他们都是红色的，这个颜色只属于你
你不是一个人的记忆，你如果是——
也只能是成千上万个人的记忆
对！那是集体的记忆，一个民族的记忆

当你还是一滴水的时候，还是
胚胎中一粒微小的生命的时候
当你还是一种看不见的存在
不足以让我们发现你的时候
当你还只是一个词，仅仅是一个开头
并没有成为一部完整史诗的时候
哦大河，你听见过大海的呼唤吗？

同样，大海！你浩瀚，宽广，无边无际
自由的元素，就是你高贵的灵魂
作为正义的化身，捍卫生命和人的权利
我们的诗人才用不同的母语
毫不吝啬地用诗歌赞颂你的光荣
但是，大海，我也要在这里问你
当你涌动着永不停息的波浪，当宇宙的
黑洞，把暗物质的光束投向你的时候
当倦意随着潮水，巨大的黑暗和寂静
占据着多维度的时间与空间的时候
当白色的桅杆如一面面旗帜，就像
成千上万的海鸥在正午翻飞舞蹈的时候
哦大海！在这样的时刻，多么重要！
你是不是也呼唤过那最初的一滴水
是不是也听见了那天籁之乐的第一个音符
是不是也知道了创世者说出的第一个词！

这一切都有可能，因为这条河流
已经把它的全部隐秘和故事告诉了我们
它是现实的，就如同它滋养的这片大地
我们在它的岸边劳作歌唱，生生不息
一代又一代，迎接了诞生，平静的死亡

它恩赐予我们的幸福，安宁，快乐和达观

已经远远超过了它带给我们的悲伤和不幸

可以肯定，这条河流以它的坚韧，朴实和善良

给一个东方辉煌而又苦难深重的民族

传授了最独特的智慧以及作为人的尊严和道义

它是精神的，因为它岁岁年年

都会浮现在我们的梦境里，时时刻刻

都会潜入在我们的意识中，分分秒秒

都与我们的呼吸、心跳和生命在一起

哦大河！请允许我怀着最大的敬意

——把你早已闻名遐迩的名字

再一次深情地告诉这个世界：黄河！

迟到的挽歌

—— 献给我的父亲吉狄·佐卓·伍合略且

当摇篮的幻影从天空坠落
一片鹰的羽毛覆盖了时间，此刻你的思想
渐渐地变白，以从未体验过的抽空蜉蝣于
群山和河流之上。

你的身体已经朝左屈腿而睡
与你的祖先一样，古老的死亡吹响了返程
那是万物的牛角号，仍然是重复过的
成千上万次，只是这一次更像是晨曲。

光是唯一的使者，那些道路再不通往
异地，只引导你的山羊爬上那些悲戚的陡坡
那些守卫恒久的刺猬，没有喊你的名字
但另一半丢失的自由却被惊恐洗劫
这是最后的接受，诸神与人将完成最后的仪式。

不要走错了地方，不是所有的路都可以走

必须要提醒你，那是因为打开的偶像不会被星星照亮，
只有属于你的路，才能看见天空上时隐时现的
马鞍留下的印记。听不见的词语命令虚假的影子
在黄昏前吓唬宣示九个古彝文字母的睡眠。

那是你的铠甲，除了你还有谁
敢来认领，荣誉和呐喊曾让猛兽陷落
所有耳朵的都知道你回来了，不是黎明的风
送来的消息，那是祖屋里挂在墙上的铠甲
发出了异常的响动
唯有死亡的秘密会持续。

那是你白银的冠冕，
镌刻在太阳瀑布的核心，
翅翼聆听定居的山峦
星座的沙漏被羊骨的炉膛遣返，
让你的陪伴者将烧红的卵石奉为神明
这是赤裸的疆域
所有的眼睛都看见了
那只鹰在苍穹的消失，不是名狗

克玛阿果^① 咬住了不祥的兽骨，而是

占卜者的鹰爪杯在山脊上落入谷底。

是你挣脱了肉体的锁链，

还是以勇士的名义报出了自己的族谱？

死亡的通知常常要比胜利的

捷报传得更快，也要更远。

这片彝语称为吉勒布特的土地

群山就是你唯一的摇篮和基座

当山里的布谷反复忽厥地鸣叫

那裂口的时辰并非只发生在春天

当黑色变成岩石，公鸡在正午打鸣

日都列萨^② 的天空落下了可怕的红雪

那是死神已经把独有的旗帜举过了头顶

据说哪怕世代的冤家在今天也不能发兵。

这是千百年来男人的死亡方式，并没有改变

---

① 克玛阿果，彝族历史传说中一只名狗的名字。

② 日都列萨，凉山彝族聚居区一地名，传说是彝族火把节的发源地。

渴望不要死于苟且。山神巡视的阿布则洛 ① 雪山
亲眼目睹过黑色乌鸦落满族人肩头如梦的场景
可以死于疾风中铁的较量，可以死于对荣誉的捍卫
可以死于命运多舛的无常，可以死于七曜日的玩笑
但不能死于耻辱的挑衅，唾沫会抹掉你的名誉。

死亡的方式有千百种，但光荣和羞耻只有两种
直到今天赫比施祖 ② 的经文都还保留着智者和
贤人的名字，他的目光充盈并点亮了那条道路
尽管遗失的颂词将从褶皱中苏醒，那些闪光的牛颈
仍然会被耕作者询问，但脱粒之后的苦荞一定会在
最严酷的季节——养活一个民族的婴儿。

哦，归来者！当亡灵进入白色的国度
那空中的峭壁滑行于群山哀伤的胯骨
祖先的斧子掘出了人魂与鬼神的边界
吃一口赞词中的燕麦吧，它是虚无的秘笈
石姆木哈 ③ 的巨石已被一匹哭泣的神马撬动。

---

① 阿布则洛，凉山彝族聚居区布拖县境内的一座神山。
② 赫比施祖，凉山彝族历史上最著名的毕摩（祭司）之一。
③ 石姆木哈，凉山彝族传说中亡灵的归属地，传说它的位置在天空和大地之间。

那是你匆促踏着神界和人界的脚步

左耳的蜜蜡聚合光晕，胸带缀满贝壳

普嫫列依 ① 的羊群宁静如黄昏的一堆圆石

那是神赐予我们的果实，对还在分娩的人类

唯有对祖先的崇拜，才能让逝去的魂灵安息

虽然你穿着出行的盛装，但当你开始迅跑

那双赤脚仍然充满了野性强大的力量。

众神走过天庭和群山的时候，拒绝踏入

欲望与暴戾的疆域，只有三岁的孩子能

短暂地看见，他们粗糙的双脚也没有鞋。

哦，英雄！我把你的名字隐匿于光中

你的一生将在垂直的晦暗里重现消失

那是遥远的迟缓，被打开的门的吉尔。

那是你婴儿的嘴里衔着母亲的乳房

女人的雏形，她的美重合了触及的

记忆，一根小手指拨动耳环的轮毂

---

① 普嫫列依，彝族创世神话中的女神之一，是创世英雄支格阿鲁贞洁受孕的母亲。

美人中的美人，阿呷嬗嬷^①真正的嫡亲
她来自抓住神牛之尾涉过江水的家族。

那是你的箭头，奔跑于伊姆则木^②神山上的
羚羊的化身，你看见落叶松在冬日里嬉戏
追逐的猎物刻骨铭心，吞下了赭红的饥馑
回到幻想虫蛹的内部，童年咬噬着光的羽翼。

那是你攀爬上空无的天梯，在悬崖上取下蜂巢
每一个小伙伴都张大着嘴，闭合着满足的眼睛
唉，多么幸福！迎接那从天而降的金色的蜂蜜。

那是你在达基沙洛的后山倾听风的诉说
听见了那遥远之地一只绵羊坠崖的声音
这是马嚼子的暗示，牧羊的孩子为了分享
一顿美餐，合谋把一只羊推下悬崖的木盘
谁能解释童年的秘密，人类总在故伎重演。

那是谁第一次偷窥了爱情给肉体的馈赠

---

① 阿呷嬗嬷，彝族传说中一种鸟的名字，此鸟以脖颈细长灵动美丽而著称。
② 伊姆则木，凉山彝族聚居区布拖县境内的一座神山。

知晓了月琴和竖笛宁愿死也要纯粹的可能

火把节是小裤脚①们重启星辰诺言的头巾和糖果

是眼睛与自由的节日，大地潮湿璀璨泛滥的床。

你在勇士的谱系中告诉他们，我是谁！在人性的

终结之地，你抗拒肉体的胆怯，渴望精神的永生。

在这儿父子连名指引你，长矛和盾牌给你嘴巴

不用发现真相，死亡树皮上的神祇被刻在右侧

如果不是地球的灰烬，那就该拥抱自由的意志

为赤可波西②喝彩！只有口弦才是诗人自己的语言

因为它的存在爱情维护了高贵、含蓄和羞涩。

那是你与语言邂逅拥抱火的传统的第一次

从德古那里学到了格言和观察日月的知识

当马布霍克③的獐子传递着缠绵的求偶之声

这古老的声音远远超过人类所熟知的历史

你总会赶在黎明之光推开木门的那个片刻

---

① 小裤脚，特指凉山彝族聚居地阿都方言区的彝人，因男人着裤上大下小而被形象地称为"小裤脚"。

② 赤可波西，彝族历史上最著名的口弦（一种古老的以口腔进行共鸣的乐器）出产地。

③ 马布霍克，凉山彝族聚居区布拖县境内的一座神山。

将尔比①和克智溶于水，让一群黑羊和一群
白羊舔舐两片山坡之间充满了睡意的星团。

你在梦里接受了双舌羊约格哈加②的馈赠
那执念的叫声让一碗水重现了天象的外形。

你是闪电铜铃的兄弟，是神鹰琥珀的儿子
你是星座虎豹字母选择的世世代代的首领。

母性的针孔能目睹痛苦的构造
哦，众神！没有人不是孤儿
不是你亲眼看见过的，未必都是假的
但真的确实更少。每一个民族都有
自己的英雄时代，这只是时间上的差别。
你的胆识和勇敢穿越了瞄准的地带
祖先的护佑一直钟情眷顾于你。

那是浩大的喧嚣，据说在神界错杀了山神
也要所为者抵命，更何况人世血亲相连的手指

---

① 尔比，彝语的谚语和箴言。
② 约格哈加，彝族历史上一只著名的绵羊，以双舌著称，其鸣叫声能传到很远的地方。

杀牛给他！将他围成星座的
肚脐，为即将消失的生命哀号，
为最后的抵押救赎
那是习惯的法典，被继承的长柄镰刀
在鸦片的迷惑下，收割了兄长的白昼与夜晚
此刻唯有你知道，你能存活下来
是人和魔鬼都判定你的年龄还太小。

那是你爬在一株杨树，以愤怒的名义
射杀了一只威胁孕妇的花豹，它皮上留下
的空洞如同压缩的命运，为你预备了亡灵
的床单，或许就是灭焰者横陈大地的姿态
只要群山亦复如是，鹰隼滑动光明的翅膀
勇士的马鞍还在等待，你就会成为不朽。

并不是在繁星之夜你才意识到什么是死亡
而拒绝陈腐的恐惧，是因为对生的意义的渴望
你知道为此要猛烈地击打那隐蔽的、无名的暗夜
不是他者教会了我们在这片土地上游离的方式
是因为我们创造了自我的节日，唯有在失重时
我们才会发现生命之花的存在，也才可能
在短暂借用的时针上，一次次拒绝死亡。

如果不是哲克姆土① 神山给了你神奇的力量

就不可能让一只牛角发出风暴一般的怒吼

你注视过星星和燕麦上犹如梦境一样的露珠

与生俱来的敏感，让你察觉到将要发生的一切

那是崇尚自由的天性总能深谙太阳与季节变化

最终选择了坚硬的石头，而不是轻飘飘的羽毛。

那是一个千年的秩序和伦理被改变的时候

每一个人都要经历生活与命运双重的磨砺

这不是局部在过往发生的一切，革命和战争

让兄弟姐妹立于疾风暴雨，见证了希望

也看见了眼泪，肉体和心灵承担天石的重负

你的赤脚熟悉荆棘，但火焰的伤痛谁又知晓

无论混乱的星座怎样移动于不可解的词语之间

对事物的解释和弃绝，都证明你从来就是彝人。

你靠着那土墙沉睡，抵抗了并非人的需要

重新焊接了现实，把爱给了女人和孩子

你是一颗自由的种子，你的马始终立于寂静

---

① 哲克姆土，凉山彝族聚居区布拖县境内的一座神山。

当夜色改动天空的轮廓，你的思绪自成一体
就是按照雄鹰和骏马的标准，你也是英雄
你用牙齿咬住了太阳，没有辜负灿烂的光明
你与酒神纠缠了一生，通过它倾诉另一个自己
不是你才这样，它创造过奇迹也毁灭过人生。

你在活着的时候就选择了自己火葬的地点
从那里可以遥遥看到通往兹兹普乌 ① 的方向
你告诉长子，酒杯总会递到缺席者的手中
有多少先辈也没有活到你现在这样的年龄
存在之物将收回一切，只有火焰会履行承诺
加速的天体没有改变铁砧的位置，你的葬礼
就在明天，那天边隐约的雷声已经告诉我们
你的族人和兄弟姐妹将为你的亡魂哭喊送别。

哦，英雄！当黎明的曙光伸出鸟儿的翅膀
光明的使者伫立于群山之上，肃穆的神色
犹如太阳的处子，他们在等待那个凝望时刻
祭祀的牛头反射出斧头的幻影，牛皮遮盖着

---

　　① 　兹兹普乌，彝族人灵魂回归的圣地，地点位于云南省昭通境内，其地域在四川金沙江对岸的云南昭通高原腹地，是传说中彝族六个部落会盟迁徙出发的地方。

哀伤的面具，这或许是另一种生的入口
再一次回到大地的胎盘，死亡也需要赞颂
给每一个参加葬礼的人都能分到应有的食物
死者在生前曾反复叮嘱，这是最后的遗愿
颂扬你的美德，那些穿着黑色服饰的女性
轮流说唱了你光辉的一生，词语的肋骨被
置入了诗歌，那是骨髓里才有的万般情愫
在这里你会相信部族的伟大，亡灵的忧伤
会变得幸福，你躺在亲情和爱编织的怀抱
每当哭诉的声音被划出伤口，看不见的血液
就会淌入空气的心脏，哦，琴弦又被折断！
不是死者再听不见大家的声音，相信你还在！
当那个远嫁异乡的姐姐说："以后还有谁能
代替你听我哭泣"，泪水就挂在了你的眼角
主方和客人在这里用"克智"的舌头决定胜负
将回答永恒的死亡是从什么时候来到人间
逝去的亲人们又如何在那白色的世界相聚
万物众生在时间的居所是何其的渺小卑微
只有精神的勇士和哲人方才可能万古流芳

送行的旗帜列成了长队，犹如古侯^①和曲涅^②又
回到迁徙的历史，哦，精神的流亡还在继续
屠宰的牛羊将慰藉生者，昨天的死亡与未来
的死亡没有什么两样，但被死亡创造的奇迹
却会让讲述者打破常规悄然放进生与死罗盘
那里红色的胜利正在返回，天空布满了羊骨
的纹路，今天是让魂灵满意的日子，我相信。

哦，英雄！古老的太阳涌动着神秘的光芒
那群山和大地的阶梯正在虚幻中渐渐升高
领路的毕摩又一次抓住了光线铸造的权杖
为最后的步伐找到了维系延伸可能的活水
亡者在木架上被抬着，摇晃就像最初的摇篮
朝左侧睡弯曲的身体，仿佛还在母亲的子宫
这是最后的凯旋，你将进入那神谕者的殿堂
你看那透明的斜坡已经打开了多维度的台阶
远处的河流上飘落着宇宙间无法定位的种子
送魂经的声音忽高忽低，仿佛是从天外飘来
由远而近的回应似乎又像是来自脚下的空无

---

① 古侯，凉山彝族著名的古老部落之一。
② 曲涅，凉山彝族著名的古老部落之一。

送别的人们无法透视，但毕摩和你都能看见
黑色的那条路你不能走，那是魔鬼走的路。

沿着白色的路走吧，祖先的赤脚在上面走过
此时，你看见乌有之事在真理中复活，那身披
银光颂词里的虎群占据了中心，时间变成了花朵
树木在透明中微笑，岩石上有第七空间的代数
隐形的鱼类在河流上飞翔，玻璃吹奏山羊的胡子
白色与黑色再不是两种敌对的颜色，蓝色统治的
时间也刚被改变，紫色和黄色并不在指定的岗位
你看见了一道裂缝正在天际边被乘法渐渐地打开，
那里卷轴铺开了反射的页面，光的楼层还在升高
柱子预告了你的到来，已逝的景象掩没了膝盖
不用法律捆绑，这分明就是白色，为新的仪式。

这不是未来的城堡，它的结构看不到缝合的痕迹
那里没有战争，只有千万条通往和平之梦的动物园
那里找不到锋利的铁器，只有能变形的柔软的马勺
那里没有等级也没有族长，只有为北斗七星准备的
　梯子
透明的思想不再为了表达，语言的珍珠滚动于裸体的
　空白

没有人嘲笑你拿错了碗，这里的星辰不屈服于伪装的
　　炮弹
这里只有白色，任何无意义的存在都会在白色里荡然
　　无存
白色的骨架已经打开，从远处看它就像宇宙间的一片
　　叶子。

哦，英雄！你已经被抬上了火葬地九层的松柴之上
最接近天堂的神山姆且勒赫 [①] 是祖灵永久供奉的地方
这是即将跨入不朽的广场，只有火焰和太阳能为你
　　咆哮
全身覆盖纯色洁净的披毡，这是人与死亡最后的契约
你听见了吧，众人的呼喊从山谷一直传到了湛蓝的
　　高处
这是人类和万物的合唱，所有的蜂巢都倾泻出水晶的
　　音符
那是母语的力量和秘密，唯有它的声音能让一个种族
　　哭泣
那是人类父亲的传统，它应该穿过了黑暗简朴的空间
刚刚来到了这里，是你给我耳语说永生的计时已经

第一辑　诗歌　迟到的挽歌

---

① 姆且勒赫，凉山彝族聚居区布拖县境内的一座神山。

开始

哦，我们的父亲！你是我们所能命名的全部意义的
　英雄

你呼吸过，你存在过，你悲伤过，你战斗过，你热
　爱过

你看见了吧，在那光明涌入的门口，是你穿着盛装的
　先辈

而我们给你的这场盛典已接近尾声，从此你在另一个
　世界。

哦，英雄！不是别人，是你的儿子为你点燃了最后的
　火焰。

裂开的星球

——献给全人类和所有的生命

是这个星球创造了我们
还是我们改变了这个星球?

哦,老虎! 波浪起伏的铠甲
流淌着数字的光。唯一的意志。

就在此刻,它仍然在另一个维度的空间
以寂灭从容的步态踽踽独行。

那永不疲倦的行走,隐晦的火。
让旋转的能量成为齿轮,时间的
手柄,锤击着金黄皮毛的波浪。

老虎还在那里。从来没有离开我们。
在这星球的四个方位,脚趾踩踏着
即将消失的现在,眼球倒映创世的元素。

它并非只活在那部《查姆》①的典籍中，
它的双眼一直在注视着善恶缠身的人类。

不是我们每一个人都有明确的罪行，当天空变低，鹰
　　的飞翔再没有足够的高度。

天空一旦没有了标高，精神和价值注定就会从高处滑
　　落。旁边是受伤的鹰翅。

当智者的语言被金钱和物质的双手弄脏，我在二十年
　　前就看见过一只鸟，在城市耸立的黑
色烟囱上坠地而亡，这是应该原谅那只鸟还是原谅我
　　们呢？天空的沉默回答了一切。

任何预兆的传递据说都会用不同的方式，我们部族的
　　毕摩就曾经告诉过我。

这场战争终于还是爆发了，以肉眼看不见的方式。

哦！古老的冤家。是谁闯入了你的家园，用冒犯来

---

① 《查姆》，彝族古典创世史诗之一。

比喻
似乎能减轻一点罪孽，但的确是人类惊醒了你数万年
　　的睡眠。

从一个城市到另一个城市，从一个国家到另一个国家，
它跨过传统的边界，那里虽然有武装到牙齿的士兵，
它跨过有主权的领空，因为谁也无法阻挡自由的气流，
甚至那些最先进的探测器也没有发现它诡异的行踪。

这是一场特殊的战争，是死亡的另一种隐喻。

它当然不需要护照，可以到任何一个想去的地方，
你看见那随季而飞的候鸟，崖壁上倒挂着的果蝠，
猩红色屁股追逐异性的猩猩，跨物种跳跃的虫族，
它们都会把生或死的骰子投向天堂和地狱的邮箱。

它到访过教堂、清真寺、道观、寺庙和世俗的学校，
还敲开了封闭的养老院以及戒备森严的监狱大门。
如果可能它将惊醒这个世界上所有的政府，死神的
　　面具
将会把黑色的恐慌钉入空间。红色的矛将杀死黑色
　　的盾。

当东方和西方再一次相遇在命运的出口

是走出绝境，还是自我毁灭？左手对右手的责怪，并
　不能

制造出一艘新的诺亚方舟，逃离这千年的困境。

孤独的星球还在旋转，但雪族十二子总会出现醒来的
　先知。

那是因为《勒俄特依》告诉过我，所有的动物和植物
　都是兄弟。

尽管荷马吟唱过的大海还在涌动着蓝色的液体，海豹
　的眼睛里落满了宇宙的讯息。

这或许不是最后的审判，但碗状的苍穹还是在独角兽
　出现之前覆盖了人类的头顶。

这不是传统的战争，更不是一场核战争，因为核战争
　没有赢家。

居里夫人为一个政权仗义执言，直到今天也无法判断
　她的对错。

但她对核武器所下的结论，谢天谢地没有引来任何诽
　谤和争议。

这是曾经出现过的战争的重现，只是更加的危险可怕。
那是因为今天的地球村，人类手中握的是一把双刃剑。

多么古老而又近在咫尺的战争，没有人能置身于外。
它侵袭过强大的王朝，改写过古代雅典帝国的历史。
在中世纪它轻松地消灭了欧洲三分之一还多的人口。
它还是殖民者的帮凶，杀死过千百万的印第安土著。

这是一次属于全人类的抗战。不分地域。
如果让我选择，我会选择保护每一个生命，
而不是用抽象的政治去诠释所谓自由的含义。
我想阿多诺①和诗人卡德纳尔②都会赞成，因为哪怕
最卑微的生命在任何时候也都要高于空洞的说教。

如果公众的安全是由每一个人去构筑，
那我会选择对集体的服从而不是对抗。
从武汉到罗马，从巴黎到伦敦，从马德里到纽约，
都能从每一家阳台上看见熟悉但并不相识的目光。

---

① 西奥多·阿多诺（1903—1969），德国哲学家、社会学家。
② 埃内斯托·卡德纳尔（1925—2020），尼加拉瓜诗人、神甫、革命者。

我尊重个人的权利，是基于尊重全部的人权，
如果个人的权利，可以无端地伤害大众的利益，
那我会毫不留情从人权的法典中拿走这些词，
但请相信，我会终其一生去捍卫真正的人权
而个体的权利更是需要保护的最神圣的部分。

在此时，人类只有携手合作
才能跨过这道最黑暗的峡谷。

哦，本雅明 ① 的护照坏了，他呵着气在边境那头向我
　　招手，
其实他不用通过托梦的方式告诉我，茨威格 ② 为什么选
　　择了自杀。

对人类的绝望从根本上讲是他相信邪恶已经占了上风
　　而不可更改。

---

　① 瓦尔特·本雅明（1892—1940），德国哲学家、马克思主义文学理论批评家。1940 年自杀。
　② 斯蒂芬·茨威格（1881—1942），奥地利小说家、剧作家。1942 年 2 月自杀。

哦！幼发拉底河、恒河、密西西比河和黄河，

还有那些我没有一一报出名字的河流，

你们见证过人类漫长的生活与历史，能不能

告诉我，当你们咽下厄运的时候，又是如何

从嘴里吐出了生存的智慧和光滑古朴的石头。

当我看见但丁的意大利在地狱的门口掩面哭泣，

塞万提斯的子孙们在经历着又一次身心的伤痛。

人道的援助不管来自哪里，唉，都是一种美德。

打倒法西斯主义和种族主义在这个世纪的进攻。

陶里亚蒂 ①、帕索里尼和葛兰西 ② 在墓地挥舞红旗。

就在伊朗人民遭受着双重灾难的时候

那些施暴者，并没有真的想放过他们。

我怎么能在这样时候去阅读苏菲派神秘的诗歌，

我又怎么能不去为叙利亚战火中的孩子们悲戚。

---

① 帕尔米罗·陶里亚蒂（1893—1964），意大利共产党创始人之一、国际共产主义者。

② 安东尼奥·葛兰西（1891—1937），意大利共产党创始人之一、马克思主义理论家。

那些在镜头前为选举而表演的人

只有谎言才让他们真的相信自己。

不是不要相信那些宣言具有真理的逻辑，

而要看他们对弱势者犯下了多少罪行。

此时我看见落日的沙漠上有一只山羊，

不知道是犹太人还是阿拉伯人丢失的。

毕阿史拉则的火塘，世界的中心！

让我再回到你记忆中遗失的故乡，以那些最古老的植

　　物的名义。

在遥远的墨西哥干燥缺水的高地

胡安·鲁尔福① 还在那里为自己守灵，

这个沉默寡言的村长，为了不说话

竟然让鹦鹉变成了能言善辩的骗子。

我精神上真正的兄弟，世界的塞萨尔·巴列霍，

你不是为一个人写诗，而是为一个种族在歌唱。

让一只公鸡在你语言的嗓子里吹响脊柱横笛，

---

① 胡安·鲁尔福（1917—1986），墨西哥小说家、人类学家。

让每一个时代的穷人都能在入睡前吃饱，而不是
在梦境中才能看见白色的牛奶和刚刚出炉的面包。
哦，同志！你羊驼一般质朴的温暖来自灵魂，
这里没有诀窍，你的词根是 206 块发白的骨头。

哦！文明与野蛮。发展或倒退。加法和减法。
——这是一个裂开的星球！

在这里货币和网络联结着所有的种族。巴西热带雨林
中最原始的部落也有人在手机上玩杀人游戏。

贝都因人在城市里构建想象的沙漠，再看不见触手可
　　摘的星星。
乘夜色吉卜赛人躺在欧洲黑暗的中心，他们是白天的
　　隐身人。

在这里人类成了万物的主宰，对蚂蚁的王国也开始了
　　占领。
几内亚狒狒在交配时朝屏息窥视的人类龇牙咧嘴。

在这里智能工程，能让未来返回过去，还能让现在成
　　为将来。

冰雪的火焰能点燃冬季的星空已经不是一个让人惊讶
　　的事情。

在这里全世界的土著妇女不约而同地戴着被改装过的
　　帽子，穿行于互联网的
迷宫。但她们面对陌生人微笑的时候，都还保持着用
　　头巾半掩住嘴的习惯。

在这里一部分英国人为了脱欧开了一个玩笑，而另一
　　部分人为了这个
不是玩笑的玩笑却付出了代价。这就如同啤酒的泡沫
　　变成了微笑的眼泪。

在这里为了保护南极的冰川不被更快地融化，海豚以
　　集体自杀的方式表达了
抗议，拒绝了人类对冰川的访问。凡是人迹罕至的地
　　方，杀戮就还没有开始。

在这里当极地的雪线上移的时候，湖泊的水鸟就会把
　　水位上涨的消息
告诉思维油腻的官员。而此刻，鹰隼的眼泪就是天空
　　的蛋。

在这里粮食的重量迎风而生，饥饿得到了缓解，马尔
　　萨斯 ① 在今天或许会
修正他的人口学说，不是道德家的人，并不影响他作
　　为一个思想者的存在。

在这里羚羊还会穿过日光流泻的荒原，风的一丝振动
　　就会让它竖起双耳，
死亡的距离有时候比想象要快。野牛无法听见蚊蝇在
　　皮毛上开展的讨论。

在这里纽约的路灯朝右转的时候，玻利维亚的牧羊人
　　却在瞬间
选择了向左的小道，因为右边是千仞绝壁令人胆寒的
　　万丈深渊。

在这里俄罗斯人的白酒消费量依然是世界第一，但叶
　　赛宁诗歌中怀念
乡村的诗句，却会让另一个国度的人在酒后潸然泪下，
　　哀声恸哭。

---

① 托马斯·罗伯特·马尔萨斯（1766—1834），英国教士、人口学家、经济学家。

在这里阿桑奇①创建了"维基解密"。他在厄瓜多尔使
　　馆的阳台上向世界挥手，
阿富汗贫民的死亡才在偶然间大白于天下。

在这里加泰罗尼亚人喜欢傍晚吃西班牙火腿，但他们
　　并没有忘记
在吃火腿前去搞所谓的公投。安东尼奥·马查多②如果
　　还活着，他会投给谁呢？

在这里他们要求爱尔兰共和军和巴斯克人放下手中
　　武器
却在另外的地方发表支持分裂主义的决议和声明。

在这里大部分美国人都以为他们的财富被装进了中国
　　人的兜里。
摩西从山上带回的清规戒律，在基因分裂链的寓言中
　　系统崩溃。

---

① 朱利安·阿桑奇（1971— ），"维基解密"创始人。
② 安东尼奥·马查多（1875—1939），西班牙现代著名诗人、"九八年一代"主将。

在这里格瓦拉和甘地被分别请进了各自的殿堂。

"全球化"这个词在安特卫普埃尔岑瓦德酒店的双人床
    上被千人重复。

在这里国际货币基金组织和世界银行，他们的脚迹已
    经走到了基督不到的地方。

但那些背负着十字架行走在世界边缘的穷人，却始终
    坚信耶稣就是他们的邻居。

在这里社会主义关于劳工福利的部分思想被敌对阵营
    偷走。

财富穿越了所有的边界，可是苦难却降临在个体的
    头上。

在这里他们对外颠覆别人的国家，对内让移民充满
    恐惧。

这牢笼是如此的美妙，里佐斯①埋在监狱窗下的诗歌已
    经长成了树。

在这里电视让人目瞪口呆地直播了双子大楼被撞击坍

---

① 扬尼斯·里佐斯（1909—1990），现代希腊共产党诗人、左翼活动家。

塌的一幕。

诗歌在哥伦比亚成为政治对话的一种最为人道的方式。

在这里每天都有边缘的语言和生物被操控的力量悄然
　　移除。
但从个人隐私而言，现在全球 97.7 ‰的人都是被监视
　　的裸体。

在这里马克思的思想还在变成具体的行动，但华尔街
　　却更愿意与学术精英们合谋，
把这个犹太人仅仅说成是某一个学术领域的领袖。

在这里有人想继续打开门，有人却想把已经打开的门
　　关上。
一旦脚下唯一的土地离开了我们，距离就失去了意义。

在这里开门的人并不完全知道应该放什么进来，又应
　　该把什么挡在门外。
一部分人在虚拟的空间中被剥夺了延伸疆界和赋予同
　　一性的能力。

在这里主张关门的人并不担心自己的家有一天会成为

牢笼。

但精神上的背井离乡者注定是被自由永久放逐的对象。

在这里骨骼已经成为一个整体，切割一只手还可以
　　承受，
但要拦腰斩断就很难存活。上海的耳朵听见佛罗里达
　　的脚趾在呻吟。

在这里南太平洋圣卢西亚的酒吧仍然在吹奏着萨克斯，
　　打开的每一瓶可乐都能
听见纽约股市所发出的惊喜或叹息。
网络的绑架和暴力是这个时代的第五纵队。哈贝马斯[1]
　　偶然看到了真相。

在这里有人纵火焚烧 5G 的信号塔，无疑是中世纪愚
　　昧的返祖现象。
澳大利亚的知更鸟虽然最晚才叫，但它的叫声充满了
　　投机者的可疑。

---

[1]　尤尔根·哈贝马斯（1929—），德国哲学家、当代西方马克思主义主要代表人物之一。

在这里再没有宗教法庭处死伽利略，但有人还在以原
　　教旨的命令杀死异教徒。
不是所谓的民主政治都宽容弱者，杰斐逊[①]就认为灭绝
　　印第安人是文明的一大进步。

在这里穷人和富人的比例并没有根本的改变，但阶级
　　的界限却被新自由主义抹杀。
当他们需要的时候，一个跨国的政府将会把对穷人的
　　剥夺塑造成慈善行为。

在这里不是所有的国家都能生产一颗扣子，那是为了
　　扣子能游到凡是有海水的地方。
所有争夺天下的变革者最初都是平等的，难怪临死的
　　托洛茨基相信继续革命的理论。

在这里推倒了柏林墙，但为了隔离又构筑了更多的墙。
　　墙更厚更高。
全景监狱让不透明的空间再次落入奥威尔[②]《一九八四》
　　无法逃避的圈套。

---

① 托马斯·杰斐逊（1743—1826），美国第三任总统、美国独立宣言主要起草人。
② 乔治·奥威尔（1903—1950），英国小说家、社会评论家，其名著为小说
《一九八四》。

在这里所谓有关自由和生活方式的争论肯定不是种族
　　的差异。
因疫情带来的隔离、封城和紧急状态并非是为了暧昧
　　的大多数。

哦！裂开的星球，你是不是看见了那黄金一般的老虎
　　在转动你的身体，
看见了它们隐没于苍穹的黎明和黄昏，每一次呼吸都
　　吹拂着时间之上那液态的光。
这是救赎自己的时候了，不能再有差错，因为失误将
　　意味着最后的毁灭。

当灾难的讯号从地球的四面八方发出
那艘神话中的方舟并没有真的出现
没有海啸覆盖一座又一座城市的情景
没有听见那来自天宇的恐怖声音
没有目睹核原子升起的蘑菇云的梦魇
没有一部分国家向另一部分国家正式宣战
它虽然不是二十世纪两次世界大战的延续
但它造成的损失和巨大的灾难或许更大
这是一场古老漫长的战争，说它漫长

那是因为你的对手已经埋伏了千万年

在灾难的历史上你们曾经无数次地相遇

戈雅就用画笔记录过比死亡本身更让人

触目惊心的是由死亡所透漫出来的气息

可以肯定这又是人类越入了险恶的区域

把一场本可以避免的灾难带到了全世界

此刻一场近距离的搏杀正在悲壮地展开

不分国度、不分种族、无论是贫穷还是富有

死神刚与我们擦肩而过，死神或许正把

一个强健的男人打倒，可能就在这个瞬间

又摁倒了一个虚弱的妇女，被诅咒的死神

已经用看不见的暴力杀死了成千上万的人

这其中有白人，有黑人，有黄种人，有孩子也有老人

如果要发出一份战争宣战书，哦！正在战斗的人们

我们将签写上这个共同的名字——全人类！

哦！当我们以从未有过的速度

踏入别的生物繁衍生息的禁地

在巴西砍伐亚马孙河两岸的原始森林

让大火的浓烟染黑了地球绿色的肺叶

人类为了所谓生存的每一次进军

都给自己的明天埋下了致命的隐患

在非洲对野生动物的疯狂猎杀

已让濒临灭绝的种类不断增加

当狮群的领地被压缩在一个可怜的区域

作为食物链最顶端的动物已经危机四伏

黄昏时它在原野上一声声地怒吼

表达了对无端入侵者的悲愤和抗议

在地球第三极的可可西里无人区

雪豹自由守望的家园也越来越小

那些曾经从不伤害人类的肉食者

因为食物的短缺开始进入了村庄

在东南亚原住民被城市化赶到了更远的地方

有一天他们的鸡大量神秘地腹泻而死

一个叫卡坦①的孩子的死亡吹响了不祥的叶笛

从刚果到马来西亚森林对野生动物的猎杀

无论离得多远，都能听见敲碎颅脑的声响

正是这种狩猎和屠宰的所谓终极亲密行为

并非上苍的旨意把这些微生物连接了起来

其实每一次灾难都告诉我们

任何物种的存在都应充满敬畏

---

① 卡坦·布马鲁，生于泰国西部，2004年1月5日6岁时死于H5N1禽流感，是首批死于这种人类可感染的病毒的患者之一。

对最弱小的生物的侵扰和破坏
也会付出难以想象的沉重代价。

人类！你的创世之神给我们带来过奇迹
盘古开天辟地从泥土里走出了动物和人
在恒河的岸边是法力无边的大梵天 ①
创造了比天空中繁星还要多的万物
在安第斯山上印第安创世主帕查卡克 ②
带来了第一批人类和无数的飞禽走兽
在众神居住的圣殿英雄辈出的希腊
普罗米修斯赋予人和所见之物以生命
它还将自己鲜红的心脏作为牺牲的祭品
最终把火、智慧、知识和技艺带到了人间
还有神鹰的儿子我们彝人的支格阿鲁
他让祖先的影子恒久地浮现在群山之上
人类！从那以后你的文明史或许被中断过
但这种中断在时间长河里就是一个瞬间
从青铜时代穿越到蒸汽机在大地上的滚动
从镭的发现到核能为造福人类被广泛利用

---

① 大梵天，印度教的创造之神，梵文字母的创字者。
② 帕查卡克，南美古印加人创世之神，被称作"制作大地者"。

从莱特兄弟为自己插上翅膀，再到航天

飞机把人的梦想一次次送到遥远的空间站

计算机和生物工程跨越了世纪的门槛

我们欢呼看见了并非想象的宇宙的黑洞

互联网让我们开始重新认识这个世界

时间与阶级、移动与自由、自我与僭越、速度与分化

恐旷症与单一性、民族国家与全球图景、剥夺与主权

整合与瓜分、面包与圆珠笔、流浪者与乌托邦

预测悖论与风险计算、消除差异与命运的人质

正是因为这一切，我们才望着落日赞叹

只有渴望那旅途的精彩与随之可能置身的危险

才会有足够的理由相信明天的日出更加灿烂

但是人类，你绝不是真正的超人，虽然你已经

足够强大，只要你无法改变你是这个星球的存在

你就会面临所有生物面临灾难的选择

这是创造之神规定的宿命，谁也无法轻易地更改

那只看不见的手，让生物构成了一个晶体的圆圈

任何贪婪的破坏者，都会陷入恐惧和灭顶之灾

所有的生命都可能携带置自己于死地的杀手

而人类并不是纯粹的金属，也有最脆弱的地方

我们是强大的，强大到成为这个世界的主宰

我们是虚弱的，肉眼无法看见的微生物

也许就会让我们败于一场输不起的隐形的战争
从生物种群的意义而言，人类永远只是其中的一种
我们没有权利无休止地剥夺这个地球，除了基本的
生存需要，任何对别的生命的残杀都可视为犯罪
善待自然吧，善待与我们不同的生命，请记住！
善待它们就是善待我们自己，要么万劫不复。

哦，人类！这是消毒水流动国界的时候
这是旁观邻居下一刻就该轮到自己的时候
这是融化的时间与渴望的箭矢赛跑的时候
这是嘲笑别人而又无法独善其身的时候
这是狂热的冰雕刻那熊熊大火的时候
这是地球与人都同时戴上口罩的时候
这是天空的鹰与荒野的赤狐搏斗的时候
这是所有的大街和广场都默默无语的时候
这是孩子只能在窗户前想象大海的时候
这是白衣天使与死神都临近深渊的时候
这是孤单的老人将绝望一口吞食的时候
这是一个待在家里比外面更安全的时候
这是流浪者喉咙里伸出手最饥饿的时候
这是人道主义主张高于意识形态的时候
这是城市的部落被迫返回乡土的时候

这是大地、海洋和天空致敬生命的时候

这是被切开的血管里飞出鸽子的时候

这是意大利的泪水模糊中国眼睛的时候

这是伦敦的呻吟让西班牙吉他呜咽的时候

这是纽约的护士与上帝一起哭泣的时候

这是谎言和真相一同出没于网络的时候

这是甘地的人民让远方的麋鹿不安的时候

这是人性的光辉和黑暗狭路相逢的时候

这是相信对方或置疑对手最艰难的时候

这是语言给人以希望又挑起仇恨的时候

这是一部分人迷茫另一半也忧虑的时候

这是蓝鲸的呼吸吹动着和平的时候

这是星星代表亲人送别亡人的时候

这是一千个祭司诅咒一个影子的时候

这是陌生人的面部开始清晰的时候

这是同床异梦者梦见彼此的时候

这是貌合神离者开始冷战的时候

这是旧的即将解体新的还没有到来的时候

这是神枝昭示着不祥还是化险为夷的时候

这是黑色的石头隐匿白色意义的时候

这是诸神的羊群在等待摩西渡过红海的时候

这是牛角号被勇士吹得撕心裂肺的时候

这是鹰爪杯又一次被预言的诗人握住的时候
这是巴比塔废墟上人与万物力争和谈的时候
就是在这样一个时候，就是在这样的时候
哦，人类！只有一次机会，抓住马蹄铁。

是这个星球创造了我们
还是我们改变了这个星球？

当裂开的星球在意志的额头旋转轮子
所有的生命都在亘古不变的太阳下奔跑
创世之神的面具闪烁在无限的苍穹
那无处不在的光从天宇的子宫里往返
黑暗的清气如同液态孕育的另一个空间
那是我们的星球，唯一的蓝色
悬浮于想象之外的处女的橄榄
那是我们的星球，一滴不落的水
不可被随意命名的形而上的宝石
是一团创造者幻化的生死不灭的火焰
我们不用通灵，就是直到今天也能
从大地、海洋、森林和河流中找到
它的眼睛、骨头、皮毛和血脉的基因
那是我们的星球，是它孕育了所有的生命

无论是战争、瘟疫、灾难还是权力的更替

都没有停止过对生命的孕育和恩赐

当我们抚摸它的身体，纵然美丽依旧

但它的身上却能看到令人悲痛的伤痕

这是我们的星球，无论你是谁，属于哪个种族

也不论今天你生活在它身体的哪个部位

我们都应该为了它的活力和美丽聚集在一起

拯救这个星球与拯救生命从来就无法分开

哦，女神普嫫列依！请把你缝制头盖的针借给我

还有你手中那团白色的羊毛线，因为我要缝合

我们已经裂开的星球。

裂开的星球！让我们从肋骨下面给你星期一

让他们减少碳排放，用巴黎气候大会的绿叶

遮住那个投反对票的鼻孔，让他的脸变成斗篷

让我们给饥饿者粮食，而不是只给他们数字

如果可能的话，在他们醒来时盗走政客的名字

不能给撒谎者昨天的时间，因为后天听众最多

让我们弥合分歧，但不是把风马牛都整齐划一

当 44 隐于亮光之中，徒劳无功的板凳会哭闹

那是陆地上的水手，亚当·密茨凯维奇的密钥

愿睡着的人丢失了一份工作，醒后有三份在等他

那些在街上的人已经知道，谁点燃了左边的房

右边的院子也不能幸免，绝望让路灯长出了驴唇

让昨天的动物猎手，成为今天的素食主义者

每一个童年的许诺，都能在母亲还在世时送到

让耶路撒冷的石头恢复未来的记忆，让同时

埋葬过犹太人和阿拉伯人先知的沙漠开花

愿终结就是开始，愿空档的大海涌动孕期的色韵

让木碗找到干裂的嘴唇，让信仰选择自己的衣服

让听不懂的语言在联合国致辞，让听众欢呼成骆驼

让平等的手帕挂满这个世界的窗户，让稳定与逻辑

　　反目

让一个人成为他们的自我，让自我的他们更喜欢一

　　个人

让趋同让位于个性，让普遍成为平等，石缝填满的

　　是诗

让岩石上的手摁住滑动的鱼，让庄家吐出多边形的

　　规则

让红色覆盖蓝色，让蓝色的嘴巴在红色的脸上唱歌

让即将消亡的变成理性，让尚未出生的与今天和解

让所有的生命因为快乐都能跳到半空，下面是柔软的

　　海绵。

这个星球是我们的星球，尽管它沉重犹如西西弗的

石头

假如我们能避开引力站在苍穹之上，它更像儿童手里
　　的气球

不是我们作为现象存在，就证明所有的人都学会了
　　思考

这个时代给我们的疑问，过去的典籍没有，只能自己
　　回答

给我们的时间已经不多，那是因为鼠目寸光者还在
　　争吵

这不是一个糟糕的时代，因为此前的时代也并非就
　　最好

因为我们无法想象过去最遥远的地方今天却成了故乡

这是货币的力量，这是市场的力量，这是另一种力量
　　的力量

没有上和下，只有前和后，唯有现实本身能回答它的
　　结果

这是巨大的转折，它比一个世纪要长，只能用千年
　　来算

我们不可能再回到过去，因为过去的老屋已经面目
　　全非

不能选择封闭，任何材料成为高墙，就只有隔离的
　　含义

不能选择对抗，一旦偏见变成仇恨，就有可能你死

    我亡

不用去问那些古老的河流，它们的源头充满了史前的

    寂静

或许这就是最初的启示，合而不同的文明都是她的

    孩子

放弃 3 的分歧，尽可能在 7 中找到共识，不是以邻

    为壑

在方的内部，也许就存在着圆的可能，而不是先入

    为主

让诸位摒弃森林法则，这样应该更好，而不是自己

    为大

让大家争取日照的时间更长，而不是将黑暗奉送给

    对方

这一切！不是一个简单的方法，而是要让参与者知道

这个星球的未来不仅属于你和我，还属于所有的生命

我不知道明天会发生什么，据说诗人有预言的秉性

但我不会去预言，因为浩瀚的大海没有给天空留下

    痕迹

曾被我千百次赞颂过的光，此刻也正迈着凯旋的步伐

我不知道明天会发生什么，但我知道这个世界将被

    改变

是的！无论会发生什么，我都会执着而坚定地相
　　信——
太阳还会在明天升起，黎明的曙光依然如同爱人的
　　眼睛
温暖的风还会吹过大地的腹部，母亲和孩子还在那里
　　嬉戏
大海的蓝色还会随梦一起升起，在子夜成为星辰的
　　爱巢
劳动和创造还是人类获得幸福的主要方式，多数人都
　　会同意
人类还会活着，善和恶都将随行，人与自身的斗争不
　　会停止
时间的入口没有明显的提示，人类你要大胆而又加倍
　　地小心。

是这个星球创造了我们
还是我们改变这个星球？

哦，老虎！波浪起伏的铠甲
流淌着数字的光。唯一的意志。

吉勒布特组诗

又一个春天

一个春天又在不经意间到来
像风把消息告知了所有的动物
它在原野的那边
伸出碎叶般发亮的手
掀开了河滩上睡眠的卵石
在昨天的季节的梦痕中
它们抑或是在重复一个伎俩
死亡过的小草和刚诞生的昆虫
或许能演绎生命的过程
但那穹顶的天王星却依然如故
转瞬即逝的生灵即便有纵目
也无法用一生的时光
来察觉它改变过自己的位置
那些布谷的叫声婉转明亮

声调充满了流动的光影

红色锦鸡往返于潮湿的灌丛

它们是命运无常的幸存者

太阳下被春天召唤的族人

向大地挥手致敬

渴望受孕的沃野再次生机勃勃

这是一个生命的春天

当然也是所有生命的春天

你的到来就是轮回的胜利！

但是，我的春天

当你悄然来临的时候

尤其是轻抚我的眼睑和嘴唇

尽管我还是油生感动

可我的躯体里却填空了石头

那时候，我的沉默只属于我

当我意识到唯有死亡

才能孕育这焕然一新的季节

那一刻，不为自己只为生命

我的双眼含满泪水……

马勺

我的马勺是木头的时针

是星星撬动大地的长柄

哦！能延伸到意识和想象的边界

造物主为了另一只手变得更长

给了我们意想不到最大的方便

马勺，谢谢你的恩赐，当手伸向天幕

宇宙的容器滚动着词语的银镜

吮吸光的乳头和古老石磨粗糙的金黄

看不见的神枝在支撑肋骨的转动

上面是山脉、云霓和呼吸的星群

在你的意愿所到过的那些地方

是荞麦、玉米、土豆和圆根的栖身地

如果没有你，延长的意义将被消减

没有别的更重要更自在属于我的器具

马勺，原谅我，就是最后的告别

我也不会在魂归的路上将你藏匿

因为你的内敛、朴素和简单的胜利

诺苏人的手一旦握住你的长臂

响彻山谷的颜色就会爬满节日的盛装

享用原始的美食、佳肴和第一口汤

内心充满了对万物的感激
一代代传递在族人的手中
你不属于我，只是短暂的拥有
因为每一次你都在为新的
生命的到来做好了准备。

时间之外的马车

那是谁的马车从那边跑过，
在黑暗的深处它的轮子发出空寂的声音。
看不见车上的人
唯有雪的反光照射着星座的秘语。
没有驻足和停留下来的迹象，
陡峻山路，通向乌有，
似乎在更远的地方
马蹄在回应那永恒的时间。
没有在短暂的时刻思考，
这是漫长的冬天的开始，
不知道，那马车的目的地在哪里？
黑暗包裹着它的全身
这形而上的未知的奔跑，

全然是在另一个抽象的国度。

除了马匹呼吸旋转的气体，

没有谁能洞悉存在的意义。

马车似乎在证实消失的东西，

它们在另一个空间望着我们。

没有人告诉我，这马车的

奔跑是行将结束的仪式

还是尚未来临的开始。

我不能判定这是一种真实，

隔着火焰渐渐熄灭的念叨：

不清楚这马车乌黑的翅膀

是否正穿行于现实与梦榻之间，

唯有高悬于云层深处的铆钉

才听见了车夫那来自内心的

比黑暗更深更远的宁静与喧嚣。

石头

那些石头，

光滑圆润的皮肤，

承载过

天地之间
光芒灵气的烛照。
它们散落在
河滩上，
犹如独自伫立
于夜幕的星星。

白天，
那光的瀑布，
将虚无的链条
潜入它无形的宅园。

夜晚，
黑洞的光束
倾泻而下，
细小的纤维
滴入它无形的嘴。
黎明的时刻，
那吹拂的风
让它内部的结构
像秘密幽黑的戏剧。
"我们无法进入它的内部，

永远只能看见它的完整"。

不能破坏的整体，
假如失常的铁锤选中了它，
在四裂飞崩的刹那间
它所隐匿的一切都不复存在，
犹如神灵的一声叹息。

大地上的火塘

大地上的火塘，你是太阳
永不熄灭的反光。
当鹰的翅膀，把影子投向
群山的额头和母语的果实，
那漂浮的火焰
并非在今天才被母亲点燃。
大地上的火塘星罗棋布，
我们在它的旁边传授语言的密钥，
将生与死的法则
钉入永恒的黑暗，
这是铁的规律，无法更改，

循环往复绵延千年，

因为光明将引领我们穿过峡谷

它已经把另一扇门打开。

只有一道楼梯通往

天神恩体古兹①的圣殿，

在那里人和神的恩仇都将和解。

但大地上还有一个火塘，

所有的火塘都是它的子孙。

那三块锅庄石的眼睛

闪烁在穹顶的三个方位，

哦，太阳！所有人类和生命的炉灶，

你发着温暖的光，像老虎金黄的皮毛一样，

刺目的波浪，把天空染成了醉意的黄昏。

你是天空倒立幻化的群山、河流和森林，

是大地之上万物永不疲倦巡游的英雄父亲。

"在那天空和大地之间，我们的先辈

这样说，有底的木碗要赛过无底的金杯"。

——我们活着，是母语还在微光中倾诉。

——我们活着，是词根仍然在黑暗里闪光。

——活着没有理由，也许这就是理由！

---

① 恩体古兹，彝族神话中具有创造力的天神。

还给这个世界

我们从这个世界索取的东西太多，
应该还给这个世界。

塞萨尔·巴列霍说：他吃了本该是
另一个人的东西。
为此他充满了极度的痛苦。
不是所有的人
都意识到了这一点。

我们在消耗着地球，
在众人的鼓动下
驱赶海洋的鱼群，
让侥幸漏网者变成新闻。
让大地的伤口
用绝望张开的嘴咬住石头，
只有石头能承受这沉重的咬合力。
然而石头的双腿战栗，
眼里饱含浑浊的泪水。

今天的人类为自己寻找

足够的理由，

是为证明这种透支的合法性。

吞噬森林的肺叶，在别的动物的家园，

让钢筋和水泥的固体

成为大地不孕的子宫。

不是宣言的正确，

就能站在道德的至高点上，

让受害的弱者陷入沉默。

没有别的选择，

雪线的上升，冰川的消失，

鹰在天空落下了

被愤怒毁灭的蛋。

我们成群结队，不是一个人。

我们张着嘴，同样不是一个人。

那个遥远的没有出生的人，

他的那一份东西，已经被我们吃掉。

或者说，是他们那成千上万份的

东西已经被我们在私下瓜分，

还有冠以美名的巧取豪夺。

不是理论上的那一份，也不是

通过数据推理存在的那种可能。

或许我们能创造新的财富，

但我们没有权利，没有！

剥夺另一个时代的人和生命，

继承本该属于他们的神圣的遗产。

我们应该还给这个世界

一些东西。

它不属于我们，

这是他们的东西，尽管他们无法把

这个正当的诉求送上今天的法庭。

昨天、当下和未来的群山

那并非仅仅是

迁徙中的一段历史，

它是现实中的存在，

在古老语言的吟唱中

词语中的微光

如同透明反光的水晶。

它们没有名字，

是我们的祖先为它命名

最终让史诗的根部

在母语中获得了永生，

或许它就紧靠着

这个星球太阳最近的梯子。

从天际间吹来的风，

足以让土墙的睡眠

在瞬间潜入那

刚被祭祀过的河流的梦里。

是的，它们刚刚醒来，

在光影中摇晃脖颈，

这是最初创造者的骨骼

奉献给我们的乳头，

谁还能忘记，

在这里我们享食过

多少蜂蜜和荞麦。

哦，没有变化的太阳，

你旋转宁静的轮子，

从我们的头顶轰隆隆滚过

然后陷入永恒的沉默

见证过所有的诞生和死亡，

也目睹过我们的苦难。

如果没有你，天上的火塘，

我们狂欢的节日

就不会把火焰的宝石

在夜空中千百次地点燃。

哦，永恒的火焰，

你是太阳最伟大的隐喻，

婴儿的第一声啼哭，

被你投来的光覆盖，

这不是一种仪式，

但仪式却从这里开始

三块石头，锅庄的颅骨，旋转的杯盏

我们是如此地亲近火焰，

因为唯有火焰

能将生和死的

最隐秘的过程显现于神枝，

并把每每投掷于火塘的颂词

传授给了我们，

当我们在众人的簇拥下

成为火焰的一个部分

可以肯定，这是死亡的失败，生命的胜利。

我们醒来的时候，

不是一个人，

那些穿小裤脚的人，

那些穿中裤脚的人，

那些穿大裤脚的人，

那些走在山路上失去平衡

来自灵魂的高腔。

哦，世界的群山，

群山肚脐之上英雄的配饰，

无论你是公的还是母的铠甲，

每个见过你的人

都会在火焰之上

为至高无上的荣誉旋转舞蹈，

祭祀的牛头上爬满了

被涂抹后的星星和月亮，

这是原始的分享，

与理论的乌托邦南辕北辙，

他们围坐在地球的斜坡上

接受主人的食物，

在这里让我们相信，

递过每一杯酒的嘴唇

都会成为一个族群

巨大的漂浮于天际的碗。

哦，人类的赛马，

谁制定过唯一的规则

名马达里阿宗不会死亡，

因为每天都在念它的名字

他们在圆圈中让骑手

变成抽象的概念和虚无

只有胜利者才能成为

这目光弧线中的一个核心，

真正的美无法复制，

选出这个时代的甘嬷阿妞，

在玛瑙和白银的遮蔽中，

我们曾经为美献出过生命。

没有名字的歌手

在燃烧的喉咙里呐喊，

向自由致敬，向火焰致敬，

向遗忘致敬，向记忆致敬，

我们在地球的这一端斗鸡，

梅斯蒂索人在墨西哥斗鸡

他们咧开的嘴在我们的脸上微笑，

我们的欢呼

在他们雄鸡搏斗的影子里

像一束没有额头的火焰。

哦，我们的群山，

我们昨天、今天或许还有明天

都会在明晰的现实

和玄迷的精神世界里与你相遇

因为你的存在，

这里的每一个诗人和歌手

都会把他们生命中

有关你的那一部分奉献给你，

连同幸福、悲伤、泪水

以及回归火焰时最后的独白。

兹兹普鸟

那是祖先灵魂聚集的地方。白色弥

漫了所有的领域，没有时间的概念，

失重之物在此漫步，孩子与老人

在生死之外，他们的年轻和衰老

以另一种方式，拒绝存在的变化。

星群触手可及，群鸟的幻影

沉落于光的大海。垂下金翅的神马

站立在感知的彼岸，事物被重新定义。

太阳的颜色，凝固成寂静的白幕，

吟诵的经文流淌在无声巨大的源头。

从不同的方向而来，被引领的声音
在路途上召唤。那火焰的颂词
是祭司献给三魂的礼物，它的陪伴
远离魔界的险境。手持白色的羊毛，
双手捧饮泉水盛开的葡萄。不要犹豫。
在此并非是长留之地，经典中记载的
城池其结局都是尘埃，剩余的部分
毁灭已是一个不争的问题。没有
物质构建的实体，永远沉溺于不朽，
否则不会给短暂的一切赋予意义。

没有时间的主宰，如果还有
这样的时间，它的反面也不会
钉满苍穹的钉子。哦，唯有荣誉
是生命绽放时属于集体的纪念物。
给史诗注入牛血，英雄将被世代传颂，
墙上的马鞍在寻找它的骑手。
创造狂欢的时机，旋转肉身的灿烂，
在火的节日遗忘白银装饰的面具。
这是躯体与灵魂的契约，其中的搏击
将代表生和死开始时所有隐匿的秘密。

哦，诗人，伟大的祭司！这就是
我们在众人面前歌唱的理由。
原谅我，也有过短暂的时刻
被欲望的需求所腐蚀，忘记了吟诵
珍珠般的诗句。但当火焰再一次
照亮了人类前行的道路，你仍然能
看见我站在这个古老族群的前列。
永恒活在传统的仪式里，并非选择
外部的形状，尽管额骨衰老的裂变
已势不可挡，但想象让我的渴望呐喊：
叹惜小鸟再不能射出高过土墙的弧形。

火焰改变肉身的形态超过其它方式，
它将存在之物送至形而上的国度。
给亡者穿上一件永不腐烂的衣裳，
唯有此种力量能抵达未知的疆域。
不要相信生与死都被聪明人解读，
要不然抽象的一打开后或许属于无限，
这样的结论据说就是一个疯子的发现。
让火包裹的一切再没有所谓的重量，
生命都需要有变得轻松自如的一天。

只有在诞生和死亡的重复过程，
牛角号吹出的血丝才缠绕着线轴。
漫长的等待让愤怒的生殖啼唱，
让野蛮的情侣折磨交欢的对手，
当金枝的影像划破月色里的聚合，
这被称为眼睛的狂欢，最终迎来了
影像在皮囊下痉挛的回归与释放。
那里，红布缠上胜利者的欢呼，
那里，母性的颤动牵引着循环。

解脱的灵魂，穿越了星座的门扉，
音乐从群山的白昼宣称楼梯的曙色。
所有的灵魂都要遗忘感官的快乐，
俨然如同一块黑铁对立的隐喻。
快拨动那四片口弦非理性的杰作，
在那里白色的绵羊和透明的鸟儿
都将获得神灵们实至名归的赞颂。
面对亡魂的自由解放我们理应拍打击掌，
欢迎他们的亲人肃然伫立在那兹兹普乌。

吉狄马加　绘画作品

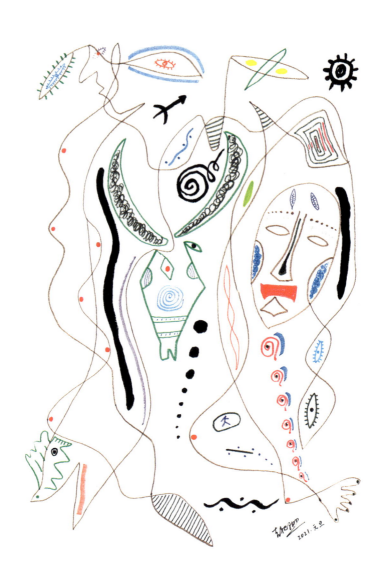

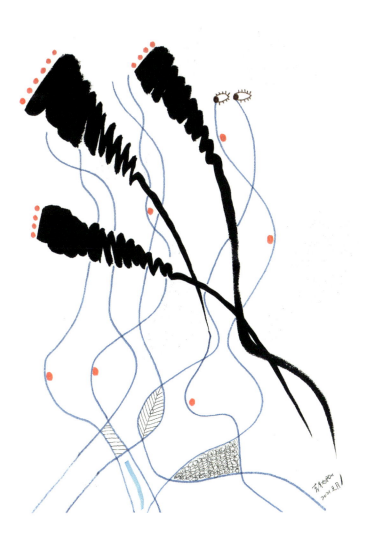

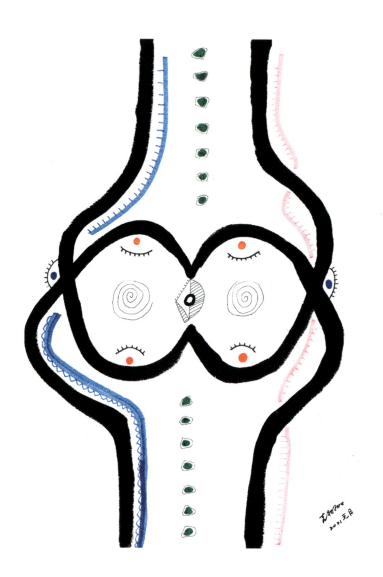

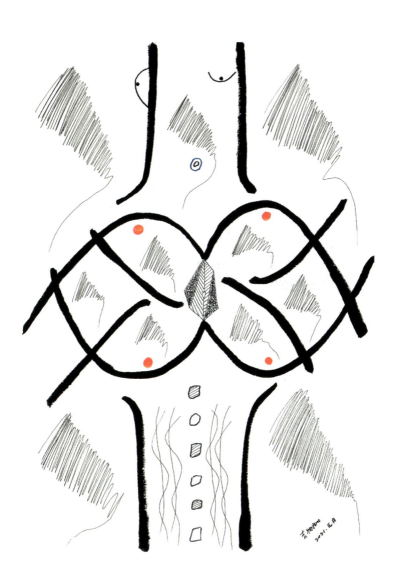

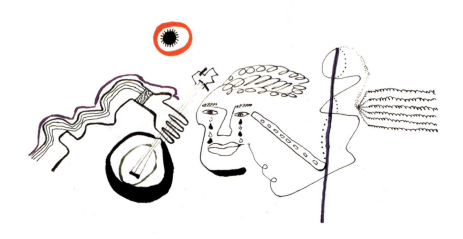

月琴与笛子　　　2017. 2. 15　JDMj 智智

穿奠装的妈妈 2017.2.16 JDMj 锦园Nij

穿盛装的勇士 2017.2.15 JDMj 李皆曰州

背皮盾的人　2017.2.15　JDMj 抓笔自涂

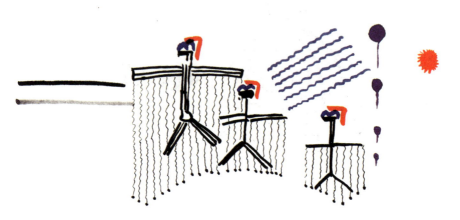

附魂而草人　2017. 2. 15 JDMj 邹生田

第二辑

随笔和文学演讲

我的诗歌,来自我所熟悉的那个文化

——在全国青年文学创作会议上的发言

我从我生活的故土——遥远的大凉山来到北京参加这样的盛会,心情是非常激动的。然而我坐在这里,却又害着一种相思之苦。特别是在此时此刻,我想问候大凉山每一条孤独的河流、每一块沉默的岩石,我想问候大凉山每一片寂静的森林、每一棵仁慈的树。我祝福我的亲人们,以及那些山羊,因为在那个地方,现在同样还是寒冷的冬天。

我问候那一片彝语叫古洪木底的土地,不言而喻它是我文学的根。能跻身在这里,同各民族的青年作家聚会,我感到非常高兴。这充分说明了我们社会主义多民族的文学正在蓬勃发展,我们文学的未来充满了希望。我们生活在这个世界上,我们渴望的是人类的友爱。彝人的祭师毕摩想为我们寻找另一个世界,其实那永远是一个令人望而生畏的谜。我们在探索生命的意义,我们在渴望同自然有一种真正的交流,这种神圣的交流当然是来自心灵而不是来自表面。

多少年来,我们一直想同自己古老的历史对话,可是我们常常成了哑巴。

我写诗，是为了表达自己真实的感情和心灵的感受。在那绵延的大山里，无论是在清晨，还是在黄昏，都会有一种神秘的力量在感召着每一个人。我想通过我的诗，揭示人和自己生存环境的那种依恋关系，而不是一种什么固有的敌对。我写诗，就希望它具有彝人的感情和色彩。一个民族的诗人，如果没有进入他的民族感情世界的中心，那么他永远不会成为一个真正的诗人。我生活在大凉山，作为一个诗人，应该说我天生就有一种使命感，可是我从来没有为这一点而感到过不幸。对人类的理解不是一句空洞无物的话，它需要我们去拥抱和爱。人类性和普遍性不是抽象的，对人的命运的关注，哪怕是对一个小小的部落作深刻的理解，也是会具有人类性的。对此，我深信不疑。

在这里，我不想引用彝人的《宇宙人文论》来说明我们民族文化的古老和悠久。但是一提到彝人的"十月太阳历"，我就会马上联想到美洲的印第安人，因为在历史上他们都曾创造过灿烂的文化。人类居住在这个不断发生着变化的大地上，人类面对万物和自身，时时刻刻都在寻找其本质和规律。每个民族都有自己的文化，民族的作家有权利和责任，在自己的文学中体现出鲜明的民族文化特性。纵观今天的世界文学，成功者的经验告诉我们，放弃自己的文化，摆脱自己的根基，将只会一事无成。

我们生活在大山里，我们的传统正在消失。当然，其中有的是完全应该消失的，有的却还应该保存下来，它体现了一个民族的美德。在现代文明同古老传统的矛盾中，我们灵魂中的阵痛是任何一个所谓文明人永远无法体会得到的。我们的父辈们也常常陷入一种从未有过的迷惘。是的，这种冲突永远持续下去，虽然我们因此也感到忧虑和悲哀，但是我们知道这是人类在发展中必须经历的。现在我们需要把这种冲突真实地表现在自己的文学中。

作为一个民族的文学工作者，我在很多时候都在经历着痛苦的选择，这种选择说穿了，就是在寻找自己的位置。没有一个恰当的位置，在艺术上不会有鲜明的个性，同时也不能体察和把握好本民族的特质。

各民族文化的背景和走向，存在着各自的特点，各民族都具有自己独特的审美意识、心理结构和思维定式。我们只有运用自己所特有的感知世界的方式和角度，才能建立一个属于我们的文学世界。我们只有熟悉本民族的生活，扎根在自己的土地上，才能真正把握本民族的精神实质。同时，我们还要强化自我民族意识，用全方位的眼光去观照我们的现实生活。任何文学，都属于它的时代；而任何时代的文学，无不打上时代的烙印。新的生活，给我们提出了新的问题，它需要我们去思考和回答。

对传统文化应该继承，可是把传统文化全盘地端来，只会阻碍我们的发展和提高，使我们无法完成自我审美个性的再创造。横向的借鉴与比较，特别是和具有心理同构（相对而言）的地域文化（文学）的比较，今天对于我们来说还是非常重要的。彝人文化的本质在彝人的史诗和许多民间抒情长诗中已经表现得很清楚，它的忧郁色彩是一个内向深沉民族的灵魂显像。这个民族的痛苦在心灵的最深处，她从很早的时候就相信，万物都有灵魂，人死了安息在土地和天空之间。

我从未想到过我的创作今后会怎样，我也从未想到过今天我会到这里来发言。我是大凉山古侯部落吉狄支的后代。根据我们的送魂路线和历史记载，我们的祖先生活在这块土地上，已经有很长的时间了。中华人民共和国成立前我们那里还处于全封闭的奴隶社会。整个大小凉山生活着一百多万彝人。我诗歌的源泉来自那里的每一间瓦板屋，来自彝人自古以来代代相传的口头文学，来自那里的每一支充满忧郁的歌谣。我的诗歌所创造的那个世界，来自我熟悉的那个文化。无论是在形式，还是在诗的内在节奏上，它都给了我许多不可缺少的东西。

我的第一首诗发表在《星星》诗刊上，当时我是西南民族学院（现西南民族大学）中文系的学生，这对于我后来进行诗歌创作是非常关键的。我对这个刊物至今怀有深厚的感情。我的第一本诗集是四川民族出版社出版的。在这里我向那些在我的成长道路上，关心过我和鼓励过我的前辈和朋友，表示深深的敬意。

我是大凉山的儿子，我深深地爱着我的民族。文学这条道路，对于我来说，还十分漫长，还十分艰难，但是请相信，我会执着地写下去。谢谢！

1986 年 12 月 10 日

一种声音
——我的创作自述

毋庸讳言，对于我的部族和那长长的家谱来说，我将承担一种从未有过的使命。面对这个世界，面对这瞬息即逝的时间，我清楚地意识到，彝人的文化正经历着最严峻的考验。在多种文化的碰撞和冲突中，我担心有一天我们的传统将离我们而远去，我们固有的对价值的判断，也将会变得越来越模糊。我明白我是这个古老文化的继承者，我承认我的整个创作，都来自我所熟悉的这个文化。

我写诗，是因为我出生的那个日子，显然不能靠前，更不能靠后，恰好就是 1961 年 6 月 23 日。

我写诗，是因为我本身就是一个偶然。

我写诗，是因为我的父亲是彝族，我的母亲也是彝族。他们都是神人支格阿鲁的子孙。

我写诗，是因我的爷爷长得异常英俊，我的奶奶却有些丑。

我写诗，是因为我生活在一个叫昭觉的小城，那里有许多彝人，还有许多汉人。他们好像非常熟悉，又好像非常陌生。

我写诗，是因为在少年时我曾被别人伤害。我写诗，是因为我害羞，然而我又渴望表达。

我写诗，是因为在一个夏天我读了巴金的《海的梦》。我写诗，是因为我很早就意识到死。

我写诗，是因为我的忧虑超过了我的欢乐。

我写诗，是因为我有一个汉族保姆，她常常让我相信，在她的故乡有人可以变成白虎，每到傍晚就要去撞别人家的门。

我写诗，是因为我异想天开。我写诗，是因为我会讲故事。

我写诗，是因为我的叔叔来城里告诉我，他的家中要送鬼，说是需要一只羊八只鸡。

我写诗，是因为我两次落入水中，但都大难不死。我写诗，是因为我学会了游泳。

我写诗，是因为我相信万物有灵。

我写诗，是因为 1978 年我有幸考入了西南民族学院中文系，在那里熟读了屈原和米哈依尔·肖洛霍夫。

我写诗，是因为我知道，我的父亲属于古侯部落，我的母亲属于曲涅部落。他们都非常神秘。

我写诗，是因为我无法解释自己。

我写诗，是因为我想分清什么是善，什么又是恶。我崇拜卡夫卡和陀思妥耶夫斯基。

我写诗，是因为我的语言中枢中混杂有彝语和汉语，奇怪的是它们最初都是象形文字。

我写诗，是因为有一个《星星》诗刊，曾集中发表过我的诗。

我写诗，是因为我承受着多种文化的冲突。有什么办法呢？我就生活在这样一个地带。

我写诗，是因为我只要听见故乡的歌谣，就会两眼含满泪水。

我写诗，是因为有人对彝族和红、黄、黑三种色彩并不了解。

我写诗，是因为我母亲的口语十分幽默，而且格外生动。我写诗，是因为在没有人的时候我想无端地哭。

我写诗，是因为我在九岁时，由于不懂事打了我的妹妹，现在想起来还异常惭愧。

我写诗，是因为我的部族的祭师给我讲述了彝人的历史、掌故、风俗、人情、天文和地理。

我写诗，是因为我们生活在一个有核原子的时代，我们更加渴望的是人类的和平。

我写诗，是因为我们在探索生命的意义，我们在渴望同自然有一种真正的交流，这种神的交流当然来自心灵而不是表面。

我写诗，是因为多少年来，我一直想同自己古老的历史对话，可是我常常成了哑巴。

我写诗，是因为要表达自己真实的感情和心灵的感受。我发现有一种神秘的力量在感召着我。

我写诗，是因为希望它具有彝人的感情和色彩，同时又希望它属于大家。

我写诗，是因为我天生就有一种使命感，可是我从来没有为这一点而感到不幸。

我写诗，是因为对人类的理解不是一句空洞无物的话。它需要我们去拥抱和爱。对人的命运的关注，哪怕是对一个小小的部落作深刻的理解，它也是会有人类性的。对此我深信不疑。

我写诗，是因为人类居住在这个不断发生着变化的大地上，人类面对万物和自身，时时刻刻都在寻找其本质和规律。

我写诗，是因为在现代文明和古老传统的反差中，我们灵魂的阵痛是任何一个所谓文明人永远无法体会得到的。我们的父辈常常陷入一种从未有过的迷惘。

我写诗，是因为我相信，忧郁的色彩是一个内向深沉民族的灵魂显像。它很早很早以前就潜藏在这个民族心灵的深处。

我写诗，是因为我相信，人死了安息在土地和天空之间。

我写诗，是因为我的父亲是神枪手，他一生正直、善良，只要他喝醉了酒，我便会听他讲述自己的过去。泪水会溢出我的眼眶。

我写诗，是因为我的父亲已经死了，我非常怀念他。这是一个真正的人，大写的人。

我写诗，是因为我在意大利的罗马，看见一个人的眼里充满了绝望，于是我相信人在这个世界里的痛苦并没有什么两样。

我写诗，是因为我站在钢筋和水泥的阴影之间，我被分割成两半。

我写诗，是因为我在城市喧嚣的舞厅中想找回丢失的口弦。我写诗，是因为我想让人能够更多地彼此了解。

我写诗，是因为在这个世界上，有一百个女人爱我，但只有一个女人承认在梦中背叛过我。

我写诗，是因为我想告诉自己，同时又告诉别人，人活着的时间非常短暂。

我写诗，是因为哥伦比亚有一个加西亚·马尔克斯，智利有一个巴勃罗·聂鲁达，塞内加尔有一个桑戈尔，墨西哥有一个奥克塔维奥·帕斯。

我写诗，是因为在某种时候我会成为众矢之的。

我写诗，是因为我常常想像巫师那样，说出超现实主义的语言。我写诗，是因为我一直无法解释"误会"这个词。

我写诗，是因为我别无选择，似乎干这一行更合适。

1988 年 5 月

我与诗

—— 1989 年应《中国文学》英文、法文版特约撰写

我生于 1961 年 6 月 23 日。出生地是现在凉山彝族自治州的昭觉县。按照彝人父子连名的习惯，我的全名应为：吉狄·略且·马加拉格。

我的父系属于凉山彝人的古侯部落。我的母系属于凉山彝人的曲涅部落。这是两支充满了传奇色彩的部落。他们在历史上曾两次渡过金沙江，迁徙游牧到凉山这块土地上。在漫长而悠久的生命岁月中，彝人创造了属于自己的最独特的文化：火文化以及红、黄、黑原始三色文化。据我父系古侯部落的家谱记载，我们的祖先第二次进入大凉山至今已有近两千年的历史了。

彝人的族源让人感到神秘莫测，史学界和人类学界更是众说纷纭，莫衷一是，有土著说，有外来说，有氐羌说，有南来说，等等。我看最有趣的还是我们民族自己的神话传说吧，它用朴实而充满了幻想的语言告诉世界：我们是鹰之子，是创世英雄神人支格阿鲁的后代。

说不清是从什么时候起，我开始喜欢诗的，同时也说不清那

种被称作诗的东西，从什么时候起就像母亲的乳汁一般哺育着我。这大概是因为我们彝人，本身就是一个充满了诗的民族吧。叙述古代传说的有英雄史诗，结婚嫁女的有哭嫁诗，男女幽会的有爱情诗，超度亡灵的有送魂诗。诗可以说是比比皆是，伸手可得。那些民间歌手（诗人）心灵的激情，就像奔涌的金沙江水一泻千里，一发不可收。难怪在彝族人特有的一种诗歌形式克智中，曾有人这样唱道：

> 我的诗和歌，像牛毛那样多，唱了三百六十五天啊，才唱完一只牛耳朵。

对诗的这种与生俱来的感受，我想就是瑞士近代极富独创性的理论家 C.G. 荣格所说的集体无意识吧。在彝族人的观念和心理深层结构中，对火、色彩、太阳、万物都包含着一种原始的宗教情绪。这是一种神秘的召唤，它使我们的每一首诗和歌都充满了蓬勃的生命力，并具备一种诱人的灵性。在我的记忆中，我很早便熟悉我们民族所特有的各种诗歌形式。我被英雄史诗《勒俄特依》中英雄支格阿鲁的信念深深地打动；我被抒情长诗《呷玛阿妞》《我的幺表妹》的优美语言所折服。当然更使我百读不厌的是叙事长诗《妈妈的女儿》，它生动的人物刻画和技巧，使我不得不惊叹！可以这样说，我的童年和少年时代，都是在彝族的歌谣和口头文学的摇篮里度过的。那里有我无数的梦想和美丽的回忆。我承认是这块彝语叫古洪木底的神奇土地养育了我，是这块有歌、有巫术、有魔幻、梦与现实相交融的土地给了我创作的源泉和灵感。

还应该指出的是，我除了受到彝族传统文学的熏陶外，从读小学就开始学习和接受汉文化。我曾经把自己比喻成几条河流交汇处的一块码石。在我的身上有彝文化的基因，有汉文化的标记，还有其他外来文化的影子。如果说对我进行文学启蒙的是本民族的民间口头文学的话，那么使我真正认识到什么是作家、书面文学的却是汉文化。

记得我在读中学时，有一位姓张的汉族老师教我们语文，听说他年轻时喜爱作文写诗，还发表过一些。我格外崇敬他。只要有空闲时间，我就到他家去听他讲文学和书法，因为他还能写一手难得的好字。你知道那是一个文化禁锢的年代，他的家便是我一个最温暖的去处。有一天，我们谈得很晚，我临走时他还再三叮嘱我要多读书，并从自己的书柜中取出两本要我拿去看，一本是杜甫的诗，另一本是李白的诗。虽然那时我的汉语理解能力还不高，但这两本书给我带来了极大的欢乐和安慰。这说明人就是生活在十分艰难和不幸的环境中，他也会去寻找和渴望哪怕一点点精神生活啊。但愿这一切再不要重演。也在这个时候，我接触到了中国现代的新诗集，那就是郭沫若的《女神》。这是我父亲在文化馆工作的一位熟人，冒险从早已被封的图书馆中悄悄借出的。当我读完，我被郭老那种积极的浪漫主义精神、那种磅礴的爱国主义激情震撼了。我读了一遍又一遍。

我最早读到的外国诗集之一，是一本 20 世纪 50 年代出版的《白朗宁夫人十四行诗集》。我认为这是一本我们这个世界上为数不多的最为真挚感人的爱情诗。同时，在这个时期，我还读到了普希金的零星诗作，当时最使我感动和爱不释手的是一首题目叫《致西伯利亚的囚徒》的诗。

我开始练笔写诗是读高中的时候。当然大都是幼稚可笑之作。

我将诗写在笔记本上，拿给一位姓刘的汉族同桌看，千幸万幸，他还真的欣赏起来，这算是我的第一位读者吧。

我真正开始进行文学创作，是 1978 年考入西南民族学院汉语言文学系本科之后的事。当时"四人帮"已经垮台两年，是我们国家百废待兴的一个转折时期。我除了完成必修的功课外，开始大量地读书。文学理论、小说、民族学、人类学、哲学等，只要是我能借阅到的好书我都读。我像一个正在摆脱饥饿的人，在那书的海洋中疯狂地阅读，拼命地吮吸。就诗歌来说，我在大学四年的学习时间里，几乎阅读了学院图书馆所藏的这些中外诗人的全部作品，他们是：普希金、但丁、雨果、拜伦、海涅、莎士比亚、雪莱、济慈、彭斯、歌德、席勒、艾青、马雅可夫斯基、闻一多、洛尔迦、戴望舒、朗费罗等。

我最早正式发表的诗是《星星》诗刊上的组诗《童年的梦》。这要感谢老诗人白航，他当时是《星星》诗刊的主编。我后来步入诗坛与他的关心和扶持是分不开的。我对这位诚实善良的文学前辈，怀有深厚的感激之情。

1982 年我大学毕业被分配到《凉山文学》从事编辑工作。在编辑工作之余，我创作了大量的表现彝族精神世界的诗歌。组诗《自画像及其他》获全国第二届民族文学诗歌一等奖。1985 年我的第一本处女诗集《初恋的歌》出版，1987 年该诗集获中国作家协会第三届新诗（诗集）奖。1989 年诗集《一个彝人的梦想》在北京出版。

我在创作上追求鲜明的民族性和世界性的统一。我相信任何一个优秀的诗人，他首先应该属于他的民族，属于他所生长的土地，当然同时他也属于这个世界。我们这个世界上没有也不会存在不包含个性和民族性的所谓世界性、人类性，我们所说的人类性是以某个具体民族的存在为前提的。我曾说过这样一句话：一个有良知的诗人应该时刻关注人类的命运，只要我们有爱、怜悯、同情之心，那么我们的作品就会被世上一切热爱生命和热爱土地的人们所理解与接受。

我在创作上主张纵的继承和横的移植，因为艺术手法并无族门和国界。可能是一种文化心理基本同构的原因吧，这几年我潜心研究大量拉丁美洲和非洲作家诗人的作品。在这些灿烂的星辰中，我最喜爱的有：智利的米斯特拉尔、巴勃罗·聂鲁达，危地马拉的阿斯图里亚斯，墨西哥的奥克塔维奥·帕斯，塞内加尔的桑戈尔，尼日利亚的索因卡，哥伦比亚的加西亚·马尔克斯，美国的惠特曼、兰斯顿·休斯，古巴的尼古拉斯·纪廉，阿根廷的博尔赫斯，秘鲁的巴列霍等。是这些世界不同地域不同民族的优秀诗人，给了我新的启迪，他们让我重新思考自己民族的文化价值，认识到继承民族文化传统对民族文学创作的重要性。我现在所处的地域，是一个传统思想观念与现代思想观念、传统文化与现代文明相冲突并发生激烈碰撞的地方，我相信在这巨大的反差中，我们民族的心灵将经历从未有过的阵痛和嬗变，同时它也将为我们创作出具有震撼性的文学作品提供空前的可能性。

我今年刚满二十八岁，尚属于正在成长的文学新人。对我来说，文学的道路还十分艰辛而漫长。但是请相信，我会执着地追求下去，我要用我全部的爱和情去歌唱我的民族，歌唱生我养我的祖国，歌唱全世界一切进步的事业。

1989 年 5 月

莱奥帕尔迪和他的诗将属于不朽

—— 在纪念意大利诗人莱奥帕尔迪二百周年诞辰研讨会上的
讲话

今年是意大利杰出的民族诗人莱奥帕尔迪诞生二百周年，我
想无论对他的祖国意大利，还是对整个世界而言，莱奥帕尔迪和
他的诗，都将是永恒的和不朽的。

我们大家都知道，18 世纪末和 19 世纪初，在这个世界上曾
产生过许多伟大的诗人，他们的作品深刻地表达了各自民族的精
神世界以及人类的良知。每当回想起那个黄金般的年代，我们常
常还会激动不已。因为就在那两个世纪相交的五十年间，在德
国出现了伟大的诗人和思想家约翰·沃尔夫冈·冯·歌德、伟大
的诗人和思想家弗里德里希·冯·席勒，以及稍后出现的杰出诗
人海因里希·海涅；在俄罗斯出现了伟大的诗人亚历山大·谢尔
盖耶维奇·普希金；在英国出现了伟大的诗人乔治·戈登·拜伦；
在法国出现了伟大的诗人和作家维克多·雨果；在波兰出现了伟
大的诗人亚当·密茨凯维奇；在美国出现了伟大的诗人亨利·沃
兹沃斯·朗费罗和伟大的诗人埃德加·爱伦·坡。当然，同时我

们也不会忘记，在那个天才涌现的时代，意大利有一位伟大的民族诗人，他凭借他天才的充满着人性和悲悯的诗篇，同样站在了那个时代诗的精神高地。这个人不是别人，他就是我们所崇敬和景仰的莱奥帕尔迪。

莱奥帕尔迪是丰富的，他的诗具有极大的包容性，无论是对人性深刻的理解，还是对生命和大自然的哲学思考，他所为我们提供的一切，从来就不是单一的。作为意大利伟大的民族诗人，莱奥帕尔迪无疑是优秀的，是当之无愧的。1818 年，莱奥帕尔迪写下了两首极为著名的颂诗：《致意大利》和《但丁纪念碑》。诗人在诗中追忆了祖国意大利曾经有过的光荣和梦想，哀悼她现在所遭受的屈辱和不幸。他把意大利比喻成一个遍体鳞伤、掩面哭泣的妇女，对祖国和人民所遭受的灾难和痛苦表示出极大的悲愤，字里行间都洋溢着爱国主义的激情。

特别是在《但丁纪念碑》里，莱奥帕尔迪以伟大爱国者、争取自由的战士但丁的形象激励同代人，要重新追回意大利人在历史上创造过的辉煌和荣耀，并以此作为拯救祖国意大利的精神武器。我想也只有那种深爱着自己祖国和人民的诗人，才会写出这样悲哀和深情的诗句："她双手戴着镣铐／一头秀发蓬乱，没有面纱／衣着褴褛，失望地坐在地上／双手掩住面孔，嘤嘤啼泣／你有理由悲伤，我的意大利／人生来就是为着胜利／无论是一帆风顺还是身处逆境的时刻"。单从这个意义上讲，莱奥帕尔迪所完整地表现出的意大利人的民族精神，就足以让我们对他表示崇高的敬意。

也正因为有这些充满着深情的爱国主义的诗篇，莱奥帕尔迪才能称得上伟大，也才能属于永恒和不朽。任何一个诗人，都离不开养育他的土地、人民和祖国。莱奥帕尔迪也一样，他的诗代表着意大利的文化，体现了意大利文艺复兴抒情诗的传统。作为一个伟大的民族诗人，莱奥帕尔迪无疑首先属于他那梦幻般的故乡雷康那蒂，属于诞生过但丁、彼得拉克和米开朗琪罗的意大利，当然，同时也属于这个多元文化并存的世界。

另外，我还想谈及的是，莱奥帕尔迪诗的人道主义精神。众所周知，人道主义精神从来就贯穿在古希腊和意大利的文艺传统中。对人的关怀和对人类命运的关注，是莱奥帕尔迪诗的一个重要主题。他对自身和他人都是怜悯的，他在诗中常常呼吁人类相亲相爱，发扬团结互助的精神。尤其是那首优美动人的抒情诗《致席尔维娅》，表达出了一种刻骨铭心的对生命的珍惜和对美的赞颂。从莱奥帕尔迪身上，再一次向我们证明了这样一个事实，那就是属于人类精神现象的诗是永远也不会消亡的，诗人抚慰的永远是人类不安的灵魂和受伤的心灵。

我们热爱莱奥帕尔迪和他的诗，我想只有一个最简单的原因，那就是我们在朗诵和阅读《致月亮》《节日的傍晚》《亚细亚流浪牧人的夜歌》《暴风雨后的宁静》等诗篇时，被深深地感动过。我想无论是东方的诗人，还是西方的诗人，无论是东方的读者，还是西方的读者，我们都不会忘记莱奥帕尔迪的短诗《无限》，这首写于 1819 年的诗作，至今已被译成二十七种文字，有近一百二十种翻译文本。法国文艺批评家圣伯夫、奥地利诗人里尔克、俄罗斯诗人阿赫玛托娃、西班牙诗人阿尔维蒂分别将它译成法文、德文、俄文、西班牙文。

　　几个世纪以来，不知有多少伟大的诗人和哲人在思考着宇宙的无限与永恒，在思考着人类的现实与未来，在思考着时间的存在与虚无。但我们每一次阅读莱奥帕尔迪这首最著名的短诗时，我们的心都会被它所震撼，同样我们的思绪也会像他那样，在那无穷无尽的天宇中沉没，充满着从未有过的幸福和甜蜜。最后请允许我借用我的朋友、我国著名意大利文学翻译家吕同六先生翻译的莱奥帕尔迪的这首伟大诗篇，来结束这个简短的讲话：

　　　　这荒僻的山冈

　　　　对于我总是那么亲切，

　　　　篱笆遮住我的目光

　　　　使我难以望尽遥远的地平线。

　　　　我安坐在山冈

　　　　从篱笆上眺望无限的空间，

　　　　坠落超脱尘世的寂静

　　　　与无比深沉的安宁；

　　　　在这里，我的心不用担惊受怕。

　　　　倾听草木间轻风喁喁细诉，

幽微的风声衬托无限的寂静；

我于是想起了永恒，

同那逝去的季节，

生机盎然的岁月，它的乐音。

我的思绪就这样

沉落在这无穷无尽的天宇；

在这无限的海洋中沉没

该是多么甜蜜。

1998 年 9 月 19 日

永远的普希金

——在纪念普希金二百周年诞辰大会上的演讲

我们说普希金是永远的普希金，那是因为如果我们要深入了解俄罗斯，要伸出手去真正抚摸到俄罗斯的灵魂，有一种最好的办法，那就是虔诚地走进亚历山大·谢尔盖耶维奇·普希金的心灵。恐怕在这个世界上，还没有一个诗人和智者，能像普希金那样神圣地、完整地、纯粹地，把一个古老民族的语言和文学，在如此短的时间里推到了极致。每当我们想到俄罗斯文学的黄金时代，我们就不会忘记这位伟大的天才诗人所给予我们的一切。从这个意义上讲，作为诗人的普希金，无论他的肉体是否还存在，他的精神所代表的永远是俄罗斯的灵魂和良心，代表的是俄罗斯伟大的文学传统，代表的是人类的自由、正义与公正。

对于伟大的俄罗斯民族而言，他们可以没有沙皇，没有叶卡捷琳娜二世，但不能没有普希金。是普希金照亮了俄罗斯民族的心灵，是普希金把那些行将逝去的最美好的事物变成了永恒。普希金是属于俄罗斯的，但他同时也属于全人类。虽说普希金离开我们已经很长时间了，但对于今天的世界和人类，他依然那么重要。他的全部精神财富，把爱、怜悯、同情、善良、真诚、忍耐、自由等等都包括在了其中。

我们说普希金是永远的普希金，那是因为当我们回溯俄罗斯诗歌的历史，我们不能不对普希金表示出最崇高的敬意。是他使俄语变得更加朴素和纯洁，使诗歌的界限及其深不可测具有深远的意义。普希金是那样一类诗人，那就是他还在活着的时候，他的不少脍炙人口的诗篇就已经进入了俄罗斯文学经典的行列。普希金的每一次创造，都给俄语注入了生命和活力。难怪诗人约瑟夫·布鲁斯基被迫离开苏联时，曾致信给戈尔巴乔夫，说明自己无论身在何处，都不会忘记伟大的俄罗斯语言，因为这个语言曾养育过普希金，也曾被普希金所创造。

由此我们还会想到，俄罗斯文学白银时代的梅列日科夫斯基、索诺维约夫、勃留索夫、勃洛克、阿赫玛托娃、古米廖夫、帕斯捷尔纳克、茨维塔耶娃、别雷、伊万诺夫、霍达谢维奇和曼德尔施塔姆等人，因为普希金的哺育和滋养，使他们都成了普希金和俄罗斯最纯洁诗歌语言的继承者和把这古老语言发扬光大的后来人。历史已经证明，这些俄罗斯的精英，他们都无愧于普希金，无愧于悠久、古老、厚重而历尽了沧桑的伟大的俄罗斯文学传统。

我们说普希金是永远的普希金，那是因为我们仍然面临着核原子的威胁，面临着世界某些地方还存在着的专制、独裁、不公平以及对弱势群体的杀戮和迫害。在这样严酷的现实面前，普希金对于我们来说就显得尤为可贵。因为就是这位俄罗斯诗人，曾在他的诗中反复歌唱过神圣的自由，他把自由视为生命，甚至超过自己的生命。普希金为了追求自由、平等和友爱，用承受苦难来证明自己那美好的梦想的真实性。普希金式的人道主义精神，无疑是人类社会中极其宝贵的思想财富。很显然，对于大多数读者来说，普希金不仅是一流的俄国诗人，其精神也是某种亲密无间的、最为珍贵的东西。

这里，我们不会忘记俄罗斯的苦难，不会忘记俄罗斯历史上所经历过的一个又一个极其令人绝望的时刻。但是往往就在这样的时候，普希金给人们的都是献身自由的信心和勇气，是对美好未来的期盼和希望。正如俄罗斯诗人曼德尔施塔姆于 1917 年所写的诗句："亚历山大的太阳停在 / 一百年前 / 始终在闪耀……"或许正因为普希金作为一种象征和精神，每当俄罗斯社会和文化面临转折的关头，人们便会到他那里去寻找慰藉和力量。普希金还是一个启示，他告诉我们人是热爱自由的，而维护自由和崇尚自由，将是人类社会一个应该受到普遍尊重的准则。

我们说普希金是永远的普希金，那是因为今天生活的时代，是一个多民族多元文化并存的时代。普希金的巨大存在，还说明了一个最为朴素，但极其深刻的真理，那就是各民族的文化应该相互尊重，取长补短。普希金代表的是俄罗斯的历史和文化，代表的是俄罗斯这块诞生过无数天才的土地。普希金和他的同胞列夫·托尔斯泰、陀思妥耶夫斯基、莱蒙托夫、列宾、叶赛宁、柴可夫斯基等等，都是组成俄罗斯文化链条的缺一不可的重要环节。在世界文化的大格局中，普希金和他所代表的俄罗斯文化，无疑有着举足轻重的地位。

普希金的诗篇，是把民族性和人类性结合得最为完美的典范，他所表达出的俄罗斯人最真实的内心情感，是对人性的最为深刻的揭示和理解。为此我们没有理由不相信，诗人和作家永远是一种精神文化和生命的代言人。其实普希金从诞生之日起，就是一个标准的精神文化和生命的守望者。他的不朽诗篇《茨冈》便充分证明了这一点。是普希金教会了我们要敬畏和热爱这个地球上的一切生命，而生活在这个地球上的每一个民族都是平等的。

我们说普希金是永远的普希金，那是因为普希金已经进入了人类的文明史，已经成为人类记忆中最美好的那个部分。他那无与伦比的美妙诗句，多少年来就曾以不同的方式温暖着人类受伤的心灵。他给今天的人们提供的，不仅是诗所包含的美学价值以及阅读时带来的愉悦，从更深层的意义上讲，普希金就是一部心灵的《圣经》，人类越是向前发展，就越会感到普希金的宝贵和不可替代性。当今的世界是个物化的世界，人类的精神生活似乎正在逐渐走向萎缩。毋庸讳言，今天的人类已经到了在精神和信仰必须给予拯救的时候了。

亚历山大·谢尔盖耶维奇·普希金，我最后想对你说的一句话，那就是你从未离开过我们，我们也从未离开过你。正如你在诗中所写的那样，你的灵魂存在于你的诗歌当中，将比你的骨灰活得更久长，而你也将属于不朽。

1999 年 3 月 9 日

寻找另一种声音

　　从我走上文学道路的那一天开始，我就从未停止过对外国文学的学习。可以这样说，作为一个彝族诗人，是人类的多种文化养育了我，其中有彝族丰富的传统文学，特别是史诗、神话和浩如烟海的歌谣，有汉族优秀的古典文学以及"五四"以来让人为之瞩目的现代文学，当然还有就是我要在这篇文章中谈到的外国文学。我常常在内心深处充满着一种感激之情，那就是我要感谢这些生活在不同地域的作家和诗人，是他们的作品给我带来过无穷的快乐，同样也是他们的作品给我带来过莫名的忧伤。是因为有了他们的存在，我才真正认识了这个世界。这些生活在不同国度，属于不同种族的文学大师，创造了一个又一个的文学奇迹。不少民族和地区，因为一个重量级作家和诗人的出现，而备受世人的关注，有的甚至成为关注一个民族文化和生存方式的焦点。在我的阅读记忆中，这些曾经影响过我的文学大师，从来就没有离开过我，哪怕是短暂地离开。他们就像一组抹不去的镜头，时不时地浮现在我的脑海。他们好像已经成了某种神性的东西，对于我的日常生活和创作来说，他们的启示就如同上帝。说句心里话，我在这里无法一一写出他们全部的名字，如果真的这样，那一定会占去大量的篇幅。不过有一点可以肯定，这些大师和他们不朽的作品，已经成为我精神世界中最重要的一个部分。但是尽管这样，今天我仍然要在这篇文章中，提到一些我所热爱的作家和诗人，虽然这是一件痛苦的事情，因为还有更多的、同样让我热爱的作家和诗人，将因为篇幅的原因被令人遗憾地舍去。我想这个遗憾，只好今后再寻找机会弥补了。

我最早读到的外国文学作品，是俄罗斯诗人普希金的作品，那还是在 1976 年，诗集是戈宝权先生翻译的。在那个年代要读到一本普希金的诗集，说实在的，那真是一件难以想象的事情，更何况我当时生活的地方是一个偏僻的地区。我至今还记得第一次读普希金的《纪念碑》时给我带来的激动和震撼，那是终生难忘的。普希金在诗中写道："在这残酷的世纪，我歌颂过自由，并且为那些不幸的人祈求过怜悯和同情。"毋庸讳言，作为一个求知的少年，是普希金第一次告诉了我什么是自由，使我第一次懂得了自由对于人来说是何等地重要。普希金式的人道主义精神和良知奇迹般地唤醒了我沉睡的思想和灵感，从此我开始关注这个世界一切弱势群体的生存权和发展权。当然也还是因为普希金，我明白了一个真理，那就是一个真正的有良知的民族诗人，命运让他选择的绝不是享乐和鲜花，而应该是也必须是多舛的人生以及生活的苦难。我想，对于普希金，俄罗斯著名女诗人安娜·阿赫玛托娃的认识是最为深刻的，她在题为《普希金》的短诗中这样写道："有谁懂得什么是光荣 / 他用了多大代价 / 才赢得这权力天赋和可能……"这说明诗人的"光荣"，是要付出代价的，有时甚至是要献出自己最宝贵的生命。写到这里，我最想说的是，我曾经无数次回望过人生，有许多事情都已随着时间的消失而被淡忘，但是每当我想起普希金和他那感人至深的诗句，我就会想到自己寂寞而又忧郁的少年时代，是普希金的诗歌慰藉了我忧伤的心灵，也就是从那个时候起，我便做起了文学梦，立志成为一个彝族的诗人。

在我的阅读经历中，接触到黑人文学，无疑是一件重要的事情。是黑人文学促使我开始思考民族性与文学本身的关系，尤其是黑人意识对我产生了重大影响。哈莱姆的文艺复兴说明了一个问题，黑人文学在世界文坛所代表的根本意义，是在精神方面而非在地理名词上。评论家杜波依斯写了《黑人的灵魂》，正式拉开了一场政治与文化的革命。这期间重要的作品有：赖特的《土生子》、埃里森的《看不见的人》、鲍德温的《向苍天呼吁》、休斯的《莎士比亚在哈莱姆》等。特别是出生于马丁尼克岛的赛泽尔和出生于塞内加尔的桑戈尔，他们提出的"黑人性"是黑人价值观复兴运动的核心，是对黑人和其文化的英勇主张。可以这样说，是黑人文学给了我自信，同样也是黑人文学，让我一次又一次地走进了黑人的精神世界。塞内加尔著名法语诗人桑戈尔是一位大师级的诗人，他的作品充满着祖先的精神，其诗歌的语言仿佛就是非洲大地上祭司的梦呓和祈祷。这是一种对于我来说，既感到亲切又感到有无穷生命力的文学，它就像一股电流穿透了我的全身，坦率地讲，我在非洲裔美国黑人作家和非洲本土黑人作家中找到的心灵共振是最多的。黑人现代文学，是 20 世纪一个重要的文学现象，虽然其中情况复杂，涉及面异常地广，但是有不少作家和诗人的作品，就今天的世界文学而言也已经成了公认的经典。过去一些有偏见的人把非洲称为"黑暗大陆"，总是想到他们毫无历史和文化。改变这种被中伤的印象，就成为后殖民独立年代之后一切有责任感和独立思考的黑人作家和诗人的重要使命。这些作家和诗人，几乎从一开始就在力图摆脱欧洲文化中心主义的影响。他们从黑人文化中汲取灵感，把源于他们祖先流传的神话历史、神圣的语言以及残酷的现实生活，都完整地融入了自己的创作，是他们划时代地把一个真实的非洲和黑人的灵魂呈现给世人。尼日利亚作家阿契贝的《神箭》《动荡》等小说，尼日利亚戏剧家、诗人索因卡的《森林之舞》等戏剧，都曾经给我带来过难以估量的影响。非洲裔美国黑人文学和非洲本土黑人文学，在如此短暂的时间内取得这样辉煌的成就，是一件不可思议的事情，然而它就像一个梦，终于在黎明前变成了现实。在这里我为什么要再三提到黑人文学呢？这是因为黑人文学从根本上改变了我对文学的价值判断。我对彝族本土文化的真正关注，也是从那个时候开始的。黑人文学的复兴，为这个世界上一切弱势群体的文学如何发展提供了前所未有的示范。为此，在这个多元文化并存的时代，我们有理由也应该向这些伟大的黑人作家和诗人致敬，是他们创造了一个现代神话，使生活在这个世界上的人们更加关心别人的命运，关心不同文明和文化的共存。同时，黑人文学的经典还向我们证明了一个事实，如果你的作品从一个民族的身上揭示了深刻的人性和精神本质，那么你的作品也一定是具有人类性的。我从内心感激这些黑人精英，还因为他们让我懂得了人的权利是什么：那就是人的尊严和人的价值是同等地重要，在这个世界上每一个民族都有生存和发展的权利，每一个民族的文化都是不可替代的。

在谈黑人文学这个话题的时候，我想还有一个话题是不能回避的，那就是拉丁美洲文学对我的巨大影响。我对拉丁美洲文学的注意和阅读，似乎也是一件非常自然的事情。那还是1980年年初，当时加西亚·马尔克斯还没有获得诺贝尔文学奖。说实在的，当时的中国文学界对拉丁美洲文学的关注远不如现在。我知道拉美作家和诗人的作品是从智利的国际诗人巴勃罗·聂鲁达开始的。后来我又陆续读到胡安·鲁尔福的《佩得罗·帕拉莫》、马尔克斯的《百年孤独》、卡彭铁尔的《这个世界的王国》、科塔萨尔的《跳房子》、阿莱格里亚的《广漠的世界》、阿连德的《幽灵之家》等作品。就像黑人文学对我产生的巨大震撼力一样，拉丁美洲文学同样震撼了我，正如《阿尔特米奥·克鲁斯之死》的作者、墨西哥小说家富恩特斯所说的，拉丁美洲仍是文学的新世界，是新的想象力的发现航路所通往的地方。当我阅读墨西哥超现实主义诗人帕斯的《孤独的迷宫》时，我才真正感觉到，拉丁美洲的作家和诗人，其实是在自己所实践的一切艺术探索背后，隐含了独特的社会、历史与政治的架构。可以这样说，中南美洲的作家和诗人，对于政治的兴趣要超过世界上任何一个地方的作家和诗人。他们的作品无论幻想的成分有多大，但是现实主义的精神从未丧失过。许多人都认为拉丁美洲文学对世界文学做出的最大贡献，就是拉丁美洲的作家和诗人，用他们的笔复活了一个神奇的大陆，而他们的作品大都呈现出史诗的磅礴气势。最让我感动的是拉丁美洲作家和诗人的人道主义精神，他们从来就没有无视过身边发生的一切，面对拉丁美洲发生的屠杀、饥饿、流血和苦难时，他们选择的不是逃避，而是勇敢地站在人民和时代的最前列。也只有拉丁美洲这样苦难的大陆才会孕育出巴列霍、卡德纳尔、阿塔瓦尔帕·尤潘基这样的诗人和歌手。他们的诗歌给古老的西班牙语注入了新鲜的血液，为创造新的拉丁美洲诗歌，揭示了无限的可能性。因为他们的存在，人类再一次证明了一个事实，那就是：对民主、自由和正义的追求，将永远不会停止。

是的，在这里我还想说的是，因为伟大的拉丁美洲魔幻现实主义文学，我重新树立了我的文学观念，从自己民族的集体无意识中找到了历史、神话和传说的来源。它使我相信我们彝族"万物有灵"的哲学思想是根植于我们的古老历史的。我们对自己赖以生存的土地、河流、森林和群山都充满着亲人般的敬意。在我们古老的观念意识中，人和大自然的一切都是平等的。还是因为伟大的拉丁美洲魔幻现实主义文学的典范作用，我们从来没有像今天这样格外地重视我们彝族文化和文字的传承者祭司——毕摩。最后，请允许我在这里承认，是人类不同地域和不同特质的多民族文学共同养育了我。对于那些曾经用他们的文学乳汁哺育过我，而至今仍然在给我力量和信心的不同种族的文学巨匠和大师，我对他们的热爱和敬意将是永远的。

2001 年 2 月 8 日

在全球化语境下超越国界的各民族文学的共同性

——在汉城热爱自然文学之家的演讲

　　我非常高兴能出席中国、韩国、土耳其三国作家的这个对话会，这是一次令人难忘的聚会，为此我要感谢汉城市政府和汉城热爱自然文学之家的盛情邀请，正是你们这个特殊的友好举动，使我们最终能在这个充满诗意的季节来到汉城。在这里请允许我，以"在全球化语境下超越国界的各民族文学的共同性"为题，做以下的发言。

　　如果说20世纪是一个从真正意义上完成了工业革命，而科学技术的发展无论就其速度，还是就其规模，都大大超过了过去所经历的几百年的世纪，那么就是在今天，还无须我们等到将来，就可以断言，20世纪的确是一个令人难忘、创造了无数精神和物质奇迹的世纪。诚然，同样在这个世纪，人类经历了难以言说的痛苦和极为残酷的战争。我们不会忘记，就在20世纪向人类告别的时候，有多少政治家、思想家和哲人在预言着21世纪，有无数的诗人还为此写下了泪水和梦想编织的诗章。

　　尽管这样，当我们真的生活在21世纪的现实中，当我们再一次发现，人类并没有因为进入了一个新的世纪，而改变了过去的一切不幸时，我们的心情虽然是沉重的，但我们从未丧失对人类未来的信心。21 世纪，是一个更为快捷的信息和数字化的时代，人类生活方式所发生的重大变化，必然会带来思维方式和其他行为方式的改变。特别是经济高速发展，经济全球化日趋加快，国家间的联系、不同文化背景的各民族文化间的交流，也大大超过了过去任何一个时代。可以这样说，由于资本的跨国流动，各国在经济中所形成的紧密关系，客观上也带来了不同特质的文化间的对话与互动。当然这是一种极为复杂的关系，其中有相互的学习和兼容，同样也存在着一定层面上的矛盾与冲突。

让这个世界上所有民族的文化都能发展和延续下去，并真正做到多元文化共存，我想这恐怕也是进步人类早已形成的共识。但是我们无法回避也不应该回避的事实是，今天强势文化对弱势文化的包围和消解，已经到了非常严重的地步。任何一个有良知和灵魂的人，无论你生活在这个世界的哪一个地方，都不应该对这一现象表现出熟视无睹，甚至漠不关心。人类不能没有道德的力量。对正义和真理的追寻，是人类不断走向公正、自由和更加民主的力量源泉。

据我所知，人类对自然界物种的消失，已经有了足够的警惕，并且开始在全球范围内，对其进行最大限度的保存，以维护生物的多样性。但是就文化而言，人类所实施的保护，无论广度还是力度都是远远不够的。在这个世界上，每年都有无数种语言在消失，有不少民族的文化也面临着难以传承下去的危险。当然，文化的继承、发展和融合是一个非常复杂的问题。但是面对这个多元文化并存的世界，作为人类精神文化代言人的作家和诗人，我们必须表明自己的严正立场，并身体力行地捍卫人类各民族文化的多样性。我想，正因为人类不同文明共存，人类不同民族文化共存，这个世界才会是丰富的，这个世界的全面发展也才是合乎人道的。

讲到这里，我要请大家原谅，因为你们一定会说，你不是在谈全球化语境下超越国界的各民族文学的共同性吗？是的，正是因为我要讲这种超越国界的各民族文学的共同性，我才有必要把这种超越国界的各民族的文化（包括文学）理应存在的前提讲清楚，因为只有这样，我们才不会忽视各民族的文化和文学存在的特殊价值，也只有这样，我们才会从内心深处尊重世界上任何一个民族的文化，并对这个文化所养育的伟大作家和天才的诗人们致以最为美好的兄弟般的敬意。正是这些不同国家、不同地域、不同民族的作家和诗人的创造性劳动，才使人类的文学宝库不断得到丰富和补充。这些闪耀着人类智慧光芒的文学经典，真正超越了国界和民族，被翻译成世界上众多的语言文字，被大家所热爱和阅读，事实上这些经典作家和作品，已经成为人类精神生活中极其重要的一个组成部分。

现在我想就超越国界的各民族文学的共同性再谈一点意见。首先，我想重申的是，今天的人类，无论政治上、经济上还是文化上，都面临着许多共同的问题。我们怎样建设一个更加和平而富有人道精神的、有利于人的全面发展的 21 世纪，文学应该起到什么作用，对于生活在这个时代的作家和诗人而言，都是必须严肃对待的问题。我不想把这个时代，简单归结为一个被核威胁的时代，但是冷战结束后的形势已经真实地告诉我们，人类并没有因为东西方两大阵营对垒的消失，而从此变得天下太平。

种族和宗教间的区域性的战争从未停止过，常常以数以千万计的生命和流血作为代价。我们都曾祈盼中东能降临和平的曙光，但我们最后得到的是更大的失望。震惊世界的美国"九一一事件"，对国际关系和地缘政治的改变，对新的世界格局的形成，都将产生极为重大的影响。世界多极化和经济全球化产生新的矛盾，不同的意识形态、宗教和价值观差异，等等，总而言之，我们的地球是失衡的。生态的严重恶化、人口的暴涨、资源的日渐匮乏、人的生存权利在许多地方遭到侵犯，都给生活在今天的有责任心和良知的作家和诗人们提出了要求。我们只有真实地反映出这个时代的精神，把人民的意愿客观地反映在自己的创作生活中，我们才会真正体现出一个作家和诗人应有的人类意识。

虽然和平与发展仍然是今天人类世界的两大主题，但人类的心灵世界和精神生活的巨变，其深刻性和复杂性，是过去任何一个时代都无法比拟的。但同时我还想说的是，可怕的物质主义已把人类变得越来越缺少信仰，人的异化也到了非常严重的程度。人类似乎永远在回答这样的问题，那就是我们从哪里来？还要到哪里去？一句话，作家和诗人，只有关注人类的命运，才能写出真正意义上的具有人类意识的作品。

其次，我想讲的是，我们应该为"世界文学"这个大的概念做出自己的贡献。如果我没有记错的话，"世界文学"这个概念，最早是由德国伟大的思想家、作家、诗人歌德提出来的。历史已经证明，人类的文化，当然包括文学，从来就不是在孤立和封闭中发展的。我们不可想象，在中国文学史上如果没有《诗经》《楚辞》和唐宋诗词，中国文学史还会像今天这样辉煌吗？我们不可想象，在韩国文学史上如果没有诗人李圭报的杰作《东明王篇》，世界文学能像今天这样丰富多彩吗？我们同样不可想象，如果希腊文学史上没有《伊利亚特》和《奥德赛》这样宏大的史诗，它还会得到世界广大读者的长久尊崇吗？回答只有一个，那就是这些伟大作家、诗人和他们的伟大作品，已经不折不扣地成为全人类所共有的文化财富。

特别是在东西方文化的交流史上，老庄的思想、古希腊和古罗马的哲学、佛经、《圣经》以及《古兰经》等等，都对人类精神思想产生了重大的影响。由此，我们在谈到俄罗斯文学时，不能不谈到伟大的天才诗人普希金；我们在谈到中国文学时，不能不谈到中国新文化的旗手、现实主义的小说巨匠鲁迅；我们在谈到美国文学时，不能不谈到20世纪最杰出的乡土小说家威廉·福克纳；我们在谈到韩国文学时，不能不谈到崔志远那些充满了灵性的诗歌；我们在谈到拉丁美洲文学时，不能不谈到加西亚·马尔克斯；同样，我们在谈到非洲文学时，不能不谈到尼日利亚杰出的黑人作家阿契贝。我想，由于翻译家们的卓越贡献，超越国界的各民族文学，已经越过了文字的局限，成为歌德所倡导的那种真正意义上的"世界文学"。

尊敬的各位朋友，我还要说的是，因为这种超越国界的各民族文学的共同性，再一次肯定了一个事实，这就是作家的责任心和使命感。毋庸讳言，我们所强调的文学共性，从来就是包含在各民族的文学个性之中的。我们只有成为一个民族和时代的见证人，才能真正担当起这个民族和时代精神的诠释者。最后，请允许我借用 1992 年诺贝尔文学奖获得者、圣卢西亚诗人德瑞克·沃尔科特的一句话来结束我的讲话："要么我谁也不是，要么我就是一个民族。"

2002 年 6 月 12 日

为消除人类所面临的精神困境而共同努力

——在第四十二届贝尔格莱德国际作家会议开幕式上的演讲

与历史上的任何一个时代相比较，今天的世界肯定是一个物质主义盛行和消费欲望空前膨胀的时代。也可以说，在经济全球化的背景下，人类虽然在物质文明和科学技术方面取得了过去从未有过的进步，但在全世界普遍性地存在着这样一个事实，那就是人类的精神缺失已经到了令人吃惊的地步，人类在所谓现代文明的泥沼中，精神的困境日益加剧，许多民族伟大的文化传统遭到冷落和无端轻视，特别是不少民族的原生文化，在后工业化和所谓现代化的过程中，开始经受多重的严峻考验。

正因为此，人类心灵的日趋荒漠化，已经让全世界许多对人类的前途心怀担忧、充满着责任感的有识之士开始行动起来。大家以超越国界、种族、区域、意识形态和宗教的全球眼光，达成了这样一种共识，那就是：要在地球上任何一个生活着族群的地方，为消除今天人类所面临的精神困境而共同努力。

作为生活在今天这个时代的诗人和作家，在这里我还必须郑重声明：在我们今天身处的物质主义世界，我们的文学应该发挥怎样的作用呢？其实真正意义上的文学，从来就是人类精神世界中不可分割的组成部分，它为净化人类的灵魂，为构建人类崇高的精神生活，发挥着最为积极的重要作用。文学的真实性和作家、诗人所应该具备的人道主义良知，必然要求我们今天的作家和诗人，更多地关注人类的命运，关注今天人类所遭遇的生存危机。

作家、诗人在面对并描写自己的内心冲突的时候，无论从道德伦理的角度，还是从哲学思想的层面，都应该时刻把关注他人的命运和人民大众的命运放在第一位。因为只有这样，我们作为作家和诗人才能为继承、纯洁和再构建人类伟大的精神生活传统，选择一条正确的道路。为了呼吁更多的作家和诗人，来参加消除今天人类所面临的精神困境这一具有特殊意义的活动，我们必须更加尊重世界各民族文化的多样性，这个地球上多元文化的共存、不同民族文化的平等原则，已经为世界上大多数国家和一切追求正义的人们所接受并赞同！政治文明的建设、物质文明的建设以及精神文明的建设，是当今世界上许多国家在不同社会制度框架里所追求的目标和内容。但是如何消除今天人类所面临的精神困境，无疑将是我们生活在不同社会制度、不同国家、不同地域、不同种族的作家与诗人共同的和最为光荣而艰巨的任务。

2005 年 9 月 17 日

青海湖诗歌宣言

青海是人类诗和歌的较早摇篮之一，在长江、黄河和澜沧江的发源地，在苍茫的雪域高原，诗的圣灵之光，召唤我们来自中国和世界其他各国的诗人，会聚于中国美丽的青海湖畔，在这里见证一个事实，那就是以诗人的良知和诗歌的神圣，庄严发布青海湖诗歌宣言。

首先，我们确信，从远古至今，人类最伟大的精神创造就是拥有了诗歌。诗歌诞生于古代先民中的智者同神灵的对话和与自我的交流，因而诗歌是人类走出混沌世界的火把。诗歌是人类话语领域最古老的艺术形式，因而也是最具有生命力和感染力的艺术。无论过去还是现在，诗歌都是不可或缺的。它是滋润生命的雨露和照耀人性的光芒，只有它能用纯粹的语言，把一切所及之物升华为美。诗歌站在人类精神世界的前沿并且永远与人类精神生活中一切永恒的主题紧密相联。

回顾刚刚过去的一百年，人类为自己创造了太多的光荣，也酿制了太多的屈辱；经受了沉重的痛苦和灾难，也激发了一次又一次的历史变革和思想奋进！工具理性的飞速发展，充分开发了人类潜在的智能，把科学技术和物质文明推向了前所未有的高峰。人类在开发生存环境和开发自我的过程中，获得了前所未有的自由，同时我们的精神世界也变得浮躁和窒息，对机器与技术的过分依赖，正在使我们的生命丧失主体性和原创力。既然诗歌是民族文化的精粹和人类智慧的结晶，诗就应该是人类良知的眼睛，为此我们只有共同携起手来，弘扬诗歌精神，才能营造出人类精神家园的幸福与和谐。世界各国的诗人，虽然有着不同的宗教信仰和文化背景，却有一颗同样圣洁的诗心。现在，我们站在离太阳最近的地方，向全世界的诗人们呼唤：在当今全球语境下，我们将致力于恢复自然伦理的完整性，我们将致力于达成文化的沟通和理解，我们将致力于维护对生活的希望和信念，我们将致力于推进人类之间的关爱和尊重，我们将致力于创建语言的纯洁和崇高。我们将以诗的名义反对暴力和战争，扼制灾难和死亡，缔造人类多样化的和谐共存，从而维护人的尊严。我们将致力于构建人与自然、人与社会、人与文化、人与人之间的诗意和谐。这无疑是诗的责任，同样也是诗的使命。

我们永远也不会停止对诗歌女神的呼唤，我们在这里，面对圣洁的青海湖承诺：我们将以诗的名义，把敬畏还给自然，把自由还给生命，把尊严还给文明，把爱与美还给世界，让诗歌重返人类生活！

2007 年 8 月 9 日

当代世界文学语境下的中国诗人写作

—— 在北京师范大学"当代世界文学与中国"国际学术研讨会上的演讲

非常高兴能出席北京师范大学举办的"当代世界文学与中国"国际学术研讨会，非常高兴能在北京师范大学这样一所著名的学府见到我尊敬的同行。各位远道而来的文朋诗友，尽管想尽量避免因客套而带来的所谓礼节，不要让它影响我们之间，从一见面开始就已经感受到了的那种亲切，以及只有在作家诗人之间才会有的某种来自心灵世界的感应，当然这无疑是人与人敞开了各自的心怀之后，才能获得的一种最为美好的，同时也是最为直接的思想与感情的交流通道。

但是这样，我还是要以一个中国诗人的名义，向今天到会的各位同行，特别是向远涉重洋而来的各位文朋诗友致以最崇高的敬意！我相信因为你们的到来，这个具有特殊意义的关于"当代世界文学与中国"的学术论坛，一定会取得圆满成功！下面请允许我就"当代世界文学语境下的中国诗人写作"谈几点意见。

第一，我想说明的是，"当代世界文学语境下的中国诗人写作"是很宽泛的一个题目，它所包含的内容是极为丰富的。就这个题目和它所包含的内容而言，完全可以写一本关于此方面的专著。但是为了说明今天的中国诗人与世界文学的关系，我还是固执地选择了这个似乎太大的题目。另外，作为一个个体的诗人，我想我的看法和见解，也不能完全代表文学气质有着很大差异的中国不同民族的诗人。

不过在这里，有一点是可以肯定的，那就是今天几乎所有的中国诗人，都在一种更为开放的状态下写作，特别是随着中国文学翻译界近三十年的卓有成效的工作，可以说当代世界不同地域、不同种族、不同国度的大部分代表性诗人的作品也都在近几年里被大量翻译成中文出版，许多当代中国诗人在写作中，无疑都受到了当代国际诗坛创作思潮的影响，特别是在当代诗歌的实验写作方面，不少外国重要诗歌流派以及重要诗人的作品，可以说对中国大部分当代诗人在创作上的影响都是十分明显的，对有的诗人的影响就更为深刻。他们所受的影响不仅体现在写作技巧上，有的甚至在写作风格和文体上，也留下明显的外来文学的影响的痕迹。

当然在这里我需要说明的是，中国文学传统，特别是中国诗歌的美学传统，依然是中国诗人在文学传承上所受影响的主要来源，因为中国现代诗人，从 20 世纪 20 年代到今天，走过了一条中国新诗歌不断探索，甚至是历险的道路，其中有抛开中国语言自身的特性，尤其是割裂中国古典诗歌美学传统的根脉，而一味全盘模仿外来诗歌的沉痛教训，同时也存在过完全在形式上和写作方法上沿袭中国古典诗歌，在整个创作思想上反对创新的问题。

特别是就创造新的诗歌艺术形式毫不宽容的主张和现象，这似乎从另一个角度，也给我们留下了需要去正视的失误。

但最为可喜的是，虽然存在着这样或那样的一些问题，但中国现当代诗歌的发展，其主流还是健康的，在近一百年的中国诗歌发展过程中，应该说有一些重要的诗人和作品，就是今天我们把他们放在当时不同国家和民族的代表性诗人中间，如果把他们以及他们创作的作品进行比较，应该说他们都是毫不逊色的。特别是这些诗人和作品中所体现出的东方文化精神，尤其是诗歌中的哲学和美学意境，客观地讲，在当时所谓的世界文学这个大格局中均具有不可替代的价值。

简单地回顾这些历史过程，我试图阐释一个问题，就是想说明无论是过去的哪一个世纪，还是今天在当代世界文学的语境下，中国诗人的写作或者说中国大多数诗人的写作，都在进行某一种所谓的"纵的继承"和"横的移植"。其实简言之，"纵的继承"就是对中国数千年来所形成的伟大文学传统或者说诗歌传统的继承，而"横的移植"就是对世界各国、各民族优秀文学作品，当然，包括经典诗歌作品的学习和借鉴，在今天尤其是要对当代世界各国各民族的优秀作家诗人的作品进行学习和借鉴，这正好印证了中国一句古话"他山之石，可以攻玉"。

其实说到这里，我还想说的是，中国文化本身具有一种极大的包容性，也可以说在学习和借鉴外来文化方面有着悠久的传统。据有关学术机构统计，近几十年中国翻译出版的外国人文类著作在十万种以上，而世界各国所翻译出版的中国人文类著作却与这个数字相差甚远。这也说明了进一步开展好文化交流的重要性。其实我们今天这个论坛的交流就是一个好的开端，因为它让许多不同种族、不同国家、不同宗教信仰、不同文化背景，用不同语言、文字写作的作家和诗人坐在了一起。

第二，我想讲的问题是在当代世界文学语境下，中国诗人的写作，到底受到了哪些具体的影响，而这些影响又是如何产生的。当然这同样也是一个很大的题目，用一两句话是很难说清楚的。就是让不同的中国诗人来阐述这个问题，我想也会有很大的差异，因为每一个诗人都会从自己不同的角度来谈自己所受到的外国作家和诗人的影响，这是一个很自然的事情。所以说在这里我想谈一些更具有共性的、有关当代中国诗人在写作中学习和借鉴当代外国文学的问题。

同样在以下的举例中，我会随意谈到一些当代外国诗人，他们以及他们的作品被介绍到中国之后所产生的影响。我想从 20世纪 50 年代的一些重要外国诗人谈起。俄罗斯及苏联诗人的作品对当代中国诗歌创作的影响是巨大的，除了革命诗人马雅可夫斯基之外，著名的俄罗斯乡土诗人叶赛宁，诗人曼德尔施塔姆，著名女诗人阿赫玛托娃、茨维塔耶娃，诺贝尔文学奖获奖诗人帕斯捷尔纳克，等等，他们诗歌中的人道主义精神以及俄罗斯文学所特有的悲悯情怀，可以说从灵魂和心灵世界中深刻地影响过几代中国诗人，就是到今天，这些天才的俄罗斯诗人作品仍然在影响着当代中国诗人的写作。特别是他们所特有的那种高贵的道德勇气和力量，对中国当代年轻诗人的思想和精神所产生的影响同样是巨大的。

这可能是一个文学现象，俄罗斯诗歌似乎在中国诗人中一直有着崇高的地位。前不久，许多年轻的中国诗人就俄罗斯楚瓦什共和国杰出的诗人格拉基·艾基的作品又展开了广泛的讨论。作为当代俄罗斯特殊的先锋派诗人，他的作品深刻地记录了人类存在的真实以及诗歌所描述的大自然的本质，他的创作真正继承了俄罗斯诗歌中有关热爱自由、不屈服专制、同情弱者、歌颂生命尊严的优秀传统。

盎格鲁–撒克逊民族及英语国家的当代世界文学同样对中国诗人的写作有着重要的影响。远的不用说，从 20 世纪后半叶开始，美国诗人埃兹拉·庞德的印象派诗歌被陆续翻译成中文，诗人艾略特的杰作《荒原》就有多个版本在中国翻译出版，美国杰出的民族诗人弗洛斯特、肯明斯，美国垮掉派诗人代表人物金斯堡，美国自白派天才女诗人西尔维娅·普拉斯以及英国诗人塔·休斯等众多英语语系的诗人被大量翻译介绍到中国。现在从中国现当代诗歌的发展轨迹中可以看出，英语现代诗同样深刻地影响了许多中国当代诗人的创作。在诗歌意象的运用上，在诗歌深层次表现人类世俗生活以及用诗歌语言探索人类心灵世界方面，都为中国现代诗的创作注入了一种异样的活力。

在谈到当代外国诗歌对中国诗人影响的时候，我们不能不谈到西班牙语系的诗人，他们是西班牙诗人洛尔迦、智利诗人巴勃罗·聂鲁达、秘鲁诗人巴列霍、阿根廷诗人博尔赫斯、古巴诗人尼古拉斯·纪廉、墨西哥诗人奥克塔维奥·帕斯，等等，他们就像夜晚天空中的群星，各自闪耀着迷人的光芒。在这里我不可能一一列出他们全部的名字，但是他们杰出的诗歌，已经像鲜红的血液一样，流进了许多中国诗人的血管，是拉丁美洲诗人教会了我们应该怎样尊重自己的本土文化，应该怎样通过自己的创作去复活我们民族深层的历史记忆和文化记忆。

需要说明的是，中国是个多民族的国家，中国的文学也是个多民族国家的文学，在当代世界文学大格局中，黑人文学、犹太人文学等民族或者说区域的文学，也同样对当代中国不同民族的作家、诗人产生过不可忽视的影响，在这方面美国黑人诗人兰斯顿·休斯、犹太民族诗人萨克斯、意大利犹太诗人萨巴、以色列犹太民族诗人耶夫达·阿米亥，阿拉伯巴勒斯坦民族诗人达尔维什、波兰民族诗人米沃什、波兰女诗人申博尔什卡、捷克民族诗人塞弗尔特、塞内加尔黑人诗人桑戈尔、圣卢西亚民族诗人沃尔科特，等等，他们对当代中国诗人的影响是多方面的，特别是对中国许多少数民族诗人的影响尤为深刻。这些伟大的民族诗人，他们既是民族文化和精神的代言人，同时也代表了一个民族或者说一个时代的良心，他们的全部创作成果既是他们民族的文化遗产，同样毫无疑问也是全人类的文化遗产。他们给中国诗人带来的影响，我相信随着时间的推移将会越来越深远。

尽管以上我都在进行选择性地举例，来证明当代世界文学对中国诗人写作的深刻影响，但是我仍然感到很遗憾，有许多重要国家和民族的诗人未被整体地提及，在这里为表达对他们的敬意，请允许我列出这些诗人的名字。我知道这仍然是一个充满遗憾的办法，因为同样我不可能列出所有诗人的名字。他们是印度诗人泰戈尔、法国诗人圣琼·佩斯、法国诗人米肖、意大利诗人夸西莫多、意大利诗人蒙塔纳、意大利诗人翁加雷蒂、瑞典诗人特朗斯特罗姆、希腊诗人塞弗利斯、希腊诗人埃利蒂斯、土耳其诗人希克梅特等等，我深信这里还有许多我没有提及的杰出的外国诗人，他们所有被翻译成中国文字的作品，已经毫无例外地成为中国诗人和中国读者学习和阅读的精神食粮，他们的作品已经在另一个民族古老的语言文字中获得了新的生命。凡是阅读过他们作品的中国诗人和读者，将永远会记住他们的名字。

第三，我想简单地谈一谈在当代世界文学语境下的中国诗人写作，应该持什么样的写作立场的问题，或者说我们应该用什么样的写作姿态来面对这个世界。在今天全球化的背景下，一个诗人的文化自觉就尤为重要。当然，诗人的创作永远是个体的创作，无论他是面对这个纷繁复杂的外部世界，还是面对他的灵魂和内心世界，真诚和诚实，正直而富有良知仍然是今天诗人所应该具备的条件和要求。只有这样，我们这个时代的诗人才可能承担起历史赋予我们的责任和使命。当前，我们希望有更多的诗人来关注人类的命运，来共同关注人类的前途，来共同思考在全世界现代化过程中，人类所取得的进步以及人类所遭遇到的前所未有的异化和灾难。

另外，作为人类精神世界的代言人，不同种族、不同国家、不同地域、不同文化背景的诗人们，还应该为今天人类精神生活的重构发挥我们应有的作用。我想这恐怕是我们这个时代任何一个有着责任和良知的中国诗人应持的写作立场和写作态度，同时，也是我们这个时代所有的诗人应该共同努力的目标。保护生物的多样性是这个世界已经被认同的普遍原则，那么保护文化的多样性同样是这个世界应该被认同的普遍原则。今天的中国诗人，应该为中国古老语言和文字进行新的诗意创造做出贡献，应该在自己的诗歌中充分展示中国古老文字的魅力，应该在中国文字神秘的音乐性中创造出更具民族性和东方精神的现代诗。我相信，随着这个世界不同文明、不同文化之间对话的加深，必将进一步地推动世界不同国家间、不同民族间文学的交流。我相信，这种对话和交流最终将从更高的层面上为促进世界和平和全人类进步事业做出不可替代的重要贡献。

2008 年 10 月 16 日

彝族: 在传统文明与现代进程之间

在中国历史上，或者在世界历史上，无论是从将其古代文明传承至今，还是以自己独特的文化让世人青睐，彝族都是一个古老的民族。彝族自称为"诺苏"，可直译为黑色的民族。这个族群从远古开始，就把自然崇拜和祖先崇拜，作为自己获取自然事物和生命力量的源泉，在漫长的历史岁月中，相信万物有灵，相信灵魂不死，已经在这个族群的血管里成为一种记忆，这种记忆不仅深刻地影响着这个族群的每一个个体生命，同时它还在这个族群的集体无意识中，早已变成了某种观念和思想。彝族人是鹰的子孙，是神鹰之子支格阿鲁的后代。我想，对于今天仍然生活在祖国西南边陲的（云、贵、川、桂四省区）七百七十六万彝族人而言，这种称颂无疑是我们生命中至高无上的荣誉。因为时间和历史告诉我们，把神鹰和龙虎作为象征，已经在我们古老民族的生命记忆中深深扎根，若干个千年和世纪都未曾改变。彝族既是一个诗性的民族，同时又是一个富于哲学思辨的民族。其古代哲学思想，自成体系，有大量的典籍流传于后世。作为一个历史上有着独特社会架构的民族，其习惯法、伦理道德训诫、家支及社会制度等，从人类学和民族学的角度来看，都有着很高的研究价值。彝族分布较广，支系繁多，也正因为此，彝族民族文化的丰富和多彩，作为一个单一民族在当今世界同样是极为少见的；不同地域的彝族服饰就其种类和艺术特性而言，在世界和中国服饰史上也占有重要的位置。彝族的历史和文化，就像我们生活的地域，江河纵横、森林密布、群山绵绵，博大而神秘。在这里我只有选取几点，犹如沧海一粟，让大家了解和走近彝族。

彝族作为一个创造了古老文明的民族，它对世界的贡献是多方面的，无论是文字、文学、历法，还是哲学、宗教、艺术，都有着自己独特的价值系统。就拿文字而言，彝族是中国三个创造了原生文字的民族之一，彝文从刻画符号演化成象形文字，已有近三千年的历史，按照许多历史学家的推论，其文字形成的时间可能还要更早。特别让我们充满敬畏的是，彝文作为人类一种古老的文字之一，它一直保持着鲜活的生命力，今天我们能看到的大量不同历史年代的彝文典籍，都是由彝文书写并记载的。彝族的语言文字，可以说是古代彝族先民富有智慧的伟大创造之一，也正因为彝文的存在，彝族的传统文明一直被传承着，最让人感到由衷高兴的是，现代彝文就像古希伯来文一样，今天依然还在它的故土上被广泛使用着，特别是一些负有责任感和使命感的当代彝族作家和诗人，他们坚持用母语写作，他们优秀的诗歌和叙事类作品，无疑为当代的彝族文字注入了新的血液和生机。在这个同质化的时代，但愿彝文的生命还能延续下去。关于彝族古代文学，我想最重要的是创世史诗，据我所知，彝族是这个世界上有较多创世史诗的民族之一。《梅葛》《查姆》《勒俄特依》和《阿细的先基》等史诗，如果把它们放到世界各国各民族的创世史诗中间做比较，其学术思想价值和美学价值，都是不可低估的。有人说，衡量一个民族在古代文明方面的贡献，最为重要的可能就是历法了。印第安玛雅人创造了美洲的"十八月太阳历"，中国彝族的先民，创造了"十月太阳历"。今天，十月历虽已不再被人们使用，但毫无疑问，已经成为彝族古代文明的崇高象征。"十月太阳历"，每月为三十六天，三十个属相周共十个月成为一年，一年三百六十天，另外平年五天、闰年六天的"过年日"。可以说，因为"十月太阳历"，人类世界对彝族古代文明的历史贡献将不得不重新给予认识和评价。另外，在彝族的哲学思想史上，《西南彝志》《训书》和《宇宙人文论》同样有着崇高的地位，在此我不再赘述。以上几点，我想足以证明，彝族是一个有着悠久历史传统和创造了灿烂古代文明的民族。

写到这里，我不得不把我的笔端又拉回到我文章的标题上来。聪明的读者已经看出，我是想通过以上的文字来阐释一个结论，那就是在传统文明与现代进程之间，彝族作为一个古老的民族，一个曾经创造了如此辉煌古代文明的民族，应该如何在当代进行新的物质创造和精神文化创造。我想这对于我们这个正行进在现代进程中的古老民族而言，是何等地重要。作为这个古老民族的精神代言人，作为一个身处变革时代的民族诗人，作为一个知识分子和作家应有的良知，我当然为我们民族已经取得的历史性进步与发展而感到欣慰，为我们民族在社会主义不同历史发展时期，所取得的光辉成就而备受鼓舞。同时我也为发展的不平衡，特别是为我们彝族部分地域的生活还处于极度的贫困而深感忧虑。在现代化的进程中，当我或者说当我们古老的民族，真正置身于这种传统与现代的冲突交错时，我一直在思考一个问题，那就是我们一方面要抓住这难得的发展机遇，因为它可能稍纵即逝，另一方面，我们又要在全世界许多民族都在共同经历的现代化进程中，传承好自己的历史和文明传统，保护好我们每一个民族的文化遗产和精神家园。在今天，许多古老民族都站在传统文明与现代进程的十字路口上，何去何从他们都要慎重地做出选择。人类发展的历史经验告诉我，一个民族的全部文化既是它那个民族和全人类的珍贵遗产，同时又将是它这个民族走向未来的通行证。这似乎是一个悖论，我们只有在现代化的进程中，在高速发展我们经济的同时，不要让我们的文化链条由此中断。我相信只要这个世界还有差异性存在，不同的文化没有被人为地分为大或者小，不同质的文化在所有的地方都受到普遍尊重，那么明天人类的未来将会更加美好。而古老的彝族，作为人类和中华民族大家庭的一个重要成员，它也必将在传统文明与现代进程中，为中华民族的发展和全人类的进步做出自己的贡献。

2009 年 1 月 5 日

诗人的个体写作与人类今天所面临的共同责任

——寄往第二十一届麦德林诗歌节暨首届全球国际诗歌节主席会议的书面演讲

诗歌作为一种最古老的艺术形式，已经伴随着人类走过了漫长的生命岁月。诚然这种古老的艺术形式已经成为我们生命中不可分割的一部分，但诗歌作为一种真正意义上的精神存在，从未停止过给人类饥渴的心灵输出历久弥新的甘泉和营养。当然，诗歌本身作为一门写作艺术，它的艺术形式在不同民族诗歌传统中的创新，已经是被人类的诗歌史证明了的一个毋庸置疑的真理，否则诗歌的生命就不会延续到今天。

回望人类的历史，我们不敢想象，如果没有诗歌这一人类古老的艺术，世界各民族的心灵史将会怎样去书写，而人类的精神生活又将是何等贫乏和残缺。在这里，我想强调的是，诗歌无论对于人类而言，还是对于写作诗歌的诗人个体而言，它都是存活在人类精神领域里的一种生命形式。它是光明的引领者，它代表着正义和良知。在许多古老的民族中间，诗人所承担的角色，就是这个民族的祭司和精神上的真正首领。伟大的意大利诗人但丁，就是到了 21 世纪的今天，他同样还是意大利精神领域里最伟大的象征和支柱。

我想也正因为如此，诗人的写作才不是一种所谓的职业，把写诗说成是一种职业，我认为这是可笑的行为。从人类伟大的诗歌史中我们可以看到，诗人更像是一个角色，他是精神的代言人，通过自己充满灵性的写作，力求与自己的灵魂、现实乃至世间的万物进行深度对话。难怪在我生活的高原和民族之中，诗人被认为是那些被神所选择的具有灵性的人，他们神奇的天赋以及语言和思想，也被认为是神传授给他们的。

其实这不难理解，在许多古老的原始民族的思维里，这已经是一个被普遍认同的对诗人的判断和认知。诗人在许多时候，不仅仅是精神和良心的化身，他甚至还是道德的化身。当代诗人布罗茨基在评论他的前辈曼德尔施塔姆以及俄罗斯白银时代的诗人们时曾这样说：因为他们，聋哑的宇宙、沉默的历史发出了诗的声音——而这，就是"我们的神话"，是诗和诗人存在的意义。

我一直认为，诗歌的写作，就是诗人在不断发现我是谁，就是在不断揭示内心的隐秘，同时他又在通过一个又一个瞬间的感受来呈现现实的真相。总之，诗人只要活着，他都在生与死、存在和虚无以及个体生命所要经历的一系列冲突中，去回答似乎是宿命已经安排好的所有命题，诗人理解这个世界的最好方式，就是他的那些来自灵魂的诗歌。

可是各位同行，今天在这里，我想倡导并提醒大家关注一个事实，那就是在全球化背景下，在这个被资本、技术和网络统治的时代，人类面临着许多共同的生存危机，如何控制核威胁、消除饥饿与疾病、遏制生态破坏、保护生物多样性和文化多样性，等等，已经到了刻不容缓的时候。今天的人类所面临的共同威胁，其严重程度是过去历史上从未有过的。我们这个时代的许多智者，当然也包括我们的诗人，都在思考和忧虑人类的命运。人类将走向何处？特别是在后工业化时代，人类今天的发展方式是一种进步，还是倒退？显然这些无法回避的问题，都需要我们的诗人做出回答。

在我们这个危机和希望并存的时代，诗人不应该只沉湎在自己的内心中，他应该成为，或者必须成为这个时代的良心和所有生命的代言人。需要说明的是，我们对诗人作为个体生命的独立写作，必须给予充分的尊重，而诗人如何去表达其内心的感受并克服其自身的危机，都将是诗人个人的自由。但是无论如何，特别是在当下这个物质主义盛行的世界，诗歌依旧是人类心灵的庇护所这一基本事实并未改变，而诗歌应该在提高和增进人类精神重构方面有所作为。诗人是人类伟大文明最忠实的儿子，我相信，今天仍然生活在这个地球上不同地域的诗人，为了促进世界和平、加强不同文化之间的沟通与对话，都将发挥出永远不可被替代的重要作用。

2011 年 3 月 19 日

神话，永远闪烁着远古文明的诗性光辉

——在昆仑神话与世界创世神话国际学术论坛上的演讲

我们今天聚在一起，是为了探讨一个生动而多元的话题。这个话题属于幻想的孩子，属于慈爱的母亲，属于通灵的祭司，也属于宇宙万物，因为它是神话。

这个话题属于在座的各位，因为你们是人类古老文明领域的探索者，是人类神圣精神祭坛的现代守护者。所以在这里，我首先要向各位专家学者致以崇高的敬意！对大家来到青藏高原，来到东方神殿昆仑山的故乡青海，表示热忱的欢迎！

在地球最为浩大的造山运动中，诞生了青藏高原和她的骄子昆仑山；在人类最为光辉的造神运动中，诞生了叱咤风云的昆仑诸神，他们引领东方世界走出混沌，走向文明。所以我相信，今天，各位文明的使者从世界各地来到这里，不仅仅是接受了一个学术论坛的邀请，更是响应了一种悠远神秘的召唤；你们不仅仅带来了理性智慧的学术思想，也带来了世界各地伟大的远古创造力和各民族不朽的热情。

那么，也许我可以说，这是一个众神的聚会。

从自然神话中诞生的青藏高原，就必然成为一片诞生人类神话的土地。这就是中国的昆仑神话，一个以西王母为主人公的昆仑神话体系。它像江河一般，从大山源起，滥觞于辽阔的东方大地。重要的是，在这片土地上，神话从未成为过去，诸神从未消失。这些神话和传说，不仅作为一种远古的精神象征和文明记忆而存在，而且作为人们仪式化生存的一部分而延续。世界的创造和文明的肇始，都是一种仪式。

无论在科学的论证还是在诗意的想象中，创世都是我们这个地球以及我们已知宇宙的最初仪式。创世神话和由它所衍生的神话传说，也因此无不具有相似的仪式结构。正是这种仪式化，决定了人类文明的神圣性。所以我觉得，在这样一片神灵无处不在的土地上，我们今天这个活动，本身就具有某种仪式感。

我要继续说的是，在昆仑山下，在黄河上游，就在我们的身边，昆仑神话绝不是想象和虚构的事物。这里有大量的遗址、遗迹，大量的自然地貌，甚至大量的考古发现，它们都与最为久远的口头传说和文献记载相吻合或者相互佐证。昆仑神话和昆仑诸神在浩瀚的文化中徜徉，也在人们的节日和生死仪式上、在人们的日常生活中现身。青海民间对诸神的信仰和祭拜从古至今，一如既往。它让我们相信，我们仍然处在一个令人感激也令人敬畏的神话时代。这就让我们今天的活动具有了某种现场感。

纵观历史，在世界不同民族、不同文化的交流中，神话也许是我们最容易沟通、最容易相互理解的文化语言，因为人类童年的语言如此相似，这种相似甚至超乎我们的想象。我们也许不曾共同经历过文艺复兴或者工业革命，但是我们一定共同经历了万物的诞生以及洪水滔天。那么我们这个国际论坛，就是为了在远古文明的交流和对话中，寻找并且确定我们今天在这个世界上共同生存、共同繁荣的理由。一个更为和平、欢乐、共享的开放与和谐的世界，是我们的远古神灵和祖先曾经在时空源头达成的默契。

我们的确迎来了神话复兴的时代。20 世纪以来，自然科学的发展惊心动魄，人类战争与和平的浪潮惊心动魄，人与自然的冲突和分裂惊心动魄。

也正是在这样的背景下，神话研究方兴未艾。学者们从众多的角度和途径走向神话，用充满魔力的话语，为我们打开了一重又一重时空的大门，而我们曾经以为这些大门早已关闭或者我们已经迷失。这不是一种偶然，也不是一种时代的悖论，它是值得深思的启示。因为自然科学在揭开一层自然之谜的同时，它又触及了另一层秘密的皮肤。换句话说，自然科学在对这个世界"祛魅"的同时，却在不断地迎接着更加深层的、更加光怪陆离的世界，并且为人类神秘文化提供崭新的支持和宽广的视野。而战争和愈演愈烈的自然失衡，让我们重新思考生存与死亡的意义，呐喊、哭泣与抗争，唤醒了祖先的灵魂；在人性复归的血泊里，在刻骨铭心的灾难中，我们比以往任何时候都更加清晰地听到神灵的话语。

神话正在重新放射光芒，正在重新照耀我们的身心，照耀我们生存的世界。这当是神话和神话研究之于今天世界的根本意义。

我们仍然需要神话，我们需要维护一个充满神奇和寓意的神话世界，用以维护我们现实世界的多彩与和谐。世界所有的民族都是热爱神话的民族。过去是，今天依然如此。

如同昆仑神话活在青海一样，作为彝族人，我也深知彝族创世神话之于彝族人民现实生活的重要意义。居住在不同地区的彝族先民，以史诗的形式创造并且传承了一系列创世神话，包括《勒俄特依》《梅葛》，等等。据学者不完全统计，今天活在彝族人民口头的神话史诗有二十四部之多，它们以诗歌的语言形式，记叙了天地形成、人类起源、事物来源、洪水的劫难与人类再生。在民间的婚礼、葬礼、成年礼和传统节日中，这些史诗依然被庄严地讲述和歌唱。

人们为什么不能失去神话呢？因为神话讲述的世界，是一个自由广阔的、充满活力和梦想的世界。在那个世界里，人性与神性共生共存并且可以相互沟通和影响。因为自然的事物丰富而多变，所以生活的颜色是五彩的；因为神灵的护佑古老而庄严，所以生存的意义是崇高的；因为天空和大地充满想象力与创造力，所以万物的存在和谐而富有情趣。在神话世界，时间的悠远和空间的广大产生于自然的道理之中，时空相互开放而交融，人与神灵、人与自然是一个整体。而失去神话，就意味着失去了万物和我们自身存在的理由。

显然，并不是只有民间才需要神话。在城市里，在当代的文化主流中，神话的意义仍然根深蒂固，神话的价值仍然不可取代。人类社会的秩序是由理性创造的，而人类社会的价值属于诗，属于激情和想象力，也可以说，属于神话。德国的诗人哲学家尼采，在《悲剧的诞生》一书中这样说："每一种文化只要它失去了神话，则同时它也将失去其自然而健康的创造力。只有一种环抱神话的眼界才能统一其文化……一种文化没有任何固定且被奉献的发源地，它注定了要丧失其所有可能性，苟延残喘地寄生于任何阳光底下的文化。"

当今世界经济的一体化，正在推动各种经济体制、经济模式、经济生产方式的解体与统一，因而它也正在对众多的民族性、地域性文化提出考验，对神话提出挑战。曾经有人问我，我们为什么要如此迫切地、执着地维护文化的多样性和差异性呢？那么在这里，我想用一种神话的思维方式做一个设问：如果这个世界只有平原或者只有山脉，如果我们身边只开一种花，只有一种鸟儿的鸣叫，如果我们每个人都长得一模一样，或者我们只吃一种食物，那么我们的生存还有什么意义呢？当然，从学术的角度讲，神话是人类最为古老的文明果实之一，它是诗的源泉、歌的源泉，神话文本对于民族学、民俗学、人类学以及宗教研究等等，都是取之不尽的资源宝库，也是现代文化发展和文化建构不可或缺的有力支撑。

对于生存和生活，神话是我们精神寄托的母体。我们今天看上去显得神秘或者奇异的那个神话世界，与我们有着最古老、最深刻的内在联系，它曾经长久主宰着我们的生存意识和生存方式。许多民族的神话都讲述了人类作为天神的后裔或者与天神联姻的故事，它让我们自豪，使我们充满生活的信心和勇气。许多神话也讲述了自然万物所具有的神性，告诉我们这些神性与我们同根同源，并且与我们的生存息息相关。我们没有任何理由不感激这种恩宠和厚爱，我们没有理由不为万物保持一个美丽、纯洁、多姿多彩并且井然有序的世界。这是一种大和谐，而这种和谐的精神，就来自苍茫的远古文明。

各位朋友，各位同人，其实神话从未离开过我们。瑞士心理学家荣格曾给我们完整地论述过，在人类的生命和历史记忆中集体无意识的存在。同样，无论是东方的神话，还是西方的神话，作为人类最古老的原生记忆，毫无疑问至今依然存活在我们不同民族的文化基因中。

说到这里，我想告诉大家的是：在东方神话里，特别是在古老的中国各民族神话价值体系中，一直倡导一种朴素的哲学思想，那就是对自然的尊崇、对神灵和英雄的敬畏以及对不同个体生命的热爱。而当我们今天再一次阅读或者倾听这些来自远古的神奇故事时，我们会惊奇地发现，似乎这些神话早就预言着什么。人类作为这个地球上的物种之一，从来就不是孤立存在的，所有的生物的生命延续都是相互依存的，这一点已经是不争的事实。

许多古老的神话都给了我们一个启示，那就是要善待别的生命和物种，而只有这样，人类和地球的未来才充满希望。天人合一的思想，在中国古代神话中随处可见，这对于 21 世纪的今天，无疑具有特殊的意义。这说明，古代神话所蕴含的与自然和平共处的价值取向，在这个人类正在经历的后工业化时代，对人类面向明天的发展，也有着更为宝贵的积极作用。东方神话的价值基础仍然坚实，虽然它和当今现实的联系已经并不紧密，但它用最浅显的道理和方式，教会了我们许多东西，让我们人类真正成为这个星球和谐生活的建设者，而不是破坏者。

在信仰缺失的物质主义世界，神话是我们可以信赖的拯救手段之一。神话能够帮助我们适应并且合理改造生存环境，能够帮助我们缩小同自然界的心理距离和情感对立。生命中的神性是我们肉体得以升腾的翅膀，人以其神性而获得了不可剥夺的自由、欢乐和尊严。这就是神话能够成为诗人、艺术家、浪漫主义者和孩子们心灵营养的真正原因。神话也必然成为人类社会和自然世界健康延续的文化营养。

于是，我们仿佛已经开始期待世界各路神灵的生动对话了。那么现在，作为一个诗人，请允许我以我的诗歌《时间》中的诗句作为结束：

所有的生命、思想和遗产，都栖居在时间的圣殿哦，时间！……

是它在最终的时刻，改变了一切精神和物质的存在形式

它永远在死亡中诞生，又永远在诞生中死亡

它包含了一切，它又在一切之外

如果说在这个世界上

有什么东西属于真正的不朽

我最肯定地说：那就是时间！

2011 年 7 月 17 日

诗歌与朝圣的远游

——在第二十届"柔刚诗歌奖"颁奖会上的致答辞

感谢第二十届"柔刚诗歌奖"评委会把这个尊贵的奖项颁发给我，为此我充满了由衷的感激之情。我想大家也许能理解我这种感激的真正缘由，那就是这个诗歌奖项的设立者，包括它的评委会，无一例外都来自民间，他们都是真正意义上的知识分子。我不知道今天在中国还有哪一项诗歌奖已经连续评选了二十届，并且一直还保持着它最初创立时所坚守的公正立场，而从不被诗歌之外的一切因素干扰和影响。这不能不说是个奇迹。我们可以想象，这个来自民间的诗歌奖能如此顽强地坚守到今天，其中必定会有许多鲜为人知的动人故事，但对于那些真正献身于诗歌的人，这些他们所经历过的一切，似乎早已被深深埋藏在了记忆的深处，而这种经历本身，毫无疑问已经赋予了他们的人生一种更为特殊的意义。作为同行，在这里我们没有理由不对他们肃然起敬。

我要对他们表达诗歌的敬意，但我需要声明的是，我的这种敬意，完全来自我们共同的对诗歌纯粹的忠诚，而并不仅仅因为我是一个获奖者，如果真的是那样的话，那将是彻头彻尾的对人类诗歌精神的亵渎和不敬。我向他们表达敬意，那是因为在这个诗歌被极度边缘化的时代，对诗歌的热爱和坚持，仍然是需要勇气和奉献的。

当然，对于那些诗神的真正信徒来说，这并非就是一个事实，因为真理早已经告诉过我们，精神上伟大的孤独者和引领者，从来就是这个世界的极少数。或许正是因为有这样一群人的精神守望，我们才从未怀疑过诗歌是人类存在下去的最有说服力的理由。因为诗歌包含了人性中最美最善的全部因素，它本身就是想象的化身，它是语言所能表达的最为精微的秘密通道。

诗歌从诞生之日起，就和我们的灵魂以及生命本体中最不可捉摸的那一部分厮守在一起。从某种意义上说，诗歌是我们通过闪着泪光的心灵，在永远不可知晓的神秘力量的感召下，被一次次唤醒的隐藏在浩瀚宇宙和人类精神空间里的折射和倒影。我们彝族人中最伟大的精神和文化传承者毕摩，就是用这种最古老的诗歌方式，完成了他们与宇宙万物以及神灵世界的沟通和对话。他们是诗人中的祭司，他们无可争辩是人类诗歌的先行者。

当然，我还想要告诉大家的是，诗歌语言所构建的世界，一直被认为是诗人的另一个更为隐秘的领域。它是所有伟大诗人必须经历的，有时甚至是无法预知的文字探险。从这个角度来看，这个世界上所有的文字掌握者，他们在文字的最为精妙、最为复杂、最为不可思议的创造方面，都将永远无法与天才的诗人们比肩。诗人毫无争议地是语言王国中当之无愧的国王。有人曾经说过这样的话：诗歌的语言就是稀有的金属和珍奇的宝石在文字和声音中最完美的呈现。

朋友们，在此时我还想与大家分享的是，最近我有机会刚刚完成了一次诗歌与朝圣的远游。我有幸应邀到南美秘鲁参加 20 世纪最伟大的诗人之一——塞萨尔·巴列霍一百二十周年诞辰的纪念活动。最令我感动的是，当我们深入安第斯山区的腹部，来到这位有着印第安血统的诗人的故乡时，我惊奇地发现，就是在这样一个极为偏僻、遥远和封闭的世界里，诗歌的力量和影响也从未消失。塞萨尔·巴列霍，这位写出了迄今为止人类有关心灵苦难最为深刻的诗歌的诗人，用他忧伤的诗句，再一次为我们印证了古罗马诗人贺拉斯的名言：诗歌的生命要比青铜的寿命更为久长。

在诗人的故乡圣地亚哥·德·丘科这个古老的区域，当我们目睹了他的一个又一个族人背诵他的诗篇时，眼睛里面流露出的尊严和自信，无疑深深地震撼了我们。尽管作为一位彻底颠覆了一般诗歌语言的大师，读者要真正进入他所设置的语言迷宫并非易事，但他的诗歌所透示出来的人道主义情怀、对弱者和被剥削者的同情，以及他对生命、死亡的永不停歇的追问，都会触动这个世界上任何一个还保留着良知和道德认同的人的心弦。塞萨尔·巴列霍曾写下过这样的诗句，"白色的石头上，压着一块黑色的石头"，我知道这是他在用诗歌，对永恒的死亡在哲学层面上的最后祭奠和定格。

　　塞萨尔·巴列霍已经离开我们七十四年了，但是我们从没有过这样的感觉：他的生命已经真的死亡。作为一个精神上和肉体上的双重流放者，他至死都没有再回到自己的故乡。但让我们略感欣慰的是，时间做出了最为公正的判决，他不朽的诗歌正延续着他短暂得足以让人悲泣的肉体生命。塞萨尔·巴列霍是安第斯山里的一块巨石，但在今天他也是一位享誉世界的杰出公民。他的一生和光辉的诗篇给了我们一个启示，那就是真正伟大的诗歌和诗人，是任何邪恶势力都永远无法战胜的。因为诗人和诗歌永远只面临一种考验，那就是无情的时间和一代又一代的读者。再次感谢各位评委的慷慨之举，我无以为报，但请相信我，在诗神面前，我将永远是一位谦卑忠实的仆人。谢谢大家！

2012 年 4 月 13 日

《格萨尔》与世界史诗

——在《格萨尔》与世界史诗国际学术论坛上的演讲

大家好！相信诸位已经感受到，高原的盛夏带给我们的热情与惬意，正如"夏都"这个亲切的名称一样，我们总能在七月的西宁分享到她名副其实的清爽。今天，在《格萨尔》与世界史诗的神秘召唤下，我们怀着对史诗和民族文化的敬仰、热爱之情，带着如何在现代社会更好地挖掘、研究、保护和传承人类文明的深切思考，从世界各地走来欢聚一堂，切磋交流、缔结友谊。在此，我谨代表省委、省政府和省委宣传部，向论坛的如期举行表示热烈的祝贺，对各位《格萨尔》专家学者的到来表示诚挚的欢迎！是你们带来了丰硕的成果，让我们再次领略到分享智慧的愉悦。

众所周知，史诗是一种古老的民间韵文作品，和神话有着同样久远的历史。它内容丰富、结构宏大、格调庄重，在漫长的传承过程中，融进了大量的神话、传说、故事、歌谣和谚语，是一座民间文学的知识宝库，也是认识一个民族的百科全书，对民族文化传统的形成与发展有着巨大而深远的影响。作为藏族英雄史诗的《格萨尔》，同希腊《荷马史诗》、印度《摩诃婆罗多》和《罗摩衍那》等优秀史诗一样，是世界文化宝库中的一颗璀璨明珠，也是中华民族为人类文明做出的重要贡献。

随着各民族和地区间的交流不断加深，在国内，《格萨尔》从中国西部的广大藏区逐渐流传到蒙古族、土族、裕固族、纳西族、普米族等民族当中；在国外，《格萨尔》还流传至蒙古国、俄罗斯以及喜马拉雅山南麓的尼泊尔、印度、巴基斯坦、不丹等国。其跨地域、跨文化传播的影响力极其罕见。

作为一部不朽的英雄史诗，《格萨尔》在广阔的背景下，以恢宏的气势、高度的艺术技巧，反映了古代藏族发展的重大历史阶段及其社会基本结构形态，表达了民众的美好愿望和崇高理想，描述了纷繁复杂的民族关系及其逐步走向统一的过程，揭示出社会历史发展的必然趋势，也反映了古代藏族民众的宗教信仰、风俗习惯和道德观念，具有鲜明的民族风格和地方特色。它既是族群文化多样性的熔炉，又是多民族民间文化可持续发展的见证。这一为多民族共享的口头史诗是草原游牧文化的结晶，代表着古代藏族、蒙古族、土族等多个民族民间文化与口头叙事艺术的最高成就。无数游吟歌手世代承袭着有关它的吟唱和表演。

截至目前，较为准确的统计数字显示，我们共收集到《格萨尔》手抄本和木刻本总数为两百八十九部，除去各种异文本，仍有两百多部，若按每部平均二十万字计算，总字数也在四千万字以上。仅从字数来看，《格萨尔》已远远超过了世界几大著名史诗的总和。由此可见，这部史诗传承时间之久远、流布地区之广阔、篇幅之浩繁、结构之宏伟，堪称世界史诗之最。

正因如此，长期以来，国内外学者对《格萨尔》研究给予了广泛关注和极大的热情。不少国家成立了专门研究机构，组织学者从事史诗的挖掘和研究工作。他们把《格萨尔》视为研究南亚腹地人类文明史不可多得的历史教科书。2001 年 10 月 17 日，在巴黎召开的联合国教科文组织第三十一届大会上，《格萨尔》被列入 2002—2003 年联合国教科文组织参与项目；2006 年 5 月 20 日，经国务院批准，《格萨尔》被列入第一批《国家级非物质文化遗产名录》；2009 年 9 月 30 日，《格萨尔》被联合国教科文组织列入《人类非物质文化遗产代表作名录》。

21 世纪以来，学术界越来越重视口头诗学、民族志理论、表演理论等新的研究方法论。我想，这并非只是一种理论和手段的花样翻新，它更代表了一种思维方式和研究视角的转变，它的应用所带来的是对整个民俗学、人类学研究规则的重新理解。

我们可以简单追溯一下帕里和洛德对《荷马史诗》的研究，就可以从中获取灵感。起初，帕里以语文学为方法论，对《荷马史诗》进行语言学分析，发现了它的程式化倾向，于是得出"《荷马史诗》演唱风格是高度程式化"的结论，而这种程式化就来自其悠久的文化传统，并且只能是口头的理论预设。随后，帕里与他的学生洛德前往南斯拉夫的六个地区开展调查，从口头传统的现场来验证自己的理论假设并形成了自己的学说，同时也让人们从《荷马史诗》的文本看到了《荷马史诗》的传统。借助这样的理论，口头诗学很好地解释了那些杰出的口头诗人何以能够表演成千上万行的诗句，何以具有流畅的现场创作能力的问题。有了这样的理论，《格萨尔》史诗研究中的许多疑难问题，诸如神授艺人、故事情节的母题类型、唱词结构的程式化等问题，我想也应该可以得到合理的解释。

毋庸置疑，《格萨尔》史诗的研究由来已久，已搜集、整理、出版的相关资料和论著也不在少数，但是，如何在大文化语境中去考察我们的民族文化，如何在交叉学科的研究中凸显我们的文化传统，这是值得我们深思的问题。基于这样的思考，我想我们的研究应该完成几个转向：从对过去的史诗的关注转向对当下的史诗的关注，从对史诗文本的关注转向对史诗语境的关注，从对普遍性的寻求转向民族志研究，从对集体性的关注转向对个人（特别是有创造性的艺人）的关注，从对静态的事项的关注转向对动态的实际表演和交流过程的关注。如此，我们才有可能较为完整地关注到《格萨尔》的历史传统与现实语境，关注到为史诗的不断挖掘、传承做出巨大贡献的艺人和研究者本身。

自古以来，青藏高原就是一个神秘、神奇而又神圣的地方，巍巍昆仑屹立于此，滔滔江河发源于斯。伴随着人类早期文明的诞生，《格萨尔》史诗同昆仑神话一起向世人传递着华夏民族智慧的光芒。在漫长的历史长河中，质朴的高原人始终将神话叙事和史诗表演作为自己的文化之根，代代相传。正因如此，青海——

这个人杰地灵的地方，被学界誉为《格萨尔》的故乡。

在这里，我想用几个"多"来概括青海与《格萨尔》史诗的密切关系：《格萨尔》的各种版本多，格萨尔的遗迹遗物多，格萨尔的传说故事多，《格萨尔》的说唱艺人多，《格萨尔》的藏戏表演多。尤其是我们发现了说不完《格萨尔》的艺人才让旺堆，写不完《格萨尔》的艺人格日尖参，唱不完《格萨尔》的艺人达哇扎巴，画不完《格萨尔》的艺人尕日洛、东智，抄不完《格萨尔》的艺人布特尕。他们是史诗的民间创作者和传承人，为我们讲述着《格萨尔》——这首唱不完、写不完的伟大诗歌。

我们知道，早期的青海非常封闭，大部分地区没有公路，人们生活条件极其艰苦。尽管如此，《格萨尔》史诗却像一股清澈的山间溪水，汩汩流淌，经久不息。许多国外学者早就注意到流传于此的《格萨尔》及其独特的文化内涵和文学价值，他们纷纷背起行囊不远万里来到青海，徒步进入果洛、玉树等广大牧区，搜集和挖掘出不少《格萨尔》史诗的原始版本，从而使青海成为国内外最早发现《格萨尔》史诗的地区。与之相呼应的是，在果洛州甘德县，人们把鲁姆德果山顶的一个山洞形象地称为"岭国觉如的口袋"；在热贡地区的隆务峡口处，有一四四方方的棋石，每当路过此地，人们总要在棋石旁做一下赛棋的动作；而在同仁县麻巴乡，人们都知道有个格萨尔赛马场……美丽的传说加上现存的遗迹，不免令人遐思万千、心驰神往。因此，一直以来，青海被《格萨尔》史诗爱好者和研究者所钟爱，现在已经成为《格萨尔》工作乃至整个藏学工作的重要科研基地。在发掘、整理、翻译、出版和研究《格萨尔》史诗方面，青海当属全国范围内起步最早、成果最多的省区。

今天，我们在青海——《格萨尔》的故乡举办这样的论坛，我想这应该是广大学人共同的心愿。在这个论坛上，来自世界各地的专家学者将集中展示他们最新的研究成果，而对于常年坚守在雪域高原、为《格萨尔》史诗的挖掘和传承默默奉献的基层工作者而言，这将是一种无言的激励和肯定。我想，这里面定然有一种鼓舞人心的精神，这种精神源自史诗的主人公格萨尔。

史诗中的格萨尔幼年时即遭驱逐，同母亲流落至玛域。母子俩克服各种艰难险阻，励精图治，终于开发和治理了玛域，从而使原本荒无人烟的地方变得水草丰茂。在一次赛马大会上，年轻的格萨尔战胜群雄，登上王位并迎娶了美丽的珠牡姑娘。接下来的故事里，他降伏入侵的敌人，使百姓摆脱战乱之苦，过上了安居乐业的生活，最终让青藏高原走向统一……

这是民间文学对正义力量颇具诗性的讲述，也是老百姓对民族英雄的热情颂扬，更是长期以来，高原民众所秉承的单纯而又朴素的价值判断和审美追求。在全民构建和谐社会的今天，我想我们更需要这样纯洁而执着的坚守。用一颗敬畏之心善待自然，用一颗包容之心面对世界，用一颗热爱之心拥抱身边的每个人。《格萨尔》不仅仅是一座史诗的高峰、文学的丰碑，也不仅仅是一首历史的诗歌。直到今天，它依旧被不停地讲述，我想更重要的是，它具有某种超越时空、国家和民族界限的精神力量。这种力量让每个人都能找到乐观和自信，也会让每个家园一如既往地幸福和安宁。

世界上，许多民族都在讲述自己的史诗，有探求宇宙诞生、万物生成和讴歌创造精神的创世史诗，也有描述部落迁徙、民族形成和颂扬民族精神的英雄史诗。从理论上讲，史诗是一种特定的文学现象，它产生于人类童年时期。随着时代发展，史诗产生的社会基础已经消失，正如雨果所说的："史诗在最后的分娩中消亡了，世界和诗的另一个纪元即将开始。"诚然，走过漫漫历史长河，许多史诗已然成为人类文化史上的一个标本，大多以固定文本的形式被陈列在图书馆和资料室里，再无生机可言。然而，令人惊叹的是，在藏族人民中流传了千年之久的英雄史诗《格萨尔》，至今依然存活于民间且焕发着青春活力。

不可否认，《格萨尔》强大的生命力源自民间艺人。自史诗产生以来，他们的说唱活动就没有终止过，至今仍有百余位《格萨尔》说唱艺人活跃在民间。我们在特定的时日仍可以目睹并聆听其艺术生命的最原始状态。当然，由于艺人所处地域不同，各自的说唱能力及风格也各不相同。这些艺人在天赋、才华、知识阅历、内在气质和特长等方面也各有差异，因而大家口中的史诗也各具特色。就同一个艺人而言，因每次说唱的时间、环境和个人心态不同，每次说唱的内容也就长短不一，不尽相同，从而形成了"每个艺人口中都有一部《格萨尔》"的局面。如此来看，这部史诗至今仍然没有固定的文本，在说唱的过程中，众艺人不断丰富和完善着它的内容。与此同时，《格萨尔》伴随着众多说唱艺人的足迹不断传向四方。史诗的部数也在不断增加，各种不同的刻本、手抄本、说唱整理本仍然在不断增加。从这个角度来讲，《格萨尔》的确是当今世界为数不多的"活形态"史诗之一，是中华民族也是整个人类文化的宝贵财富。我们珍视它，就是珍视我们的民族历史和文化；我们保护它，就是在保护我们人类曾经拥有过的美好童年。今天，它仍以顽强的生命力不断发展着、丰富着，给我们的最大启示是——人类需要更加关注自己的现在，健康、快乐地走向未来。

诚然，作为人类共同享有的一种叙事方式，史诗或阐述世界本原问题，或叙述某一民族形成的历史，里面凝聚了人们对宇宙的探求精神和对祖先的追恋、敬仰之情。在叙述过程中，它包容了一个民族全部的生活信息和文化信息，汇聚着大量的民族社会生活的真实图景，诸如议事、祀典、仪式等，从中我们可以寻找到关于古代地理、历史、医学、文学、音乐等的许多珍贵资料。

它把人类早期的生活经验转化为生动的叙述语言，把最丰富的生活世界化成了一个个经典符号，人类物质的、精神的、历史的、现在的……所有的一切都在史诗中得到歌唱。这种歌唱是一个充满了神圣感和崇高感的过程，而歌唱的意义就在于表达文化群体之间的自我认同。可以说，史诗是人类对自己栖居于这个世界的一种认知方式，也是在混沌中建立起来的最初的社会秩序。

时代步入新千年以后，我们越来越清晰地认识到史诗、神话等这些古老思想文化遗产对于人类自身的意义，这些财富都是先祖留给我们的思想精髓，也是他们智慧的结晶。每一部史诗的讲述都展现着文明的光芒。我们知道，在全球经济文化渐趋一体化的大背景中，东西方文明在不断的碰撞和对话中，创造着一个不断文明、和谐的新世界。在此过程中，世界各大史诗依旧闪耀着它们智性的光焰和独特的魅力。

而分别代表不同文化地域和专业背景的专家学者，就在今天欢聚在中国青海，对话史诗、交流思想，把最前沿的理论和思想传递给大家。我想这不仅仅是一项学术交流活动，而且是一种价值体系的交流过程，更重要的是它承载着我们人类最终的理想，那就是各民族和睦共处，全世界和平安宁。

2012 年 7 月 17 日

我们的继续存在是人类对自身的救赎

——在青海国际土著民族诗人圆桌会议上的致辞

在我们这个地球村，人类的生命基因已经延续了若干万年，为此我们要深深地感激养育了我们生命的家园——地球。我以为无论从物质的角度，还是从精神的角度，地球都给我们提供了丰富的滋养，难怪在这个地球上不同的地域，许多民族都把地球和土地比喻成自己的母亲。在不少民族的创世神话中，地球和土地就是一个特殊的隐喻和象征。它们是早期人类原始思维中的一种符号。当我们追溯人类的生命源头和精神源头时，地球或者说土地，无疑都是我们最根性的母体。

作为一个诗人，或者说在更多的时候，我是一个怀疑论者，对人类的未来充满着极度的忧虑。但是尽管这样，我仍然从未丧失过人类在面对各种困难和挑战时的勇气以及坚定的信心。特别是在今天，当我们从世界的四面八方来到这里，并将以诗歌的名义来进行一次富有建设性的对话的时候，我相信，同大家一样，我们都怀着一种共同的期待，那就是我们作为这个地球村不同地域和民族的代言人，我们将义无反顾地承担起保护我们共同的生命母体——地球的责任。从更广阔的意义而言，我们是代表这个地球上所有的生命来发言，我想无论它是动物还是植物。

由此，我想告诉大家的是，我们这一次具有特殊意义的交流和对话，或许它最初发出的声音还不太大，但它最终所汇聚成的道德力量将是无穷的。在全球化的今天，尽管反全球化的观点很有道理，他们认为传统、差异和当地性让位给了新自由主义经济范式所主导的全球资本主义，但是尽管如此，人类今天所面临的危机，诸如资源的过度开发、生态灾难、繁荣下的极端贫困等等，都需要我们这些作为社会动物和生物动物的人去加以解决。毫无疑问，我们是这个地球村真正的主人之一，我们将承担起并肩负着保卫我们赖以生存的这个蔚蓝色星球的光荣职责。

列维·施特劳斯曾这样感叹："今天人类没有分别……人与他者直接接触，他们的感觉、抱负、欲望和恐惧对安全和兴旺毫无影响，那些曾经认为物质进步代表着优势的人……那些所谓初民和古老民族……他们的存在消失了，他们以或快或慢的速度，融入了他们周遭的文明。"在这位杰出的人类学家眼里，全球化瓦解了原有的世界，模糊了自我和他者之间、"现代"与"原始"之间的差异，全球化已经真实地颠覆了固有的国际政治、经济以及文化秩序，全球化让我们这个时代处于一个断裂的状态。

作为土著民族的诗人和文化代言人，当我们身处这样一个混淆了传统和现代、资本和技术日益异化我们的无序的现实世界时，我们别无选择，只能把我们每一个民族伟大的文化传统更完整地呈现给这个文化多元的世界，呈现给已经延续了数千年的人类文明共同体，从而让我们的文化创造成为人类共有的精神财富。也只有这样，我们才能在全球各民族都在经历的现代化过程中重塑自我，并且进一步高扬我们原始根性的文化意识，真正重构我们的身份认同，让我们的作品成为人类历史记忆中永远不可分割，同样也不可被替代的组成部分。2007 年的联合国宣言，是对土著民族集体权利更大范围的承认。肯定文化多样性是一种历史的进步，它使过去长时间处于社会的边缘的土著民族被转移到一个更为平等的位置。正是因为如此，在今天我们才更强调一个诗人和作家的文化个性，或者说文化贡献。

我们的阅读经验告诉我们，任何一个民族的伟大作家和诗人，首先是属于他的民族的，当然同时他也是属于这个世界和全人类的。伟大的诗人但丁、普希金、密茨凯维支、屈原、李白、杜甫等等，都是这方面最光辉的典范和代表。如果从当下全球四处都在大肆宣扬的直接性、压缩、新奇、速度和技术这样一些观念和行为的影响来看，人类不同民族的古老传统和文化价值体系，都将在所谓全球化的加速度状态下步入衰落，甚至可能会无可挽回地走向消亡。历史的规律已经证明，我们的这个世界是因包含了文化、集体和历史的差异而丰富多彩。从生物多样性和文化多样性而言，我们这个地球家园中的任何民族的文化传统，包含了语言、文字、古老的哲学价值体系和文化少数族群的一切权利，一旦消失，无疑都将是全人类共同的不幸和灾难。

我想在目前全球化的语境内，规训和消解原生文化的目的就是同质化，就是整齐划一。伟大的马提尼克诗人和政治活动家埃梅·塞泽尔呼吁，以"历史权利"来进一步关注土著民族的文化传承。他所提出的"黑人性"，无疑是非洲以及世界黑人文化复兴运动的最为重要的理论基石。埃梅·塞泽尔给了我们一个宝贵的启示，那就是我们必须找回属于自己的"历史权利"，为真正实现和保护我们地球家园文化多样性而付诸行动。从 21 世纪开始以来，将多样性当作一种现代性的象征来用已经成了人类的普遍共识，或者说成了绝大多数人所认同的一种具有道德精神的基本原则。可以说，今天生活在世界不同地域的各个古老民族的存在和文化延续，将是人类对自身的救赎，因为我们曾长时间缺乏对不同文化和传统的理解和尊重。

在这里，我还要最后强调，任何一个土著民族的诗人，其实都具备一个更为强大的精神和文化背景，我们的作品更能表现和反映出全球"文明"和"社会"严重错位带来的地缘政治和文化冲突。我们既是全球化过程中一个日渐被所谓全球新秩序反复考验和挤压的角色，同时又可能成为自由市场之外，被全球利益遗忘的另一种新的"边缘"，成为新的精神的放逐者、物质的贫困群体。总之，在这个新的世纪，我们唯一的体验是，思想和肉体都时刻置身于一个碰撞、交叉、重构、加速的境况之中，由此，我们没有理由不相信，在这样一个充满着激荡、变化、失落、回忆、割舍、放逐的时代，作为人类永远的良心，我们身处世界各

地的土著民族诗人必将给人类奉献出最伟大的、最富有人类情怀
的诗篇。

2012 年 8 月 10 日

第二辑　随笔和文学演讲　我们的继续存在是人类对自身的救赎

诗歌：见证历史和创造的工具

——在青海湖国际诗歌广场完全落成仪式上的致辞

今天我们选择了诗歌，没有别的目的，这是因为诗歌至今仍然是人类精神殿堂最重要的基石之一。今天我们与诗歌同在，那是因为将共同见证一个事实：在我们居住的这个星球的东方，在中国的青海，将有一个呈现人类伟大诗歌记忆的雕塑群落出现在这里。在此时此地我想说的是，它曾经似乎就是一个梦，但这个梦在今天变成了现实。

各位同行，朋友们，我想把这一切说成是一个奇迹，或许你们能理解并宽容我的大胆。首先，我认为这个最初的梦想能变成现实，并成为奇迹，完全是缘于诗歌给我们带来的想象。从这个意义上而言，这个世界上一切伟大的创造，都是充满着诗性和想象的，如果失去了想象力，人类的创造力也将会变得苍白而毫无生气。

为此，我们要感谢诗歌，是它给了我们这种无穷的想象力，同样也给了我们把这种想象变成真正现实的勇气和智慧。因为诗歌永远只代表着人类一切进步的力量，它是正义和自由永恒的化身。从人类浩如烟海的文化遗产中，选择出二十四部不同国度、不同地域的伟大的民族史诗铸成青铜，最终耸立在这个举世无双的诗歌广场上，这个足以令人称奇的结果，难道不能说成是一个想象的奇迹吗？回答当然是肯定的。

因为在这个地球上，还没有第二处集中了这么多有关人类伟大史诗青铜雕像的广场。这个广场上的国际诗歌墙，也因为其采用了嘛呢石经墙的独特形式，而成为被人们广泛称道的人文建筑和自然结合的光辉典范。

各位同行，朋友们，特别是在这样一个特殊的时刻，请允许我代表你们，代表所有热爱诗歌的人，向为建成这个伟大的诗歌广场而付出了天才般的智慧的雕塑家们致敬！是他们让我们再一次相信并亲眼看到了，真正伟大的雕塑就是一首首凝固的诗歌这样一个事实。最后，让我们共同祝愿这个诗歌广场连同这一座座精湛的史诗雕像，永远成为人类精神遗产中的一个组成部分。诗歌之神万岁！

2012 年 8 月 12 日

诗歌是通往神话与乌托邦的途径

——写给第二十三届麦德林国际诗歌节的书面演讲

诗歌从它诞生之日起，就从未离开过它所置身的那个时代。这就如同诗人，尽管他能通过他所构筑的那个语言的世界，最终超越他与当下现实的关系，但是无论如何，任何一个时代的诗歌，其本身所呈现出来的整体态势，都会让我们清晰地看到，那个时代诗歌主流精神的具体指向。其实这已经是一个毫无争议的事实，古希腊荷马时期的诗歌是这样，中国古代唐朝时期的诗歌是这样，西班牙黄金时期的诗歌是这样，在源远流长的世界诗歌史上，这样的事例不胜枚举。

但在这里，我需要说明的是，一个时代诗歌本身主流精神的指向，那一定是对一个更为广阔的时代生活而言的，它绝不是狭隘的。因为阅读诗歌史和不同时代诗歌的经验告诉我们，诗歌所呈现出来的整体面貌是不一样的。这不仅仅是指诗歌表现形式上的差别，而更重要的是，不同时代的诗歌在其更宏大的诗歌精神层面上，也必然具有独特的、极为鲜明的、区别于其他时代的诗歌风貌。

或许，这就是我说的，不同时代，尽管不同的诗人和他们的作品会发出不同的声音，但可以肯定这些声音中必然隐含着那个时代的回声。当然，任何时代，诗人作为独立的写作个体，不论从生命意义上来讲，还是从诗歌的创造力来讲，诗人以及诗人的作品，都有着自身独立的、永远不可被替代的特殊价值。因为一代又一代诗人以及他们浩如烟海的作品的存在，才使我们人类的诗歌精神源流，充满着极为鲜活的生命。

直到今天，诗歌依然和我们的心灵及现实生活紧密相连。作为生活在 21 世纪的诗人，我们不能不想到诗歌应该承担的责任，以及它所应当发挥的作用。那诗歌在今天究竟能发挥一种什么样的作用呢？我不想从社会学的角度来讨论诗歌的社会作用，我也不愿意用现代语言学的方法去解析诗歌本体的无限可能。其实，我们要真正明确诗人的责任，和诗歌在当下的作用，并且能作为这个时代有良知的诗人开始行动起来，有一个重要的前提，就是我们必须对我们生活的这个时代有一个清醒的认识。

20 世纪意大利隐逸派伟大诗人，埃乌杰尼奥·蒙塔莱曾在他的一本著名论著《在我们的时代》中这样说："我目睹了人类伟大思想成就的实现，那是神奇的成就，但也许是愚笨的……我从中发现的唯一普遍规律是，人类的每一成就和进步必然伴随着其他方面的损失。这样一来，人类任何可能的幸福的总量就依然不变。"蒙塔莱还说，"这让我知道，我们会一下跳进乌托邦的空想王国。但是，如果没有空想，人恐怕还是一种比好多动物还要更不聪明，还要更不合时宜的动物"。

然而，我们生活的今天，已经远远要比蒙塔莱生活的那个时代更让人忧虑和不安。虽然没有世界性的战争全面爆发，但区域性的战争不断出现，核武器的阴影仍然笼罩在人类的头顶。人类生态环境的持续恶化，似乎已经到了不可逆转的地步。人类对自然资源的消耗，其速度之快、数量之大，也超过了自人类诞生以来的任何一个时期。

人口数量的剧增，加上资本主义生产至上的发展模式，许多国家的政府将经济增长视为施政的唯一目的。这种用无度生产、疯狂消费和所谓 GDP 总量来衡量价值的思维方式，已经让我们看到了，如果再让这种造成社会不公平和全球生态灾难频发的发展方式持续下去，对人的异化不受到来自道德的谴责，人类的未来必然将走向最终的毁灭。诚然，作为诗人和我们这个时代的见证者，我们从未否认过发展健康、生态、绿色、可持续经济对推动人类文明进步的巨大作用，对每一次人类重大的科技创新和技术革命，我们都同所有的群体一样欢欣鼓舞。人类只有时刻警惕自身的贪婪和遏制人性的缺陷，才能克服由于膨胀的欲望所带来的恶果和灾难。

诗歌，在今天毫无疑问，已经又一次成为我们反抗异化的工具，诗歌已经超越了一般性阅读和审美的范围，已经超越了语言和修辞学方面固有的意义。诗歌作为一种精神和象征，它将引领人类从物欲横流的世界，走向一个更为光明的高地。人类不仅仅是依赖物质存在的动物，还是不能离开精神而存在的动物。某种时候，不，应该是所有的时候，精神的至上将永远是人类区别于其他动物的鸿沟。

人类的文明史早已证明，我们的先贤们从未停止过创造自己的精神和神话，并力图去构建理想中的乌托邦。在当下，诗歌无疑已经包含着某种信仰的力量。它既是我们与自然进行沟通的桥梁，又是我们追求人的解放和自主，让生命拥有意义的途径。在全球化和资讯化的时代，由诗歌构建起来的神话和乌托邦，将促使人类建立一种更为人性的生产和生活方式。它将把推动人类精神文明的建设和精神生活质量的全面提高，作为不折不扣的价值追求。

诗歌的神话和乌托邦，将把物质生产的最后目的与人的全面解放联系在一起。物质生产的劳动，不再是对地球资源无节制的消耗，更不是对人的积极的生命意义的消减。诗歌不会死亡，特别是在一个物质主义盛行的时代，诗歌必然会闪现出更为灿烂的精神光芒。只要诗歌存在一天，它就会鼓舞人类为不断创造不朽的精神和神话，为建设一个更加尊重生命、尊重自然、尊重平等、尊重人权、尊重信仰的明天而共同奋斗！

2013 年 2 月 24 日

向翻译家致敬！

——写给《世界文学》创刊六十周年

　　在伟大的德国诗人歌德提出他所认为和理解的"世界文学"这样一个概念之前，毫无疑问，不同国家、民族和地域的文学，从其诞生之日起肯定已经存在了数千年。这是一个不用争论的事实，因为文学史早已明明白白地告诉了我们。我们完全可以相信，作为哲人和智者的歌德，当然不是在胡言乱语，他所说的"世界文学"，是一个基于人类已经大大突破了原有的空间和地理上的限制，开始更大量地通过不同语言文字的翻译，所形成的对彼此的文学在更广范围内的认知和了解。我认为无论是对于早已仙逝的一代文豪歌德，还是对于生活在不同时代的人类，想通过不同语言文字的翻译来达到了解对方的思想、生活和情感的愿望，其实从来也未发生过丝毫的改变。有趣的是，我们人类的生活在近一两百年，才发生了难以想象的变化，特别是科技的高速发展，交通工具和信息传播技术质的飞跃，可以说是在一个时间被极速压缩的空间里，人类的生产方式和生活方式都发生了一连串的革命。歌德所说的"世界文学"，最初就像一个渴望成真的梦，而在今天确已真正变成了让无数读者为之激动的现实。而这一切，是谁完成的呢？当然是通过翻译，当然是那些重建人类语言"巴别塔"的翻译家。是因为有了他们的存在，今天这些使用着不同语言文字，生活在不同地域，传承着不同文化传统的不同民族，才能通过翻译阅读到世界不同文字中的文学经典，从而为人类不同文明间的相互了解和对话，起到了极为重要的推动作用。

据说，在《圣经·旧约·创世记》中曾有这样的记载，人类希望兴建通往天堂的高塔，但上帝为了阻止这一计划，故意让人类生活在不同地域，并使用不同的语言，让人类相互之间不能沟通，致使人类的这一计划最终失败。这个关于"巴别塔"的故事，或许就是一个传说，但今天的人类，并没有仅仅在使用一种语言和一种文字，如果真的是那样，从文化多样性的角度来看，一定是一个天大的灾难。因为生物的多样性和文化的多样性一样，是我们延续这个地球生命基因以及文化基因，永远不可或缺的最为珍贵的东西。但令我们不安的是，在今天这个跨国资本无处不在的时代，资本逻辑和技术理性已经完全左右了我们的生活。最让我们感到悲哀和不幸的是，除了物种在一个个不断消失之外，人类使用的一些语言，特别是部分弱势族群的语言，也面临着逐步消亡的危险。许多有良知的人类学家证实，几乎是每一天就有一种语言从这个地球上消失。著名马里黑人作家、伟大学者阿马杜·昂帕素·巴有一句名言，"在非洲，一位老人的逝去，意味着一整座图书馆也随之而去"。我们知道，人类是通过自身的语言来进行思维的，而一种语言的消失，无疑让人类永远地失去了一种无法替补的思维方式，其中包含着独特的宇宙观、古老的生命观念、传给后代的伦理道德"模式"，以及永远不可解释的语言中最为精妙的那个部分。法国哲学家孟德斯鸠认为，语言是唯一的共同特征，是文化特性的最高标志。当然，一个民族的文化特性同它的历史、语言和心理三大因素是分不开的。这是一个民族文化特性的核心，这种核心一旦消失，社会与文明就没有了生命。正因为如此，人类一方面要勇敢地捍卫这种文化特性存在的权利，另一方面又要加强不同语言使用者之间的交流和沟通。说了这么多有关语言的重要性，生活在这个地球上不同区域的人们，并不是要与世隔绝，更不是要断绝友好的来往，而是要通过大量的翻译，使人类重建语言的"巴别塔"，成为一次又一次真正的可能。

最后我要说的是，感谢《世界文学》，你是我唯一订阅至今的一本心爱的刊物，你的存在就是人类重建语言"巴别塔"的最好例证。同样，你的存在，也让我们再一次坚信：这个世界语言随地而异，多种多样，只有通过近乎神圣的——翻译，人类社会和古老的文明才得以存在下去。

2013 年 10 月 24 日

山地族群的生存记忆与被拯救中的边缘影像

——在 2014 年中国（青海）世界山地纪录片节圆桌会议上的发言

我一直有这样一个看法，或许这个看法在有的人看来并不成立，但我至今仍然坚持我的这种看法，那就是人类的文明有两大系统，简单地说就是海洋文明和山地文明。当然，在这里我说的是两大最主要的文明系统。不可否认，在人类的文明传承中，经过数千年历史的变化，我们人类在今天，还能看见这样一个现象并未改变。海洋文明的传承，最终伴随着人类的探险、贸易、迁徙、掠夺、殖民等活动，影响日益扩大。特别是在近五百年来，由于人类航海技术的不断提升，海洋文明的传播，就其速度和覆盖面而言，毫无疑问大大地超过了其他的文明。

我要告诉大家的是，我在这里说的海洋文明，完全是相对于山地文明而言的，我没有用诸如西方文明、印度文明、阿拉伯文明、中国文明等这样一些概念。同样在此，我无意去研究和探讨，在海洋文明的传播过程中，甚至不止一次出现过的，这两种文明之间所形成的冲突，更为严重的是，这些冲突曾导致一些古老的文明开始衰落和消亡。无可讳言，拉丁美洲和非洲等地域古老文明所遭遇过的危险，并最终酿成悲剧的原因，就来自这种冲突。难怪在纪念哥伦布发现美洲大陆五百年的时候，美洲土著人民（包括美洲后来形成的混血人种），他们的态度就与纪念活动的主办者们截然不同，他们发出的是几百年来被压抑了的抗议的声音。

在此，我需要声明，我不是在这里赘述这一冲突产生的背景和过程，而是想要说明，海洋文明作为一个庞大的文明体系，无论你对它进行何种评价，它都是一个我们必须面对的现实存在。需要再声明的是，我在这里所指的海洋文明，是从更广义的角度来看的，是指这一文明的产生和传播，都与海洋密切相关，更确切地说，这是自始至终相对于山地文明来谈的。否则，会发生传统意义上对世界现存几大文明的误读。只有这样，我们才会从另一极来为古老而伟大的山地文明定位。我讲以上这些，只有一个目的，那就是要为我阐释清楚山地文明的重要性，做一个必不可少的铺垫，仅此而已。

可能大家都已经注意到了，我今天发言用的题目，就是此次论坛的主题，"山地族群的生存记忆与被拯救中的边缘影像"。其实这并非我的冒昧自大，我更不愿意给大家造成这样的印象——我在给这样一个论坛主题做结论性的总结。其实我的这一席话与在座各位的发言一样，仅仅是一家之言。因为我知道，围绕着这样一个主题，每一个人的发言都会从不同的角度表达出自己独有的观点，而这些鲜明的思想，都将成为我们这次论坛，最具有建设性的贡献，也正因为大家的共同参与，这样一个各抒己见的对话，才富有更加积极的意义。

现在我必须把谈话的内容，拉回到"山地文明"这样一个中心。不知道大家注意到这样一个现象没有，近一两百年来，在全世界范围内，经济和社会发育程度最高的地方，似乎都在不同国家的沿海地带，或者说许多国家经济最繁荣的区域，大都在海岸线的附近。而恰恰相反，许多国家较为封闭、落后和贫困的区域，大多集中在高原和山地，这些地方往往交通不便，有的甚至置身于大陆腹地的最深处。从今天社会学和人类学的角度来观察，"山地文明"所保持着的原生态性，以及这种古老文明所具有的文化特质，其珍贵程度，对于当下人类来说都是无法估量的，它的价值将随着人类对自身的深度认识，越发显现出来。

任何事物，永远有着它的两面性。由于"山地文明"这样一种特殊的处境，千百年来生活在高原和山地的不同族群，他们才有幸和不幸地延续着自己古老的历史，他们独特的宇宙观、价值观、生活方式才在历史的选择中得以幸存。说他们有幸，那是因为这种文化得以延续，一直没有被外来的力量完全中断，他们已经成为这个世界多元文化的重要组成部分；说他们不幸，那是因为，他们那不可被替代的哲学思想、思维习惯、文化传统，等等，正在被力量完全不对称的，外来的强势文化所包围和消解。

但始终令人欣慰的是，直到今天，虽然面临种种的威胁和危险，许多族群仍顽强地坚守着自己的文化传统，保留着自己的语言和文字。毫无疑问，这些濒临灭亡的语言和文字，在当今仍然是记录这些族群生存记忆的工具。正因为这些古老的文化还被传承着，它就像一种声音，虽然依稀弱小，却在人类进入 21 世纪的时候，再一次唤醒了人类已经沉睡的良知。特别是在今天还在不断加速的全球化时代，理性权力的滥用肆无忌惮，尤其是新自由主义、重商文化对全球弱势族群的冲击，已经到了最严重的地步，其造成的灾难性后果，已经摆在了我们面前。

据说，今天一些弱势族群的语言和文字的消亡，其速度之快令人震惊。当然，就是在这样一个危机四伏的时候，我们才越发感觉到，要保护好不同民族的文化传统，这个世界留给我们的时间已经不多。"山地文明"中留存的"基因"和"密码"，或许现在已经成了我们人类必须进行抢救的最后的"记忆库"，这绝不是我在危言耸听。

我不能在这里推断：如果今天的人类，失去了对过去的记忆，人类还能真正地认识自己吗？这种集体的失忆，是我无论如何不敢去想象的。今天，用影像记录的方式——当然这仅仅是一种方式，来拯救和记录我们的"山地文明"，已经被大家所认可。这一共识在不同的国家和组织，其实已经变成了广泛的行动。最为可贵的是，有不少形形色色、数以十万计的纪录片机构，当然也包括那些纪录片独立制作人，在这一领域做出的贡献是极为非凡的。我们应该向他们表示敬意。他们的不凡之举和敬业精神，是人类能够相信自己，并能够把自己的昨天、今天和明天联系在一起的关键所在。

　　尽管这样，今天我们还是要继续呼吁和倡导，对山地族群的生存状况，再进行全方位地、准确地、真实地记录。我想这些被拯救一般记录下来的影像，除了具有重要的史料意义外，还会让人类在认识自己昨天的同时，真正理性地找到通往明天的道路。这条道路将更合乎人的全面发展，更具有人道的精神，更兼顾公平和正义。如果没有人类的历史，就一定不会有人类的未来，我以为，这就是我们要举办山地纪录片节的，最重要的也是最直接的原因，这也是影像记录"山地文明"的价值所在。

2014 年 7 月 24 日

诗歌的本土写作和边缘的声音

——在 2014 年青海国际诗人帐篷圆桌会议上的演讲

当我用这样一个题目开始演讲的时候，我首先想到的是，在今天这样一个让新自由主义思潮和资本逻辑横行的时代，我们不同民族的文化，确实已经遭到了从未有过的威胁。所谓新自由主义的思想和主张，之所以能大行其道，那是因为不断加速的全球化进程给他们提供了自认为最实在的佐证，同样也因为这样一个全球化的过程，新自由主义思想和主张，才找到了似乎谁也无法阻挡的传播空间。

其实，所谓"全球化"，就是资本的主要操控者，让资本按照其意愿自由地流动，或者说让经济和金融打破原有的国家和区域的经济界限，整合为一。这种被称为世界经济场的状态，实际上是这个世界经济竞争游戏规则的制定者们强行而巧妙地带着大家玩的一场永远只有利于他们的游戏。

我们知道的国际货币基金组织和世界贸易组织，当然也包括像世界银行这样的面向全球的机构，不言而喻，就是他们在背后用一双看不见的手，操控着的一系列跨国组织。在当下，让我们感到这种威胁越来越严重的是，这种资本的自由入侵，以及它所带来的只为疯狂营利的唯一市场逻辑，已经给我们的文化传承和发展，造成了极为不利的影响。

需要声明的是，我并不反对市场对经济的主要调节作用，而是反对新自由主义的荒谬主张。这种主张有时并不是明目张胆的，它们还常常穿着虚假的外衣，以经济的高速增长为诱饵，强势美化资本的自由流动带来的所谓种种好处。它们只强调经济增长在人类生活中的唯一性，只把单一的经济指标的提高，作为社会发展的整体的终极目标。

由于这种主张，在社会生活中人的全面发展的理念，被资本形成的权力统治曲解，一些本应该由国家和政府去服务的公共领域，也开始大面积地倒退，一些新的社会问题形成，包括失业和贫困人口的增加，社会福利的减少。可以说从根本上讲，这种所谓全球化的资本主义，给人类带来的恶果已经显而易见。它让许多国家和政府的社会功能大大减弱，甚至让一些政府在社会保障、教育、卫生、文化等方面的服务缺席。

这种可怕的利益逻辑，抹杀了文化的特性，让我们生产的文化产品，开始同质化和趋同化。在这方面我们有许多例证，比如对好莱坞电影生产模式的追捧，就使不少国家的民族电影业遭到了毁灭性的打击。这种情况在第三世界国家中尤为严重。一味要求票房的价值，已经成为衡量其作品价值的一个可怕的标准。这种商业化泛滥的情形，对真正有价值的文化发展所造成的损害，超过了历史上的任何一个时期。

在许多国家和地区，对传统的非物质文化的保护和发展，原有的许多补贴也被降到了最低。许多国家和地区，毫无秩序地过度地开发旅游，对本应该保护的原生态文化也进行了破坏性的商业利用。最让人不可接受的是，这种与灾难完全可以画等号的经济文化模式，却在必须尊重市场规律的幌子下，被许多新自由主义的宣教者，拿到无数国家去兜售，并在这些国家建立起了自己的"商业"文化王国。其结果只能是，那些被传承了数千年的地域文化，不同民族的语言、文字以及独特的生活方式，都面临着死亡和消失的考验。

除了这些，新干涉主义带来的诸多问题，也在这个地球的四面八方开始显现。在中东，特别是在伊拉克、埃及等地，战火不断，在原有的政治社会秩序被破坏之后，新的政治社会秩序并没有被真正地建立起来。

由此，我们不会不去深层地思考，不同文明、不同价值体系、不同宗教信仰、不同文化背景的国家和民族，如何由自己去选择和建立更合乎自己的社会制度以及发展道路，如何更好地为建立一个更加和平的世界而开展积极的建设性的对话。

面对这样一个世界，为什么我要如此坚持和强调诗歌的本土写作呢？其实，我上面的发言已经说明了很多问题，这也是我反对新自由主义的一个根本原因。当然，无可讳言，我是站在全球范围这样一个角度来讲的。作为生活在地球村里的一个诗人，我想无论我们生活在这个世界的哪一个区域，我们捍卫人类伟大文明成果的神圣职责，是永远不可放弃的。从人类道德的高度而言，尤其在今天，当这种珍贵文明的基础被"全球化"动摇的时候，我们只能选择挺身而出，而不能袖手旁观。不过需要进一步阐释的是，我所主张的本土写作，是相对于这个世界更大范围而言的，是对新自由主义"全球化"思潮的在理论上的反动。

因为"全球化"在文化上的一个最大特征，就是抹杀个性，就是让多样性变成单一性，让差异性变成同一性，使这个世界多声部的合唱，最终变成一个声音。更为恐怖的是，这种由跨国资本控制和自由市场所形成的力量，对文化多样性的危害，是最为致命的。这绝不是我危言耸听。在亚洲，在非洲，在拉丁美洲，这样的例子层出不穷，乌拉圭著名作家爱德华多·加莱亚诺的《拥抱之书》，就深刻地揭示了这一问题的本质。

在这里，需要说明的是，我不是在探讨一般意义上的人类在发展中存在的问题，更不是要否定人类在工业文明和科技进步方面所取得的巨大成就。我想要表述的是，这个世界上的任何一种文化，哪怕是最弱势的文化，它也有无可辩驳的独立存在的价值。但是，令我们感到不安的是，今天的市场逻辑只要求文化产品的商业价值，而把许多具有精神价值的文化产品弃之一旁。诗歌的本土写作，说到底就是要求诗人在任何时候，都应该成为自己所代表的文化的符号，都应该义无反顾地代表这个文化发出自己必须发出的声音。诗人之所以被称为诗人，据我所知，其从来就不是一个职业的称谓，而这一称号却是一个人所共知的社会角色，从某种角度来讲，就如同但丁对于意大利，普希金对于俄罗斯，密茨凯维奇对于波兰，叶芝对于爱尔兰，诗人在更长的历史时空中，其承担的社会角色，毫无疑问就是他的祖国文化的第一代言人，同样也是他的民族的无可争议的良心。

在这个消费至上和物质主义的时代，或许已经有不少人开始怀疑诗人在今天存在的价值。对此不用担心，因为只要有人类存在，人类伟大的文明的延续就不会停止，而作为人类文明最重要的精神支柱之一的诗歌，就不会丧失其崇高的地位和作用。

在当今这个让人类处于极端困惑，并正在遭遇深度异化的现实世界里，诗歌除了其固有的审美作用，以及用词语所创造的无与伦比的人类精神高度外，其实已经勇敢地承担起了捍卫人类伟大文明的重任，已经成为反抗一切异化和强权的工具。我们一定要清醒地看到，今天的诗歌写作，已经不仅仅是诗人的个体活动，当面对强大的经济世界主义和国际经济强权的压迫时，一个世界性的诗歌运动，正在这个地球的许多地方开展起来。而这一诗歌运动本身，正以其独特的方式，去抚慰生活在不同地域的人们的心灵，并用诗歌点燃的火炬去引领人类走向一个更符合人的全面发展的新的理想目标。这个目标不是别的，它会让人类再一次相信，这个由诗歌构建的精神高地，就是通往明天的真正的乌托邦！

2014 年 8 月 3 日

向诗歌致敬

—— 在 2014 年国际诗人帐篷圆桌会议上的致辞

本届国际诗人帐篷圆桌会议，在大家的共同努力下，已经顺利地完成了各项议程，今晚就要圆满闭幕了。我想此时此刻，大家都有一个共同的感受，那就是每一次诗人的聚会，就如同一种庄严、古老、崇高的仪式。为此，我敢肯定在人类所有的艺术形式中，唯有诗歌和与之相伴随生发出来的音乐和舞蹈，才会产生这样一种不同凡响、更为彰显生命本质的行为和力量。

在这里，我不由得想到了伟大的西班牙诗人加西亚·洛尔迦。他始终认为，通过有生命的媒介和联系传达诗的信息，最能发挥诗歌中"杜恩德"的作用，如果直接翻译成中文就是"灵魔的力量"。是的，我坚信每一位真正的诗人，都具有这样一种上天赋予他的神奇力量。恐怕这也是数千年来，诗歌充满灵性和魅力而又经久不衰的重要理由。同样这也是人类热爱诗歌，并把诗歌视为自己精神生活中，最为美好、最为温暖、最为动人那样一个部分的真正原因。

永恒的时间和人类的心灵渴望，已经无数次地证明过，诗歌的存在，无疑是人类不断延续个体生命和集体生命的实证。因为它从生命存在更为本质的角度，强调了诗歌在精神世界中的作用，也正是这种对精神的需求和向往，才让人类与别的动物产生了更大的区别。从这个意义而言，只要人类的生命存在并把这种对精神的需求不断延续下去，那么诗歌就永远不会离开我们！

朋友们，诗歌就像一束熊熊燃烧的火把，直到今天它仍然站在人类前行的最前列，它照亮了不同种族和人类迈向明天的道路。当曙光开始出现在地平线的时候，诗歌不仅仅是黎明时的号角，它还会给我们一个又一个未卜先知的启示，并随时谦恭地为前行者擦亮眼睛。诗歌既是反抗一切异化的工具，更重要的是它会让人类重新从摇篮中苏醒，再一次认清生命的意义，并辨明人类正确、光明的前进方向！

在这个圆桌会议即将拉上帷幕的时候，请允许我代表在座的各位并以我所居住和生活的这个高原的名义，向我们尊敬的诗人伊夫·博纳富瓦、尼卡诺尔·帕拉、塔杜施·鲁热维奇、加里·斯奈德、特朗斯特罗姆、郑玲、埃内斯托·卡德纳尔致敬！由于他们年龄和身体的原因，我们不能如愿地邀请他们来到这里，但他们的存在，时时刻刻给我们坚守诗的梦想提供了无穷的勇气和力量。我们会从他们的诗歌中，再一次感受到对生命的热爱、对自由的向往、对弱者的同情、对暴力的反抗、对悲伤的抚慰以及对现实永不妥协的追问！

在这里，我还要借此机会，向生活在这个地球上，不同地域、不同民族、不同国家的所有诗人致敬！同样，因为你们的存在，这个充满和并存着进步与危机、幸福与灾难、创造与毁灭的世界，才会让上苍的天平朝着更加和平、正义和美好的方向倾斜！

朋友们，我不得不说"再见"这个词了，我热切地期待着与大家的下一次再见！谢谢你们！谢谢！

2014 年 8 月 7 日

一个中国诗人的非洲情结

——在 2014 年"南非姆基瓦人道主义大奖"颁奖仪式上的书面
致答辞

首先，我要愧疚地向各位致歉，在这样一个伟大的时刻，我不能亲自来到现场见证你们如此真诚而慷慨地颁发给我的这份崇高的荣誉。我想，纵然有一千个理由，我今天没有如期站在你们中间，这无疑是我一生中无法弥补的一个遗憾。在此，再一次请各位原谅我的冒昧和缺席。

诸位，作为一个生活在遥远东方的中国人，还在我的少年时代，我就知道非洲，就知道非洲在那个特殊的岁月里，正在开展着一场如火如荼的反殖民主义斗争，整个非洲大陆一个又一个国家开始获得民族的自由解放和国家的最后独立。这样的情景，直到今天我还记忆犹新。在我们的领袖毛泽东的号召下，我们曾经走上街头和广场，一次又一次地去声援非洲人民为争取人民解放和国家独立的正义斗争。

可能是因为宿命，我的文学写作生涯从一开始，就和黑人文学以及非洲的历史文化有着深厚的渊源。20 世纪 60 年代相继获得独立的非洲法语国家，其法语文学早已取得了令世人瞩目的国际性声誉。尤其是 20 世纪 30 年代创办的《黑人大学生》杂志以及"黑人性"的提出，可以说从整体上影响了世界不同地域的弱势民族在精神和文化上的觉醒。作为一个来自中国西南部山地的彝族诗人，我就曾经把莱奥波尔德·塞达·桑戈尔和戴维·迪奥普等人视为自己在诗歌创作上的精神导师和兄长。

同样，在 20 世纪获得独立的原英国殖民地非洲国家，那里蓬勃新生的具有鲜明特质的作家文学，也深刻地影响了我的文学观和对价值的判断。尼日利亚杰出的小说家钦·阿契贝、剧作家诗人沃莱·索因卡，坦桑尼亚著名的斯瓦希里语作家夏巴尼·罗伯特，肯尼亚杰出的作家恩吉古，安哥拉杰出诗人维里亚托·达·克鲁兹。当然这里我还要特别提到的是，南非杰出的诗人维拉卡泽、彼得·亚伯拉罕姆斯、丹尼斯·布鲁特斯以及著名的小说家纳丁·戈迪默等等，他们富有人性并发出了正义之声的作品，让我既感受到了非洲的苦难和不幸，同时，也真切地体会到了这些划时代的作品，把忍耐中的希望以及对未来的憧憬呈现在了世界的面前。我可以毫不夸张并自信地说，在中国众多的作家和诗人中，我是在精神上与遥远的非洲联系得最紧密的一位。对此，我充满着自豪。因为我对非洲的热爱，来自我灵魂不可分割的一个部分。

朋友们，我从未来到过美丽的南非，但我对南非有着持久不衰的向往和热情，我曾经无数次地梦见过她。多少年来，我一直把南非视为人类在 20 世纪后半叶以来，反对种族隔离、追求自由和公正的中心。

我想并非偶然，我还在二十多岁的时候，就在诗歌《古老的土地》里，深情地赞颂过非洲古老的文明和在这片广袤的土地上生活着的勤劳善良的人民。当 20 世纪就要结束的最后一个月，我写下了献给纳尔逊·曼德拉的长诗《回望二十世纪》，同样，当改变了 20 世纪历史进程的世界性伟人，纳尔逊·曼德拉离开我们的时候，我又写下了长诗《我们的父亲》来纪念这位人类的骄子，因为他是我们在精神上永远不会死去的父亲。是的，朋友们，从伟大的纳尔逊·曼德拉的身上，我们看到了伟大的人格和巨大的精神所产生的力量。这种力量，它会超越国界、种族以及不同的信仰，这种伟大的人格和精神，也将会在这个世界的每一个角落，深刻地影响着人类对自由、民主、平等、公正的价值体系的重构，从而为人类不同种族、族群的和平共处开辟出更广阔的道路。伟大的南非，在此，请接受我对你的敬意！

朋友们，我知道，"姆基瓦人道主义大奖"是为纪念南非著名的人权领袖、反对种族隔离和殖民统治的斗士理查德·姆基瓦而设立的。这个奖曾颁发给我们十分崇敬的纳尔逊·曼德拉、菲德尔·卡斯特罗、肯·甘普等政要和文化名人。我为获得这样一个奖项而感到万分荣幸。基金会把我作为一个在中国以及世界各地推动艺术和文化发展的领导人物，并授予我"世界性人民文化的卓越捍卫者"的称号，这无疑是对我的一种莫大的鼓励。

同样在此时此刻，我的内心也充满着一种惶恐和不安，因为我为这个世界人类多元文化的传承和保护所做出的创造性工作和贡献还非常有限。作为中国少数民族作家学会的现任会长，作为中国在地方省区工作的一位高级官员，同时也作为一个行动的诗人，我一直在致力于多民族文化的保护和传承，并把这种传承和保护，作为一项神圣的职责。在我的努力下，青海湖国际诗歌节、青海国际诗人帐篷圆桌会议、达基沙洛国际诗人之家写作计划、诺苏艺术馆暨国际诗人写作中心对话会议、三江源国际摄影节、世界山地纪录片节、青海国际水与生命音乐之旅以及青海国际唐卡艺术与文化遗产博览会已经成为中国进行国际文化交流和对话的重要途径和平台。

尽管如此，我深知在这样一个全球化的时代，由于跨国资本和理性技术的挤压，人类文化多样性的生存空间，已经变得越来越狭小。从这个意义而言，我们所有的开创性工作，也才算有了一个初步的开头。为此，我将把这一崇高的来自非洲的奖励，看成你们对伟大的中国和对勤劳、智慧、善良的中国人民的一种友好的方式和致敬。因为中国政府和中国人民，在南非人民对抗殖民主义的侵略和强权的每一个时期，都坚定地站在南非人民所从事的正义事业的一边，直至黑暗的种族隔离制度最终从这个地球上消失。

今年是南非民主化二十周年，我们知道，新南非在 1994 年的首次民主选举，让南非成功地避免了一场流血冲突和内战，开启了一条寻求和平协商的道路，制定了高举平等原则的南非新宪法。二十年过去了，我们今天看到的新南非，仍然是一个稳定繁荣与民主的国度。我们清楚地知道，中国和南非同属金砖国家，我们有着许多共同的利益，两国元首在互访中所确定的经济、贸易和文化上的交流任务，为我们未来的发展指明了方向。我相信，未来的中国和未来的南非都将会更加美好。

最后，请允许我表达这样一种心意，那就是再一次向姆基瓦人道主义基金会，致以我最深切的感激之情。因为你们的大胆而无私的选择，我的名字将永远与伟大的南非，与伟大的理查德·姆基瓦的名字联系在一起。同样，我将会把你们给我带来的这样一种自豪，传递给我千千万万的同胞，我相信，他们也将会为此而感到由衷的自豪。

2014 年 10 月 10 日

诗歌是人类迈向明天最乐观的理由

—— 在第五届青海湖国际诗歌节开幕式上的演讲

在这里，我首先要说的是，因为在座诸位热情的参与和努力，今天我们才能如期相聚在这个地球上最令人向往的高地——青藏高原。毫无疑问，这是一件值得我们庆贺并将永远珍藏在记忆中的事。朋友们，在此时此刻，我们为什么不能用热烈的掌声来为我们这样一次伟大的聚会而喝彩呢？当然，作为东道主，请允许我代表中国作家协会和本届国际诗歌节组委会，向来自世界各地的诗人朋友们表示最热忱的欢迎，同时还要向为本届诗歌节的主办付出了辛勤劳动并贡献了聪明和智慧的各相关机构表示最衷心的感谢！

是的，朋友们，我们是因为诗歌，才从这个世界的四面八方来到了这里，同样是因为诗歌，我们才能把人类用不同语言和文字创造的奇迹，再一次汇聚在了这里。完全可以肯定，这是诗歌的又一次胜利！当然，诸位，在这里我不能简单地把我们的相聚，归结为诗歌之神对我们的一次眷顾，如果真的是那样的话，作为一个有着责任感和人类情怀的诗人，那将是我们对诗歌所具有的崇高价值和重要作用的极大不敬。

朋友们，事实证明，这个世界直到今天还需要诗歌，因为物质和技术，永远不可能在人类精神的疆域里，真正盛开出馨香扑鼻的花朵，更不可能用它冰冷的抽象数据和异化逻辑，给我们干渴的心灵带来安抚和慰藉。这个世界还需要诗歌，是因为在这个充满着希望与危机、战争与和平、幸福与灾难的现实面前，诗歌就是善和美的化身，正如捷克伟大诗人雅罗斯拉夫·塞弗尔特在诗中写的那样"要知道摇篮的吱嘎声和朴素的催眠曲，/ 还有蜜蜂和蜂房 / 要远远胜过刺刀和枪弹"，他这两句朴实得近似真理的诗句，实际上说出了这个世界上所有诗人的心声。

我这样说，绝非是痴人说梦。因为就在今天的现实世界，那些正在发生着冲突和杀戮的区域，无辜的平民正流离失所成为离开故土的难民。当然，同样是在那样一些地方，诗歌却与他们如影相随、不离不弃。他们的诗歌就是怀念故土的谣曲和至死不忘的母语。毫无疑问，他们在内心和灵魂中吟诵的箴言，就是他们最终能活下去的依靠和勇气。诗歌和语言在这样的特定环境中，也已经成为反对一切暴力和压迫的最后的武器。

这个世界还需要诗歌，是因为诗歌既是属于更多的"极少数"，同时又从未丧失过大众对它的认知和喜爱，或许诗歌的奇妙之处就在这里。因为我们不知道还有哪一种艺术形式，能像诗歌那样既能飞越形而上的天空，伸手去触摸万象的星群，又能匍匐在现实的大地上，去亲吻千千万万劳动者的脚跟。难怪，尼加拉瓜伟大诗人卡德莱尔，在二十年前，就把群众性的诗歌运动与被压迫民族的解放事业联系在了一起。

这个世界还需要诗歌，是因为跨国的金融资本，完全控制了全球并成为一种隐形的权力体系，从而让人类的心灵更进一步远离我们曾经亲近过的自然和生命本源。当面对这一被极度的消费主义主导的时代，诗歌精神的复苏已成为必然，诗歌仍然以其作为人类精神殿堂不可动摇的根基之一，发挥着谁也无法替代的作用。

这个世界还需要诗歌，是因为诗歌所包含的全部诗歌精神，实际上是人类区别于别的动物最重要的标志，诗歌实际上成了人类所有心灵生活中最必不可少的要素。我们不能想象，一切缺少诗意精神的人类创造，还会真的有什么重要的价值。人类一直在梦想和追求诗意的栖居，实际上就是在为自身定制以诗意精神为最高准则的一种生活方式，或者从更高的角度讲，是一种生命的存在方式。这个世界还需要诗歌，是因为作为人，也可以说作为人类，我们要重返那个我们最初出发时的地方，也只有诗歌——那古老通灵的语言的火炬，才能让我们辨别出正确的方向，找到通往人类精神故乡的回归之路。

朋友们，尽管我们仍然面临着许多困难，但我们从未丧失过对明天的希望。让我们为生活在今天的人类庆幸吧，因为诗歌直到现在还和我们在一起，因此我有理由坚定地相信，诗歌只要存在一天，人类对美好的未来就充满着期待。

2015 年 8 月 7 日

高贵的文学依然存在人间

—— 在 2016 年"欧洲诗歌与艺术荷马奖"颁奖仪式上的致辞

今天对于我来说，是一个喜出望外的日子，我相信对于我们这个数千年来就生活在这片高原上的民族而言，也将会是一个喜讯，它会被传播得比风还快。感谢欧洲诗歌与艺术荷马奖评委会，你们的慷慨和大度不仅体现在对获奖者全部创作和思想的深刻把握上，更重要的是你们从不拘泥于创作者的某一个局部，而是把他放在了一个民族文化和精神的坐标高度，由此不难理解，你们今天对我的选择，其实就是对我们彝民族古老、悠久、灿烂而伟大的文化传统的褒奖，是馈赠给我们这片土地上耸立的群山、奔腾的河流、翠绿的森林、无边的天空以及所有生灵的一份最美好的礼物。

尤其让人不知所措、心怀不安的是，你们不远万里，竟然已经把这一如此宝贵的赠予送到了我的家门，可以说，此时此刻我就是这个世界上一个幸运的人。按照我们彝族人的习惯，在这样的时候，我本不应该站在这里，应该做的是在我的院落里为你们捧出美食，递上一杯杯美酒，而不是站在这里浪费诸位的时间。

　　朋友们，这个奖项是以伟大的古希腊诗人荷马的名字命名的，《伊利亚特》和《奥德赛》两部伟大的史诗，为我们所有的后来者都树立了光辉的榜样。当然，这位盲人歌手留下的全部遗产，都早已成为人类精神文化最重要的源头之一。在这里，我不想简单地把这位智者和语言世界的祭司比喻成真理的化身，而是想在这里把我对他的热爱用更朴素的语言讲出。在《伊利亚特》中，阿喀琉斯曾预言他的诗歌将会一直延续下去，永不凋零。对这样一个预言我不认为是一种宿命式的判断，其实直到今天，荷马点燃的精神火焰就从未有过熄灭。

　　然而最让我吃惊和感动的是，如果没有荷马神一般的说唱，那个曾经出现过的英雄时代，就不会穿越时间，哪怕它就是青铜和巨石也会被磨灭，正是因为这位神授一般的盲人，让古希腊的英雄谱系，直到现在还活在世上熠熠生辉。

　　讲到这里，朋友们，你们认为这个世界所发生的一切，都是由偶然的因素构成的吗？显然不是。正如我今天接受这样一个奖项，在这里说到伟大的荷马，似乎都在从空气和阳光中接受一个来自远方的讯息和暗示，那就是通过荷马的神谕和感召，让我再一次重新注视和回望我们彝民族伟大的史诗《勒俄特依》《梅葛》以及《阿细的先基》，再一次屹立在自然和精神的高地，去接受太阳神的洗礼，再一次回到我们出发时的地方，作为一个在这片广袤的群山之上有着英雄谱系的诗人，原谅我在这里断言：因为我的民族，我的诗不会死亡！谢谢诸位！卡沙沙！

2016 年 6 月 27 日

在送别母亲仪式上的讲话

今天我们相聚在这里，来为一个人送行，这个人不是别人，她就是我亲爱的母亲。我知道，这样的送行，这样为了永别而进行的送行，对于每一个个体生命来说，都是极为残酷的，但是作为人，我们没有逃避的可能，只能从容而勇敢地面对，也就是说我们必须正视死亡。自从有人类以来，人类就在拒绝一切形式的死亡，但死亡从未离开过我们，我们必须接受死亡一次又一次来临这样一个事实。当然，死亡不只属于人类，它属于宇宙万物，属于大千世界，属于今天我们已经认定或者还没有认定的千千万万的生物。难怪在彝族人最古老的哲学思想中，很早就把死亡看成是一种再自然不过的规律，因而彝族人的死亡观是唯物的、是达观的、是理性的，从更本质的角度来看彝族人最理解什么是死亡。在我们民族伟大的创世史诗和训示格言里，论述死亡的内容比比皆是，毋庸讳言，它是许多典籍中一个永恒的话题。正因为此，生活在莽莽群山中的彝族人，既明白生的道理，也知道死的缘由，我们才对生命充满着敬畏，同样我们也才能对每一次来临的死亡，用一种更坦然的态度去接受。是的，尽管是这样，在此时此刻我还是要告诉大家，这个世界上有许多悲痛，但还有哪一种悲痛比失去母亲更让人悲痛呢？没有，一定没有！因为只有母亲才是我们生命中从生到死的摇篮，无论是她还活着，或许已经离去，她的爱都会陪伴我们的一生。感谢诸位，是你们分担了我和我的家人所承受的巨大悲痛，是诸位让我们又一次体会到了人世间的温暖和真挚的友情，这就如同我的母亲曾经告诉过我们的那样，人活在这个世上，如果没有友情和亲情，作为人而言还有什么更让人感动的事情呢？

各位亲朋好友，我的母亲见证了一个不平凡的时代，经历了她的先人从未经历过的生活，她为自己的理想奋斗过、追求过、付出过，她没有留下遗憾。她一生善良，对人热情，她给所有认识她的亲人和朋友都留下了难以磨灭的印象。我相信，她留给我们的一切，都将会长久地影响着我们，成为我们最美好记忆中不可分割的部分。我的母亲就要上路了，那条白色的道路上已经开始涌动着灿烂的光芒，虽然在这个时候，时间对于我来说是格外地珍贵，最后还是请允许我用这几句诗来为我的母亲送行：

把我送回有着群山的故土

再把我交给火焰

就像我的祖先一样

在火焰之上：

天空不是虚无的存在

那里有勇士的铠甲，透明的宝剑

鸟儿的马鞍，母语的盐

重返大地的种子，比豹更多的天石

还能听见，风吹动

荞麦发出的簌簌的声音

振翅的太阳，穿过时间的阶梯

悬崖上的蜂巢，涌出神的甜蜜

谷粒的河流，星辰隐没于微小的核心

在火焰之上：

我的灵魂，将开始远行

2016 年 11 月 4 日凌晨

群山的守卫者

知道骆家已经将吉茨安·塔比泽的诗集翻译完即将付梓的时候，说实话我的心情是不能简单地用"激动"两个字来形容的。这就像完成了一项神圣的使命，它给我带来的激动和喜悦甚至是语言也难以充分表达的。这似乎是一种宿命，冥冥中吉茨安·塔比泽与我的联系就如同一根绳带，它在无形中将我们的灵魂紧紧地联在了一起，同样这根绳带，又把我的朋友译者骆家也联在了一起。难道这一切都是偶然的吗？可以肯定地回答，当然不是。我历来认为，诗人这个群体就如同一个民族，或者说，在这个特殊的"动物"群体中，他们也会用嗅觉和气息去寻找自己的同类，并在这些同类身上找到慰藉、共鸣、理解以及超越时空的相互之间灵魂的交融和沟通。无可讳言，作为诗人，我与吉茨安·塔比泽之间就构成了这样一种关系。格鲁吉亚伟大诗人、翻译家塔比泽的名字，我最早是在阅读俄苏白银时代那些重要诗人的文章和回忆录中知道的，特别是诗人鲍·帕斯捷尔纳克、安娜·阿赫玛托娃、尼·扎博洛茨基、H.吉洪诺夫等都翻译过他那些令人心碎而忧伤的诗歌。鲍·帕斯捷尔纳克还曾这样描写塔比泽："他抽着烟，一手叉腰。他严肃似一座雕像；他像天然金属一样干净。他健硕，一头浓密的栗色头发；他凡人一个，但是就跟罗丹的巴尔扎克雕像一样。"毫无疑问，正是因为那些天才而富有魅力的翻译，吉茨安·塔比泽的诗歌成为人们通向格鲁吉亚伟大灵魂的钥匙。特别是他那些有关格鲁吉亚山地和乡村的诗歌，就像太阳的影子和空中落下的雨滴，在格鲁吉亚的群山和河流上留下了无处不在的记忆。恐怕只有像我们这样都出生于山地的诗人，才会在一个瞬间就拥入彼此的灵魂，找到在精神上失散已久的兄弟。吉茨安·塔比泽的诗歌，是对一个山地民族心灵密码深层次的解读，他诗歌的抒情性以及永不枯竭的原生动力，自始至终都来源于这个民族数千年来就从未中断的历史、传说、神话以及有别于他人的生活方式。他的诗所构筑的内在结构和背景，都和这个民族独特的文化价值体系，当然还包括一以贯之的精神传承有着密不可分的联系。他的诗就本质而言，是深沉而忧伤的，就像我听过的格鲁吉亚古老的歌谣，这些歌谣与我们彝族人的山地歌谣极为相似。他的诗从表面上看，其形式质朴而厚拙，就像我们从画册中看到过的格鲁吉亚的山冈和峰峦，但最让人震撼的是，他的诗呈现的精神符号是象征的、委婉的、含蓄的、多声部的，有时甚至是复杂难解的。这些诗是高加索山地的一种隐喻，其粗犷和沉默的内在力量，被注入了炙热滚烫的血液。从某种意义而言，吉茨安·塔比泽的全部书写，就已经构成了格鲁吉亚民族一部隐秘的心灵史，难怪苏联的文学史将他毫无争议地纳入了

最伟大的诗人的行列。他所达到的高度，完全能与鲍·帕斯捷尔
纳克、尼·扎博洛茨基、安娜·阿赫玛托娃等人比肩。

　　对吉茨安·塔比泽的关注，是我在阅读那一代诗人充满血泪
的文字中开始的，这不是出于好奇，而是作为诗人的一种特有的
敏感。但是令人遗憾的是，在很多年间，没有一个人能将他的诗
翻译成中文，不能让这样一位伟大的生活于 20 世纪的诗人的作品
与中国的诗人和读者见面。尤其是当我读到在"大清洗"运动中
吉茨安·塔比泽被枪杀以后，在记录有关鲍·帕斯捷尔纳克的一
段文字中他这样说："塔比泽已不在了，我如何能够去格鲁吉亚？
我曾经那样爱他。"他给塔比泽遗孀尼娜发去了一封那个时期无
法再写得更多内容的电报："我的心碎了。没有吉茨安，我将如何
活下去？"这段话更是让我唏嘘不已，这难道就是真正的诗人所
要承受的命运多舛的打击？或者说，是一个不平凡的时代，在造
就一个伟大诗人时必须要经历的炼狱之火，而这一切都会让我们
陷入更为深沉的思考。由此，我还想起了 2015 年 11 月 9 日我与
叶夫图申科在北京见面对谈时，他给我朗诵的他写的一首四行诗：
"啊，格鲁吉亚，你是俄国缪斯的第二摇篮，／你擦干了我们的
眼泪。／一旦不小心忘记了格鲁吉亚，／在俄国便无法继续做诗
人。"如何能把吉茨安·塔比泽的诗翻译成中文，可以说是我长久
的一个心愿，这或许就是命运的安排（对此你必须相信）。在一
个偶然的机会，我见到了我的朋友、诗人、翻译家骆家，便极力
向他推荐翻译吉茨安·塔比泽的诗歌。特别令人欣慰的是，他不

光爽快地应承了这项艰巨的任务，还在不到一年的时间内就将这本吉茨安·塔比泽的诗歌精选集翻译了出来。在此，我作为吉茨安·塔比泽精神上的亲密兄弟，我要向诗人、翻译家骆家致以深深的敬意，同时，我还要向为这本诗集的翻译出版付出过辛劳的所有的朋友表达我由衷的感谢。因为你们这一开创性的、将被历史所牢牢记载的工作，已经使吉茨安·塔比泽的诗歌成为中国现代汉语诗歌的一个部分，还有什么能比这样的工作和成就而更令人欢欣鼓舞呢？最后请允许我把写给吉茨安·塔比泽的一首诗作为这个序言的结束：

刺穿的心脏
——写给吉茨安·尤斯金诺维奇·塔比泽

你已经交出了被刺穿的心脏
没有给别人，而是你的格鲁吉亚
当我想象穆赫兰山 ① 顶雪的反光
你的面庞就会在这大地上掠过
不知道你的尸骨埋在何处
那里的白天和黑夜是否都在守护
在你僵硬地倒毙在山冈之前

---

① 穆赫兰山，格鲁吉亚境内一座著名的山脉。

其实你的诗已经越过了死亡地带

对于你而言，我是一位不速之客

然而我等待你却已经很久很久

为了与你相遇，我不认为这是上苍的安排

更不会去相信，这是他人祈祷的结果

那是你的诗和黑暗中的眼泪

它们并没有死，那悲伤的力量

从另一个只有同病相怜者的通道

送到了我一直孤单无依的心灵

即使你已经离世很久，但你的诗

依然被复活的角笛再次吹响

相信我——我们是这个世界的同类

否则就不会在幽暗的深处把我惊醒

我们都是群山和传统的守卫者

为了你的穆哈姆巴吉①和我祖先的克智

勇敢的死亡以及活下去所要承受的痛苦

无非都是生活和命运对我们的奖赏……

2017 年 2 月 8 日

---

① 穆哈姆巴吉，格鲁吉亚一种古老的诗歌形式。

我相信诗歌将会打破所有的壁垒和障碍

——在"布加勒斯特城市诗歌奖"颁奖仪式上的致答辞

从某种角度而言，我是一个相信生命万物的存在都有着其内在规律的人，或许说大多数时候，我还是一个唯物主义者，不过尽管这样，我依然认为这个世界上，每一个个体生命之间发生任何一种联系，都是需要"缘分"的。我不知道在古老的拉丁语言中，是如何表达"缘分"这个词的，但在已经使用了数千年的中国文字的语境里，"缘分"这个词充分表达了人与人之间的相遇，是命运中早就注定了的机缘，其中既包含了人与人，或人与事物之间发生联系的可能性，也让置身于其中的人，更坚定地相信这就是所谓命运的安排。

朋友们，尤其是在今天，在这样一个对我来说十分难忘的时刻，因为你们的慷慨、理解和厚爱，决定将以这一古老城市命名的诗歌奖颁发给我，毫无疑问这是我的最大荣幸。在此时，除了让我被深深地感动之外，就是让我再一次确信了"缘分"这个词所隐含的全部真实，的确都是现实中实实的存在。

今天的人类已经有七十多亿人口，在这个地球上不同人的相遇，其概率仍然十分低，甚至低得不可想象。在中国佛教思想中有一种观点，认为人的相遇和相识是通过艰难的修炼而来的。我不是一个佛教徒，我对我们的相遇有着另外一番解释，那就是人类从古代传诵至今的不朽诗歌，让我们相聚在了古老、神奇而又年轻的布加勒斯特。今天我们在座的每一位，都将是自己生命中被约定或不期而遇注定要见面的朋友。难道你认为这一切都是偶然的吗？当然不是。

作为一个出生在中国西南部山地民族的彝族人的儿子，在这里我想到了一句话，它就出自我们民族伟大的历史典籍《玛牧特依》（《先师哲人书》），这句话是这样说的："让我们牵着幸运之神的手，骑上那匹传说中的骏马，就一定能寻找到自己的好运。"是的，在今天我就是一个找到好运的人。正是因为布加勒斯特的召唤和邀约，正是因为诗歌经久不衰的力量和魅力，我们才能从四面八方跨越千山万水来到了这里。如果说生命中真的有那种特殊的"缘分"，现在就可以肯定地说，我们今天的相遇就来自这座或许我们曾经想象过的梦与现实所构筑的伟大城市，为此我们都要由衷地感谢她的好客和盛情。

朋友们，最后我还想说的是，诗歌的对话和交流，仍然是人类不同民族和国度，真正能进入彼此心灵和精神世界最有效的方式之一。特别是在全球化与逆全球化正在发生激烈冲突和博弈的今天，我相信诗歌将会打破所有的壁垒和障碍，站在人类精神高地的最顶处，用早已点燃并高举起的熊熊火炬，去再一次照亮人类通向明天的道路！

2017 年 5 月 18 日

向河流致敬，就是向诗歌致敬

——在 2017 年波兰"雅尼茨基文学奖"颁奖仪式上的致辞

今天我们大家从四面八方来到了这里，现在就置身于中国非常古老的人工运河之一——京杭大运河的岸边，共同来见证这样一个对我而言十分重要的时刻。不知道为什么，当看见身旁这条已经流淌了一千多年的河流，我突然想到了中国人经常说的一句话"山不转水转，水不转人转"。其实，眼前的现实就已经不折不扣地证明了这句话的正确。正是因为诸位从不同的地方，甚至从十分遥远的地方来到这里，才让我们的相见和邂逅充满了某种不可预知的感觉。尤其是这条河流的影子通过阳光，被再次反射到我们眼里的时候，我们不能不相信人类的诗歌与河流从来就是一对孪生姐妹。它们旺盛蓬勃的生命都来自共同的自然和精神的源头，难怪在中国哲学中有"上善若水"的表述。其实诗歌和水所隐含的形而上的精神意蕴，就完全代表了人类至真至善至美的境界。我们不能想象，在人类能够繁衍生息的任何一个地方，如果没有河流和洁净的水，人类的思想、哲学和诗歌还能在漫长的时间中被孕育和滋养吗？也正因为此，从某种意义而言，我们向河流致敬，其实就是向诗歌致敬，我们向水致敬，其实就是向一切伟大哲学致敬。朋友们，为此，我要由衷地感谢京杭大运河国际诗歌大会为我提供了一个特殊的颁奖地，当然我更要感谢波兰克莱门斯·雅尼茨基文学奖的诸位评委，你们从遥远的地方给我带来了一份如此厚重的礼物，除了让我感到激动和幸福之外，我的内心也有某种不安，作为一个诗人，面对你们赠予的荣誉，我确实无以为报。因为我知道，这个奖项是以 16 世纪波兰文艺复兴时期的人文主义者、最杰出的拉丁语诗人克莱门斯·雅尼茨基的名字命名的。它创立于 20 世纪 90 年代初，这个奖项已经颁发了二十多年，波兰有许多重要的作家、诗人和艺术家获得过此项奖励，近两年此项文学奖开始面向国际颁发。十分荣幸的是，因为评委会的慷慨和选择，我的名字已经和这个奖项永远联系在一起了。朋友们，不知你们是否真的理解，我为什么如此看重这份荣誉。那是因为作为诗人，我对波兰这个产生伟大诗人的国度充满着敬仰，对这片土地所承受过的苦难、悲痛和不幸，有着切肤的理解和同情。我曾经告诉过一些朋友，如果把现代波兰诗歌，放在 20 世纪以来的世界诗歌的天平上，波兰诗人和诗歌所创造的辉煌，都是令人赞叹和瞩目的。这些诗歌就像粗砺的含金矿石，将毫无悬念地将天平压倒在它们的一边。今天的这个世界并不太平，人类并没有消除核武器的威胁，同时不安全的其他因素也还在上升，如何进一步增进不同文明和文化的对话与交流，仍然是我们今天不同民族和国家的诗人的神圣责任。我相信，越是在一个需要包容、沟通和相互尊重的时代，诗歌的作用就越会显现出来，朋友们，难道不是吗？今天正是因为诗歌，我们才相聚到了这里，这就是诗歌不可被替代的作用。

2017 年 6 月 20 日

一个对抗与缓和时代的诗歌巨人

——怀念诗人叶夫图申科

　　我知道叶夫图申科的名字，还是 20 世纪 80 年代的时候，我也正处在风华正茂的年龄，现在回想起来也就是二十一二岁。那个年代对于中国来说正值改革开放，各种思潮也都蜂拥而至，特别是兴起于 20 世纪 70 年代末的中国现代诗歌运动也正处在方兴未艾的时候。因为对诗的热爱和对写诗具有宗教般的献身精神，不用怀疑我都是其中最活跃的年轻写作者之一。也就是在那样一个特殊的背景下，我读到了一些被翻译成中文的俄苏诗人的诗歌，在这些诗人中就有叶夫图申科。他给我留下印象最深刻的作品就是写于 20 世纪 60 年代初，后来在世界上传播甚广的《娘子谷》。当然也同样在那个时候我阅读到了"大声疾呼派"其他诗人的作品。可以说从那个时候开始，我就一直非常关注叶夫图申科的写作，凡是他后来被翻译成中文的作品我几乎都阅读过。他的长诗《中子弹和妈妈》表现出了一个世界性的诗人所应具有的思想品质以及宏阔开放的视野。毫无疑问，他是那个时代健在的在中国最具有影响的俄苏诗人，如果需要排名的话他一定是排在第一。

我曾有机会率领中国作家代表团访问过俄罗斯，那已经是苏联解体之后的 20 世纪末，负责接待我们访问的是独联体作家协会。记得我还曾向接待方提出会见叶夫图申科的请求，但接待方告诉我，他那时候正在美国讲授俄罗斯 20 世纪的诗歌，或许是我们见面的缘分还不到的原因，我没有机会在莫斯科幸运地见到他。作为一个不仅仅在俄罗斯，就是在全世界都非常知名的诗人，叶夫图申科也是一个备受争议的人物。后来我在多个国际文学交流和对话的场合，都或多或少地听见过别人对他私下的议论，当然其中有好话也有坏话，但是在我内心对叶夫图申科的尊敬和爱戴从未改变过。我对他的尊敬和爱戴的全部缘由并不来自他现实生活中的行为和个性，甚至是他与别人不知道怎么产生的近似荒唐的误解。我爱戴和尊敬他是因为他的作品深深打动过我，是因为他在作品中所表达出的对弱者的同情和对不同种族的人的热爱。也正因为这些原因我一直坚持了自己对叶夫图申科的最基本的判断。我从没想过还有机会能与叶夫图申科谋面，机缘巧合的是 2015 年 11 月底他获得了一项中国颁发的诗歌奖，我们也终于有机会在这个颁奖会上见面了。当时因为人很多无法进行交流，我们只是简单地进行了寒暄和问候。但是当我第一次面对面地与他双目对视的时候，我就有一个强烈的感觉，我们是这个地球上不多的同类，我们的心灵甚至不用语言沟通，也能在一个瞬间感受到彼此的亲近和好感。也可能就是因为这种特殊的缘分，第二天中国俄罗斯文学翻译家、文化学者刘文飞教授，就在他的家里面安排了一个小范围的宴会，除了品尝中国菜以外，其主要的内容就是让我和叶夫图申科进行一次别开生面的对话。说它是别开生面，是因为我们此前并没有为这次对话设置任何主题，而是随性想到哪里就说到哪里。这场谈话也是马拉松式的漫谈，大概持续了四个小时，整个谈话过程都进行了录音，由刘文飞教授和他同样是俄罗斯文学专家的妻子陈方交替着进行翻译。后来这个对话以《吉狄马加与叶夫图申科对谈录》为题，发表在中国最著名的文学刊物之一的《作家》杂志上。这个对话让许多中国读者认识了一个更为真实立体的叶夫图申科。有无数个中国重要的作家和诗人都对这篇对话产生了极大的兴趣，并对叶夫图申科广阔的文学视野十分地赞叹，当然对其中他们过去闻所未闻的事件以及人物之间的矛盾，也有了另一种了解和认识的角度。也是因为这一次与叶夫图申科的近似神奇的对话，让我再一次肯定了我们还没有谋面之前时我对他的基本判断。他的确是一个睿智的人，特别是当他滔滔不绝谈话的时候，两个眼睛闪烁着忽隐忽现的光芒，你不会感觉到他是一个八十多岁的人。他是我所见过的为数不多的有超常记忆的人之一，说他超常是因为他在叙述中能提供许多细节和背景。他谈话中的幽默和达观都是一种真实的流露，在他的身上我没有发现任何矫情和虚伪。特别是当他谈到个人的感情和生活经历的时候，我会从他的眼光里捕捉到一种少有的沧桑和叹息。其中有一些话题我本是不想去涉及的，但是因为当时谈话的氛围融洽使然，我也就问了一些他本不想回答的问题，但是令我感动的是，他把他的心里话也都毫不掩饰地告诉了我。他到过这个世界许多地方，可以说他是一个真正的爱国者，同时他也是一个世界公民。在我们对话之后的有一天，刘文飞教授问我：你能否用一两句话概括一下叶夫图申科给你的印象？我几乎是不假思索地告诉他：这是一个时代的巨人，可以说他完整地代表了一个时代，而在今天我们很难再见到这样的人了。

虽然我和叶夫图申科只有过一个晚上的深度接触和交流，正如他在过世前为我的俄文版诗集所写的序言中说的那样："我与马加仅有过一个晚上的交往，但他令人难忘。他身上充盈着对人类的爱，足够与我们大家分享。这是一位中国的惠特曼。"但是人生就是这样，生和死每天都在发生，我是在旅途中从刘文飞教授那里得知，叶夫图申科已于2017年4月1日在美国逝世了。为了表达对他深切的悼念之情，我通过刘文飞给他的妻子发去了一段文字："叶夫图申科不仅是苏联和俄罗斯的一个诗歌符号，更重要的他是20世纪冷战时期，唯一能用诗歌联结东方和西方两大阵营的伟大诗人，他的离世，似乎又向人类敲响了警钟，对话、沟通、相互尊重所构建的和平，在今天比历史上任何一个时候都更为重要。令人永远感怀的是，叶夫图申科在生命的最后时日里，为我的俄文版新诗集撰写了序言《拥抱一切的诗歌》，这或许也是他最后的文字之一。作为诗人，叶夫图申科永远不会死亡，毫无疑问，他已经成了这个世界诗歌历史的一个部分。叶夫图申科，我尊敬的父亲般的兄长，在你的诗魂就要远游的时刻，请允许我在中国西南部的群山之上，以一个古老民族的传统方式为你吟唱送行，我相信你一定会听到我的声音！"

2017 年 7 月 11 日

诗影光芒中的茅屋

——在 2017 年第一届草堂诗酒大会开幕式上的演讲

无论是在中国还是在外国，总有一些伟大诗人生活过的地方，被后人视为尊崇的圣地，但像杜甫草堂这样的地方，在中国民众，尤其是文人的心里更具有特殊的地位。

所谓草堂，其实就是一间茅屋。但在这一千多年被时光所雕刻的中国精神史上，这间曾经的现实中的茅屋，却毫无悬念地成为有关中国诗歌黄金时代重要的符号之一。这一符号既承载着中国诗歌传统中的一条重要脉流，同时它还寄托了此后无数诗家对先贤的致敬和怀念。

毫无疑问，伟大的杜甫代表了一种传统，因其崇高的儒家仁爱思想和强烈的忧患意识，他的诗见证了他所置身的那个非凡而动荡的社会的现实，其诗作内容的深刻性和技艺的精湛，都是那个时代无人能与之比肩的。

这位被誉为"诗圣"的诗歌巨人，不仅在当时的中国诗歌史上，就是把他放在那个时期的世界诗歌史上，他同样也是一座巍峨的高峰。

杜甫一生都在游历中，历时长达几十年，他的重要作品都是在客居他乡时写下的，尤其他在蜀地的生活在他的诗歌中留下了许多经典，其中《春夜喜雨》《茅屋为秋风所破歌》《蜀相》等都已成为千古传诵的名篇。而作为一个一生都伴随着苦难和不幸的现实主义诗人，其创造力的丰沛也是他的同代人不可企及的。尽管一直处在颠沛流离的境遇中，他还是为我们留下了一千五百多首光辉的诗章。

这间茅屋既是现实又是想象，它在一代又一代中国诗人的追寻中，成为被共同视为珍宝的集体记忆。杜甫曾写下过这样的名句"江山有巴蜀，栋宇自齐梁"，这难道是偶然的吗？回答是否定的，当然不是。巴蜀之地的自然灵气，对人及万物的孕育滋养，曾创造过无数的奇迹，以及足以让后人赞叹的辉煌，而诗歌在这片广袤的土地上，就如同千里沃野种植的粮食，它似乎以并不引人注意的谦恭姿态，为我们这个朴实敦厚的民族提供了如此丰富的精神营养。这在世界民族发展史上也是不可多见的。

如果我们去翻阅一下中国文学史，就会发现在中国历史上许多伟大的诗人都与巴蜀之地有不解之缘，而这片土地从某种意义而言，也成了这些诗人精神上的又一个摇篮。说我们是一个诗歌浸润的民族，那是因为诗歌在很多时候代表了这个民族精神的高度，而对此没有人表示过任何怀疑。

今天的草堂国际诗歌大会就是一个最好的证明。来自四面八方的诗人将会聚到这里，共同来捍卫和守护人类诗歌的理想。而在此时此刻，我以为那间现实和想象中的茅屋，就是由我们的诗歌和精神所构建而成的神圣殿堂。我想任何狂风和暴雨都不可能将它撼动，没有别的原因，就是因为这间茅屋的根基已经深深地扎入了人类自由、正义而永不向任何邪恶势力低头的灵魂。

也正因为这个原因，我们才将诗歌的火炬一次又一次高高地举起，并始终对就要来临的明天抱有信心，人类美好的未来必将时刻会有诗歌伴随。精神不灭，诗歌不朽！

2017 年 7 月 27 日

个人身份·群体声音·人类意识

——在剑桥大学国王学院徐志摩诗歌艺术节论坛上的演讲

　　十分高兴能来到这里与诸位交流，这对于我来说是一件十分荣幸的事。虽然当下这个世界被称为全球化的世界，网络基本上覆盖了整个地球，资本的流动也几乎到了每一个国家，就是今天看来十分偏僻的地方，也很难不受到外界最直接的影响，尽管这样，我们就能简单地下一个结论，认为人类之间的沟通和交流就比历史上的其他时候都更好吗？很显然，在这里我说的是一种更为整体的和谐与境况，而沟通和交流的实质是要让不同种族、不同宗教、不同阶层、不同价值观的群体以及个人，能通过某种方式来解决共同面临的问题，但目前的情况与我们的愿望和期待形成了令人不安的差距。进入 21 世纪后的人类社会，科技和技术革命取得了一个又一个重大的胜利，但与此同时出现的就是宗教极端势力的形成，以及在全世界许多地方都能看见的民族主义的盛行，各种带有很强排他性的狭隘思想和主张被传播，恐怖事件发生的频率也越来越高。就是英国这样一个倡导尊重不同信仰的多元文化国家，也不能幸免地遭到恐怖袭击，2017 年以来已经发生了四起袭击，虽然这一年还没有过去，但已经是遭到恐怖袭击最多的一年。正因为这些新情况的出现，我才认为必须就人类不同种族、不同宗教、不同阶层、不同价值观群体的对话与磋商建立更为有效的渠道和机制。毫无疑问，这是一项艰巨而十分棘手的工作，这不仅仅是政治家们的任务，它同样也是当下人类社会任何一个有良知和有责任感的人应该去做的。是的，你们一定会问，我们作为诗人在今天的现实面前应当发挥什么作用呢？这也正是我想告诉诸位的。很长一段时间有人怀疑过诗歌这一人类最古老的艺术形式，是否还能存在并延续下去。事实已经证明这种怀疑完全是多余的，因为持这种观点的人大都是技术逻辑的思维，他们只相信凡是新的东西就必然替代老的东西，而从根本上忽视了人类心灵世界对那些具有恒久性质并能带来精神需求的艺术的依赖，毋庸置疑诗歌就在其中。毋庸讳言，今天的资本世界和技术逻辑对人类精神空间的占领可以说无孔不入，诗歌很多时候处于社会生活的边缘地带，可是任何事物的发展总有其两面性，所谓物极必反讲的就是这个道理。令人欣慰的是，正当人类在许多方面出现对抗，或者说出现潜在对抗的时候，诗歌却奇迹般地成为人类精神和心灵间进行沟通的最隐秘的方式，诗歌不负无数美好善良心灵的期望，跨越不同的语言和国度进入了另一个本不属于自己的空间。在那个空间里，无论是东方的诗人还是西方的诗人，无论是犹太教诗人还是穆斯林诗人，总能在诗歌所构建的人类精神和理想的世界中找到知音和共鸣。

创办于 2007 年的中国青海湖国际诗歌节，在近十年的过程中给我们提供了许多弥足珍贵的经验和启示，有近千名的各国诗人到过那里，大家就许多共同关心的话题展开了自由的讨论。在那样一种祥和真诚的氛围中，我们深切体会到了诗歌本身所具有的强大力量。特别是我有幸应邀出席过哥伦比亚麦德林国际诗歌节，我在那里看到了诗歌在公众生活和严重对立的社会中所起到的重要作用。在长达半个多世纪的哥伦比亚内战中，有几十万人死于战火，无数的村镇生灵涂炭，只有诗歌寸步也没有离弃过他们。如果你看见数千人不畏惧暴力和恐怖，在广场上静静地聆听诗人们的朗诵，尤其是当你知道他们中的一些人，徒步几十里来到这里就是因为热爱诗歌，难道作为一个诗人，在这样的时刻，你不会为诗歌依然在为人类迈向明天提供信心和勇气而自豪吗？回答当然是肯定的。诸位，我这样说绝没有试图去拔高诗歌的作用。从世俗和功利的角度来看，诗歌的作用更是极为有限的，它不能直接解决人类面临的饥饿和物质匮乏，比如肯尼亚现在就面临着这样的问题，同样它也不能立竿见影让交战的双方停止战争，今天叙利亚悲惨的境地就是一个例证。但是无论我们怎样看待诗歌，它并不是在今天才成为我们生命中不可分割的部分，它已经伴随我们走过了人类有精神创造以来全部的历史。

　　诗歌虽然具有其自身的特点和属性，但写作者不可能离开滋养他的文化对他的影响，特别是在这样一个全球化的背景下，同质化成为一种不可抗拒的趋势，诚然诗歌本身所包含的因素并不单一，甚至在形而上的哲学层面上，诗歌更被看重的还应该是它最终抵达的核心以及语言创造给我们所提供的无限可能，因此诗歌的价值就在于它所达到的精神高度，就在于它在象征和隐喻的背后传递给我们的最为神秘的气息，真正的诗歌要在内容和修辞等诸方面都成为无懈可击的典范。撇开这些前提和要素，诗人的文化身份以及对身份本身的认同，就许多诗人而言，似乎已经成了外部世界对他们的认证，因为没有一个诗人是抽象意义上的诗人，哪怕保罗·策兰那样的诗人，尽管他的一生都主要是用德语写作，但他在精神归属上还是把自己划入了犹太文化传统的范畴。当然任何一个卓越诗人的在场写作，都不可能将这一切图解成概念进入诗中。作为一个有着古老文化传统的彝族的诗人，从我开始认识这个世界，我的民族独特的生活方式以及精神文化就无处不在地深刻影响着我。彝族不仅在中国是极古老的民族之一，就是放在世界民族之林中，可以肯定也是一个极为古老的民族。我们有明确记载的两千多年的文字史，彝文的稳定性同样在世界文字史上令人瞩目，直到今天这一古老的文字还在被传承使用。我们的先人曾创造过光辉灿烂的历法"十月太阳历"。对火和太阳神的崇拜，让我们这个生活在中国西南部群山之中的民族，除了具有火一般的热情之外，其内心的深沉也如同山中静默的岩石。我们还是这个人类大家庭中保留创世史诗极多的民族之一，《勒俄特依》《阿细的先基》《梅葛》《查姆》等，抒情长诗《我的幺表妹》《呷玛阿妞》等，可以说就是放在世界诗歌史上也堪称艺术经典。浩如烟海的民间诗歌，将我们每一个族人都养育成了与生俱来的说唱人。毫无疑问，一个诗人能承接如此丰厚的思想和艺术遗产，其幸运是可想而知的。彝族是一个相信万物有灵的民族，对祖先和英雄的崇拜，让知道彝族的历史和原有社会结构的人能不由自主地联想到荷马时代的古希腊，或者说斯巴达克时代的生活情形。近一两百年彝族社会的特殊形态，一直奇迹般地保存着希腊贵族社会的遗风，这一情形直到 20 世纪 50 年代才发生了改变。诗人的写作是否背靠着一种强大的文化传统，在他们的背后是否耸立着一种更为广阔的精神背景，我以为对他们的写作将起到至关重要的作用。正因为此，所有真正从事写作的人都明白一个道理：诗人不是普通的匠人，他们所继承的并不是一般意义上的技艺，而是一种只有从精神源头才能获取的更为神奇的东西。在彝族的传统社会中并不存在对单一神的崇拜，而是执着地坚信万物都有灵魂。彝族的毕摩是联结人和神灵世界的媒介，毕摩相当于萨满教中的萨满，就是直到今天他们依然承担着祭祀驱鬼的任务。需要说明的是，当下的彝族社会已经发生了很大的变化，在其社会意识以及精神领域中，许多外来的东西和固有的东西一并存在着，彝族也像这个世界上许多古老的民族一样，正在经历一个前所未有的现代化的过程，其中所隐含的博弈和冲突，特别是如何坚守自身的文化传统以及生活方式，已经成了一个十分紧迫而必须要面对的问题。我说这些你们就会知道，为什么文化身份对一些诗人是如此重要。如果说不同的诗人承担着不同的任务和使命，有时候并非他们自身的选择。我并不是一个文化决定论者，但文化和传统对有的诗人的影响的确是具有决定意义的，在中外诗歌史上这样的诗人不胜枚举，20世纪爱尔兰伟大诗人威廉·巴特勒·叶芝、被誉为"巴勒斯坦骄子"的伟大诗人马哈茂德·达尔维什等人，他们的全部写作以及作为诗人的形象，很大程度上已经成为一个民族的精神标识和符号，如果从更深远的文化意义上来看，他们的存在和写作整体呈现的更是一个民族幽深厚重的心灵史。诚然，这样一些杰出的天才诗人，他们最为可贵的，是他们从来就不是为某种事先预设的所谓社会意义而写作，他们的作品所彰显的现实性完全是作品自身诗性品质的自然流露。作为一个正在经历急剧变革的民族的诗人，我一直把威廉·巴特勒·叶芝、巴勃罗·聂鲁达、塞萨尔·巴列霍、马哈茂德·达尔维什等人视为我的楷模和榜样。在诗人这样一个特殊的家族中，每一个诗人都是独立的个体存在，但这些诗人中间总有几个是比较接近的，当然这仅仅是从类型的角度而言，因为从本质上讲每一个诗人个体就是他自己，谁也无法代替他人，每一个诗人的写作其实都是他个人生命体验和精神历程的结晶。

在中国，彝族是一个有近九百万人口的世居民族，我们的先人数千年来就迁徙游牧在中国西南部广袤的群山之中，那里山峦绵延，江河纵横密布，这片土地上的自然遗产和精神文化遗产，是构筑这个民族独特价值体系的基础，我承认我的诗歌写作的精神坐标，都建立在我所熟悉的这个文化之上。成为这个民族的诗人也许是某种宿命的选择，但我更把它视为一种崇高的责任和使命。作为诗人个体发出的声音，应该永远是个人性的，它必须始终保持独立而鲜明的立场，但是一个置身于时代并敢于搏击生活激流的诗人，不能不关注人类的命运和大多数人的生存状况，从他发出的个体声音的背后，我们应该听到的是群体和声的回响，我以为只有这样，诗人个体的声音才会更富有魅力，才会更有让他者所认同的价值。远的不用说，与 20 世纪中叶许多伟大的诗人相比较，今天的诗人无论是在精神格局，还是在见证时代生活方面，都显得日趋式微，其中有诗人自身的原因，也有社会生存环境被解构而更加碎片化的因素，当下的诗人最缺少的还是荷尔德林式的对形而上的精神星空的叩问和烛照。是否具有深刻的人类意识，一直是评价一个诗人是否具有道德高度的重要标尺。

朋友们，我是第一次踏上英国的土地，也是第一次来到闻名于世的剑桥大学，但是从我能开始阅读到今天，珀西·比希·雪莱、乔治·戈登·拜伦、威廉·莎士比亚、伊丽莎白·芭蕾特·布朗宁、弗吉尼亚·伍尔夫、狄兰·托马斯、威斯坦·休·奥登、谢默斯·希尼等等，都成了我阅读精神史上不可分割并永远感怀的部分。最后请允许我借此机会向伟大的英语世界的文学源头致敬，因为这一语言所形成的悠久的文学传统，毫无疑问已经成为这个世界文学格局中最让人着迷的一个部分。

2017 年 7 月 29 日

总有人因为诗歌而幸福

——在剑桥大学国王学院徐志摩诗歌节 "银柳叶诗歌终身成就奖" 颁奖仪式上的致答辞

　　感谢你们把本届诗歌节 "银柳叶诗歌终身成就奖" 颁发给我，我以为这是你们对我所属的那个山地民族诗歌传统的一种肯定，因为这个民族所有的表达方式都与诗歌有着密切的关系。诗歌作为一种最古老的艺术，在过去很长一段时间里，我们的先辈几乎都是用它来书写自己的历史和哲学。这种现象虽然在世界许多民族中并不少见，但在我们民族所保存遗留下来的大多数文字经典中，其最主要的书写方式就是诗歌，甚至我们的口头文学大多也是以诗歌的形式被世代传诵的。哪怕在我们的日常生活中，诗歌中通常使用的比兴和象征也随处可见。特别是在我们的聚会、丧葬、婚礼以及各类祭祀活动中，用诗歌的形式所表达的不同内容，在本质上都蕴含着诗性的光辉。可以说，我们彝族人对诗歌的尊崇和热爱是与生俱来的，在我们古老的谚语中把诗歌朴素地称为 "语言中的盐巴"，由此可见，数千年来诗歌在我们的精神世界和现实生活中扮演了何等重要的角色。我以为，我们民族数千年来从未改变，并坚持至今的就是对英雄祖先的崇拜以及对语言所构筑的诗歌圣殿的敬畏。特别是在当下这个物质主义的时代，如何让诗歌在我们的精神生活中发挥它应有的作用，我想这对于每一个诗人而言都不仅仅是一种写作的需要，而必须站在道德和正义的高度，去勇敢地承担起一个有良知的诗人所应当承担的责任和使命。其实在我们民族伟大的诗歌经典中，这一传统就从未有过中断。

朋友们，我们民族繁衍生活的地方，就在中国西南部广袤绵延的群山之中，我的故乡彝语名称为"尼木凉山"，它是中国最大的彝族聚居区，也可以说是我们民族精神和文化的圣地，今天在那里我们还能随处找到史诗中赞颂过的神山、牧场、峡谷以及河流，还能根据真实的传说去寻找到我们的祖先在这片土地上留下的英雄业绩。这片 20 世纪中叶以前还与外界缺少来往的神秘地域，毋庸置疑，它已经成为我们每一个彝族诗人终其一生都会为之书写的精神故土。在这片土地上有一条奔腾不息的大河，在彝语中被称为"阿合诺依"，它的意思是黑色幽深的河流，在汉语里它的名字叫金沙江。这条伟大的河流，它蜿蜒流淌在高山峡谷之间，就像我们民族英勇不屈的灵魂，它发出的经久不息的声音，其实就是这片土地上所有生命凝聚而成的合唱。朋友们，我的诗歌只不过是这一动人的合唱中一个小小的音符，我作为一个诗人，也只是这个合唱团中一个真挚的歌手。

2017 年 7 月 29 日

光明与词语铸造的巨石

——彝族英雄史诗《支格阿鲁》序

　　彝族是这个世界上留下史诗最多的民族之一，或许可以说是拥有史诗最多的民族。我这样说绝没有夸张的成分，就一个单一民族而言，其史诗的种类也是极为丰富的，现在已经出版为我们大家所熟悉的就有《勒俄特依》《查姆》《梅葛》《阿细的先基》等，可以说彝族就是一个名副其实的诗的民族。令人感到十分欣慰和高兴的是，长时间流传于彝族不同区域的英雄史诗《支格阿鲁》的又一个更为完整的版本就要出版了，毫无疑问，它的出版将是彝族文化史上的一个重要事件，同样我也认为它是中国乃至于世界史诗领域的又一将被历史所记载的重要收获，我做此评价没有半点溢美之意，而完全是基于这部史诗的非凡价值做出的。彝族英雄史诗《支格阿鲁》过去已出版过多种版本，在翻译过程中有的采用了诗体的形式，有的采用了散文体的形式，但在史诗的整体内容上都还不是一个完整的版本，这不能不说是一个遗憾。当然，熟悉彝族这部史诗的人都知道，这与这部史诗流传于彝族生活的不同地域和方言有着极大的关系，因为这部史诗是一部跨地域被不同方言区所传承的史诗。在这里同样必须加以说明的是，这些在不同方言区被传承的史诗的内容并不是雷同和重复的，但是可以肯定它们的主脉和源头是一致的，这就为这部庞大史诗的整合统一提供了前提和可能性。我以为任何一部被后人再进行整理的史诗，整理者都将承担着极大的风险和责任：一是这种整理必须合乎已经流传在不同地域的史诗文本的逻辑关系，二是不能随意地将已经流传的文本进行删减，三是要始终与彝族典籍所记载的（包括口头流传）英雄支格阿鲁的事迹相吻合。也正因为此，我在阅读这部史诗的过程中，一直抱有一种忐忑不安的心情，我十分忧虑这部史诗在统一整理时，会出现我担心的以上情况。但当我数遍阅读完这部英雄史诗，我认为我此前的担心完全是多余的，几位翻译整理者怀着敬畏之心并秉持科学的态度，经过深入调查研究比较，采取了对所有文本有所选择、避免重复、保留特质的方法，高水平地为我们提供了一个完美的版本。这部流传于四川、贵州、云南的英雄史诗，第一次被完整系统地整理出来，其篇幅不仅大大地有所增加，内容也更加丰富厚重。这部英雄史诗的长度和原创性，完全可以和古希腊英雄史诗《伊利亚特》《奥德赛》相媲美。我做出这样的评价也绝不是兴之所至，而是因为这部史诗把一个古老民族的哲学思想、宗教信仰、伦理道德、天文地理、艺术审美、风俗习惯等都进行了全方位的诗性呈现。在世界史诗史上，英雄史诗《支格阿鲁》其内容和形式的独特性及其价值都是唯一的不可被替代的，尤其是这部史诗巨著中的英雄人物支格阿鲁，他所创造的一切伟大业绩早已成为千百万彝族人民集体意识中的珍贵记忆，同样"支格阿鲁"这个名字也成为这个古老民族无可争议的精神符号和象征。在这个世界上，任何一部英雄史诗反映和记录的历史，毫无疑问都是那个民族最重要的精神史，伟大的彝族英雄史诗《支格阿鲁》也不例外。我相信任何一个阅读者，如果有机缘阅读到这部具有丰厚文化意蕴的史诗，都会同我一样深刻地感受到它的广阔和深度，以及它为我们提供的足以让所有人为之赞叹的具有经典意义的书写。最后，请允许我以一个诗人的名义用一句话来结束这篇序言：因为你的存在，光明与词语铸造的巨石便成了现实！

2017 年 8 月 16 日

诗歌与光明涌现的城池

——在 2017 年成都国际诗歌周开幕式上的演讲

我在这里说的成都，既是现实世界中的成都，同时也是幻想世界中的成都，尤其是当我们把一座城市与诗歌联系在一起的时候，这座城市便在瞬间成为一种精神和感性的集合体，也可以说当我们从诗歌的纬度去观照成都时，这座古老的城市便像梦一样浮动起来。我去过这个世界上许多的国家，也有幸地到过不少富有魅力的城市，如果你要问我在这个世界上，有哪些城市与诗歌的关系最为紧密，或者说这些城市其本身就是诗歌的一部分，那么我会毫不犹豫地告诉你，那就是法国的巴黎和中国的成都，当然对我的这种看法和观点，一定会有人不同意，甚至持相反的意见。

需要说明的是，我说巴黎和成都的内在精神更具有神秘的诗性，并不仅仅是说在历史上有许多重要的诗人曾经生活在这里，有许多无论是在中国诗歌史上，还是在世界诗歌史上的重要事件在此发生，毋庸讳言，这些当然是这两个城市所拥有的诗歌记忆的重要组成部分。

巴黎不用我在这里赘述，最让人琢磨不透的是，在漫长的中国历史上，成都都是一个在诗的繁荣上从未有过长时间衰竭的城市。当然我说的这种衰竭是在更大的时间段落内进行比较的，就唐朝而言，可以说它是中国诗歌的黄金时代，如果我们做粗略统计，那个时期的伟大诗人李白、杜甫、白居易、岑参、刘禹锡、高适、元稹、贾岛、李商隐、温庭筠、"初唐四杰"等都来到过蜀地，许多人还长期在成都滞留居住，诗圣杜甫就两次逗留成都，时间长达三年零九个月，留下了两百多首描写成都的诗歌。

从某种意义来讲，蜀地成了不同历史时期许多诗人在诗歌和精神上的栖居地以及停止流亡避难的另一个故乡。难怪诗仙李白在《上皇西巡南京歌》（其二）中写出了如此经典的诗句："九天开出一成都，万户千门入画图。草树云山如锦绣，秦川得及此间无。"李白本身就出生于蜀地，我以为他对成都的赞叹和热爱，并不仅仅来源于对这片山水之地的乡情，而是作为一个诗人对这座汇聚着深厚人文历史的城市的理解和洞悉。

同样我们还知道，中国历史上最早的一部词总集《花间集》就出现在成都，时间是后蜀广政三年（940年），由赵崇祚编集，其时间跨度大约有一个世纪，作品的数量达到五百首。虽然这些作者并不限于后蜀一地，但这一影响后来中国诗词形成更大繁荣的前奏，就发生在公元10世纪30年代到11世纪40年代的一百多年中，最为重要的是中国抒情诗词伟大传统的形成，也正是在那个时期达到了从未有过的高度。

在历史上蜀地也曾经遭遇过多次的战乱和政权的无端更替，正如古人常说的那样一句话，"天下未乱蜀先乱，天下已治蜀未治"。但与整个中国别的地域相比，蜀地更多的时候还是丰衣足食，自然灾害也少有发生，政治权力和平民百姓的生活都趋于稳定，特别是千里沃野以成都为中心的平原地带，可以说是中国农耕文明最精细、发达，同时也是持续得最长的地方。

正因为此，古代的许多中国诗人都将游历、寻访蜀地作为自己的一个夙愿和向往，其中还有一个重要的原因，就是千百年来蜀地似乎孕育了一种诗性的气场，它特殊的地理环境和能把时间放慢的市井与乡村生活，毫无疑问是无数诗人颠沛流离之后，灵魂和肉体所能获得庇护的最佳选择。我不是在这里想象和美化蜀地不同历史阶段的生活，而是想告诉大家四川的确是一个神奇的地方，尤其是在漫长的封建农耕文明的时代，中国没有一个地区能像四川那样完全能做到自给自足，粮食、棉帛、铜铁、石材、食盐、毛皮、茶叶、美酒，等等，可以说应有尽有。

当然任何事物都有它的两面性，我们也可以看到许多出生于蜀地的文化巨人，他们最终成为巨人也大都是走出了夔门才被世人所知晓的，但不能不说这方土地的确是人杰地灵，唐代的李白、宋代的苏轼三父子是其中最有代表性的，就是到了近现代，在中国文学、文化史上产生过重要影响的作家、诗人和画家就有郭沫若、巴金、李劼人、张大千、沙汀、艾芜，等等，如果要排下去这个名单还会很长。而在中国近现代历史上蜀地出生的政治家和军事家更是比比皆是，他们中的一些人深刻地改变了中国和人类历史的进程，中国改革开放的总设计师邓小平就是最重要的代表人物。最有意味的是，这些伟大的人物大都在成都读过书，有的就出生在成都，有的在成都度过了人生中一段或长或短的美好岁月。

中国新诗的开拓者和旗手郭沫若，1910年2月就来到了成都，后来入读于四川高等学堂。当时也在成都就读的、后来名闻遐迩的小说大师李劼人，也因为这片地域所给予他的丰厚滋养，其一生的创作都把蜀地作为自己永恒的主题。伟大的人道主义者巴金，这位出生于成都正通顺街李公馆里的作家，他的名作《家》《春》《秋》，所记录的是成都一段令人悲伤而又对明天充满向往的梦一样的生活。

画家张大千1938年为躲避战乱生活在成都，他创作的《蜀山图》《蜀江图》等佳作，其作品所透出的品质和韵味，完全是一个蜀中画家才可能具有的通灵和大气象，他的大写意和汪洋肆意的泼墨，直接催生了中国画的又一次巨大变革。

我说成都和巴黎是东方和西方两个在气质上最为接近的城市，还因为这两座城市在延续传统的同时，还对异质文化有着强大的包容和吸收能力，它们都有一种让诗人和艺术家能完全融入其中的特殊氛围以及状态，有不少文化学者和社会学家并非固执地认为，有些城市从一开始就是为诗人、艺术家以及思想者而构筑的。

不用再去回顾历史，就发生在 20 世纪 70 年代末 80 年代初的中国现代诗歌运动来讲，蜀地诗群就是唯一一个能与北京现代诗群难分伯仲的诗人群体。当然，这一影响深远的现代诗歌运动，其中心就在成都，对外面的人而言这一切就如同一个诗歌所铸造的神话，当时诗人数量极多，出现的诗歌流派更是令人目不暇接，毫不夸张地说，现在在中国诗坛最活跃、最具有影响力的诗人中，有数十位就是从蜀地走出来的，从他们的一些回忆文章，以及中国现代诗歌运动研究专家的论述中，我们都能发现一个有趣的现象：这些诗人毫无例外地几乎都在成都居住生活过。事实上这一切都变成了一种现实，就是成都毫无争议地被公认为中国现代诗歌运动最重要的两个城市之一，成都又一次穿越了历史和时间，成为中国诗歌史上始终保持了诗歌地标的重镇。

你说这一切难道都是偶然的吗？我的回答，那当然不是。如果说一个人的身上会携带有某种独特气质的传承，一个族群的集体意识中有无法被抹去的符号记忆，那一座古老的城市难道就没有一种隐秘的精神文化密码被传递到今天？我们的回答同样是肯定的，否则我们就不会也不可能去解析一个并非谜一般的问题，那就是为什么从古代到今天，成都这座光辉的城池与中国诗人结下的生命之源是如此深厚。尤其是本届成都国际诗歌周的如期成功举办，再一次证明了我对这座光荣的诗的城市的认识和判断是正确的，我相信来自世界不同国家的诗人们，最终也会得出这样

一个同样的结论。朋友们，在我们的眼前你们所看见的这座诗歌
与光明涌现的城池，就是成都！

2017 年 9 月 13 日

词语的盐·光所构筑的另一个人类的殿堂

——诗歌语言的透明与微暗

与日常语言相比较，毫无疑问，诗歌语言属于另一个语言的范畴。当然，需要声明的是，我并不是说日常语言与诗歌语言存在着泾渭分明的不同，而是指诗歌语言具有某种抽象性、象征性、暗示性以及模糊性。诗歌语言是由一个一个的词构成的，从某种意义而言，诗歌语言所构成的多维度的语言世界，就如同那些古老的石头建筑——它们是用一块一块的石头构建而成的，每一块石头似乎都有着特殊的记忆，哪怕有一天这个建筑倒塌了，那些散落在地上的石头，当你用手抚摸它们的时候，你也会发现它们会给你一种强烈的暗示，那就是它们仍然在用一种特殊的密码和方式告诉你它们生命中的一切。很多时候，如果把一首诗拆散，其实它的每一个词就像一块石头。

在我们古老的彝族典籍和史诗中，诗歌语言就如同一条隐秘的河流。当然，这条河流从一开始就有着一个伟大的源头，它是所有民族哺育精神的最纯洁的乳汁，也可以说它是这个世界上一切具有创造力的生物的肚脐。无一例外，诗歌都是这个世界上生活在不同地域的族群的最古老的艺术形式之一。

在古代史诗的吟唱过程中，吟唱者往往具有双重身份：他们既是现实生活中的智者，又是人类社会与天地界联系的通灵人。也可以说，人类有语言以来，诗歌就成为我们赞颂祖先、歌唱自然、哭诉亡灵、抚慰生命、倾诉爱情的一种特殊的方式。如果从世界诗歌史的角度来看，口头的诗歌一定要比人类有文字以来的诗歌历史久远得多。在今天一些非常边远的地方，那些没有原生文字的民族，他们口头诗歌的传统仍然在延续。最为可贵的是，他们的诗歌语言也是对日常生活用语的精练和提升。在我们彝族古老的谚语中就把诗歌称为"语言中的盐巴"，直到今天，在婚丧嫁娶集会的场所，能即兴吟诵诗歌的人们还会进行一问一答的博弈对唱。

而从有文字以来留存下来的人类诗歌文本来看，在任何一个民族用文字书写的诗歌中，语言都是构建诗歌最重要的要素和神奇的材料，也可以说在任何一个民族的文字创作中，诗歌都是最精华的那个部分，难怪在许多民族和国度都有这样的比喻："诗歌是人类艺术皇冠上最亮的明珠。"而诗歌语言所富有的创造力和神秘性就越发显得珍贵和重要。诗歌通过语言创造了一个属于自己的世界，而这个世界的丰富性、象征性、抽象性、多义性、复杂性都是语言带来的，也就是说语言通过诗人，或者说诗人通过语言给我们所有的倾听者、阅读者提供了无限的可能。

语言在诗歌中具有特殊作用，它就像魔术师手中的一个道具，可能在一瞬间变成一只会飞的鸽子，同样，它还会在另一个不同的时空里变成鱼缸中一条红色的鱼。在任何一个语言世界中，我以为只有诗人通过诗的语言才能给我们创造一个完全不同的世界，甚至在不同的诗人之间，他们各自通过语言所创造的世界也将是完全不同的。这就像伟大的作曲家勋伯格的无调音乐，它是即兴的、感性的、直觉的、毫无规律的，但它又是整体的和不可分割的。

很多时候诗歌也是这样的，特别是当诗人把不同的词置放在不同的地方时，这些词就将会在不同的语境中呈现出新的无法预知的意义。为什么说有一部分诗歌在阅读时会产生障碍？有的作品甚至是世界诗歌史上具有经典意义的作品，比如伟大的德语诗人策兰，比如说伟大的西班牙语诗人塞萨尔·巴列霍，比如说伟大的俄语诗人赫列勃尼科夫，等等，他们的诗歌通过语言都构建了一个需要破译的密码系统，他们很多时候还在自己的写作中即兴创造一些只有他们才知道的词。许多诗人都认为从本质意义上来讲，诗歌的确是无法翻译的，而我们翻译的仅仅是一首诗所要告诉我们的最基本的内容。

诗歌的语言或者说诗歌中的词语，它们就像黑色的夜空中闪烁的星光，就像大海深处漂浮不定的鲸的影子，当然它们很多时候更像光滑坚硬的卵石，更像雨后晶莹透明的水珠。这就是我们阅读诗歌时，每一首诗歌都会用不同的声音和节奏告诉我们的原因。对于每一位真正的诗人来讲，一生都将与语言和词语捉迷藏，这样的游戏当然有赢家，也会有输家，当胜利属于诗人的时候，也就是一首好诗诞生的时候。

　　语言和词语在诗歌中有时候是清晰的，同样，很多时候它们又是模糊的。语言和词语的神秘性，不是今天在我们的文本中才有的，在人类的童年期，我们的祭司面对永恒的群山和太阳，吟诵赞词的时候，那些通过火焰和光明抵达天地间的声音，就释放着一种足以让人肃穆的力量，毫无疑问，这种力量包含的神秘性就是今天也很难让我们破译。

　　在我的故乡四川大凉山彝族腹心地带，现在我们的原始宗教掌握者毕摩，他们诵读的任何一段经文，可以说都是百分之百的最好的诗歌。这些诗歌由大量的排比句构成，而每一句都具有神灵附体的力量，作为诗歌的语言此刻已经成为现实与虚无的媒介，而语言和词语在毕摩的吟诵中也成为这个世界不可分割的部分。我以为这个世界最伟大的诗篇都是清晰的、模糊的、透明的、复杂的、具象的、形而上的、一目了然的、不可解的、先念的、超现实的、伸手可及的、飘忽不定的等一切的总和。

2018 年 9 月 17 日

诗歌的责任并非仅仅是自我的发现

——在 2018 年"塔德乌什·米钦斯基表现主义凤凰奖"颁奖仪式上的致答辞

非常高兴能获得本年度的"塔德乌什·米钦斯基表现主义凤凰奖",毫无疑问,这是我又一次获得来自一个我在精神上最为亲近的国度的褒奖。我必须在这里说,对这份褒奖,我的感激之情是难以用语言来表达的。我这样说并不是怀疑语言的功能和作用,而是有的感情用语言无法在更短的时间内极为准确地表达出来,如果真的要去表达它,必须用更长的篇幅,但我相信在此时此刻,我的这种对波兰的亲近之情和感激,在座诸位是完全能理解的。

我现在还清楚地记得在一篇文章中看到,20 世纪波兰极伟大的诗人之一切斯瓦夫·米沃什在雅盖隆大学做过一篇题为《以波兰诗歌对抗世界》的演讲,他在这次演讲中集中表达了这样一种思想,就是波兰作家永远不可能逃避对他人以及"对前人和后代的责任感"。这或许就是多少年以来,我对波兰文学极敬重的原因之一。

如果我们放眼 20 世纪以来的世界文学，东中欧作家和诗人给我们带来的精神冲击和震撼，从某种意义而言，要完全超过其他区域的文学，当然，俄罗斯白银时代的文学是另外一个特例。从道德和精神的角度来看，近一百年来，一批天才的波兰作家和诗人始终置身于一个足以让我们仰望的高度，他们背负着沉重而隐形的十字架，一直站在风暴和雷电交汇的最高处，其精神和肉体都经受了难以想象的磨难。熟悉波兰历史的人都不难理解，为什么波兰诗歌中那些含着眼泪的微笑的反讽，能让那些纯粹为修辞而修辞的诗歌汗颜。

不用怀疑，如果诗歌仅仅是一种对自我的发现，那么诗歌就不可能真正承担起对"他人"和更广义的人类命运的关注。诚然，在这里我并没有否认诗歌发现自我的重要。这个奖是用波兰表现主义的领军人物之一，也是超现实主义的先驱塔德乌什·米钦斯基的名字命名的。作为一位富有创新精神的思想者，塔德乌什·米钦斯基也十分强调创作者必须在精神和道德领域为我们树立光辉的榜样。

当下的世界和人类在精神方面出现的问题，已经让许多关注人类前景的人充满着忧虑。精神的堕落和以物质以及技术逻辑为支配原则的现实状况，无论在东方还是在西方都成为被追捧的时尚和标准，看样子这种状况还会持续下去。

以往社会发展史的经验已经告诉我们，并不是人类在物质上的每一次进步，都会带来精神和思想上的上升。这一个多世纪以来，人类又拥有了原子能、计算机、纳米技术、超材料、机器人、基因工程、克隆技术、云计算、互联网、数字货币，但是，同样就在今天，在此时此刻，叙利亚儿童在炮火中和废墟上的哭声，并没有让屠杀者放下手中的武器。今天的人类手中，仍然掌握着足以毁灭所有的生物几千遍的武器。

在这样一个时代，作为有责任感和良知的诗人，如果我们不把捍卫人类创造美好生活的权利当成义务和责任，那对美好的诗歌而言将是一种可耻的行为。

2018 年 9 月 18 日

序《彝族史诗〈勒俄特依〉译注及语言学研究》

彝族是一个诗的民族，也是世界上留存创世史诗最多的民族之一，当彝族学者胡素华希望我为他的《彝族史诗〈勒俄特依〉译注及语言学研究》写序时，我便欣然应允了。从这部书的书名就完全可以看出，这不是一般意义上的对一首伟大的彝语古典诗歌的重复翻译，因为此前已有多个译本问世，这些译本在翻译上均显示出了译者们的功力，特别是如何在另一种语言中尽可能完美而准确地呈现，客观地讲，那些译本在很多方面都为后来者做出了榜样。但不同的是，我们眼前的这部书是第一次从语言学的角度，对长诗在词语构成、诗歌韵律以及更为隐秘的内在节奏方面所进行的考证和释义。尤其是科学的语法分析，让我们能清晰地看到这首经典史诗在语言构成上所发生的演变与接续，我们还能从史诗的语言学特征中看到，诗歌中那些独特的节律、音调、形式以及无与伦比的音乐性。作为一个诗人，我深知语言本身对于诗歌的重要性，因为每一种语言的内部结构与肌理，从某种意义上而言，其内核就是这种语言的灵魂和精神组织。难怪许多伟大的诗人都得出过这样的结论：诗歌语言所赋予听觉能感知的那些神秘的转折和音调，是翻译中永远或者说根本不可能传递的部分。也正因为此，揭示诗歌语言中词语的变化就成了一切语言学最困难的地带。当然，我在这里所指的这个部分，并不是诗学中人们常常说到的隐喻，而是说诗歌中的"声音"和"节奏"，因为这种"声音"和"节奏"是无法通过翻译在另外一种语言中重建的，就是译者试图重建，那也将是在另一种语言中对其"声音"和"节奏"的模拟，但这绝不是原来意义上的那个"声音"和"节奏"。也许，正是这样一个最基本的缘由，才使我认为这部书的价值是巨大的，甚至我相信随着时间的推移，其价值还会越发显现出来。这部书是一个综合体，除了其本身已经涉及的史诗学、神话学、民族学和人类文化学之外，最重要的是它通过对语言本身的破译和释义，为我们打开了一条通往这部史诗最深处的隐秘的道路。需要说明的是，特别是通过仔细地阅读作者为我们提供的文本，我们会发现这条隐秘的道路并非坦途，每走一步都是解读者在为我们提供密码打开机关，这些密码和机关都隐藏在"词语"和"节律"的背后。另外，我还认为，对诗歌语言构成和诗学语言学的研究，其实也能为现代诗人的写作提供启发和创造的灵感，尤其在诗歌语言的革命方面，诗人常常会从母语脐带般的密码中获得一种近乎神授的能力，从而在自己的诗歌中创造更新的语言和形式。在人类的诗歌发展史上，这样的例子举不胜举。这方面最著名的就是20世纪初的俄国未来主义运动，以马雅可夫斯基和赫列勃尼可夫为代表的先锋诗人，就掀起过一场声势浩大的诗歌语言革命，也因为哲学家、语言学家罗曼·雅各布森和什克洛夫斯基的加入，以及后来布拉格学派不遗余力的积极推动，这场肇始于俄国的诗歌语言革命，无可辩驳地对 20 世纪的"语言学"发展方向产生了决定性的影响，这种影响直到今天还在被延续和讨论。我之所以这样讲，既是想表达我对这部书所含价值的肯定，同样，我还认为这部书对我们今天还在写作的彝族诗人，也具有一种特殊的阅读意义，因为我们能通过这样一种过去从未有过的角度和方式，再一次进入我们民族这部伟大经典母语的根部，而这种全新的感受只能从史诗语言的最核心处获得。最后，请允许我用一首诗来结束我的序言：

对我们而言……

对我们而言，祖国不仅仅是
天空、河流、森林和父亲般的土地，
它还是我们的语言、文字、被吟诵过
千万遍的史诗。
对我们而言，祖国也不仅仅是
群山、太阳、蜂巢、火塘这样一些名词，
它还是母亲手上的襁褓、节日的盛装、
用口弦传递的秘密、每个男人
都能熟练背诵的家谱。

难怪我的母亲在离开这个世界的时候

对我说："我还有最后一个请求，一定

要把我的骨灰送回到我出生的那个地方。"

对我们而言，祖国不仅仅是

一个地理学上的概念，它似乎更像是

一种味觉、一种气息、一种声音、一种

别的地方所不具有的灵魂里的东西。

对于置身于这个世界不同角落的游子，

如果用母语吟唱一支旁人不懂的歌谣，

或许就是回到了看不见的祖国。

2019 年 1 月 7 日

向人类精神高地上的孤独者致敬

在动物世界，当然也包括像人类这样的高级动物，都会在其群体中去寻找气味相近的同类。如果从更高的精神层面来讲，在芸芸众生中总有一些人会成为难得的知音。尤其是那些置身于人类精神高地的孤独者，尽管能真正走进他们心灵世界的人少而又少，但庆幸的是他们在任何时代都能找到灵魂上的知己，无论时间和岁月是如何地变化流逝，他们不朽的精神都不会死亡，因为他们会被同类中新的生命所发现。2008 年诺贝尔文学奖得主、法国著名小说家勒·克莱齐奥在诺贝尔文学奖获奖演说中称："我把这份献词送给……胡安·鲁尔福和他的《佩德罗·巴拉莫》，及其短篇小说集《燃烧的野》，还有他为墨西哥农村拍摄的纯朴而悲伤的照片。"

在我看来，勒·克莱齐奥就是胡安·鲁尔福精神世界的知音和兄弟。而我对胡安·鲁尔福的热爱由来已久，其时间可以追溯到自己的大学时代，也就是在写这篇短文的时候，突然又想到了胡安·鲁尔福，想到了孤独、悲伤、苍凉的墨西哥哈利斯科州的乡土世界。是的，无论从世界文学史的角度，还是从更广阔的人类学和民族学领域，胡安·鲁尔福都是一个奇迹，他的作品就如同珍贵的黄金，这些为数极少的经典创造，无疑是现代小说艺术和描写我们这个世界土著生活最完美结合的光辉典范。我时常阅读这位举世罕见的文学巨匠的小说，他所营造的神秘氛围，以及诗意的情调，我始终相信只有伟大的神灵才可能赋予他这种可怕的能力。或许正是因此，胡安·鲁尔福是幸运的，在他六十八年的生命中他曾得到过神灵的真正眷顾，虽然这样的经历为数不多。诚然，他的全部作品篇幅极为有限，但这些作品的分量超过了那些所谓的鸿篇巨制。让我们学习胡安·鲁尔福吧，他在精神上始终代表着这个世界的极少数，因为多少年来，他就是我们这些后来者在黑夜中，通往未来十字路口的火把。也因为胡安·鲁尔福的存在，我们这漫长的旅途才不会孤独。

2019 年 3 月 2 日

对抗内心，拥抱世界的诗人

——《杰克·赫希曼诗选》序兼作 2019 年 "1573 金藏羚羊国际诗歌奖" 颁奖词

我们为杰克·赫希曼出版了第一本中文诗集，同时，我们还将本年度的 "1573 金藏羚羊国际诗歌奖" 颁发给他，在这里我要代表评委会和中国诗人向他表示热烈的祝贺！熟悉杰克·赫希曼的人都知道，他成名于 20 世纪 60 年代反越战、争取穷人和工人权利的运动中，也因为他从年轻的时候就具有社会主义理想，由于从事学生运动，被学校当局开除，成了一个名副其实的追求人类平等、反抗一切暴力的社会性诗人。在这里我说他是一位社会性诗人，并没有认为他的诗歌缺少诗歌本身的价值，而是指他的诗歌写作就是他与这个时代刻骨铭心的精神联系。回望 20 世纪的世界诗歌历史，"二战" 后出现的 "垮掉的一代" 诗人，以他们反传统、反文化的标新立异，不仅在美国，就是在世界范围内，也引起了广泛的关注和争议。毫无疑问，这个阶段的美国诗歌在全球范围产生的影响，也因其政治因素和商业文化的传播，要大大地超过过去美国诗歌对外部世界的影响，当然，这里不包括已经经典化的诗人沃尔特·惠特曼、艾米莉·狄金森、罗伯特·弗罗斯特、托马斯·斯特尔那斯·艾略特等。同样我们也知道，在那个美国社会发生剧烈撕裂、民权运动风起云涌的时期，虽然在这样一个大背景下，其实作为个体的诗人，也都具有自己鲜明的个性，他们所发出的声音也都是各不相同的。我曾阅读过他们中间有代表性的几位诗人的作品，其中有艾伦·金斯伯格、劳伦斯·费林盖蒂、加里·斯奈德，当然，也包括我的朋友，这本诗集的作者杰克·赫希曼。可以说这些诗人的写作，无论是在作品的内容上，还是在诗歌的艺术形式上，都呈现出不同的风貌，虽然他们都成名于那样一个特殊的年代。就我所知，在这些诗人中，杰克·赫希曼在其六十多年的写作生涯中，他给外界留下的形象，更像一个游走于社会和街头的诗人。他也是在这些诗人中写作量最大的一位，迄今为止，他已经出版了一百多部诗集。或许正是因为他始终将诗歌作为自己的生命追求，毋庸置疑，诗歌已经真正成了他生命中最重要的一个部分。我以为，这种对诗歌的献身和热爱将会终其一生，也因为他对诗歌做出的重要贡献，他被旧金山市授予了"桂冠诗人"称号。

我和杰克·赫希曼相识于 2015 年，他作为我的客人受邀参加第五届青海湖国际诗歌节。可以说，我们是一见如故，成了无话不说的忘年交。也因为这样一种亲密无间的关系，我对这位前辈诗人有了更多深入的了解。我曾经给许多朋友这样介绍他，这是一位真正的具有社会主义理想的诗人，同时他也是一位实至名归的国际主义诗人。我一直认为，真正的诗人其鲜明的价值观尤为重要，特别是在一个被消费主义主导的社会里，诗人的写作不能仅仅停留在修辞和文本本身。所以说，从诗人群体的血统和家族的归属来看，杰克·赫希曼更接近弗拉基米尔·弗拉基米罗维奇·马雅可夫斯基和皮埃尔·保罗·帕索里尼，他是我见过的为数不多的具有强烈社会意识的诗人之一。也因为这样，我们就当下人类面临的生存困境以及精神的陷落进行过深入的交流。令我兴奋的是，虽然我们有很大的年龄差距，但并没有在思想上有明显的代沟，我们对许多问题都能形成共识。我们都认为在今天这样一个全球化和逆全球化博弈日益激烈的时候，诗歌更应该发挥打破一切壁垒和障碍的作用。他对出现在一些国家的宗教极端势力、法西斯主义以及具有排他性的民粹主义都表达了强烈的愤慨，他后期的诗歌也有这方面的内容。杰克·赫希曼有过多次访问中国的经历，他对古老的中国文化、中国诗歌以及日新月异的当下中国都抱有极大的兴趣。他还曾经到访过我的故乡大凉山彝族聚居区，并多次神秘地告诉我，我和他的缘分绝不是一个偶然，而是在几十年前就注定了我们会有这样一次相遇。为了表达他的心情，他还专门为我写了一首诗，非常荣幸他将这首诗也收入了这本诗选，我以为，这是我们友谊最好的见证和结晶。

杰克·赫希曼是 1933 年生人，现在他已经是真正的耄耋老人了。按中国的传统，八十岁以后的老人就基本不出门了。但是，作为一个不断地在对抗内心同时又满怀热情拥抱世界的诗人，杰克·赫希曼直到今天还在世界许多地方发出他诗歌的声音。他在旧金山参与组建了"红色诗人旅",与世界许多著名诗人共同发起了"世界诗歌运动",同时他还不顾年老带来的诸多不便,亲自前往许多国家和地区,用诗歌去促进不同民族、不同信仰、不同文化背景的人民间的对话和交流。作为一个诗人,他达观、睿智而幽默,很多时候,更令我感动的是,他像是一个童心未泯的智者,他每次激动时都会高声诵唱《国际歌》,那深沉宽厚的声音会让听者永远难忘。

　　作为诗人,我们既是语言和文字的使徒,同时,我们也是捍卫一切生命和正义的卫士。在这里,我要借这样一个机会,向我尊敬的前辈诗人——追求人类公平正义的战士杰克·赫希曼表达由衷的敬意,希望诗人继续与我们同行,共同去迎接人类更加美好的明天!

2019 年 6 月 12 日

从开始到临界

——奥尔达尼诗集《中国——肿胀的海》序兼作 2019 年 "1573 国际诗歌奖" 颁奖词

当我们阅读奥尔达尼诗歌的时候，我们似乎早已穿越了意大利伟大的传统和悠久的文化，好像又一次透过蓝色的空气，看见了那些古老的大理石上纯粹的宁静，我们还能从他用词语构筑的多维度的空间中，闻到如同阳光投射到植物上所弥漫的气味。这种特殊的语言能力，我们能从许多伟大的拉丁语族的诗人身上看到，当然，我们更能从贾科莫·莱奥帕尔迪、埃乌杰尼奥·蒙塔莱精妙的诗歌中发现这种传承的影响。不过我更想强调的是，意大利诗歌中那种经久不息的创新精神，在 20 世纪中叶之后更是方兴未艾，直到今天，他们的诗人都在给我们的世界提供惊叹和奇迹。作为当下欧洲诗坛最具有影响力的诗人之一，奥尔达尼不仅是意大利 "终极（临界）现实主义" 诗歌运动的开创者，同时也是一位在诗歌艺术上进行试验创新并取得重要成就的杰出诗人，毫无疑问，在今天的意大利，他的一些诗歌已经被经典化。作为诗人，在这样一个被消费主义主导的社会现实面前，最重要的是他除了用诗歌捍卫人类精神的价值和作用外，还身体力行，在意大利北部不断推动让诗歌进入公众和社会领域，从这个意义而言，他也是一个将自己的诗歌理想付诸行动的诗人。

奥尔达尼的诗歌完全摒弃了简单的抒情，他以最大的节制、客观冷静的呈现、不动声色的描述、充满哲思的反讽为我们提供了一幅多变的人类精神图画。透过这些独具匠心的诗歌，我们能感受到其空间感和时间感都具有无限的张力，每一个词语都如同语言中的"镭"，它所包含的隐喻和象征，让每一首诗都富有无穷的魅力。毋庸置疑，奥尔达尼是一个真正的人道主义者，在他的诗歌中充满了对人类的悲悯和同情。最为可贵的是，这种悲悯和同情永远隐含在他词语的背后，不是让你一眼就能看到，而是让你在感受中被深深地感动。奥尔达尼是一个时刻在观望这个世界的诗人，他一直试图用他的诗歌为人类的灵魂迈向明天寻找一个方向。中国诗人李叔同说过这样一句话："念念不忘，必有回响。"因此我相信，诗人奥尔达尼绝不会劳而无功。

2019 年 6 月 13 日

为代尔祖尔哭泣

——索娜·范《沙漠歌剧》序兼作 2019 年"1573 国际诗歌奖"
颁奖词

为代尔祖尔哭泣，为代尔祖尔沙漠下的骸骨哭泣，为风哭泣，为黑暗的黎明哭泣，为宇宙闪现的微光哭泣，告诉我这是谁在哭泣，因为这哭泣还在哭，从未停止！为乳房哭泣，为子宫哭泣，为活着的和死去的婴儿哭泣，为只有送别而没有重逢哭泣，为女人绝望的沉默哭泣，告诉我这是谁在哭泣，因为这哭泣还在哭，从未停止！为遗忘哭泣，为褪色的罪恶哭泣，为编织的谎言哭泣，为人类的不幸哭泣，为所有的生命哭泣，告诉我这是谁在哭泣，因为这哭泣还在哭，从未停止！这位用诗歌哭泣的人，这位见证者，就是亚美尼亚忠诚的女儿索娜·范。

对于索娜·范而言，代尔祖尔沙漠是一个象征，一个隐喻，一个穿越了时间的伤口，也正因为此，这位杰出的诗人才在 21 世纪的今天，用纯粹的诗歌把一段不堪回首的亚美尼亚民族记忆呈现给了这个世界和我们。阅读这些忧伤的诗歌，我们会从每一个词语的入口潜入更幽深的地方，能在不知不觉中体会到生命的疼痛。我们真切地感受这种疼痛时，会在瞬间发现这种疼痛超越了个体的生命经验，成为人类精神情感中能共同感知的一个部分。还不仅因为这些诗歌在文本意义上的贡献，就是这些诗歌中关于生和死的哲理性思考，以及对人性中最黑暗部分的质疑和叩问，也足以给我们活在当下的人极大的震撼。在这样的诗歌面前，那些没有灵魂和生命质感的诗歌，永远不能算是真正的诗歌。也正因为有了索娜·范这样的诗人，我们才对诗歌充满了信心，当然，也对人类美好的未来充满了期许。

2019 年 6 月 13 日

诗歌中未知的力量：传统与前沿的又一次对接

——第六届青海湖国际诗歌节主题演讲

　　传统可能是一种更隐秘的历史，而诗歌的传统是什么呢？如果从精神的传承而言，它就如同一条河流，已经穿过了数千年的时间，或许说它是一个神话的开始，也可以说，它是我们的祭司在舌尖上最初的词语，无论这个源头是多么地遥远，但当我们屏息静听的时候，它空阔浩渺的声音依然能被我们听见，这个能被我们感知的真实告诉我们——传统是不会死亡的。

　　传统一直活在我们的语言中，正因为它是一种特殊的记忆，这种记忆甚至超过人类在土地上留下的痕迹，在这个世界上没有一种力量能比语言的力量更强大，那些无数迁徙的部落和族群，我们可能已经无法找到他们数万年前的历史，但从语言这条幽深的河流里，我们仍然能感知到词语的密码给我们传递的信息。当土地上的遗产和埋在地下的尸骨都变成了灰尘，你背负的行囊再不是第一个行囊，由于路途的遥远，也可能是岁月的漫长，真实的记忆变成了传说，你再不可能用任何一种实证的方式，明确地告诉我们你生命的源头在哪里，而在这样的时候唯有灵性的语言，才能用更隐秘的方式暗示我们你生命的故乡在哪里。从远古的人类到现在，人类从本质上而言，都在经受着两种特殊的远游，一种是肉体的远游，另一种当然就是精神的远游。所有人类有记载的历史都告诉我们，这两种远游从来就没有停止过，不过我需要声明的是，我所说的肉体的远游并非是一种线性的时间概念，而我所说的精神的远游，似乎更接近于一种绝对意义上的远游，它是形而上的，甚至是更为观念性的一种存在。也正因为此，我只相信语言中隐藏的一切，它给我们提供的不完全是能诠释的某种神秘的符号，而更像是被火焰穿越时间的彼岸，所照亮的永恒的隐喻。

传统是一种意识的方式，如果用更清晰的哲学语言来表达，它就是人类世界不同的思维方式，而这一切都不仅仅只体现在某个族群的观念形态里，就是在现实世俗的生活中，它也会显现在集体无意识的日常经验里。很多时候我们的生活方式，或许在发生着不知不觉的变化，也可能被某种强大的力量所改变，但那种基因般的顽强的思维方式还会伴随着我们，让我们看见别人看不见的星空，让我们说出不为他人所理解的神授的赞词，也因为这种无处不在的力量的庇护，我们也才能在群山上迎接每一个属于自己的黎明。诚然，这种意识的传统已经成为整个人类精神的某个部分，而我必须承认这个部分是属于我们的。我无法告诉你什么是诗的更形而上的传统，但我想当我们一旦真的握住诗歌伟大传统的时候，就必将让我们在一种新的创造中成为前沿。

　　我们经常思考所谓的现代性，而诗歌的真正前沿是什么呢？如果我们把自己置身的这个时代，都看成是一个从未有过的现实，那我们就必须去见证这个时代，因为任何当下只能属于生活在当下的诗人，固然古希腊的荷马给我们留下了经典的史诗，而天才的唐朝诗人们更是创造了一个诗的黄金时代。但是任何一个伟大的活在时间深处的诗人，其肉体都不可能又一次得到复活，诚然他们的诗歌已经成为不朽，或许这就是命运的选择，今天的诗歌还必须由我们来完成。有一位并非是哲人的人说过这样的话，在半个世纪前，人类的生活并没有发生过真正意义上的质的变化，但这五十年，人类的历史却经历了数千年来最剧烈的嬗变，难道我们不应该用诗的方式来记录这样一种惊心动魄的变化吗？如果说诗歌从来就没有离开过人类的灵魂，我不相信这种人类从未有过的境遇，就没有给我们的诗歌提供另一种无限的可能吗？我认为诗歌的前沿在今天并非是一种虚拟的想象，它就在我们的面前，只是时间已经在今天让我们感受到了它的速度。我认为诗歌的前沿绝不是一种时间的概念，而是这一时间中我们所能看见的活生生的现实。

　　我们必须创造我们诗歌的形式，同样，我们也要创造我们诗歌的语言，如果没有形式的创新，同样如果没有语言的创新，我们就不可能真正理解，什么是诗歌中未知的力量，也就不可能真正抵达那个"诗歌构筑的前沿"。在很多时候，诗歌的形式变化和词语的玄妙都具有某种神秘主义的色彩，这也是诗歌不同于别的艺术形式最珍贵的东西。诗歌通过形式和语言魔幻般告诉我们的一切，不仅具有象征和隐喻的意义，更重要的是，它呈现给我们的并不完全是内容本身，它是黑暗中的微光，同样也是光明和黄金折射的黑暗。它不是哲学，因为它把思辨的座椅放在了飞鸟的翅膀之上，那只飞鸟一直翱翔于未知的领域。它不是数学，但它把抽象的眼睛植入了宇宙的天体，当我们瞩望它的时候，它只是一些我们永远无法统计的数字。诗歌并没有前沿，要寻找它的前沿，我们只有一个办法，那就是将它与自己的传统再一次进行对接。

正因为我始终相信，诗歌中存在着未知的力量，我才如此地迷恋它给我们带来的这些奇迹。

2019 年 6 月 26 日

宽与窄的诗性哲学思考

　　我不知道无限的宽，是一个物质概念还是一个时间概念，但我以为被定义为物质概念上的宽，其开始和起点都是从所谓的窄出发的，也因为有这样一个起点和开始，我们也才可能去理解所谓宽的存在。当然，如果从更大的时间观念层面来理解窄和宽的关系，我们就会发现，在哲学意义上宽和窄都是动态的，并自始至终在相互融合中以绝对的动的状态变化着。任何物质存在的东西一旦被置入永恒的时间，它们就会被过程的牙齿渐渐地吞噬，也就是说没有任何一种物质在时间的容器里不会死亡。宽和窄永远是对立的统一，没有窄也就没有宽，同样，没有宽也就没有窄，但是最重要的是宽和窄是在更高的时间和形式上进行着转化，其实这并非一种想象的玄学。我曾经写过一首关于河流的诗，就是想回答源头的一滴水与一条大河的关系，同样也想回答这滴水与那个和它相呼应的遥远的大海的关系，在这里不妨引用一段我的诗歌，或许这也是我对这一命题的思考："当你还是一滴水的时候，还是 / 胚胎中一粒微小的生命的时候 / 当你还是一种看不见的存在 / 不足以让我们发现你的时候 / 当你还只是一个词，仅仅

是一个开头 / 并没有成为一部完整史诗的时候 / 哦大河，你听见过大海的呼唤吗？ / 同样，大海！你浩瀚，宽广，无边无际 / 自由的元素，就是你高贵的灵魂 / 作为正义的化身，捍卫生命和人的权利 / 我们的诗人才用不同的母语 / 毫不吝啬地用诗歌赞颂你的光荣 / 但是，大海，我也要在这里问你 / 当你涌动着永不停息的波浪，当宇宙的 / 黑洞，把暗物质的光束投向你的时候 / 当倦意随着潮水，巨大的黑暗和寂静 / 占据着多维度的时间与空间的时候 / 当白色的桅杆如一面面旗帜，就像 / 成千上万的海鸥在正午翻飞舞蹈的时候 / 哦大海！在这样的时刻，多么重要！ / 你是不是也呼唤过那最初的一滴水 / 是不是也听见了那天籁之乐的第一个音符 / 是不是也知道了创世者说出的第一个词！"我想在这里，一滴水是微小的，它就如同我们所说的这种窄，而宽阔奔流的大河也就是更具有象征性的宽，特别是浩瀚无边的大海，更能让我们去理解所谓宽的更为深邃的含义。可是当你把大海和大河还原成一滴水，并且在哲学和时间意义的显微镜下进行透视，真正进入并看见它们的微观部分的时候，你就会惊奇地发现，其中同样就是一个没有极限的小宇宙，它包含了我们给窄所下的全部定义。

在人的生命过程中都会有这样的经历，我们曾经在某一个秋高气爽的夜晚，因为能见度很高的原因，便会去长时间地遥望神秘的星空。那时候我们总能看见天穹的无限，而更多的时候我们只能通过想象去延伸，我们的目光永远无法抵达那个幽深的彼岸。如果人的眼睛是一个窄的出发的原点，那在我们的头上寂静如初的灿烂的星空，就给我们的双眼呈现出了通向永恒宇宙宽的海洋。我理解从更为哲学和抽象的角度来看，无限是不可能一分为二的，当然，更不可能一分为三、为四，因为无限就是另一种并非线性的时间，它从来就没有过开始，当然，也就不会有所谓的结束。单纯从宽而言，还是那个粗浅的道理，它永远是与窄相对应的一种存在。人的心灵世界就是一个内宇宙，对于旁人而言，要进入这样一个精神的宇宙，其所面临的难度就如同我们遥望星空中那个神秘的世界。尤其是当我们面对那些思想的巨人时，除了通过他们的文字和其他精神遗产，能部分地进入他们的灵魂和精神世界外，更多的时候，他们精神中那些更隐秘、更幽微、更深奥的思考，我们是永远也无法捕捉得到的，更不要说去理解其中所包含的意义。这就好比存在于另一个维度空间里的光，如果没有被打开的黑暗，我们便永远无法预测和感知到它的存在。伟大的德语诗人荷尔德林在《许佩里翁的命运之歌》里有这样的诗句："你们在上界的光明里 / 漫步绿茵，有福的神明！ / 神圣的微风辉煌耀眼 / 把你们轻轻吹拂 / 犹如纤纤素指 / 抚着神圣的琴弦 // 天神们没有命运 / 他们呼吸如熟睡之婴 / 谦逊的芽孢 / 为他们保存着 / 纯洁的精神 / 永远如花开放 / 而极乐的眼睛 / 在安静永恒的 / 光辉中眺望 // 而我们却注定 / 没有休息之处 / 受难的人类 / 不断衰退 / 时时刻刻 / 盲目地下坠 / 好像水从危岩 / 抛向危岩 / 长年向下 / 落入未知的深渊。"这里的许佩里翁，是一个象征着人类受难的符号，他在仰望具有永恒性的、充满了恬静柔和的光辉的神界时，也在时刻关注着可供人类安居的栖息之地，在那里或许也是一个我们永远未知的深渊。荷尔德林在这首诗中除了告诉了我们字面上的这一切，更重要的是他从精神的两极揭示了形而上的天界和苦难的尘世的对立而统一的关系。这是一个隐喻，他从另一个侧面告诉了我们，所有的生命现象中，都包含了宽与窄相对立而又相统一的真理的基因。

作为一个诗人，我所有的精神创造，其实都在面对两个方向：一个是头顶上无限光明的宇宙，引领我的祭司永远是无处不在的光；另一个就是我苍茫的内心，引领我的祭司同样是无处不在的光。它们用只有我能听懂的语言，发出一次又一次通向未知世界的号令，并在每个瞬间都给我的躯体注入强大的力量，毫无疑问，是因为它们的存在，我的肉体和灵魂才能去感知我所能获得的这一切。从创造的角度而言，伟大的诗人奉献给这个世界的诗句，不是全部，或许仅仅是一个部分，它们都是被这种神奇的力量所赋予的。在任何时代，诗人都是精神与语言世界的伟大祭司和英雄。

2019 年 9 月 10 日

诗歌：不仅是对爱的吟诵，也是反对一切暴力的武器

——在中捷文化交流七十周年暨捷克独立日"中捷文学圆桌会议"上的主题演讲

正值中华人民共和国成立七十周年，中捷文化交流七十周年暨捷克独立日之际，我非常高兴能以一个中国诗人的身份，来参加今天这个具有特殊意义的"中捷文学圆桌会议"。在此首先要向今天莅临这个圆桌会议的诸位朋友，致以最美好的祝愿。

我曾经两次访问过捷克，一次是 2016 年春天应捷克维区出版社的邀请，出席我的捷文版诗集《火焰与词语》在布拉格的首发和朗诵活动。这本诗集是由捷克汉学家李素和诗人泰博特合作翻译的，当然，此前我已经有一本诗集《时间》在捷克出版，那是一本从英文转译的诗集。2018 年秋天，我又有幸应邀参加了第二十八届"布拉格作家节"，与瑞典诗人恩瓦迪凯、伊朗诗人伊斯梅尔普尔（他也是我诗集波斯文版的译者）等共同参加了由布拉格作家节主办者迈克尔·马奇主持的主题为"活着的邪恶"的圆桌对话，并回答了听众的提问。这两次对捷克，特别是对布拉

格这座闻名遐迩的城市的访问，的确给我留下极为深刻和美好的印象。

在这里我想告诉大家的是，我了解并向往布拉格当然是在更早的时候，德国哲学家弗里德里希·威廉·尼采说："当我想以一个词来表达音乐时，我找到了维也纳，而当我想以一个词来表达神秘时，我只想到了布拉格。"德国诗人约翰·沃尔夫冈·冯·歌德还说过："在那许许多多城市像宝石般镶成的王冠上，布拉格是其中最珍贵的一颗。"但是布拉格对我的感召力或许还要更多。对于一个热爱古典建筑的人，布拉格无疑是一座建筑的博物馆，它拥有这个世界上为数众多的、不同历史时期不同风格的建筑。特别是巴洛克风格和哥特式建筑，可以说占据着欧洲建筑史上无法被撼动的最重要的位置。这里还诞生了我热爱并直到今天还令我着迷的作曲家安东·德沃夏克、贝德里赫·斯美塔那和莱奥什·亚纳切克。德沃夏克的《自新大陆》曾给我带来无穷的想象，并让我从此相信音乐能在另外一个空间复活一个民族的灵魂。斯美塔那的交响诗《我的祖国》让我从音乐中看见了被旋律和音符所命名的一切不朽的事物，都将永远存活在时间的深处。亚纳切克的狂想曲《塔拉斯·布尔巴》以及《小交响曲》，给我带来的启示和震撼要远远超过一部概念化的哲学著作，因为它让我明白了，动人心魄的旋律很多时候都是从母语和民歌中提炼出来的。也因为这个可以上升到道德层面的认知，我对这个世界上所有弱小民族使用的语言都充满了深情和敬畏。作为一个歌德所说的那样一种"世界文学"的赞同者，特别是在歌德逝世一百多年之后的今天，我们虽然看到在不同的文化之间，抹平差异性的进程还在以加速度的方式进行着，但对多元文化存在的认同和保护的重要性，已被更多的人认识到。文化的多样性与人文主义的传统仍然是"世界文学"这个概念的基石，就是在今天，面对现实中的复杂性和社会变革，我们所说的"民族文学"实际上已经与"世界文学"深度地融合或者说叠加在了一起。这是一个普遍主义的概念，它会让我们在全球化的背景下重新去理解并定义歌德所说的"世界文学"，在这一点上捷克就是一个示例。现代派文学的鼻祖、划时代的表现主义作家弗兰兹·卡夫卡一辈子就生活在布拉格，可以说早已是这座城市的一个文化符号。不用从更早的时候说起，从 20 世纪以来捷克就涌现出了一大批杰出的作家，他们既提升了捷克文学在欧洲的高度，同时也让世界感受到了捷克文学的伟大存在。我们熟知的就有雅洛斯拉夫·哈谢克、弗拉迪斯拉夫·万楚拉、卡雷尔·恰佩克、瓦茨拉夫·哈维尔、米兰·昆德拉、伊凡·克里玛，另外，还有我最钟情的赫拉巴尔。也因为我对他心怀由衷的热爱和尊敬，我在访问时间很紧张的状态下，还专门驱车去了他在布拉格郊区用于隐居写作的森林小屋和如同他生前生活一样朴素的墓地。这块墓地是赫拉巴尔生前就为自己选好的，来自世界不同国家的崇拜者在他的墓地上摆放了许多千里迢迢带来的玩具猫，他们都知道猫是赫拉巴尔的朋友，在他活着的时候他就在森林小屋喂养了许多他最亲近的猫。我作为对语言学、结构语言人类学、符号学有着特殊兴趣的探秘者，布拉格对我的吸引力更是无可比拟的。因为在这里，天才的罗曼·雅各布森创立了布拉格学派，毋庸置疑他是真正的结构主义思潮和运动的先驱，是他首先将结构主义语言学与诗学批评联系在一起，揭开了隐喻与转喻在诗歌中的神秘作用。这一开创性的研究和发现，让后来所有诗歌作为自在的词，在语言中的探险和实验都成

为能被阐释的可能。雅各布森就曾经从诗歌语言和词语的创新上，从语言和修辞的角度对俄罗斯未来主义诗人赫列勃尼科夫的诗歌进行了深度的解析。作为诗人，我对捷克诗歌的热情是超乎寻常的。还在我大学时期，我就阅读过捷克新时代诗歌奠基人卡雷尔·希内克·马哈的长诗《五月》。他的作品以爱情为主题，不仅抒发了一个民族渴望复兴的愿望，更重要的是他从人性出发，将个体的情感提升到了人类道德的精神高度。如果姑且按照当代中国诗歌史对诗人写作时段的划分，我属于 20 世纪 80 年代开始成名的诗人。也就是说在我的诗歌写作过程中，外来诗歌对我的影响是一个重要的方面，其中就包括现当代捷克诗人的作品。在这些诗人中间就包括了维杰斯拉夫·奈兹瓦尔，这位超现实主义大师，不仅影响了无数的捷克诗人，还以消除禁欲主义和理性主义的诗歌主张，给后期超现实主义注入了一些新的观念。雅罗斯拉夫·塞弗尔特，一生都在赞颂美的诗人，他的诗句"天堂也许只是 / 我们久久期待的一个笑颜 / 轻轻呼唤着我们名字的芳唇两片 / 然后那短暂的片刻令人眩晕 / 令人忘却了 / 地狱的存

在"，阅读后给我带来的感动，就是现在回想起来，仍然有最初诵读时的那种心颤的感觉。在捷克访问时，为了去他的故乡瞻仰他的墓地，我们匆忙赶到他安息的墓园时已经是傍晚，墓园的管理者刚要锁上沉重的铁门，我下车后便第一个向他疾呼："塞弗尔特！塞弗尔特！"我不懂捷克语，但我想这位管理员完全听懂了我的意思，他迅速打开了门，把我们一行远道而来的人带到了塞弗尔特的墓地。弗拉迪米尔·霍朗，这位离群索居，一直居住在布拉格康巴岛上的隐士诗人，他精粹的短诗充满了玄妙的哲理和隐喻，其诗歌中的神秘感笼罩着生与死、存在与虚无的冥想，他的诗句："哦，是的／我爱生活／因此我才经常歌唱死亡／没有死亡／生活就会冷酷／有了它／生活才可以想象／也因此才那么荒唐……"霍朗告诉了我什么是生命的意义，当然也包括了它隐含的荒唐。诗人米罗斯拉夫·霍卢布，我以为他在诗歌上的成就要远远高于他在医学领域的成就，因为精神的创造从更广阔的时间而言，其不朽性和延伸性都将是无可限量的。他的著名诗篇《加利列·伽利略》中有这样的诗句："我／加利列·伽利略／置身在米内维纳教堂／只穿一件衬衣／靠一双细腿／承受着世界的压力／我／加利列·伽利略／低声／低声地说／为了孩子们／为了搬运工／为了太阳——／我低声地／终于说……／地球／确实／在转动。"是他让我懂得了，诗歌在当下一旦失去思想和勇于承担人类的苦难的勇气，也将会失去它更重要的价值。我在捷克访问时，专门向好友泰博特索要了一个光盘，里面储存有现当代捷克重要诗人朗诵的诗歌。在这些年繁忙喧嚣的日子里，我总会抽时间去聆听奈兹瓦尔、弗·哈拉斯、霍朗、塞弗尔特等人的声音，他们的诗歌和声音始终陪伴着我，给我的心灵和精神所带来的抚慰、感动和激励，是他人永远无法能真正体会得到的。从这个角度而言，任何一个已经逝去的伟大诗人，他都不会真的被死亡带走。

　　捷克民族是一个达观幽默的民族，在欧洲历史上曾多次被周边的强权国家所侵扰。作为中欧一个具有深厚文化传统的国家，捷克的特殊性远远超出了其地缘的概念，被世人所知晓的波西米亚的精神历史，经过了饱经沧桑的沉淀，实际上已经成为今天捷克精神文化传统的一个重要组成部分。从捷克现当代诗人的丰厚创作中，我们能看到他们用诗歌为自己也为他们身边的生活，构建了一个用词语来对抗暴力的世界。他们从对人的爱和对这个世界一切美好事物的赞颂出发，以惊人的内在忍耐力，去面对他们曾经经历过的那些最悲惨的日子。就是在被纳粹严酷统治的时期，他们的诗歌也没有失去反讽的力量，对生命、个性和人的尊严的彰显，也从未在捷克诗人的写作中失去传承。在许多具有悲悯情怀的诗歌中，我们能真切地感受到诗歌在维护人类道德和崇高理想上所应承担的使命。研究和观察近现代的捷克历史你会发现，诗歌一直和它的人民站在一起，它的每一个词都如同闪亮的金属般的子弹，以其坚硬的真理的力量，洞穿了现实中的谎言和虚伪。20 世纪 30 年代开始登上捷克诗坛的这个诗人群体，他们中一些杰出的天才代表，以其独特的富有个性的诗性表达，让我们真实地看到了半个多世纪以来，诗歌在人类争取幸福生活、见证时代历史以及恢复道德尊严等方面所发挥的巨大作用。历史的经验和今天的现实告诉我们，诗歌永远不仅仅是对爱的吟诵，也是反对一切暴力的最宝贵的武器。

2019 年 9 月 26 日

总有人会看到甜蜜的自由的丰收

——在波兰大使馆举行的诗人大流士·莱比奥达波兰文版《亘古的火焰——吉狄马加的生平与创作》首发式及齐格蒙特·克拉辛斯基①奖章颁发仪式上的致辞

我以为在这个世界上，所有的万事万物总是被某种神奇的力量联系在一起的，如果说这种联系并非是一种偶然，那你一定相信它就是人们所说的缘分，从这个意义上而言，我与波兰的缘分可谓是深厚的。作为一个山地民族的诗人，一个用中国文字写作的诗人，应该说诗歌传统对我的影响是来自多方面的。在这里我要告诉大家的是，波兰诗歌就曾经在精神上给予过我丰厚的滋养，更重要的是它让我坚信在任何时候都不能忘记对人的价值和权利的尊重。特别是在这样一个全球化的过程中，是简单的适应标准化或者说越来越快的趋同化，还是在彼此的相互联系中，让

---

① 齐格蒙特·克拉辛斯基（1812—1859），波兰伟大的浪漫主义诗人，被誉为波兰三大"先知诗人"之一，在他逝世一百六十周年之际，依照波兰文学界的倡议，特决定设立齐格蒙特·克拉辛斯基奖章。该奖章主要颁发给为波兰文化做出贡献的人士，以及在海外推广波兰文化或为世界文化做出杰出贡献的人士。

差异性也能在这个世界上获得存在，这似乎是人类今天所面临的一对矛盾，尽管这样我仍然相信德国诗人歌德生前所描述的"世界文学"这样一个概念，因为今天的事实就是一个最好的证明，一位杰出的波兰诗人为一个和他的文化背景以及精神谱系显然有许多不同的中国诗人写了这样一本书，并且在波兰这个具有深厚诗歌传统的国度得以出版，这个结果本身就告诉了我们一个真理，人类间深度的文化交流，其历史主义意识和普遍意义仍然被这个地球上的大多数人所认同。更令我高兴和感动的是，在伟大的波兰浪漫主义诗人齐格蒙特·克拉辛斯基逝世一百六十周年之际，你们将以他光辉的名字命名的奖章颁发给我，这当然是我最大的荣幸，因为我们知道齐格蒙特·克拉辛斯基与亚当·密茨凯维奇、尤利乌什·斯沃瓦茨基被誉为波兰三大民族诗人，他的经典作品不仅深刻地影响了后世波兰诗人的创作，其作品作为波兰诗歌语言的最高成就，毫无疑问也已经成为波兰民族最珍贵精神遗产的组成部分，据我所知直到今天他仍然被热爱波兰诗歌的人们所尊崇和迷恋。他曾写过这样的诗句："我渴望光明，/但还在黑暗中尝守夜的滋味，/不过，当然，总有人会看到甜蜜的自由的丰收……"朋友们，请相信！只要我们勇于打破这个世界上的一切壁垒和人为的障碍，我们就会看见这个世界上到处都会有齐格蒙特·克拉辛斯基所梦寐以求的美好景象。

2019 年 10 月 7 日

诗歌本身的意义、传播以及其内在的隐秘性

诗人切斯瓦夫·米沃什曾在 1990 年写过一篇题为《反对不能理解的诗歌》的文章，在其中表达了他对诗歌如何能被理解以及得到应有传播的关注。他认为诗歌和每一件艺术品一样，都被视为一种神圣的创造，但是对那些"不能理解的诗歌"的所谓形式和语言实验，特别是对诗歌"愈是不能理解就愈好"的观点不予苟同，因为它使诗人与读者形成了无法沟通的隔绝。

另外，有关诗歌在语言和形式上进行的所谓"最纯粹"的探险却也从未有过停止。后期象征主义、超现实主义、未来主义以及现代主义诗歌诸流派付诸实践，对诗歌的神秘性、隐喻性、象征性以及由词语本身所构建的在意义上的多种可能进行的探险和实验实际上已经告诉我们，从接受美学的角度来看，诗人个体所完成的一首诗，最终会被无数个他者来共同参与完成。这一现象并不是今天才存在的，早在 20 世纪 20 年代，俄罗斯未来主义诗歌的主将之一赫列勃尼科夫就通过对语言和词语的重新熔铸，甚至通过创造新的词语所形成的节奏和声音，将诗歌语言本身的意义与所谓被创造的意义加入新的形式中，可以说他给读者提供了

两套语言系统，一套是所谓的公共语言符号，另一套就是诗人传递给我们的语言密码。

也因此，20世纪最伟大的语言学家之一——布拉格学派的创始人雅各布森就根据他的诗歌，将语言学与诗歌之间的生成对比放在一起研究，从而在理论上深刻地解析了诗歌语言的独特性和复杂性，并对"诗歌是自在的词"从学理上也进行了富有说服力的阐释，揭示了"诗歌语言之所以成为诗歌语言"的内在本质特征。毫无疑问，雅各布森在这一领域的开创性的发现，使他成为真正意义上的形式主义诗学理论最重要的奠基人。

从诗歌创作的实践本身而言，任何一个伟大的诗人其实都永远徘徊在对其诗歌内容的直接呈现与所谓语言和形式的不断创造之间，这两者的关系始终是相辅相成的。切斯瓦夫·米沃什强调并反对在诗歌中使用大量的艺术隐喻，对那些所谓的"纯诗"始终持怀疑的态度。

我以为从诗歌价值本身的选择来看，我是赞成他的主张的，因为我们应该从我们自身的创作实践中去力争和解决诗歌不可避免地就一定会晦涩和难懂这样一种认识。同样，我们也要反对那样一种对形式和语言的创新持保守态度的观点，因为很多时候，诗人的创造都不完全是与他的读者在进行直接的沟通，很多时候是通过主观所创造的客观对应物来完成的。而在形式和语言上的创造，还会给接受者提供再创造的无限的可能，这也许正是诗歌语言不同于别的语言的最重要的地方。真正伟大的诗人，必须在这两者之间找到最合适的方式和平衡点，他就如同一个在高空中走平衡木的人，只有保持了应有的平衡，他才有可能永远立于不败之地。

20 世纪拉丁美洲诗歌的雄狮巴勃罗·聂鲁达就曾经用一段最朴素、最简明的语言说明了这一切，他这样智慧地告诉我们："如果一首诗，能被所有的人看懂，肯定不会是一首诗。同样，如果一首诗，不能被所有的人看懂，它同样不会是一首好诗。"

有关诗歌本身的意义、传播以及其内在的隐秘性这样一个话题，还会长久地被持续议论下去，或许这正是诗歌具有永恒的魅力之所在。也因为诗歌将与人类共存，我们在其内容、形式和语言上的创新也永远不会停止。

2019 年 10 月 7 日

向河流、高山和大海的致敬

——2020 年"瓜亚基尔国际诗歌奖"致答辞

毫无疑问，今天对全世界而言是一个艰难的时刻，肆虐全球的病毒还在许多国家蔓延扩散，置身这个星球、生活在不同地域的人们，都在为人类当下面临的困境以及明天的不确定性而满怀痛苦和忧虑。是的，这不是一个轻松的话题，是一个令所有的人都感到无比沉重但还必须要去面对的现实。从每天大众媒体的报道我们会很快知道，感染和死亡的人数仍然在快速地增加。正如我们所知道的那样，这并不是一场传统意义上的世界性的战争，它却在多方面从根本上改变了我们的生活以及这个世界原有的风貌。这不是发生在局部的某种变化，而是从整体上动摇了原有的国家间、地缘政治间、不同经济体间的最为基础性的关系，旧的规则正在失去其效力，新的规则尚待取得共识和确立。不管你是否能接受和承认这个局面，当下的这种特殊境遇，无疑是人类正在经历的一场风险巨大的考验，绝非是我在这里危言耸听，这一考验的最终结果，将直接关系到人类世界的命运，从根本上讲这个结果将深刻地影响人类的未来发展方向。纵然人类历史的发展从来不是一帆风顺的，花样翻新的战争，形形色色的灾难，如影随形一直伴随着我们。最让我们不安的是在这个人类陷入困境，绝望和希望共存的时候，在一些国家和地区，排他主义、新法西斯主义、种族主义、恐怖主义等反人类反理性的行为频繁出现，一些政治利益集团为了一己私利，不惜动用国家力量操弄政治，编造虚伪的谎言图谋挑起人类之间的仇恨和对立。当然，同样也在这样的时候，在这个地球不同的地方，我们看到有千千万万的人仍然坚守团结、公正、平等、合作的原则，捍卫和尊重联合国宪章及国际法，保护我们赖以生存的环境和生态，致力于消除贫困和维护人的基本权利，把推动和平反对战争，进一步促进不同文明的沟通和对话作为神圣的责任。或许正是因为我们真切地看到了这个世界不可抗拒的共同意愿，我们才对人类的明天抱有足够的信心和期待。

毋庸赘言，打破障碍和壁垒，跨越海洋和大陆，把美好的礼物奉献给他人，我以为在任何国度和民族中都是慷慨的善举。为此，我要由衷地感谢地球另一端的赤道之国厄瓜多尔，感谢我诗歌精神上的另一个隐秘的源头——伟大的生长诗人的拉丁美洲，感谢你们把本年度如此珍贵的这个奖项颁发给我，我非常高兴能成为胡安·赫尔曼、查尔斯·西密克、杰克·赫希曼、豪尔赫·爱德华兹这个队列中的一员，这是我的荣幸，谢谢你们。作为一个诗人，为了表达感激之情，还有什么比致敬的语言更真挚和合适呢，厄瓜多尔，请接受我的致敬。

向你致敬不是你丰富的单一，而是你整体的有机的多元，是你在精神上的单数和复数的统一，然而最让人惊奇的是，在一千倍的复数中也能找到第一个单数。祝愿你的花园除了有彩色的气球，还有糖果、老人和孩子，永远听不见枪声。

向你致敬不仅是因为你有浩瀚的大海、雄伟的高山和广袤的腹地，而是因为在钦博拉索山的最高峰，那玛雅人五月的太阳，以黄金和巨石在第四维空间的裂变，让每一个还存活在今天的部落，都能感受到那亘古不变的火焰的温暖。但愿这一切，不只属于当下，更重要的是还属于遥远的未来。

向你致敬不仅是因为你有波澜壮阔的亚马孙河，还是因为河流以唯一的方式，从古至今成为你的人民反抗一切暴力的象征，让消失的时间像一只狂暴的美洲豹，从喉咙里发出红色的声音，让自由和正义在你未来的每一天都成为如期而至的晨曦。但愿在灵魂的深处，对自由和正义的尊崇，永远不会改变。

向你致敬不仅是你能用西班牙语告诉这个世界，你的国家有一句闻名于世的格言"上帝，祖国和自由"，还因为在克丘亚语的疆域，你能通过一个词的核心进入另一个精神的世界，再一次唤醒睡眠中的星星以及那些早已灭绝的鸟儿。但愿这个古老的语言，比地球要活得更久。

向你致敬不仅是你天空的神鹰二十四小时昼夜都在守护着母亲的身躯，让加拉帕戈斯群岛黎明的曙光如同每一个正在热恋之人的眼睛，更重要的是你还有比生命和死亡本身更刻骨铭心的诗歌，有奥斯瓦多尔·瓜亚萨明那些悲天悯地的绘画，这位人之子从生到死，都站在了穷人和他的种族印第安人一边。但愿他的悲悯和爱能千百次地复活，其实我知道这个人从未离开过我们。

厄瓜多尔，我祝愿你的一切比历史更新，比现实更远，比未来更近；祝愿你的人民伸出的双手已经握住了希望和明天。

2020 年 10 月 15 日

一只羊，一位农夫与诗人直视的眼睛

——2020 年度"1573 国际诗歌奖"颁奖词暨诗集《月照静夜》序言

我知道艾利安·尼·朱利安奈 ① 这样一位诗人的名字，首先是从爱尔兰诗人帕特里克·科特那里知道的，这并不意味着在全球化的今天作为诗人的艾利安·尼·朱利安奈已经闻名于世，而恰恰相反，在这样一个网络造就红人的时代，诗人往往是社会人群中最寂寞的一种存在，或许正是这种精神上的执着坚守，诗人的珍贵和伟大才显得超凡脱俗。毋庸置疑，艾利安·尼·朱利安奈是一位真正的诗人，她的作品深深植根于爱尔兰诗歌的伟大传统，并将这一深厚的传统在新的语境下进行了无与伦比的创造。这不是一般意义上的简单的续接，而是将个人的生命经验与这片古老土地在精神上的一次又一次的重构，她的每一首诗都是一次生命的经历，并在永恒的时间和空间中留下了属于自己的痕迹。

---

① 艾利安·尼·朱利安奈（Eiléan Ní Chuilleanáin），女，爱尔兰诗人、翻译家。1942 年生。2020 年度中国"1573 国际诗歌奖"获得者。

她的诗与所谓时尚的风花雪月无关，它就像河床里的石头，或者说就如同刚刚从土地中挖出的土豆，没有繁复叠加的修辞，但语言的精准与简洁的形式却高度地统一在了一起，隐喻、象征和意象在其诗中浑然一体贴切自然，这种接近于原始的朴实是对生命和自然的无可挑剔的通向本质的抵达，这是诗歌依然保持着其价值不可被替代的又一证明，因为我们始终相信，在曾经盛行并一直有人坚信万物有灵的爱尔兰民族中，虽然在大多数情况下多神教已经演化成了单一的宗教信仰，但无论是从历史还是现实的角度来看，威廉·巴特勒·叶芝都不可能只是单峰独立，而他的存在也不仅仅是爱尔兰现代诗歌史上的一个偶然，当然不是，因为自此以后足以让世界所瞩目的爱尔兰诗歌就证明了这一点，他的同胞谢默斯·希尼等后来者就将这一殊荣延续到了今天，这其中就包括了杰出的艾利安·尼·朱利安奈。越过广袤的陆地和浩瀚的海洋去寻找今天的爱尔兰诗歌，也并不是突发奇想，真正的诗歌的交流从来不是平面化的，甚至它并不体现在一种集体的行为，而往往是通过个体去完成的，这个被我们所构建的对话与沟通的方式，实际上更像是一条通往彼此心灵的隐秘的通道。让我们感到庆幸的是，在爱尔兰我们幸运地找到通往这个通道的金色的钥匙，这也应验了中国人一句充满了哲理的话，那就是"念念不忘，必有回响"，为此我要为中国诗歌以及中国诗人与爱尔兰诗人艾利安·尼·朱利安奈的必然相遇而由衷地欢欣鼓舞。我说过这一相遇绝不是偶然，那是因为这种相遇的必然总会在时间的过往中实现，也许我们可以把这种相遇称为所有生命中的奇迹。

对于今天的世界而言，艾利安·尼·朱利安奈首先是一位爱尔兰民族诗人，当然同时她也是一位世界公民，如果从文化身份和诗人所使用的语言来讲，她的盖尔语诗歌传统无疑是她诗歌文本的最重要的基础，当然无可讳言，她的诗歌毫无疑问也与英文形成了一种特殊的关系，在这里我不想简单地对这种过渡性关系所产生的作用做出价值性的判断，但可以肯定游离于两种语言之间的诗人，总会给我们带来一些意想不到的可能。阅读艾利安·尼·朱利安奈的诗歌，会让我犹如听见了"尤利安风笛"的演奏，特别是当这种诗歌从英语进入汉语的时候，我仍然能感受到她最初的母语穿过神秘的疆界在我耳边产生的回响，我以为任何一种翻译从某种意义而言都是一种桥梁，但在桥梁与桥梁的转化中所承载之物总有一些最基本的东西是不可改变的，这就是那些难以言传的内在精神和神秘的气息。布拉格语言学派的开创性人物雅各布森就有这样一种观点，那就是语言的内部结构与初始语言的呈现方式，就如同人类的基因尽管若隐若现，但它的存在却是牢固而不可改变的。作为一个卓越的盖尔语诗人，毫无疑问我们的艾利安·尼·朱利安奈是当下跨语言写作中的一位具有典范意义的诗人，正是她的作品在不同的语言的翻译过程中证明了这些诗歌的价值和独特性，当然需要说明的是，这种价值和独特性同样蕴含于人类最根本也最普遍的意义中，也正因为此，它才可能跨越千山万水被不同族群的人们所喜爱和认同。

她的诗歌世界是广阔而深远的，其背景依然是古老而又年轻的爱尔兰，她的作品为我们提供了古老神话的新的诠释，同时也为我们展现了人在现实生活中最神奇的心灵感受，因为她那些宁静拙朴而又充满了质感的诗歌，让我们深怀敬意地相信，她不仅仅是一个伟大诗歌传统的继承者，同样也是一个能给我们带来想象的古老语言的传人，有鉴于此，我们将 2020 年度"1573 国际诗歌奖"颁发给当代爱尔兰诗歌的杰出代表之一艾利安·尼·朱利安奈。

2020 年 11 月 17 日

在这个时代诗人仍然是民族的代言人和人民忠实的公仆

—— 在委内瑞拉驻华使馆接受"弗朗西斯科·米兰达"一级勋章授勋仪式上的致辞

在这个世界上虽然我们天各一方，居住在这个星球不同的地域，但人类间的相互联系却是多种多样的，无论是个体生命之间的联系，还是在精神上的联系，都会因为某种缘由将我们联系在一起。作为一个诗人我更相信精神上的联系，或者说心灵之间的联系，这更具有东方哲学中一种神秘主义的必然性。当然在这里我并非是在对某种带有宿命色彩的关系进行解释，因为从根本上而言，我是一个彻底的唯物主义者，但直到今天，我那些还生活在茫茫群山里的彝族同胞仍然相信万物都是有灵魂的，而所有的生命和物种都有着隐秘的关联。在这里我会想到贵国诗人欧亨尼奥·蒙特霍（Eugenio Montejo）一首诗中的诗句："地球转动让我们靠近／它自转也旋转在你我心间／直到我们在这梦中相见／一如《会饮》篇中所言／过了多少个夜／下过雪／冬至也去了／时光流逝／分分秒秒／恍若千年。"是的，不同生命中隐含的神秘和不可知或许还要更多，不过它却告诉了我们一个朴素的真理，无论时光怎样从我们的身边流逝，生命之间的共生关联却是无处不在的，虽然现在人类对不同物种重要性的认识有了很大的进步，但当下一些濒临消亡的物种所面临的现实，却正在给我们敲响悲伤的警钟。我们任何时候都不能忘记我们作为人在这个地球上的责任。我在很多地方说过，我与拉丁美洲在精神上的联系是特殊的，这种特殊的联系就在于拉丁美洲在文化上的多元性和丰富性，能让我们看到不同文化在相互联系和共存中所形成的巨大张力，而这种张力所产生的不同特质的文化，或许说正是今天人类所需要的。如果这个世界都变成了一个色彩，我不能想象它还会有这样动人的魅力吗？当然是不可能的。拉丁美洲似乎一直就有这样一种传统，但我要肯定地说，这一传统更多的还是从西蒙·玻利瓦尔、何塞·弗朗西斯科·德·圣马丁·马托拉斯、弗朗西斯科·米兰达等这样一些解放者开始形成的，这些拉丁美洲自由的启蒙者和捍卫者，除了在这片大陆播种下人类平等自由的思想种子，他们还把这种包容不同的文化理想和生活方式融入了当时的社会实践中，尽管后来这些主张在拉美不同的国家出现了不同的情况，但这些拉美的先贤们所倡导的原则和主张，却在人类的文明史上留下了不可被磨灭的痕迹。正是因为对拉丁美洲这些伟大先贤由衷的尊敬和热爱，当我获悉贵国人民政权内政、司法与和平部做出决议，决定将"弗朗西斯科·米兰达"一级勋章颁发给我，我深感这是我的荣幸，因为这一褒奖是委内瑞拉一项至高的荣誉，从 1943 年设立以来授予过许多做出过杰出成就的人士，现在将我的名字与他们放在一起，作为一位中国诗人，我为能成为这个精神家族中的一员而倍感光荣，因为勋章以拉丁美洲独立运动的先驱、委内瑞拉第一共和国的领袖弗朗西斯科·德·米兰达的名字命名，体现了拉丁美洲和委内瑞拉人民争取美洲权力、自由以及捍卫人类崇高事业的精神，我以为这一精神对于今天的世界依然显现出它重要的价值，特别是在当下人类所面临的复杂而充满了不确定性的现实面前，打破一切人为的壁垒和障碍，构建真正意义上的人类命运共同体，这无论是对于中国，对于委内瑞拉，还是对全世界所有的国家都是至关重要的。多年来我一直关注委内瑞拉人民选择自己的发展道路、反对一切外来干涉的正义斗争，从思想、感情和行动上都与争取和建设更美好新生活的委内瑞拉人民站在一起。我相信，在我们的共同努力下，中国和委内瑞拉两国之间的兄弟情谊、文化和诗歌交流将得到进一步的推动和升华，而我们同样会为这个大多数人倡导多边主义、相互尊重主权、追求国家间和民族间平等祥和的世界树立光辉的榜样。

在这个时代诗人仍然是民族的代言人和人民忠实的公仆，因为诗歌的存在，我们才会在物欲的侵蚀和人性的缺陷中，看到那束从苍穹倾泻下来的光。如果没有诗人和诗歌，这个世界的火塘将失去它燃烧的价值，但愿这一天永远不要出现。

2021 年 4 月 19 日

吉狄马加的天空

[阿根廷] 胡安·赫尔曼

声音倚靠在三块岩石上

他将话语抛向火,为了让火继续燃烧。

一堵墙的心脏在颤抖

月亮和太阳

将光明和阴影洒在寒冷的山梁。

当语言将祖先歌唱

酒的节日在牦牛的角上

去了何方?

他们来自雪域

出现的轮回从未中断

因为他在往火里抛掷语言。

多少人在忍受

时间的酷刑

缺席并沉默的爱抚

在天的口上留下了伤痛。

于是最古老的土地

复活在一个蓝色语汇的皱褶里。

恐惧的栏杆巍然屹立

什么也不会在死亡中死去。

吉狄马加

生活在赤裸的语言之家里

为了让燃烧继续

每每将话语向火中抛去。

（赵振江　译）

用诗歌打开希望之门

[葡萄牙] 努诺·朱迪斯 [1]

吉狄马加 1961 年出生于四川一个古老的彝族家庭，这一出身至关重要，当我们阅读他的诗歌，总会听到来自彝族古老民间传统的回声，他是在这些传统中耳濡目染长大的。尽管他后来完成了大学学业，同时从世界其他诗人那里汲取了营养，但是他从来没有摒弃这一神秘的源头，这在他少年时便筑建了他的想象空间，也构成他诗歌创作的基石，我们可以称之为史诗的基石，这一点与聂鲁达的《漫歌集》有相似之处。

吉狄马加寻找以其民族的古老信仰为根基的叙说，并将它纳入一种全球化的视野之中，这一视野让他把当今世界发生的事件与历史对接，在某种意义上，历史总会提供最新的参照，让看起

---

① 努诺·朱迪斯是葡萄牙著名诗人、作家、小说家和教授。于 2013 年获得西班牙索菲亚皇后伊比利亚美洲诗歌奖，该奖项由西班牙国家遗产和萨拉曼卡大学授予。在第四十九届法兰克福书展上，他担任"作为乡村主题的葡萄牙"这个文学领域的高级代表。他的作品曾在西班牙、意大利、墨西哥、法国翻译出版。本文为吉狄马加葡文版诗集《裂开的星球》序言。

来正在遭受天谴的全球人类进行反思，在过往的某个阶段，人类曾相信历史的终结，因为瘟疫曾经像现在一样肆虐地球。

诗歌，如果说不是一种治疗的话，那么可以替代为一种姑息疗法，在古代它等同于宗教。如同在他写给父亲的挽歌中，我们看到诗人在另一个世界旅行，寻觅一种可以对等荷马或者维吉尔的诗歌所蕴含的内核，与其说这是一种在神圣的程式中业已衰微的仪式，不如说是一次与家族的幽魂重新相聚。这些幽魂收留了绝望的生者，给他们以忠告和庇护。诗人所呈现的并不是一种非理性的信仰，而是从一个失去自信的世界开始，给我们指出一条心灵之路，最终抵达光芒，从而打开一个从可以解释走向不可解释的世界。

吉狄马加试图以诗歌为集体代言，他置身于其诗歌辽阔的空间之中，但并没有重拾旧有的诗歌模式，而是自然地吸收了让惠特曼或《使命》的作者佩索阿成为他们那个年代的预言家的语言。他没有描画乌托邦的场景，在这个世纪，人们曾盲目地相信崭新世界的到来，但这一诺言已难以实现，而人类还没有找到出路，或许最好不要急于找到，因为我们知道美好的意图常常事与愿违，最终酿成杀戮和灾难。

在诗人的笔下，我们的星球已被撕裂，因此他描绘了一种负面的力量，它把人类引向了猜疑和绝望的境地，因此他呼吁以美来抵消负面的力量，诗歌创作本身自有其美，同时也蕴含着明亮的指向，它总会让生命化为战胜死亡这关键一步的动力，但人类只有携手并肩方可迈出这一步。

　　吉狄马加是当今中国最有代表性的诗人之一，他以特有的方式向我们打开了他的诗歌之门，从而让我们听到这种声音所具有的创造性和独特性。

2020 年 11 月

（姚风　译）

745

代跋二

火焰上的辩词：吉狄马加诗文集

HUOYAN SHANG DE BIANCI: JIDIMAJIA SHIWENJI

图书在版编目（CIP）数据

火焰上的辩词：吉狄马加诗文集 / 吉狄马加著 . --
桂林：广西师范大学出版社，2021.11
　（时间文丛）
　ISBN 978-7-5598-4269-5

　Ⅰ. ①火… Ⅱ. ①吉… Ⅲ. ①中国文学－当代文学－
作品综合集 Ⅳ. ① I217.2

中国版本图书馆 CIP 数据核字（2021）第 187021 号

出版统筹：多　马　　策　划：多　马
责任编辑：周祖为　助理编辑：蒋桂霞
产品经理：多　加 蒋桂霞　封面题字：吉狄马加
插　图：吉狄马加　书籍设计：鲁明静
篆　刻：张泽南　责任技编：伍先林

广西师范大学出版社出版发行

　广西桂林市五里店路 9 号　邮政编码：541004

　网址：http://www.bbtpress.com

出版人：黄轩庄

全国新华书店经销

天津图文方嘉印刷有限公司印刷

　天津宝坻经济开发区宝中道 30 号　邮政编码：301800

开本：920 mm × 1 230 mm　1/32

印张：23.75　插页：12　字数：354 千

2021 年 11 月第 1 版　2021 年 11 月第 1 次印刷

印数：0 001~6 000 册　定价：118.00 元

如发现印装质量问题，影响阅读，请与出版社发行部门联系调换。